Veröffentlicht von
DREAMSPINNER PRESS

5032 Capital Circle SW, Suite 2, PMB# 279, Tallahassee, FL 32305-7886 USA
www.dreamspinnerpress.com

Daran – Aus der Asche
Urheberrecht der deutschen Ausgabe © 2019 Dreamspinner Press.
Originaltitel: Braving the Storm
Urheberrecht © 2017 Xenia Melzer.
Original Erstausgabe. November 2017
Übersetzt von Xenia Melzer.

Umschlagillustration
© 2018 Tiferet Design.
http://www.tiferetdesign.com/

Deutsche ISBN. 978-1-64405-393-5
Deutsche eBook Ausgabe. 978-1-64405-392-8
Deutsche Erstausgabe. Februar 2019
v 1.0

Gedruckt in den Vereinigten Staaten von Amerika.

Daran

Aus der Asche

Xenia Melzer

Für Andrea, meinen ersten Fan, der nicht blutsverwandt war.
Und für meine Leser. Ihr seid die Besten!

DANKSAGUNG

WIE IMMER muss ich vielen Menschen dafür danken, dass dieses Buch erscheinen konnte. Da meine Familie bereits weiß, wie dankbar ich bin, will ich mich bei meinen Lektoren bedanken, Anne Regan, Liv und Kelly für Ihre Hilfe und Unterstützung. Ich kann mir kaum vorstellen, wie schwer es manchmal sein muss, sich mit einer nicht-muttersprachlichen Autorin auseinanderzusetzen. Ich bin mir sicher, dass eure Geduld und Freundlichkeit mit ein paar zusätzlichen karmischen Punkten belohnt werden wird. Ich möchte mich auch bei allen Mitarbeitern von Dreamspinner bedanken, die nicht nur bei meinen Büchern, sondern auch bei den Büchern aller anderen Autoren helfen und dafür sorgen, dass sie so gut wie möglich aussehen. Ohne all die Menschen im Hintergrund, die Klappentexte zusammenstellen, Blogtouren organisieren und überhaupt dafür sorgen, dass alles rund läuft, wäre ein Buch zu veröffentlichen wirklich anstrengend. Darum danke. Ich weiß, was ihr tut und ich weiß es zu schätzen!

ZUSAMMENFASSUNG DER BÜCHER 1-3

BISHER IST viel im Leben von Casto und Renaldo passiert. Nachdem Casto von Renaldo gefangen genommen worden war, hatte er sich bei jeder Gelegenheit gegen seinen Herrn aufgelehnt. Ihre explosive Beziehung hat viele Höhen und Tiefen gesehen, die schwächere Männer gebrochen hätten. Am schlimmsten war es, als Renaldo auf die Intrigen von Damon, einem Priester der Guten Mutter, hereinfiel, der ihn davon überzeugte, dass Casto ihm untreu gewesen war. In einem Anfall von Wut schickte Renaldo Casto in die Minen, um ihn so zu töten. Aber Dank Sics Mut wurde die Intrige aufgedeckt und der Zauber, der die Sicht der göttlichen Brüder vernebelte, gebrochen. Casto kehrte an die Seite seines Herrn zurück, nicht länger als Sklave, sondern als sein Geliebter, sein Herz und sein zukünftiger Ehemann.

Um Casto zu Fall zu bringen, hatte Damon Sic benutzt und ihn erpresst, damit er Damon eine Gewandnadel bringt, die Castos Schuld beweisen sollte. Als Sic endlich den Mut fand, Renaldo zu sagen, was passiert war, wurde er für seinen Verrat bestraft. Noran wünschte, seinen Lehrling tot zu sehen und nur dank Castos Einmischung wurde es Sic gestattet, zu leben. Zutiefst verletzt von Sics Tat, begann Noran, die Kontrolle über sich selbst zu verlieren und Sic grausam zu foltern, indem er die Liebe des jungen Mannes benutzte, um ihn in absolute Unterwürfigkeit zu zwingen.

Daran andererseits war mehr als glücklich mit seinen zwei Herren. Er hatte den Schock, dass Kalad in der Schlacht um Ki't beinahe getötet worden wäre, überwunden und wusste jetzt ohne Zweifel, dass er für den Rest seines Lebens zu Aegid und Kalad gehört.

Die göttlichen Brüder hatten herausgefunden, dass die Gefolgsleute der Guten Mutter, die das Tal infiltriert hatten, in Medelina ausgebildet worden waren. Der Kriegswolf wollte sich daraufhin an der Stadt rächen.

Sie entschieden, nach Ummana zu gehen, wo Casto den Thron für sich beanspruchte und König wurde, nicht nur über die Zwillingsstädte, sondern auch über die Allianz. Auf diese Weise bekamen Canubis und Renaldo ihre Rache an Medelina und Casto die seine am Ältestenrat und seinem Vater. Bevor er die Stadt wieder verließ, setzte Casto seine Schwester Anesha als Königin von Ummana ein.

Aber ihre Mission forderte auch Opfer. Als Noran vergiftet wurde, bot Sic sein eigenes Leben, um seinen Herrn zu retten, nur um herauszufinden, dass er ein Luksari ist, eine Kreatur reiner Magie. Nachdem er gerettet wurde, schenkte Noran Sic die Freiheit und Sic fand eine Familie und sein Glück bei Jago, dem Meister der königlichen Schmiede, seiner Frau, Cassia, und deren kleiner Tochter, Heljia.

Er entschied sich, in Ummana zu bleiben, obwohl es ihm beinahe das Herz brach, sich von Casto zu trennen.

Nachdem die Barbaren Ummana verlassen hatten, wurde Sic von Ana-Isara besucht und sie zeichnete ihn als den letzten Emeris, zwang ihn so, seinen Göttern in den Norden zu folgen.

Daran bekam mehr, als er ausgehandelt hatte. Bei dem närrischen Versuch, seine Herren zu beeindrucken und seine Dankbarkeit ihnen gegenüber auszudrücken, wurde er für Casto zum Spion. Dieses gefährliche Spiel kostete ihn beinahe das Leben und nur dank Castos Weitsicht kam er mit dem Leben davon.

Jetzt ist das Rudel auf dem Weg zurück ins Tal.

Personenverzeichnis von Ana-Darasa

Das Tal
Lord Canubis, der Kriegswolf
Lady Noemi, die Schlangenhexe und Frau von Canubis
Lord Renaldo, der Todesengel
König Castolus von Ummana, Ehemann von Renaldo
Lysistratos, „Lys", Herr der Stürme

Die Emeris
Lady Hulda, die Mutter Oberin der Schwestern der Nacht
Lord Wolfstan, Waffenmeister des Rudels und Ehemann von Lady Hulda
Lord Aegid und Lord Kalad, die Wüstenbrüder
Lord Noran, Meisterschmied
Lord Bantu und Lady Cornelia, Geschwister
Sic, Luksari

Weitere
Daran, Sklave von Aegid und Kalad
Frankus, Meister der Sauna
Sar'reff, Dämon des Chaos

Ummana
Prinzessin Anesha, Castos Schwester
Kapitän Aktan, Anführer der königlichen Garde
Jago, Meisterschmied
Cassia, Jagos Frau
Heljia, Tochter von Jago und Cassia
König Erac von Medelina

Lady Vespia, Gesandte von Medelina

1.
BITTERE WAHRHEIT

Es WAR der dritte Tag nach ihrer Abreise aus Ummana. Canubis hatte die erste Wache übernommen, begierig darauf, etwas Zeit für sich zu haben allein in der Dunkelheit, wo nichts seine Gedanken ablenkte. Er war sich noch immer nicht sicher, ob er über den diesjährigen, ungewöhnlichen Feldzug erfreut sein oder ihn als Reinfall abtun sollte. Ihre ursprüngliche Mission war zweifellos ein Erfolg gewesen. Sie hatten sich nicht nur an den Gefolgsleuten der Guten Mutter in Medelina gerächt, sie hatten auch dafür gesorgt, dass das Leben derer, die die alte Hexe im Einflussbereich der Allianz verehrten, von jetzt an um einiges unangenehmer werden würde. Das alles hatten sie dem Herzen seines Bruders zu verdanken, und da begannen die Probleme.

Canubis mochte Casto, nicht nur, weil er Renaldos fehlender Teil war, sondern auch wegen seiner sturen und unnachgiebigen Persönlichkeit. Wenn man seine Abwehrmechanismen einmal überwunden hatte, konnte man den jungen Mann leicht gernhaben. Er war auch ein König, der auf beeindruckende Weise gezeigt hatte, wozu er jederzeit fähig war. Canubis fühlte sich nicht bedroht; seine eigene Dominanz war dafür zu absolut. Sie lag schließlich in seiner Natur, genauso wie Renaldos Natur das Feuer war, wild und ungezähmt. Er machte sich jedoch Sorgen. Es war schwer, Casto zu lesen und Canubis war sich immer noch nicht ganz sicher, ob er sich so auf den kapriziösen Blondschopf verlassen konnte, wie er es musste.

Dann war da noch der ganze Ärger mit Noran. Der Kriegswolf hatte die Affäre, die Renaldo mit dem Meisterschmied anfing, kurz nachdem er sich ihnen angeschlossen hatte, stumm beobachtet. Da er selbst vor Noemi selten nein zu jemandem gesagt hatte, hatte er kein Recht, sich einzumischen. Als Noran Arja gewählt hatte, hatte Canubis sich immer noch zurückgehalten. Aus seiner Sicht hatte es sich um einen kleinen Zwischenfall mit wenig bis gar keiner Bedeutung gehandelt. Da hatte er sich gründlich getäuscht. Jetzt musste er sich um einen Emeris kümmern, der so von Schuld gebeutelt war, dass er kaum noch seinen Pflichten nachkommen konnte. Canubis fragte sich, ob er sich mit Noran unterhalten sollte. Andererseits schien Hulda die Sache in die Hand genommen zu haben. Ihr ins Handwerk zu pfuschen, war nicht weise, um es milde auszudrücken. Zudem machte es sein Leben leichter, wenn er ihr die Angelegenheit überließ.

Ihr Neuzugang, der Dämon namens Sar'reff, war ein weiteres Problem, von dem er noch nicht wusste, wie er damit umgehen würde. Sein plötzliches Erscheinen hatte zumindest ein wenig Licht in die Natur von Lys gebracht und bisher war das das Beste, was er über ihn sagen konnte. Canubis war nicht allzu begeistert, zwei fremde Kreaturen im Rudel zu haben, die sich seiner Macht nicht beugten. In Bezug auf Lysistratos konnte er nichts unternehmen, da dieser unlösbar mit Casto verbunden war, aber Sar'reff stand auf einem anderen Blatt. Noemi fand, dass es gut war, ihn hier zu haben, eine Meinung, die ihr Ehemann nicht teilte. Wenn es hart auf hart kam, würde Lys sich immer auf die Seite von Casto stellen und der war unberechenbar. Höchstwahrscheinlich würde Sar'reff dem Beispiel des Hengstes folgen, da er seinen Anker noch nicht gefunden hatte. Und es wahrscheinlich auch nie würde – ihn von seinem Leiden zu erlösen, könnte sogar ein Akt der Gnade sein, genau wie Renaldo es vorgeschlagen hatte.

Den Luksari zu verlieren, war ein harter Schlag gewesen. Unter den Umständen mussten sie dankbar sein, dass sie ihre Schuld gegenüber dem jungen Mann beinahe ungeschoren hatten sühnen können, dennoch hinterließ die ganze Sache einen bitteren Nachgeschmack. Natürlich war es schwer, einen Luksari zu erkennen – nicht einmal Ana-Aruna schaffte das immer – und dann war da auch noch der verdammte Zauber gewesen. Aber dennoch. Er und Renaldo hatten nicht nur nicht erkannt was Sic war, sie hatten ihn auch ihrem Zorn ausgesetzt und Noran überlassen. Das war der schlimmste Fehler, den Canubis in all seinen Jahren als Anführer je gemacht hatte. Und ausgerechnet jetzt, wo sie so kurz davorstanden, endlich alle Emeris zu finden. Es war ärgerlich. Und dumm. Wenn nur –

Einer der Wölfe, der zu seinen Füßen lag, hob den Kopf. Ein einzelner Reiter näherte sich. Der Kriegswolf zog sein Schwert, seine Augen durchbohrten die Dunkelheit.

„Wer auch immer du bist, komm heraus und zeig dich oder ich werde dich töten."

Im Gebüsch erklang ein Rascheln und dann antwortete eine dünne, vertraute Stimme:

„Bitte tut das nicht, Herr. Ich bin es, Sic."

Der Schmied erschien aus den Schatten, führte ein unglücklich aussehendes Pferd auf den Kriegsherrn zu.

„Es tut mir leid, ich wollte mich nicht anschleichen, aber diese hier ist nicht an die Wölfe gewöhnt und ein wenig nervös."

Canubis bedeutete den Raubtieren, sie allein zu lassen und ihre Posten ein wenig weiter vom Lager entfernt einzunehmen. Sobald die Wölfe fort waren, beruhigte die Stute sich genug, dass Sic näherkommen konnte.

„Danke, Herr."

„Sic, was führt dich hierher? Ich bin hocherfreut, dich zu sehen, aber um ehrlich zu sein habe ich nicht erwartet, dich je wieder zu treffen."

Der junge Mann wich seinem Blick aus.

„Können wir ins Lager gehen? Das sollte ich Euch besser zeigen."

3

Canubis runzelte die Stirn, folgte dem Schmied aber zurück ans Feuer in der Mitte des Lagers. Er konnte spüren, dass an dem jungen Mann etwas seltsam war, wahrscheinlich das Erwachen seiner Luksari-Natur. Renaldo wartete am Feuer auf sie. Er hatte die Überraschung seines Bruders gespürt und war neugierig auf den Grund. Als er Sic erblickte, weiteten sich seine Augen.

„Sic! Was machst du hier?"

Der Luksari trat ins Licht, die Augen scheu zu Boden gerichtet.

„Es sind ein paar Dinge geschehen und jetzt möchte ich Eure Erlaubnis erbitten, mit Euch ins Tal zurückzukehren."

„Etwas Schlimmes? Du siehst nicht sehr glücklich aus."

Begeistert von der Aussicht, Sic zurückzubekommen, musste Canubis sich konzentrieren, um seine Freude nicht zu zeigen. Der Schmied sah so niedergeschlagen aus, dass der Grund für seine Rückkehr etwas Ernstes sein musste.

„Nachdem Ihr fort wart, hat Ana-Isara mir einen Besuch abgestattet. Sie hat mich geküsst."

Erstaunte Stille folgte diesen Worten. Dann eilte Canubis nach vorne.

„Zeig es mir."

Gehorsam zog Sic seinen Reitumhang aus und öffnete seine Tunika. Die Kriegsherren starrten auf die schwarzen Runen, die auf der unversehrten Haut blühten und wollten ihren eigenen Augen nicht trauen. Hier stand der letzte Emeris, der, auf den sie so lange gewartet hatten – es war zu gut, um wahr zu sein. Renaldo streckte die Hand aus, um die Zeichen mit einem Ausdruck reiner Bewunderung auf seinem königlichen Gesicht zu berühren.

„Das ist so unglaublich. Und so perfekt." Er umarmte den Schmied sachte. „Willkommen in der Familie, Bruder. Es ist gut, dich endlich hier zu haben."

„Mein Bruder hat recht – ich bin froh, dass wir jetzt komplett sind. Willkommen, Lord Sic."

Diese seltsam formalen Worte ließen Sic erkennen, wie drastisch und vollkommen sein Leben sich verändert hatte. Mit einem Mal fühlte er sich erschöpft.

„Ich bin sehr müde, Herr. Darf ich mich zur Ruhe legen?"

„Natürlich. Das muss schwierig für dich gewesen sein."

Canubis klopfte ihm auf die Schulter. „Geh und schlaf dich aus. Wir können morgen reden."

„Casto wird begeistert sein. Ich kann es nicht erwarten, sein Gesicht zu sehen." Renaldo strahlte fröhliche Erregung aus, was bewirkte, dass Sic sich noch schlechter fühlte als zuvor. Andererseits war Casto zu sehen das einzige, auf das er sich tatsächlich freute. Er wollte sich zum Schlafen legen und zögerte. Auf ihrer Reise nach Ummana waren die Dinge schmerzhaft, aber klar gewesen. Er hatte den anderen Sklaven dabei geholfen, das Lager zu errichten, hatte Noran als sein persönliches Spielzeug gedient und dann auf dem Boden im Zelt des Meisterschmiedes geschlafen. Das war kein Ort, den er gerade im Moment aufsuchen wollte, darum ging er in Richtung des Platzes, wo die gewöhnlichen Sklaven schliefen. Eine schwere Hand auf seiner Schulter hielt ihn auf.

„Was denkst du, tust du?" Renaldo klang angespannt.

„Ich wollte mich hinlegen. Aber wenn Ihr etwas von mir braucht, Herr …"

„Nein! Du musst überhaupt nichts tun. Und du wirst ganz sicher nicht bei den Sklaven schlafen. Komm mit mir. Du kannst meinen Platz haben."

Sic stand kurz davor, in Panik auszubrechen. Dass der hochmütige Todesengel ihn wie einen geschätzten Freund behandelte, war zu viel nach all dem Druck, den er ertragen hatte. Verzweifelt suchte er nach einem Ausweg, aber Renaldo zog ihn bereits in Richtung seines Zeltes. Er schob den sich wehrenden Schmied hinein und drückte dabei einen Finger auf Sics Lippen.

„Psst. Casto schläft bereits, darum versuch, nicht zu viel Lärm zu machen. Meine Felle liegen gleich neben ihm. Jetzt zieh deine Stiefel aus und ruh dich aus. Wir reden morgen über alles."

Seufzend gehorchte Sic den Befehlen seines Gottes, zu müde, um sich mit der leeren Luft zu streiten, denn Renaldo war bereits fort. Casto schlief tief und fest, seine weichen, blonden Haare umrahmten sein Gesicht wie ein Heiligenschein. Er sah im Schlaf sehr jung und verletzlich aus, überhaupt nicht wie der sture, arrogante und leicht erregbare Mann, den Sic seinen Freund nannte. Wenn es um schwere Zeiten ging, hatten sie beide mehr als ihren Teil durchgemacht. Wieder bei Casto zu sein, war das einzig Gute, das er aus seinem Handel mit Ana-Isara bekommen hatte. Er fürchtete sich noch immer vor ihren Söhnen und ihm graute davor, sich wieder mit Noran auseinandersetzen zu müssen. Es war zu verwirrend, zu schmerzlich. Wenn er immer noch ein normaler Mensch gewesen wäre, hätte er dem Meisterschmied irgendwie aus dem Weg gehen können, aber jetzt, wo er ebenfalls ein Emeris war, konnte er ihn unmöglich weiter ignorieren. Sic würde sich seinen Problemen mit seinem früheren Herrn stellen müssen, je früher, desto besser. Der Gedanke allein jagte ihm schreckliche Angst ein.

Im Moment konnte er ohnehin nichts tun, darum zog er seine Kleidung aus, machte es sich auf den Fellen bequem und schlief, bevor ihm die samtige Weichheit seiner Decke überhaupt auffiel.

AM NÄCHSTEN Morgen wachte Sic abrupt auf. Casto hatte sich wie ein hungriger Geier über ihn gebeugt, sein Gesicht nur eine Hand von der Nase des Schmieds entfernt.

„Du bist also endlich wach. Ich hatte schon gedacht, du würdest den ganzen Tag schlafen. Warum hast du mich nicht aufgeweckt, als du hierhergekommen bist?"

Sic lächelte schwach. Wieder mit seinem Freund sprechen zu können, ließ sein Innerstes kribbeln.

„Weil ein gewisser Gott, der die Möglichkeit hat, mir das Leben unaussprechlich schwer zu machen, mir gesagt hat, dass ich dich schlafen lassen soll."

„Warum solltest du auf ihn hören? Er ist wie eine Glucke, darum solltest du ihn einfach ignorieren."

„Das kann ich nicht tun, wie du sehr wohl weißt. Ich habe nicht deinen Mut."

„Ich bin auch nicht so tapfer, nur unglaublich genervt. Er ist wirklich anstrengend. Jetzt zurück zu unserem gegenwärtigen Problem. Warum bist du hier? Versteh mich nicht falsch, ich bin begeistert, aber ich erinnere mich an deine Gründe, warum du in Ummana bleiben wolltest und sie waren schwerwiegend. Was also hat deine Meinung geändert?"

Sics Gesicht verdunkelte sich.

„Nicht was. Wer. Ich habe einen Besuch von der Herrin der Toten bekommen. Es scheint so, als würden wir für eine ganze Weile zusammenbleiben." Es dauerte ein paar Augenblicke, bis die Worte einsanken und als sie es endlich taten, war Castos Gesicht eine Studie an Widersprüchen. Verschiedene Emotionen flackerten über sein Gesicht, darunter Freude, Mitleid, Bedauern und Furcht. Es rührte Sic tief, zu sehen, wie vollkommen sein Freund ihn verstand und wie er mit ihm fühlte. Endlich umarmte der König den Schmied, seine Stimme war ein harsches Flüstern.

„Ich kann nicht sagen, dass es mir leidtut. Ich weiß, wie schwer es für dich sein muss. Aber ich kann einfach nicht sagen, dass es mir leidtut. Dafür bin ich zu froh."

„Ich weiß. Und du bist der Einzige, der das sagen darf."

Sie genossen immer noch diesen intimen Moment, als Renaldo hereinplatzte. Sic konnte sich nicht daran erinnern, den Gott vor Freude je so aufgeregt gesehen zu haben.

„Worauf wartet ihr beide denn noch? Es sind eine Menge Leute da draußen, die den neuen Emeris im Rudel willkommen heißen wollen. Also los. Kommt auf die Füße."

„Langsam, Barbar. Sic ist gerade erst aufgewacht. Er hat noch nicht einmal gefrühstückt."

„Er kann später essen. Jetzt kommt!"

Renaldo packte Sic an der Hand und zerrte ihn ins Morgenlicht, wie ein ungeduldiges Kleinkind es mit seiner Mutter tun würde. Vor dem Zelt waren sie alle versammelt. Ganz vorne standen Noemi und die Emeris – Hulda, Wolfstan, Kalad, Aegid und Noran, obwohl der Meisterschmied ein wenig zurückblieb, als die anderen sich ihrem neuen Bruder näherten. Hinter ihnen kamen die Krieger und dann die Sklaven. Sie alle wollten den letzten Emeris begrüßen oder doch zumindest einen Blick auf ihn erhaschen. Sic wurde unter einer Lawine aus Umarmungen, Küssen und Glückwünschen begraben. Es war Canubis, der ihn schließlich rettete.

„Es reicht! Sic hat einiges durchgemacht und wir müssen immer noch nach Hause zurück, bevor die Winterstürme einsetzen. Während er also frühstückt, wäre es nett, wenn der Rest von euch das Lager abbaut und unsere Abreise vorbereitet."

DIE REISE zurück ins Tal verlief friedlich. Kein Räuber war verrückt genug, den schwer bewaffneten Tross der göttlichen Brüder anzugreifen. Sic verbrachte einen Großteil seiner Zeit mit Hulda, die ihn mit den Regeln vertraut machte, die von jetzt an sein Leben als Emeris bestimmen würden. Wenn er nicht bei der schönen Killerin war, ritt er neben Casto. Die meiste Zeit über schwiegen sie, genossen einfach die Gesellschaft des anderen. Sie brauchten keine Worte, um einander zu verstehen. An den Abenden, während die Sklaven das Lager errichteten, nahm der Todesengel Sic zur Seite und brachte ihm die Grundlagen des Kämpfens bei. Manchmal gesellten sich Aegid und Kalad zu ihm und stellten sich als Partner zur Verfügung. Renaldo war mit Sics Fortschritten zufrieden.

„Du lernst schnell, Sic. Und du hast auch Talent. Schon bald wirst du in der Lage sein, dich in jedem Kampf zu behaupten – außer natürlich gegen mich."

Sic verneigte sich bescheiden bei diesem Lob.

„Ihr seid sehr großzügig, mein Herr."

Renaldo legte seine Hand auf die Schulter des jungen Mannes.

„Du weißt, dass du mich nicht mehr ‚Herr' nennen musst? Zumindest nicht die ganze Zeit."

„Ja, aber ich muss mich erst an den Gedanken gewöhnen. Vor nicht allzu langer Zeit war ich weniger wert als der Staub unter euren Füßen. Mein plötzlicher Aufstieg verwirrt mich immer noch."

Der mächtige Krieger lachte laut.

„Da bist du nicht der Erste. Glaub mir, du wirst dich daran gewöhnen. In einhundert Jahren werden wir an diesen Tag denken und uns amüsieren."

Bei der Erwähnung seiner Unsterblichkeit fühlte Sic sich unwohl. Er wollte sich nicht vorstellen, was es bedeutete, alle Zeit der Welt zu haben. Gerade im Moment wollte er überhaupt nicht nachdenken.

ALS SIE nur noch wenige Tagesritte vom Tal entfernt waren, schickte Canubis einen Boten, um die frohe Botschaft über ihren Neuzugang zu verkünden.

„Wir wollen, dass der letzte Emeris eine Unterkunft hat, die seinem Rang angemessen ist", hatte er seinem Bruder mit einem breiten Lächeln erklärt. Renaldo hatte das Lächeln erwidert. Beide Götter waren außergewöhnlich guter Stimmung, da die Zeit des Wartens für sie endlich vorbei war.

Die Begrüßung im Tal war so überschwänglich, wie man es angesichts solch guter Neuigkeiten erwarten konnte. Cornelia und Bantu hatten ein herrliches Festmahl vorbereitet, in dessen Verlauf Sic offiziell als achter Emeris vorgestellt wurde. Ein Regen an Geschenken ergoss sich über ihn und seine spartanischen Gemächer im Haupthaus füllten sich schnell, eine Tatsache, die er hauptsächlich Aegid verdankte. Der einschüchternde Hüne hatte einen hervorragenden Geschmack und war begierig darauf, Sics neues Heim zu dekorieren.

Für Sic war die kleine Schmiede, die Renaldo an seine Gemächer anbauen ließ, wichtiger als die schöne Unterkunft. Durch eine neu geschaffene Tür konnte er seinen Arbeitsbereich zu jeder Zeit betreten. Da seine Räume nach Westen zeigten, weg von denen der anderen Emeris, würde er sie nicht stören, wenn er früh am Morgen zu arbeiten begann oder bis spät in die Nacht blieb. Sic war darüber so glücklich, dass er es täglich für ein paar Minuten schaffte, Noran zu vergessen.

Der Meisterschmied hielt sich von ihm fern. Selbst zufällige Treffen waren selten, obwohl Sic sich danach sehnte, das Gesicht seines Herrn zu sehen. Er hasste sich selbst dafür, dass er das Monster, das ihn so sehr verletzt hatte, immer noch liebte. Die widersprüchlichen Gefühle zerrissen ihn innerlich, nagten beständig an ihm, bewirkten, dass seine Gedanken sich beständig im Kreis drehten, ohne je zu einer Lösung zu kommen. Selbst der Frieden in seiner Schmiede wurde von diesem emotionalen Wirbelsturm gestört.

Nur während des Kampftrainings mit dem Todesengel wurde Noran für eine Weile vollkommen aus seinen Gedanken gelöscht. Der Gott forderte ihn so gnadenlos, dass er nach jeder Stunde Probleme hatte, auf seinen eigenen Füßen zu stehen. Diese überwältigende Erschöpfung half ihm, sein sinnloses Nachdenken zu beenden, zumindest für eine Weile.

Ein weiterer Grund zur Sorge waren die Sklaven, die er während des Festmahls als Teil seines Willkommensgeschenkes erhalten hatte. Die beiden Männer und drei Frauen sahen in ihm immer noch den Verräter, der er bei seiner Abreise im Frühjahr gewesen war und so benahmen sie sich auch. Dass er nicht in der Lage war, sie zu bestrafen, half ihm überhaupt nicht. Er fragte sich immer noch, wie er dieses Problem lösen sollte, weil er lieber sterben würde, als einen seiner neuen Brüder um Hilfe zu bitten, als Casto die Sache in die Hand nahm. Wie sein Freund es herausgefunden hatte, wollte Sic nicht wissen, aber es erinnerte ihn daran, niemals zu vergessen, dass Casto mehr war, als es auf den ersten Blick erschien.

Eines Tages wartete sein kapriziöser Freund mit einer älteren Sklavin an seiner Seite vor Sics Tür.

„Sic, darf ich dir Gweris vorstellen? Sie arbeitet schon sehr lange für Renaldo und von jetzt an wird sie sich um dich kümmern. Du bist im Moment so beschäftigt, dass niemand von dir erwarten kann, auch deine Sklaven unter Kontrolle zu behalten. Gweris wird das für dich tun."

Die Sklavin verneigte sich respektvoll vor ihm. Ihre Stimme war ein beruhigender, freundlicher Alt.

„Mein Lord Sic."

„Gweris. Es ist mir eine Ehre, dich kennenzulernen. Bitte, komm herein."

Die Sklavin betrat die Gemächer. Ihre freundlichen, grünbraunen Augen verengten sich, sobald sie das Chaos dort erblickte. Ihre Stimme war streng, als sie mit ihrem neuen Besitzer sprach.

„Wo sind Eure Sklaven, Herr?"

Sic errötete. „Um ehrlich zu sein, weiß ich es nicht."

Mit einem letzten, missbilligenden Blick schob Gweris die beiden jungen Männer aus dem Weg.

„Ich verstehe. Ich werde mich darum kümmern."

Ihr Tonfall ließ vermuten, dass jene, die am empfangenden Ende ihrer Wut sein würden, ihr abscheuliches Verhalten aufs Äußerste bedauern würden. Als sie fort war, sanken Castos Schultern nach vorne.

„Ich gebe zu, sie ist ein wenig Angst einflößend, aber sie ist auch die Beste."

„Angst einflößend? Du machst Witze, oder? Ich habe beinahe die Kontrolle über meine Blase verloren, so viel Angst hatte ich. Hast du ihre Augen gesehen? Sie ist beinahe so schlimm wie Cassia. Ich glaube, dass Gweris mich im Moment nur verschont hat, weil sie zu sehr damit beschäftigt ist, wütend auf meine Sklaven zu sein. Wie kann jemand eine Frau wie sie besitzen?"

Casto grinste.

„Weil sie ihren Herrn erwählt, was der Grund ist, warum ich sie zu dir gebracht habe. Selbst Renaldo ist bei ihr vorsichtig. Sie wird deine Diener zur Räson bringen."

Beschämt schaute Sic zu Boden. „Woher hast du es gewusst?"

„Ich bin dein Freund, Sic. Und ein König, Herz eines Gottes und nicht dumm. Ich kann es spüren, wenn dich etwas aufregt. Das ist ein Problem, bei dem ich dir helfen kann, darum habe ich es getan."

Die unterschwellige Botschaft in diesen Worten war klar. Der König wusste auch um Sics andere Probleme, auch wenn er nicht in der Lage war, einen Rat anzubieten. Seine Stimme war sehr sanft.

„Vielleicht solltest du mit jemandem sprechen, der versteht, was du durchgemacht hast. Sobald du denkst, dass du bereit bist, bin ich mir sicher, dass Cornelia dir gerne zuhören wird."

Sprachlos umarmte Sic Casto. Er dankte den Müttern dafür, dass sie ihn mit einem solch wundervollen Freund gesegnet hatten. Es lag jetzt an ihm, zu beweisen, dass er einer solchen Gnade würdig war.

IN DER Zwischenzeit lagen Kalad und Aegid auf ihrem riesigen Bett ausgebreitet. Daran ruhte zwischen ihnen, schlief tief und fest nach Stunden erschöpfender Liebesspiele. Um ihre sichere Rückkehr ins Tal zu feiern, hatten die Wüstenbrüder sich nicht zurückgehalten, als sie ihren wunderbaren Sklaven genossen hatten. Aegid malte träge Kreise auf die immer noch heiße Haut des Diebes, dachte darüber nach, wie perfekt sie drei zusammenpassten. Daran bewegte sich ein wenig im Schlaf und die Finger des Hünen hielten auf ihrer Reise inne, da er den jungen Mann nicht aufwecken wollte. Stattdessen musterte der Krieger das provisorische Halsband, das ihr Sklave trug. Wegen des Angriffs von Sar'reff war das ursprüngliche vollkommen zerstört. Bis sie ein neues fanden, hatten die Wüstenbrüder Daran ein altes gegeben, das nicht so gut passte und dessen Verschluss aus Stahl und nicht aus Gold war. Das war eine ganz und gar nicht zufriedenstellende Lösung, aber jetzt waren sie wieder zu Hause und konnten dem jungen Mann ein neues anfertigen lassen.

„Was denkst du, Kalad, sollen wir dieses Mal ein goldenes nehmen? Wir haben immer noch irgendwo diesen Sack mit kieselsteingroßen Smaragden und ich denke, dass sie dem kleinen Dieb sehr gut stehen würden."

„Es gibt keinen Grund, dir über solche Dinge Gedanken zu machen, Aegid. Wir müssen Daran kein neues Halsband besorgen, weil wir ihn schon bald verkaufen werden."

Kalads Stimme war monoton, als ob er eine Tatsache verkünden würde, nicht eine Entscheidung mit weitreichenden Konsequenzen. Aegid seufzte. Das hier kam nicht vollkommen unerwartet, da er seinen Wüstenbruder schon viel zu lange kannte. Es war dennoch unwillkommen. Er wollte gerade seinen Mund öffnen, als Daran sich wieder bewegte und dabei ein maunzendes Geräusch tief in seiner Kehle von sich gab. Kalad sah grimmig aus.

„Lass uns das woanders diskutieren."

Sie standen beide geschmeidig auf und verließen lautlos das Schlafzimmer. Sobald sich die Tür hinter ihnen schloss, öffneten sich Darans Augen. Er war gerade wach genug gewesen, um von den Plänen seiner Herren, ihn zu verkaufen, zu hören. Es fühlte sich an, als ob jemand ihm in den Magen geschlagen hätte. Vor langer Zeit hatte Daran sich der Tatsache gestellt, und sie auch akzeptiert, dass diese beiden Männer der Mittelpunkt seines Lebens waren, dass er immer ihnen gehören würde. Und bis jetzt hatte er gedacht, dass sie für ihn ebenso empfanden. Nichts in ihrem Benehmen hatte je Zweifel in ihm geweckt, was den Schlag nur noch schlimmer machte. Offensichtlich gingen ihre Gefühle für ihn nicht so tief wie die seinen für sie und es gab nur wenig, was er tun konnte, um sein Schicksal zu verhindern. Aber er konnte es zumindest versuchen. Vielleicht, wenn er ihnen zeigte, wie ernst es ihm war, ein guter, gehorsamer und treuer Sklave zu sein, würden sie ihre Entscheidung noch einmal überdenken. Daran klammerte sich an diesen dünnen Strohhalm der Hoffnung, während Tränen der Verzweiflung über seine Wangen flossen.

Im Hauptraum starrte Aegid Kalad finster an. Normalerweise folgte er der Führung des schlanken Kriegers, aber das hier war etwas vollkommen anderes.

„Warum im Namen der Mütter willst du ihn jetzt verkaufen?"

Kalad war angespannt. Er hatte Gegenwehr erwartet, aber die Wildheit des Hünen war ein Schock.

„Du weißt, warum, Aegid. Wir haben keine Wahl."

„Ich würde sagen, dass es bereits zu spät ist. Stell dich der Wahrheit, Kalad. Wir haben uns verliebt und zwar heftig. Jetzt gibt es kein Zurück mehr.

Außerdem ist er perfekt für uns. Wir haben noch nie einen Liebhaber gehabt, der unsere Bindung so vollkommen akzeptiert hat, wie Daran es tut. Er ist empathisch, intuitiv, absolut schmutzig, wenn es ihm gefällt und er hat denselben Humor wie wir. An ihm ist nichts falsch. Es ist, als ob er extra für uns gemacht worden wäre."

„Das ist mir klar, Aegid. Was auch der Grund ist, warum wir es jetzt beenden müssen. Es wird enden, bevor wir zu tief hineingezogen werden, bevor unsere Welt beginnt, sich um ihn zu drehen."

„Aber das tut sie doch bereits! Du weißt es auch. In Ummana, als er sich auf dieser dämlichen Mission befunden hat, hast du dir noch mehr Sorgen gemacht als ich und als er beinahe getötet wurde … waren wir beide am Boden zerstört. Wenn das nicht zu tief hineingezogen ist, wovor fürchtest du dich dann?"

Kalad griff nach Aegid, legte seine Stirn an die Brust des großen Mannes. Er klang jetzt verloren, beinahe wie ein Kind.

„Ich kann ihn einfach nicht verlieren, Aegid. Das kann ich einfach nicht. Du weißt, wie es ist, wie wir alle leiden werden. Und das will ich nicht. Nenn mich selbstsüchtig, aber ich will das Drama nicht. Ich will den Schmerz nicht. Ich will ganz sicher nicht der Liebe unseres Lebens zusehen, wie sie verwelkt und stirbt, während wir nichts tun können, außer daneben zu stehen. Bis jetzt waren wir beide immer genug. Können wir das nicht wieder so halten?"

Aegid seufzte tief. Natürlich verstand er seinen Bruder. Auch er war nicht allzu erpicht auf all die Komplikationen, die eine ernsthafte Beziehung mit einem Menschen mit sich brachte. Aber er hatte das nagende Gefühl, dass es dafür bereits zu spät war. Daran war seit fünf Jahren bei ihnen, was genug Zeit war, um sich vollkommen zu verlieben. Und das hatten sie getan. Es gab nichts an dem kleinen Dieb, das nicht anbetungswürdig war. Er war intelligent, anziehend auf seine eigene, raue Art und schlicht und ergreifend hervorragend im Bett. Nie zuvor hatten die Krieger einen Sexualpartner genossen, der so willig, unterwürfig und gleichzeitig fordernd war wie Daran. Er respektierte das Band zwischen seinen Herren, versuchte nicht, sich zwischen sie zu drängen oder sie gegeneinander auszuspielen, wie andere vor ihm es versucht hatten. Im Gegenteil, er schien begeistert zu sein, zwei anstatt einem Besitzer zu haben.

Und Daran wusste immer, was seine Herren von ihm erwarteten. Er benahm sich stets perfekt. Darum war ihn gehen zu lassen eine Option, die Aegid niemals ernsthaft in Erwägung gezogen hatte. Natürlich war es ihre eigene schuld. Sie hätten Daran loswerden sollen in dem Moment, als ihnen klar geworden war, dass die Dinge aus dem Ruder liefen, aber es war zu bequem gewesen, zu aufregend mit ihm zusammen zu sein. Und jetzt hatte ihre Zögerlichkeit sie eingeholt.

„Was denkst du, sollen wir tun?"

Kalads Blick wurde hart. So sehr es auch wehtat, gab es auf diese Frage nur eine Antwort.

„Wir trennen uns von ihm. Besser jetzt als im nächsten Jahr. Der Schmerz wird nur schlimmer werden."

Aegid seufzte. Er wusste, dass dies die beste Lösung für sie alle war, Daran eingeschlossen, aber er wollte den Dieb nicht verlieren. Darum versuchte er mit Kalad zu diskutieren.

„Wie willst du das anstellen? Ihn einfach gehen lassen? Du weißt, dass er nicht in der Lage sein wird, allein zu überleben."

Irritiert machte Kalad einen Schritt nach hinten. Auch er wollte sich nicht wirklich von dem Dieb trennen, aber anders als Aegid hatte er schreckliche Angst vor dem Schmerz, der sie erwartete, sollten sie Daran behalten. Es war besser, ihn jetzt gehen zu lassen, als die Wunde später zu erhalten, wenn sie viel tiefere Narben hinterlassen würde.

„Das ist mir klar. Ich will, dass er gut versorgt ist, darum habe ich daran gedacht, ihn mit anderen zu teilen. Er wird lernen, Sex als Waffe zu benutzen und wir können uns an den Gedanken gewöhnen, ihn nicht mehr um uns zu haben. Sobald er gelernt hat, ohne uns zurechtzukommen, werden wir ihm einen reichen Liebhaber außerhalb des Tals suchen. So wie er aussieht und bei den Talenten, die er hat, sollte das kein Problem sein."

„Ihn einfach so teilen? Was, wenn er nicht zustimmt?"

Kalad starrte seinen Bruder an. An diese Möglichkeit hatte er gar nicht gedacht. Wenn Daran nicht wollte, gab es keine Möglichkeit, ihn an die Berührung anderer Menschen zu gewöhnen.

„Ich weiß nicht. Was denkst du?"

„Wir könnten ihn verkaufen. Ich wurde von verschiedenen Leuten angesprochen, die daran interessiert waren, ihn zu erwerben – und willens, eine gewaltige Summe für dieses Privileg zu bezahlen."

Die Brüder schauten einander an. Auf gar keinen Fall würden sie sich je dazu überwinden können, Daran einfach zu verkaufen, ganz egal wie viel geboten wurde. Was das bedeutete, wenn ihr Sklave sich weigerte anzufangen auch anderen zu dienen, daran wollten sie gar nicht denken. Es kam dem, was sie sich aus tiefsten Herzen wünschten, zu nahe.

„WILLKOMMEN, SIC. Casto hat bereits erwähnt, dass du mich besuchen wolltest."

Cornelias sanfte Stimme war wie ein Balsam für Sics aufgewühlte Gedanken. Er hatte mehr als drei Tage gezögert, ob er mit der Emeris sprechen sollte. Am Ende hatte er sich entschieden, es zu tun, einfach weil die Dinge nicht schlimmer werden konnten, als sie es jetzt waren. Seine Gedanken kreisten beständig um seinen ehemaligen Herrn und er wurde dieser Folter langsam müde. Er wusste nicht, ob Cornelia ihm würde helfen können, aber Casto hatte recht. Er musste mit jemandem sprechen, der zumindest verstand, was es bedeutete, so verletzt worden zu sein. Dennoch hatte er immer noch Angst, sich der Vergangenheit noch einmal zu stellen. Nicht einmal Casto wusste über die schlimmsten Dinge, die Noran ihm angetan hatte, Bescheid. Sic wollte einfach nur vergessen. Es half, dass die Narben auf seinem Körper verschwunden waren, aber die auf seiner Seele konnten nicht so einfach geheilt werden, nicht einmal von Ana-Isara.

In einigen Nächten wachte er schreiend und schweißgebadet auf, weil ein gesichtsloser Fremder ihn sadistisch quälte. Es waren Dinge, die sein Herr ihm angetan hatte, aber wenn er aufwachte, sehnte er sich nach Norans Nähe. Alles, was er dann wollte, war vom Meisterschmied gehalten und getröstet zu werden. Die Widersprüchlichkeit seiner Gefühle, der Doppelsinn seiner eigenen Gedanken, nährte Ängste, die drohten, ihn zu verschlingen. Er war nicht länger in der Lage, das Wunderbare und die Schönheit in kleinen Dingen zu sehen wie einem Blatt, das vom Herbst verfärbt wurde. Seine Fähigkeit, Freude aus Dingen zu ziehen, die in den Augen anderer scheinbar gewöhnlich waren, wurde von einer überwältigenden Furcht, die sein Herz fest umklammerte, geschwächt. Cornelia war wahrscheinlich seine letzte Möglichkeit, die Dinge zu ändern.

„Ich hoffe, mein Besuch kommt nicht ungelegen?"

Cornelias raue Gesichtszüge erhellten sich in einem freundlichen Lächeln. Sic wusste nicht viel über diese Frau, außer dass ihre Singstimme die Macht hatte, selbst Steine zum Weinen zu bringen. Sie war für den reibungslosen Ablauf der täglichen Vorgänge im Tal verantwortlich sowie für die zahllosen Sklaven, die keinen eigenen Herrn hatten, sondern allen Söldnern dienten. Sie war auch die einzige Emeris, die niemals am Frühlingsfest teilnahm und nicht das leiseste Interesse an Affären hatte. Wenn man bedachte, was sie durchgemacht hatte, war das verständlich. Jetzt bedeutete sie ihm, einzutreten.

„Nein, ist er nicht. Komm herein, ich werde uns Tee kochen."

Sic schaute schweigend zu, wie die Emeris einen Teekessel auf den eisernen Herd stellte, einen kleinen Leinenbeutel mit verschiedenen Kräutern füllte, die sie aus schweren Glasbehältern, die auf einem Regal aufgereiht standen, holte und dann das kochende Wasser darüber goss. Sie stellte zwei Tassen mit Löffeln und ein Glas Honig auf den Tisch und setzte sich.

„Ich nehme an, dass du mit mir über die Dinge sprechen willst, die du unter Norans Hand ertragen hast. Habe ich recht?"

Sic fühlte, wie seine Wangen rot wurden. Das hier würde sogar noch schwerer werden, als er es sich vorgestellt hatte.

„Nur wenn Ihr das wollt, meine Lady. Ich weiß, wie schmerzhaft es ist."

Cornelia lächelte wieder, aber diesmal lag darin eine Dunkelheit, die Sic zusammenzucken ließ. Sie goss ihm etwas Tee ein und schob ihm den Honig hin.

„Nimm dir ruhig mehr. Diskussionen wie diese brauchen viel Süßes, damit der Schmerz erträglich ist."

Gehorsam rührte Sic zwei großzügige Löffel Honig in sein Getränk, bevor er den Blick hob. Er wusste nicht, wo er anfangen sollte. Zum Glück nahm die Emeris ihm diese Entscheidung ab. Sie begann ihre eigene Geschichte mit emotionsloser Stimme zu erzählen, als ob die schrecklichen Dinge, die sie ertragen hatte, jemand anderem widerfahren wären.

„Ich war zwanzig, als es passierte. Wegen meines Aussehens hatte ich noch keinen Ehemann gefunden und war vollkommen unerfahren. Ich hatte mich damit abgefunden, für den Rest meines Lebens unverheiratet zu bleiben. Da ich meinen Bruder und meine Musik hatte, war das gar nicht so schlimm. Ich war wirklich glücklich. Dann kamen die Brandschatzer. Damals waren die Zeiten nicht leicht. Irgendwo herrschte immer Krieg. Es marschierte immer eine Armee vorbei. Unser Dorf war so winzig und arm, dass es für gewöhnlich nicht bemerkt wurde. Die Männer, die uns angriffen, hatten gerade eine Schlacht verloren. Sie hatten es geschafft, dem Gemetzel zu entkommen und waren betrunken von all der Furcht, die sie empfanden, all den schrecklichen Dingen, die sie gesehen hatten. Sie kamen an unserem Dorf vorbei und entschieden, sich an uns zu rächen.

Es war Erntezeit, darum waren die meisten Männer und ein Großteil der Frauen draußen auf den Feldern. Die wenigen, die geblieben waren, hatten keine Chance gegen die Angreifer. Sie töteten die Alten und die Kinder ohne Gnade. Die Kleinsten hatten noch nicht einmal das Laufen gelernt. Dann brachten sie uns Frauen auf den Dorfplatz. Wir waren zu sechst, sie waren dreißig. Wir hatten keine Chance. Sie vergewaltigten uns, immer und immer wieder, verstümmelten unsere Körper jenseits aller Vorstellungskraft und zerschmetterten unsere Seelen. Am Ende war ich die Einzige, die überlebt hat, aber es war knapp. Und manchmal frage ich mich, ob jene, die gestorben sind, nicht die Glücklicheren waren. Ich trage die Narben auf meinem Körper und meiner Seele mit mir und sie erinnern mich jeden Tag daran, was ich zu ertragen hatte."

Cornelia schwieg für einen Moment, ihre Hände zitterten.

„All das ist vor langer Zeit geschehen und doch schmerzt es immer noch, darüber zu sprechen, obwohl ich weiß, dass jene, die mir das angetan haben, schon seit langer Zeit Staub sind."

„Hast du ihnen vergeben?"

Ein seltsames Licht erschien in ihren Augen, ein Licht, das Sic Angst machte, weil es Cornelias Gesicht wie das einer Kreatur geboren aus Albträumen aussehen ließ. „Vergebung ist ein großes Wort. Ich bin mir immer noch nicht sicher, was es wirklich bedeutet und ob ich in der Lage bin, sie anzubieten. Diese Männer haben mich sowohl physisch als auch mental verletzt, aber sie konnten nicht zerstören, wer ich bin, weil ich zu stark war. In gewisser Weise habe ich also über sie triumphiert. Aber ob ich ihnen je vergeben werde – das glaube ich nicht. Wenn sie noch am Leben wären und ich sie in die Hände bekommen könnte, würde ich ihnen wahrscheinlich Dinge antun, die ihre Verbrechen im Vergleich harmlos erscheinen lassen würden. Wenn man einmal durchlitten hat, was wir ertragen mussten, muss man die Bedeutung von Vergebung und Gnade neu lernen. Ich bin mir nicht sicher, ob ich das wirklich will."

Sic starrte verstört in seinen Tee. „Kann so etwas überhaupt vergeben werden?"

Er schaute auf, als Cornelia ihm über den Arm streichelte.

14

„Ich nehme an, es kommt darauf an, was für eine Art Mensch du bist. Ich vermute, dass du nicht weißt, ob du Noran vergeben sollst?"

„Es ist kompliziert. Er ist kein Fremder, niemand den ich aus ganzem Herzen hassen könnte. Er hat mir das Leben gerettet, als er mich Dalwon abgekauft hat. Für über acht Jahre, den Großteil meines Lebens, war er der Mittelpunkt meiner Welt. Zugegeben, er war nie umgänglich, aber er war mir gegenüber immer fair. Ich wurde nie grundlos bestraft oder grausam behandelt, wie Dalwon es getan hat. Noran war wirklich freundlich gewesen. Er hat meine Dankbarkeit und Liebe verdient. Nachdem ich ihn hintergangen hatte, war es nur gerecht, dass ich brutal bestraft wurde. Was ich getan habe, kann nicht vergeben werden. Und doch hat er mir gestattet, am Leben zu bleiben ..."

„Aber?"

„Aber er hatte kein Recht, meine Liebe für ihn zu missbrauchen, um mich zu unterwerfen. Er hat mich gezwungen, mich gegen meinen Willen genommen, aber das Schlimmste war, dass er dafür gesorgt hat, dass ich dankbar dafür war. Am Anfang war ich einfach nur froh, dass er mich überhaupt noch beachtete. Als er begann grausamer zu werden, fing ich an, ihn zu hassen oder ich dachte zumindest, dass es Hass war. Aber warum sehne ich mich dann danach, ihn zu sehen? Warum will ich unbedingt seine Stimme hören? Ich würde alles geben, wenn die Dinge wieder so wären, wie sie es vor meinem Verrat waren. Ich kann nicht aufhören, mich zu fragen, ob es am Ende nicht doch meine Schuld war. Ich weiß nicht viel über seine Vergangenheit, aber Hulda hat mir erzählt, dass Noran schon einmal verraten wurde. Was ich getan habe, muss wie ein Schlag ins Gesicht gewesen sein, vor allem nachdem er angefangen hatte, mich so gut zu behandeln. Ich habe ihn zum Handeln gezwungen und ich verachte mich selbst dafür."

Sic weinte jetzt. Die Tränen strömten seine Wangen hinab und fielen in den Tee und auf den Tisch. Cornelia stand auf und nahm ihn in die Arme.

„Shh, Sic. Es ist gut. Lass den Schmerz los. Lass alles los. Du hast alle Zeit der Welt, darum nimm sie dir."

Lange Zeit saßen sie so da, Sic in die Arme der Emeris gekuschelt. Die Sonne begann bereits über den Bergen unterzugehen, als der Schmied sich endlich beruhigte. Cornelia streichelte beruhigend seine Wangen.

„Ich beneide dich nicht, Sic. Die Männer, die mich vergewaltigt haben, waren Fremde und das Einzige, was ich je für sie empfunden habe, war Hass. Deine Beziehung zu Noran ist viel komplizierter und ich beginne gerade erst zu begreifen, wie schwierig es für dich sein muss. Um ehrlich zu sein, weiß ich nicht, was ich dir sagen soll." Sie hielt inne. „Außer, dass du dir selbst vergeben musst, bevor du überhaupt daran denken kannst, ihm zu vergeben. Die Dinge haben sich drastisch für dich verändert, Sic. Ja, du hast Noran verraten, aber du hast es aus Liebe getan. Ganz egal, was dabei herausgekommen ist, dein Handeln hat nicht darauf abgezielt, ihn absichtlich zu verletzen und er hatte kein Recht, dir all das anzutun. Er hätte in der Lage sein müssen, über das Offensichtliche hinauszusehen und anzuerkennen, wie schwer das für dich gewesen ist. Stattdessen hat er sich wie ein Kind benommen, hat die eine Person verletzt, die ihn bedingungslos liebt. Das ist seine Sünde, nicht deine und du solltest diese Bürde nicht zusätzlich zu deiner eigenen tragen. Am Ende musst du deinem Herzen folgen."

Der junge Mann schaute auf.

„Mein Herz sagt, dass ich ihn liebe, ganz egal, was er getan hat. Aber Cornelia, er hat mir nie gesagt, dass er mich liebt. Er hat zugegeben, dass er mich zerstören wollte. Ich liebe einen Mann, dem ich vollkommen egal bin."

Wieder begann Sic zu weinen; tiefe, heftige Schluchzer, nachdem er zum ersten Mal laut ausgesprochen hatte, was ihn so sehr schmerzte. Cornelia musterte ihn hilflos. Sie erkannte, dass dem jungen Emeris nicht geholfen werden konnte, dass nichts, was sie sagte, irgendetwas ändern würde. Sie tätschelte seine Schultern.

„Vielleicht solltest du versuchen, an etwas anderes zu denken. Du bist ein Mann, du musst beim Sex also nicht am empfangenden Ende sein. Nicht das Opfer zu sein, sondern derjenige, der alles kontrolliert, könnte dir helfen, eine neue Perspektive zu gewinnen."

Sic starrte sie mit rotgeränderten Augen an.

„Du meinst bezüglich des Frühlingsfestes?"

„Nicht unbedingt. Renaldo und Canubis würden es verstehen, wenn du dich weigerst, daran teilzunehmen."

Die Schultern des Schmiedes sanken herab.

„Das könnte ich ihnen nie antun. Es ist das erste Frühlingsfest, bei dem alle Emeris zugegen sind, das erste Mal, dass sie die Zeremonie als vollwertige Götter abhalten. Ich weiß, wie unglaublich wichtig das für euch alle ist."

„Du bist ein guter Mann, Sic. Ja, es ist für uns alle wichtig. Ich bin noch nicht so viele Jahrhunderte im Tal wie Aegid oder Kalad, aber ich bin lange genug hier, um zu wissen, wie ermüdend das Warten gewesen ist. Wir alle können die Veränderung spüren und wir sind deswegen sehr aufgeregt. Dennoch solltest du auf dein Herz hören. Du wirst für eine lange Zeit leben, Sic, und ganz egal, was die Dichter dir sagen mögen, die Zeit heilt nicht notwendigerweise alle deine Wunden. Das ist etwas, was du selbst tun musst."

Überwältigt von seinem Elend fiel der Schmied nach vorne.

„Was soll ich also tun?"

„Versuch etwas Neues. Lass die alten Pfade hinter dir. Geh zu Aegid und Kalad – sie haben jede Menge Erfahrung mit unverbindlichem Sex. Ich bin mir sicher, dass sie in der Lage sein werden, dir zu helfen. Versuch es. Selbst wenn es nicht funktioniert, kannst du immer noch sagen, dass du dir die Mühe gemacht hast. Lass dich nicht von diesem Monster einer Beziehung, die du mit Noran hast, fangen. Die Dinge werden sich selbst regeln, sobald du einen neuen Blickwinkel gewonnen hast. Und lass mich noch einmal betonen, wie wichtig es ist, dass du dir selbst vergibst."

Sie lächelte warm. „Natürlich darfst du mich immer gerne besuchen. Ich mag dich, Sic. Du bist ein guter, sanftmütiger Mann. Normalerweise bin ich nur bei meinem Bruder so entspannt."

Mit solchem Vertrauen konfrontiert, verneigte Sic sich vor seiner neuen Schwester.

„Du bist sehr freundlich, meine Lady. Ich werde dein Angebot gerne annehmen."

„Es IST so weit, Bruder. Wir haben die erste Gelegenheit, uns Daran abzugewöhnen."

Aegids Gesicht war dunkel, als er diese Worte aussprach. Er war immer noch nicht glücklich über Kalads Plan, hatte aber keine bessere Idee zu bieten.

„Wer?" Kalads Stimme klang angespannt. Auch er war nicht glücklich. Seit der Nacht, als sie entschieden hatten, sich von Daran zu trennen, hatte seine Stimmung jeden Tag ein neues Tief erreicht.

„Sic. Ich habe gerade mit ihm gesprochen und er hat uns um Hilfe gebeten. Er will sich dem stellen, was Noran ihm angetan hat und er will damit anfangen, indem er herausfindet, wie es sich anfühlt, wenn er beim Sex die Kontrolle hat."

Aegid seufzte, zutiefst unglücklich. „Es ist beinahe so, als ob die Mütter das alles geplant hätten. Sic ist unerfahren und freundlich. Wir können uns absolut sicher sein, dass Daran nicht verletzt werden wird. Und er ist unser Waffenbruder, darum gehört er auch zur Familie."

Kalad richtete sich auf. Er wusste, dass es keinen besseren Kandidaten für ihren Plan gab als den neuen Emeris. „Lass uns Daran fragen."

Der junge Dieb kam gerade von einer Reitstunde bei Casto zurück und war erschöpft. Als er den ernsten Ausdruck auf den Gesichtern seiner Herren sah, wusste er, dass etwas nicht stimmte. Sein Herz begann laut in seiner Brust zu hämmern, aus Angst, sie würden ihm sagen, dass er bereits verkauft war.

Kalad sprach zuerst. „Daran, wir wollen dich etwas fragen. Es ist sehr wichtig, darum hör gut zu. Verstehst du?"

Unsicher nickte der junge Mann.

„Wie du weißt, hatte Sic einige schreckliche Erfahrungen, was das Bett betrifft. Wir wollen ihm helfen, sein Trauma zu überwinden. Wenn du zustimmst, werden wir dich heute Nacht zu ihm bringen. Das ist eine große Verantwortung, weil er unerfahren ist. Er wird deine Hilfe und Führung brauchen. Denkst du, dass du das kannst?"

Nein! wollte Daran ihnen ins Gesicht schreien. Er konnte das nicht. Allein der Gedanke, dass jemand anderes als seine Herren ihn berührte, ließ ihm die Galle in den Mund steigen und doch wusste er, dass er zustimmen musste. Wenn er nicht wollte, dass die Brüder ihn bald verkauften, musste er ihnen seinen absoluten Gehorsam demonstrieren, auch wenn das bedeutete, dass er log. Als er antwortete, schaute er ihnen nicht ins Gesicht.

„Das kommt unerwartet, Herr, aber ich werde es tun. Lord Sic ist sehr freundlich und er verdient, glücklich zu sein."

Aegid und Kalad teilten einen Blick. Sie hatten nicht gedacht, dass Daran so schnell zustimmen würde und sie fühlten ein schmerzhaftes Stechen, als ihnen klar wurde, dass der junge Mann nicht so für sie empfand wie sie für ihn. Wut glomm in Kalads Augen auf, aber Aegid hob warnend eine Braue und sein Bruder hielt sich zurück.

„Das ist sehr großzügig von dir. Nimm dir den Rest des Tages frei und mach dich präsentabel. Wir wollen, dass Sic sich so wohl wie möglich fühlt."

Den Blick immer noch gesenkt und mit wild hämmerndem Herzen, zog Daran sich zurück. Die Wüstenbrüder blieben im Hauptraum, beide damit beschäftigt, ihre Emotionen unter Kontrolle zu bringen und sich selbst einzureden, dass alles in Ordnung war, dass sie froh darüber waren, wie die Dinge sich entwickelten.

Es war die größte Lüge, die sie je gehört hatten.

EIN SCHARFES Klopfen riss Sic von der Skizze weg, über der er grübelte. Er plante einen besonderen Dolch für Casto zu machen, ein kleiner Beweis der Dankbarkeit für all die Dinge, die er getan hatte. Seufzend ging er, um die Tür zu öffnen, ein wenig missmutig über die Störung. Kalad stand vor ihm, ein fröhliches Lächeln im Gesicht, mit Daran, der hinter ihm wartete.

„Sic, können wir hereinkommen?"

„Natürlich. Bitte vergebt mir, He–, bitte entschuldige meine Unhöflichkeit. Ich habe so spät keinen Besuch erwartet."

Kalad hob eine Braue. Es war ihm nicht entgangen, dass der letzte Emeris immer noch Probleme hatte, seinen neuen Status anzunehmen.

„Ich habe mich mit Aegid unterhalten und er hat mir von deinem Problem berichtet. Wir haben es diskutiert und hier ist deine Lösung."

Er packte Darans Handgelenk und schob ihn auf Sic zu.

„Du kennst Daran bereits. Er hat gute Manieren und ist froh, dir helfen zu können. Was auch immer du willst, Daran wird es dir mit Freuden geben. Ist das nicht so, kleiner Dieb?"

Der junge Mann schaute seinen Besitzer voller Liebe an.

„Was auch immer mein Herr wünscht."

Kalad tätschelte die Wange des jungen Mannes, bevor er zur Tür ging.

„Hab Spaß, Sic. Sei nicht zögerlich. Diese Nacht gehört dir allein."

Trotz der Fröhlichkeit in der Stimme des Kriegers konnte Sic eine tieferliegende Spannung spüren, die ihn unsicher darüber zurückließ, was er tun sollte. Ehe er reagieren konnte, war Kalad durch die Tür verschwunden. Peinlich berührt musterte Sic Daran, der bis vor kurzem im Rang noch weit über ihm gestanden hatte und jetzt mit demütig gesenktem Blick vor ihm stand.

Er trug eine Hose aus dunkelgrünem Leinen, die tief auf seinen Hüften hing. Sein nackter Oberkörper glänzte von Öl, die gut definierten Muskeln wurden vom Licht der Kerzen betont. Wie immer trug er seine langen Haare in einem Zopf. Ein Hauch Lidschatten betonte seine ausdrucksstarken, braunen Augen.

Sic hatte das Gefühl, dass der junge Mann sich nicht wohl fühlte, hatte aber Angst, nach der Bestätigung dafür zu fragen, da er sich nicht sicher war, ob er nicht seine eigenen Gefühle der Unsicherheit auf ihn übertrug. Daran bewegte sich ein wenig und Sic näherte sich ihm hastig.

„Geht es dir gut, Daran? Willst du dich setzen? Hast du Durst? Oder bist du hungrig?"

Der Dieb schaute auf. Belustigung und etwas Dunkleres, Gefährlicheres funkelte in seinen Augen.

„Nein, mir geht es gut, Lord Sic. Ich warte auf Eure Befehle."

„Befehle?"

„Wie Ihr mich haben möchtet."

„Wie ich dich ... Um ehrlich zu sein, Daran, habe ich nicht die leiseste Idee. Was machen deine Herren normalerweise mit dir?"

Daran zuckte mit den Schultern. Wieder bekam Sic den Eindruck, dass der junge Mann sich sehr bemühte, seine wahren Gefühle zu unterdrücken, eine Fassade aufrechtzuerhalten, aber ehe er seine Vermutung bestätigen konnte, antwortete der Dieb ihm.

„Was immer ihnen gefällt. Wenn sie bereits erregt sind, verschwenden sie keine Zeit mit Formalitäten und befehlen mir einfach nur, mich auszuziehen. Wenn sie in der Stimmung sind, zu spielen, mache ich eine kleine Vorführung daraus, wenn ich mich ausziehe und im Austausch dafür nehmen sie sich die Zeit, mich zu erregen. Es liegt ganz an Euch."

Sic versuchte, eine Entscheidung zu treffen.

„Was willst du, Daran? Wie willst du genommen werden?"

Hastig senkte der junge Mann den Kopf. Dennoch hatte Sic einen Blick auf die Röte in seinen Wangen erhascht. Das Gefühl, dass Daran ihn nicht wirklich wollte, dass er es hasste, hier zu sein, war für einen Moment überwältigend.

„Was ich will, ist irrelevant. Ihr habt meinen Herrn gehört – diese Nacht ist für Euch. Ich bin, was immer Ihr von mir wollt."

Von diesen Worten ein wenig bestärkt, näherte Sic sich dem Dieb langsam. Vorsichtig, als ob er Angst hätte, sich selbst zu verbrennen, streckte er die Hand aus und berührte Darans Gesicht. Dann beugte er sich vor, um ihn zu küssen, nur um eine Hand vom Gesicht des Sklaven entfernt innezuhalten. Was auch immer der junge Mann ihm gerade gesagt hatte, war er doch auf gar keinen Fall aus freien Stücken hier. Sic wich zurück.

„Ich denke, dass wir das besser nicht tun. Danke, dass du mir eine solche Möglichkeit angeboten hast, aber ich kann es einfach nicht tun. Du kannst gehen, Daran."

Der Dieb schaute ihn überrascht an. Eine winzige Spur Erleichterung färbte seine Stimme. „Ihr schickt mich fort, Herr? Habe ich einen Fehler begangen oder Euch beleidigt? Wenn das der Fall ist, dann bitte bestraft mich und gestattet es mir, meinen Fehler wiedergutzumachen."

„Du hast nichts Falsches getan, Daran. Ich bin einfach noch nicht bereit. Du kannst zu deinen Herren zurückgehen. Sag ihnen, dass ich dankbar bin."

Langsam wandte Daran sich zur Tür. Es war offensichtlich, dass er hin- und hergerissen war.

„Wie Ihr wünscht, mein Lord."

NACHDEM DARAN fort war, fiel Sic seufzend auf eine seiner Liegen. Er wusste nicht, ob er über das, was gerade geschehen war, erleichtert oder traurig sein sollte. Vor allem war er froh, dass er nicht länger dafür verantwortlich war, die Nacht zu einem Erfolg zu machen. Immer noch aufgewühlt entschied er sich, zu seinen Skizzen zurückzukehren. Ein schwieriges Problem wartete immer noch darauf, gelöst zu werden. Er hatte gerade mit einer neuen Zeichnung begonnen, als das Klopfen an seiner Tür wieder begann, dieses Mal deutlich aggressiver als zuvor. Es schien, als ob seine Arbeit heute Nacht nicht getan werden sollte. Er hoffte nur, dass es nicht wieder einer seiner Waffenbrüder war, der versuchte, ihm zu helfen.

Es waren Aegid *und* Kalad, beide außer sich vor Wut, die einen zerknirschten Daran so brutal ins Zimmer zerrten, dass er vor Sic auf die Knie fiel. Kalad hielt sich nicht mit höflicher Konversation auf.

„Sic, was hat dieses Stück Abfall getan, dass du ihn weggeschickt hast? Sprich frei, denn wir werden das als Maß für die Härte seiner Strafe nehmen."

Von diesem plötzlichen Ausbruch überrascht, hob Sic beide Hände. Der Zorn der Wüstenbrüder hatte offensichtlich nicht viel mit Darans Verhalten gegenüber dem neuen Emeris zu tun. Wo das Problem wirklich lag, konnte Sic nicht sagen und darum versuchte er die Wogen, so gut es ging, zu glätten.

„Kalad, bitte, beruhige dich. Ich versichere dir, dass Darans Verhalten fehlerlos war. Es ist meine Schuld und es tut mir leid, dass du dir all die Mühe gemacht hast. Ich bin einfach noch nicht bereit. Dein Sklave hat wirklich versucht mir zu helfen."

Der wütende Krieger wandte sich an den knienden Dieb.

„Stimmt das, Sklave? Bist du gehorsam gewesen?"

„Ja, Herr. Zumindest habe ich es versucht. Vielleicht war ich nicht überzeugend genug, ich weiß es nicht. Bitte, vergebt mir."

„Kalad, ich versichere dir, dass er nichts falsch gemacht hat."

Der Gesichtsausdruck des Emeris wurde ein wenig weicher.

„Steh auf."

Zitternd gehorchte Daran. Er schaute seinen Besitzer bittend an, der die Hand ausstreckte, um sein Gesicht zu liebkosen.

„Es tut mir leid, kleiner Dieb. Es scheint, als ob ich dich grundlos bestraft hätte."

Mit geschlossenen Augen lehnte der Dieb sich in die Berührung seines Herrn. „Ich gehöre Euch. Es ist Euer Recht."

Fasziniert beobachtete Sic, wie die ängstliche Anspannung aus Darans Körper verschwand, während er sich vollkommen den zärtlichen Händen seines Herrn hingab. Aegid trat näher zu Sic, seine Stimme war weich. Etwas hatte sich gerade verändert. Der Schmied konnte es in den Knochen fühlen. Was immer zwischen Daran und seinen Herren vor sich ging, hatte sich deutlich beruhigt, zumindest für den Moment.

„Wenn du möchtest, zeigen wir dir, wie viel Spaß Sex machen kann."

Überrascht wandte Sic sich dem Hünen zu.

„Das würdet ihr für mich tun?"

Aegid lachte gutmütig.

„Natürlich. Du bist unser Bruder. Wir helfen dir gerne. Außerdem", seine Augen leuchteten amüsiert auf, „haben wir manchmal gerne Publikum. Entspann dich und genieß die Vorstellung."

Damit ging er zu seinem Bruder und Daran, schlang den Zopf des jungen Mannes um sein Handgelenk, bog seinen Kopf zurück und begann ihn zu küssen. Kalad überließ den Mund ihres Sklaven den Liebkosungen seines Bruders, seine Hände strichen liebevoll über Darans Oberkörper, seine Lippen schlossen sich um den rechten Nippel des Diebes, während er ihm seine Hose auszog. Darans Geschlecht sprang hart nach oben. Stöhnend rieb er sich an Aegid, der jetzt mit zwei Fingern in ihn eindrang. Hilflos in seiner Lust hing der Dieb zwischen den starken Körpern seiner Herren, willig und bereit.

Sics Atem stockte, seine eigene Erektion erwachte in Reaktion auf die offene Zurschaustellung von Lust. Das war in der Tat anders als alles, was er je erlebt hatte. Daran zeigte seinen Herren gegenüber keinen Anflug von Furcht oder Scheu. Im Gegenteil, es war offensichtlich, wie vollkommen er ihnen vertraute. Er bot sich ihnen dar, ohne sich vor der Stärke der Brüder zu fürchten.

Jetzt führte Kalad den jungen Mann zu einer der Liegen. Daran kniete zwischen den gespreizten Beinen seines Besitzers und begann hungrig, seinen Penis zu lecken, während Aegid nach vorne trat, dessen eigene, beeindruckende Erektion wie eine schreckliche Waffe vorstand. Seine großen Hände teilten Darans Rückseite und er drang mit einem anmutigen Stoß ein.

Sic erkannte, dass er in furchtsamer Erwartung den Atem angehalten hatte. Voll Erstaunen sah er zu, wie Daran seinen Herrn in seinem Körper aufnahm, nicht voller Schmerzen, sondern mit einem zufriedenen Wimmern, als wäre das alles, was er sich je gewünscht hatte. So groß wie Aegid war, hatte Sic angenommen, dass er dem Sklaven wehtun würde, aber Daran zeigte nur Lust, keinen Schmerz.

Die Krieger gossen ihre Essenz in den willigen Körper ihres Sklaven. Dann tauschten sie die Plätze und alles begann von vorne. Nachdem sie zum zweiten

Mal Erleichterung gefunden hatten, zog Kalad Daran in die Höhe und seine Hand schloss sich schwer um den Schaft des jungen Mannes.

„Wer von uns soll dich kommen lassen, Sklave?"

Daran wimmerte lusterfüllt, seine Antwort war kaum zu verstehen. „Ich gehöre Euch. Es ist nicht an mir, das zu entscheiden."

Zufrieden mit dieser Antwort schob Kalad seine Zunge in Darans Ohr.

„Guter Junge."

Aegid packte das Gesicht des jungen Mannes mit beiden Händen und begann ihn leidenschaftlich zu küssen, während Kalad gleichzeitig in ihn eindrang. Er nahm ihn mit harten Stößen, die Daran auf die Knie gezwungen hätten, wenn Aegid ihn nicht gehalten hätte. Die Wüstenbrüder sorgten dafür, dass ihr Sklave zweimal kam. Dann setzte Aegid sich wieder auf die Liege, zog Daran mit sich und hielt ihn fest. Kalad wandte sich an Sic.

„Hat es dir gefallen?"

Der Schmied nickte mit großen Augen. Er war so fasziniert und erregt, dass er unfähig war zu sprechen. Kalad grinste wissend.

„Dann kommt. Zieh deine Hose aus."

Zitternd vor Erregung gehorchte Sic. Seine Hände bebten. Mit einem aufmunternden Lächeln nahm Kalad seine Hand und führte ihn zu dem knienden Daran. Seine Fingerspitzen strichen über die zitternden Backen, die ihnen so frech präsentiert wurden. Kalad glitt mit zwei Fingern in den Sklaven, der zu stöhnen begann.

„Wie du sehen kannst, will der Junge es unbedingt. Er kann es nicht erwarten, dir zu dienen, stimmt das nicht, kleiner Dieb?"

„Herr, bitte nehmt mich."

Darans Stimme klang gepresst, sein Anus zuckte aufgeregt. Wieder hatte Sic das Gefühl, dass er einen Fehler machte, dass Daran ihn nicht wollte, aber er schüttelte es ab. Der Sklave hatte sein Einverständnis gegeben und seine Besitzer hatten ihn so großzügig angeboten. Warum sollte er ihre Freundlichkeit zurückweisen?

Zögerlich legte er seine Hände auf die Hüften des jungen Mannes. Kalad stand direkt neben ihm und feuerte ihn an.

„Sehr gut. Jetzt dring in ihn ein. Daran ist sehr eng, darum musst du ein wenig Gewalt anwenden, aber sei versichert, dass du ihm nicht wehtust. Du hast gesehen, wie er Aegid ohne Probleme aufgenommen hat."

Sic nickte, nahm all seinen Mut zusammen und stieß zu.

Es war exquisit und feucht und wunderbar. Darans Muskeln kontraktierten rhythmisch um ihn herum, hielten ihn wie eine samtene Faust, warteten auf etwas, das Sic nicht verstand.

Kalads Hand fiel schwer auf Darans linke Pobacke, hinterließ einen roten Fleck auf der weichen Haut. Seine Stimme klang scharf.

„Reiß dich zusammen, Sklave. Das ist für Sic, nicht für dich."

Ein Stöhnen entkam aus Darans Kehle und sein ganzer Körper schien sich anzuspannen. Dann hörte das Zucken auf und er entspannte sich. Kalad streichelte den Rücken des Sklaven, als ob er ein Hund wäre.

„Sehr gut, kleiner Dieb."

Er wandte sich an Sic.

„Er gehört ganz dir. Nimm ihn in deinem Tempo, so wie es sich gut für dich anfühlt. Er hatte bereits seinen Spaß, darum musst du dir also keine Sorgen machen."

Dankbar nickte Sic seinem Waffenbruder zu, bevor er sich auf den jungen Mann vor sich konzentrierte. Das physische Gefühl war unglaublich. Sic hatte sich noch nie so lebendig gefühlt. Daran zu nehmen war, als würde man sehr alten Wein trinken. Man blieb ein wenig beschwipst und vollkommen entspannt zurück.

Wenn da nicht das nagende Gefühl in seinem Hinterkopf gewesen wäre, dass er einen schrecklichen Fehler machte, hätte Sic diesen Moment als einen der besten in seinem ganzen Leben bezeichnet.

Aegid und Kalad verließen ihn Stunden später. Stunden, in denen sie Daran immer und immer wieder genommen hatten, Stunden, in denen sie Sic gezeigt hatten, was ein guter Liebhaber mit einem willigen Partner anstellen konnte. Als sie gingen, trug Aegid den erschöpften Daran in seinen Armen.

Sic machte sich um den jungen Mann Sorgen. „Geht es ihm gut?"

Kalad grinste anzüglich.

„Natürlich. Er wird morgen ein wenig wund sein, aber wir werden ihn ausschlafen lassen, damit er sich erholen kann. Alles ist in Ordnung, kleiner Dieb, oder nicht?"

Müde hob Daran den Kopf und seine braunen Augen leuchteten auf.

„Natürlich, Herr." Er wandte sich an Sic. „Lord Sic. Ich wünsche Euch eine gute Nacht."

Sic schluckte. Was er in Darans Augen gesehen hatte, schickte Schauder seinen Rücken hinunter. Der Dieb hatte das hier eindeutig nicht gewollt. Und er, Sic, hatte ihn gegen seinen Willen genommen, obwohl er von Anfang an die Wahrheit gespürt hatte. Er schaute schnell weg.

„Ich wünsche dir auch eine gute Nacht, Daran. Und danke für deine Freundlichkeit."

Die Wüstenbrüder verließen Sics Gemächer mit ihrem erschöpften Sklaven.

2.
VERGEHEN UND STRAFE

RUHELOS WARF Sic sich auf dem Bett hin und her, schob das Fell, das er als Decke verwendet hatte, zur Seite, nur um es kurze Zeit später wieder zu packen. Mehr als zwei Stunden lang hatte er vergeblich versucht, Schlaf zu finden, aber jedes Mal, wenn er seine Augen schloss, wurde er mit Darans glatten Gesichtszügen und dem Widerwillen in seinen dunklen Augen konfrontiert. Er hatte einen schrecklichen Fehler begangen; daran bestand kein Zweifel. Rückblickend hätte er es von Anfang an wissen müssen. Die ganze Situation war mehr als bizarr gewesen. Warum sollten die Wüstenbrüder überhaupt daran denken, ihren kostbaren Dieb mit jemand anderem zu teilen? Bis jetzt war jeder, der den jungen Mann auch nur zu lange angestarrt hatte, mit finsteren Blicken und offener Zurschaustellung von Missmut gestraft worden. Und Daran – er gehörte ihnen so vollkommen. Wie konnte er jemals zustimmen, sich mit jemand anderem einzulassen? Sic zweifelte, dass das, was in der vorangegangenen Nacht geschehen war, nur ein Akt der Freundlichkeit ihm gegenüber gewesen war. Etwas viel Komplizierteres ging vor sich und Glückspilz, der er war, war er hineingezogen worden.

Genervt setzte er sich auf. Auf keinen Fall würde er Schlaf finden, darum konnte er genauso gut auch wieder anfangen zu arbeiten. Die Skizzen für den Dolch, den er für Casto machen wollte, lagen immer noch auf dem Zeichentisch, da er noch nicht herausgefunden hatte, wie er den Stahl falten musste, um das Muster zu bekommen, das er anstrebte. Er starrte die Skizzen mit leerem Blick an, seine Gedanken wanderten, kehrten zu Daran und der letzten Nacht zurück, die die Dinge irgendwie noch schlimmer als zuvor gemacht hatte. Sic bereute zutiefst, die Wüstenbrüder und ihren Sklaven nicht weggeschickt zu haben, als er die Chance dazu gehabt hatte.

Die Sonne stand bereits hoch am Himmel, als Sic sich endlich entschied, zu handeln. Er bereitete ein Geschenk vor, von dem er hoffte, dass es Daran deutlich zeigen würde, wie leid es ihm tat, was geschehen war. Dann ging er zu den Gemächern der Wüstenbrüder. Sein Klopfen wurde von Daran beantwortet, der müde aussah, als ob er gerade aufgestanden wäre. Dennoch grüßte er Sic demütig.

„Lord Sic, guten Morgen. Was kann ich für Euch tun?"

Der Schmied schluckte schwer.

„Darf ich dich für einen Moment stören? Ich würde gerne mit dir reden."

Stumm trat Daran zur Seite. Er schloss die Tür und stand erwartungsvoll vor Sic, mied aber noch immer seinen Blick.

„Das wegen gestern tut mir leid, Daran. Ich war ein Idiot."

„Ich verstehe nicht, Herr."

Bei dem Anblick von Daran, der selbst so schuldbewusst aussah, wünschte Sic sich nicht zum ersten Mal in seinem Leben, dass er die Zeit zurückdrehen könnte. So sanft, wie es ihm möglich war, sagte er, was er auf dem Herzen hatte, hoffte, wenigstens jetzt das Richtige zu tun.

„Ich weiß, dass du mich nicht gewollt hast. Ich konnte es spüren. Und doch habe ich dich genommen und das bereue ich zutiefst. Ich hatte kein Recht, das zu tun. Das hier ist für dich."

Er hielt dem Dieb das flache Paket entgegen.

„Es soll keine Bestechung sein. Was ich getan habe, kann mit materiellen Gütern nicht wiedergutgemacht werden, das weiß ich nur zu gut. Aber es soll dich daran erinnern, dass ich dir etwas schulde. Was immer du brauchst, du musst es mir nur sagen und du kannst sicher sein, dass ich alles tun werde, um dir zu helfen und solltest du dich entscheiden, mich wegen meines abscheulichen Verhaltens anzuklagen, werde ich das verstehen."

Sprachlos starrte Daran den letzten Emeris an. Er wusste nicht, was er erwartet hatte, aber sicher nicht das hier. Seine Stimme brach, als er antwortete.

„Lord, es war nicht Eure Schuld. Wenn überhaupt, war es die meine. Ich habe zugestimmt mit Euch zu schlafen. Ihr konntet das auf gar keinen Fall wissen."

„Aber ich habe es gewusst, Daran. Ich habe es in deinen Augen gesehen. Es tut mir so leid."

Zögerlich trat der junge Mann einen Schritt nach vorne und legte eine Hand auf Sics Arm.

„Herr, es ist wirklich in Ordnung. Ihr habt mir nicht wehgetan, ich hatte sogar meinen Spaß. Niemand ist zu Schaden gekommen."

Traurig nahm Sic die Hände des Diebes in seine.

„Nein, Daran. Du bist zu Schaden gekommen. Warum hast du dein Einverständnis gegeben?"

Errötend senkte Daran den Blick. „Meine Herren wollten Euch wirklich helfen. Und ich will sie nicht enttäuschen, darum habe ich mich ihrem Wunsch gefügt. Es war meine eigene Entscheidung."

„Wissen Sie von dem Opfer, das du gebracht hast?"

Daran schüttelte den Kopf. „Nein. Ich will ihnen nur gehorchen, sie zufriedenstellen. Macht Euch keine Sorgen, Lord. Alles ist gut."

„Du bist sehr großzügig, Daran. Ich danke dir aus tiefstem Herzen."

Der junge Mann lächelte schief.

„Wie ich schon sagte, war es meine Entscheidung. Wenn es etwas zu vergeben gibt, habe ich es getan."

Sic musterte den Dieb für eine lange Zeit, dachte über all die seltsamen und vollkommen verrückten Dinge nach, die die Liebe die Menschen tun ließ. Dann küsste er Darans Hand.

„Ich bin dein Freund, Daran. Jetzt noch mehr als vor letzter Nacht. Du kannst dich auf mich verlassen. Und mach dir keine Sorgen, es ist nie ein Fehler, zu lieben. Und wen wir lieben – nun ja, es liegt nicht an uns, das zu entscheiden."

„Ihr seid ein weiser Mann, Lord Sic. Ich danke Euch für das Geschenk. Auch wenn es nicht wirklich nötig war."

Mit dem Gedanken, dass er zumindest sein Bedauern auf angemessene Weise zum Ausdruck gebracht hatte, verließ Sic Daran. Zuerst dachte er, dass er in die Schmiede zurückkehren würde, aber seine Füße wanderten ziellos durch das Tal, während seine Gedanken in seinem Kopf rasten.

Obwohl Daran so großzügig gewesen war, einen Großteil der Schuld auf sich zu nehmen, änderte dies nichts an der Tatsache, dass er die Bedürfnisse des Diebes ignoriert hatte, um seine eigenen zu befriedigen. Er war erst seit kurzer Zeit ein Emeris, aber es schien, als ob er bereits jegliches Mitgefühl für jene, die noch vor kurzer Zeit im Rang über ihm standen, verloren hatte. Sic war von sich selbst angewidert. Er wusste nur zu gut, wie es sich anfühlte, gezwungen zu werden, ein Gefangener der Umstände zu sein. Die hässliche Wahrheit war, dass er genau gewusst hatte, was er tat und dies damit gerechtfertigt hatte, dass es sein Recht war. Denn war er nicht ein Emeris, eine Art Halbgott, wenn die Prophezeiungen stimmten? Was kümmerte ihn der Wille eines Sklaven, der noch dazu seine Zustimmung gegeben hatte?

Es war verabscheuenswürdig, so zu denken.

Ein stetes Hämmern riss ihn aus seinen Gedanken. Er stand vor Norans Schmiede, die mehr als acht Jahre lang sein Heim gewesen war. So ziellos und aufgewühlt sein Verstand auch sein mochte, sein Körper wusste, wohin er gehörte. Das Hämmern stoppte. Sic wurde klar, dass er von allen angestarrt wurde, was bei dem jüngsten Lehrling begann und bei den erfahrenen Gesellen endete. Es war zu viel. Er begann sich umzudrehen, diesen Ort zu verlassen, an dem niemand je sein Freund gewesen war, wo er nur Neid und Hass erfahren hatte. Im selben Moment krachte die Tür zu Norans Privaträumen auf und der Meister stürmte mit wütendem Gesichtsausdruck nach draußen.

Ohne nachzudenken kniete Sic nieder, da er diese Stimmung nur zu gut kannte. Noran stand kurz davor, auszurasten. Seine dunkle Stimme hallte durch die Schmiede.

„Ihr verdammter Haufen! Auf die Knie und zeigt Sic den Respekt, der ihm als Emeris gebührt. Wenn ihr fertig seid, verschwindet. Ich werde mich morgen um euren Mangel an Manieren kümmern."

Es war eine seltsame Situation, als jeder Schmied Sic die Ehre erwies, während er wieder aufstand. Er war erleichtert, dass Noran nicht auf ihn wütend war, auch wenn er nicht wusste, wie er sich benehmen sollte.

Als der letzte Geselle gegangen war, standen sie schweigend voreinander, die Stille zwischen ihnen breitete sich aus wie Blut unter der Leiche eines soeben getöteten Feindes. Noran schaffte es endlich, zu sprechen.

„Es freut mich sehr, dich zu sehen, Sic. Gibt es etwas, das ich für dich tun kann?"

Sic schaute auf. Die Worte seines früheren Meisters sagten ihm, was er wollte.

„Würdet Ihr mir gestatten, Euch bei der Arbeit zuzusehen, Meister? Wie in den alten Zeiten?"

Die Gesichtszüge des Schmiedes wurden weich.

„Sehr gerne, Sic."

Erleichtert folgte Sic Noran ins vertraute Halbdunkel. Die Geräusche der Schmiede, das leise Rascheln der Kohlen in der Esse, das Klingeln, wenn Stahl gegen Stahl stieß, das Gluckern des Wassers in den großen Eimern, die zum Kühlen verwendet wurden – all das war wie eine tröstliche Umarmung. Er fühlte, wie eine tiefe Ruhe in ihm aufstieg, eine, die er seit seinem Verrat nicht mehr gekannt hatte. Nicht einmal der Amboss, an den er die letzten acht Monate gekettet gewesen war, konnte den Frieden stören, den er fühlte.

Er war endlich zu Hause.

Mit einem zufriedenen Seufzen setzte er sich an die Stelle, von der aus er immer seinem Meister zugesehen hatte, nachdem er seine Pflichten erfüllt hatte.

Noran arbeitete an einem Schwert und Sic bewunderte die Kunstfertigkeit, mit der der Schmied aus einem gewöhnlichen Klumpen Metall eine tödliche, elegante Waffe erschuf. Die überbordende Stärke des Meisters war wie ein exquisites Kunstwerk, das Sic nie müde wurde, zu betrachten.

Die Sonne war bereits untergegangen, als Noran seine Arbeit beendete. Sic stand unsicher auf. Die Stille, die bis jetzt tröstlich gewesen war, stand kurz davor, wieder ins Gegenteil umzuschlagen. Wieder war es Noran, der die Initiative ergriff.

„Geht es dir nicht gut, Sic? Du siehst gestresst aus."

Für einen Moment zögerte der junge Mann, dann entschied er sich, seine Schande zu gestehen.

„Ich bin verzweifelt, Meister. Ich habe jemandem eine Ungerechtigkeit zugefügt und weiß nicht, wie ich es gutmachen soll."

„Zunächst einmal musst du mich nicht mehr Meister nennen, Sic. Wir sind jetzt gleichgestellt. Und zweitens, du hast eine Ungerechtigkeit begangen? Das glaube ich nicht, Sic, du bist zu so etwas nicht fähig."

Sic musterte intensiv seine Fingerspitzen. Er reagierte nicht auf Norans Erklärung, dass sie gleichgestellt waren – im Moment hatte er dringendere Probleme.

„Ich war dazu in der Lage. Ich habe Daran, den Sklaven von Aegid und Kalad, gegen seinen Willen genommen."

Sic konnte fühlen, wie Norans Blick Löcher in seinen Nacken brannte. Die Stimme des Meisters war rau.

„Ich glaube dir nicht. So etwas würdest du niemals tun! Erzähl mir, was passiert ist."

Sic holte tief Luft. „Ich hatte die Brüder um Hilfe gebeten. Sie wollten mir zeigen, wie körperlicher Kontakt mit jemand anderem Spaß machen kann."

27

Als er den Schmerz in Norans Augen sah, bedauerte er augenblicklich seine Wortwahl. Er hätte nie gedacht, dass er in der Lage sein würde, einem anderen Wesen solche Pein zu bereiten.

„Bitte vergebt mir, Herr. Ich wollte nicht –"

Aber Noran hielt ihn mit erhobener Hand auf.

„Es ist in Ordnung, Sic. Das ist meine Sünde und es ist nur gerecht, dass ich regelmäßig an meine Fehler erinnert werde. Die beiden wollten dir helfen?"

„Ja. Kalad hat Daran zu mir gebracht, aber ich habe nicht gewusst, was ich tun sollte und ihn zurückgeschickt. Später sind sie beide zu mir zurückgekommen und haben mir gezeigt, wie ich mit ihm umgehen muss. Was seltsam war, weil sie sonst sehr eifersüchtig auf jeden reagieren, der Kontakt mit Daran hat."

„Das klingt nicht so, als ob Daran dagegen gewesen wäre."

„Das war er nicht. Zumindest hat er gesagt, dass er es nicht war. Aber ich habe es in seinen Augen gesehen, wie sehr er mich abgelehnt hat, obwohl sein Mund etwas anderes behauptete. Und doch habe ich ihn genommen, weil ich dachte, dass es mein Recht wäre. Weil ich es wollte."

„Soweit ich das beurteilen kann, liegt der Fehler bei Kalad und Aegid. Er ist ihr Sklave. Sie hätten wissen müssen, dass etwas nicht stimmt." Sic schüttelte den Kopf. Noran verstand das Problem nicht.

„Das ändert nichts an meiner Verantwortung. Wisst Ihr, was das Schlimmste war? Es hat nicht einmal Spaß gemacht. Meine Bedürfnisse wurden befriedigt und es hat sich gut angefühlt, ja, aber da waren keine Emotionen, keine Bindung. Ich konnte nur an Euch denken, Meister."

Noran gab ein krächzendes Geräusch von sich.

„Sic, das tut mir so unglaublich leid. Ich würde meinen rechten Arm geben, sogar mein Leben, um die schrecklichen Verbrechen, die ich dir angetan habe, ungeschehen zu machen. Ich bereue zutiefst, wie meine Sünde dich immer noch verfolgt."

Die Reaktion des Meisterschmieds gab Sic den Mut, weiter zu sprechen, seine Seele ein wenig mehr vor diesem Mann, der sowohl sein Albtraum als auch sein Retter war, zu entblößen.

„Sie verfolgt mich tatsächlich, Eure Sünde. Aber daran habe ich nicht gedacht, als ich mit Daran zusammen war. Ich habe darüber fantasiert, was zwischen uns hätte gewesen sein können, wonach ich mich so sehr gesehnt habe. Ich hatte das Gefühl, dass ich Euch – uns – wieder betrüge."

„Sic, das kann nicht dein Ernst sein, nicht nach allem, was ich dir angetan habe. Und ich versichere dir, du kannst mich nicht betrügen, denn damit das geschehen kann, müsste ich ein Recht auf dich haben, was ich nicht habe. Ich danke den Müttern auf den Knien für den kleinsten Raum, den du mir in deinem Leben vielleicht einräumst, aber wenn du mich hinauswirfst, musst du dich nicht rechtfertigen. Ganz sicher nicht mir gegenüber."

Die Stimme seines Herrn klang so verzweifelt, dass Sic sich getroffen fühlte und ermutigt, die Verwirrung seiner Gefühle mit der Person zu teilen, die sie hervorgerufen hatte.

„Meister, Ihr seid meine Welt. Ihr seid der Mittelpunkt meines Lebens gewesen, von dem Tag an, als Ihr mich vor Dalwon gerettet habt. Alles, was ich tue, ist darauf ausgelegt, Euch zu erfreuen. Selbst als Ihr mich so brutal bestraft habt, hatte ich immer noch gehofft, Eure Vergebung zu erlangen. So sehr mir das auch missfallen mag, wird nichts je etwas daran ändern. Ich werde immer Euch gehören. Und jetzt weiß ich nicht, was ich tun soll und das frisst mich von innen her auf.“

Sprachlos starrte Noran die Liebe seines Lebens an. Er hätte niemals zu hoffen gewagt, solch vielversprechende Worte von dem jungen Mann zu hören. Überwältigt von dieser unerwarteten, vollkommen unverdienten Gnade sank er auf die Knie. Als er versuchte, Sics Hand in seine eigene zu nehmen, tat sein ehemaliger Sklave einen hastigen Schritt zurück, sein Körper mit einem Mal angespannt. Noran senkte seine Hände, wollte verzweifelt seine Gefühle für ihn ausdrücken.

„Ich schwöre bei allem, was mir etwas bedeutet, Sic, dass du das niemals bereuen wirst. Ich werde dir nie wieder wehtun oder irgendetwas tun, das du nicht willst. Von jetzt an werde ich dich wie den kostbaren Schatz behandeln, der du bist. Das verspreche ich.“

Von diesem Ausbruch überrascht, zog Sic sich noch weiter zurück. Irgendwie fühlte sich das hier richtig an; es war ihm nicht unangenehm, er war nur sehr nervös, weil es so schnell passierte. Wenn er wollte, dass dies hier funktionierte, mussten sie es langsamer angehen.

„Ich glaube Euch. Das tue ich wirklich. Aber ich werde Zeit brauchen. Zu viel ist dieses Jahr geschehen, was ich noch verarbeiten muss. Bevor wir unsere Beziehung neu aufbauen können, muss ich mich mit meinem neuen Status und all den Veränderungen, die er bringt, auseinandersetzen, sonst werde ich nicht in der Lage sein, zu entscheiden, was ich wirklich will. Vielleicht können wir damit beginnen, uns nicht länger aus dem Weg zu gehen?“

Noran stand langsam auf. Das hier war weit mehr, als er gehofft hatte, was zwischen ihm und Sic geschehen würde. Er war begierig darauf, dem jungen Mann seine Bereitschaft zu zeigen.

„Was immer du wünschst, Sic. Dieses Mal bist du derjenige, der die Bedingungen festlegt. Ich werde dir nicht länger aus dem Weg gehen und versuchen, mich bei dir normal zu benehmen.“

Sic lächelte scheu.

„Das wäre ein guter Anfang. Ich werde Euch nicht belügen, Meister. Ich will Euch vergeben, aber ich weiß nicht, ob ich je dazu in der Lage sein werde. Zuerst muss ich wohl lernen, Euch wieder zu vertrauen.“

Noran tat sein Bestes, nicht zu eifrig zu erscheinen.

„Du musst mir nicht vergeben. Wenn ich du wäre, wäre ich wahrscheinlich nicht dazu in der Lage. Ich bin bereits über die Maßen erfreut, dass du überhaupt darüber nachdenkst."

„Dann können wir also von vorne anfangen?"

Es war eine ängstliche Frage, eine die zeigte, wie tief die Gräben zwischen ihnen waren. Noran war sich der monströsen Aufgabe, die vor ihnen lag, bewusst, aber die Tatsache allein, dass es ihm gestattet worden war, den ersten Schritt auf dieser langen Reise zu tun, erfüllte ihn mit tiefer Freude.

„Ja, wir können von vorne anfangen. Lass uns abwarten, wohin die Zeit uns trägt, in Ordnung?"

Reine Erleichterung durchflutete Sic. Dieser Tag, der als vollkommener Reinfall begonnen hatte, hatte sich mit einem Mal deutlich erhellt.

„Ich danke Euch, Herr. Und ich wünsche Euch eine gute Nacht."

„Ich wünsche auch dir eine gute Nacht, Sic."

Der letzte Emeris verließ die Schmiede mit leichtem Herzen und, zum ersten Mal seit Wochen, im Frieden mit sich selbst.

„DARAN, SCHWING deinen hübschen Hintern auf der Stelle hierher!"

Kalad klang so wütend, dass Daran sich beeilte, ihm zu gehorchen. Seit er das Gespräch seiner Herren, dass sie ihn verkaufen wollten, belauscht hatte, hatte die Stimmung der beiden Krieger täglich ein neues Tief erreicht, obwohl Daran alles in seiner Macht stehende tat, um sie zu erfreuen. Das bestätigte nur seine Furcht, dass seine Herren seiner müde geworden waren und ihn so bald wie möglich loswerden wollten.

Kalad war gerade zurückgekehrt. Sein Blick war auf das Paket gerichtet, das Lord Sic erst vor wenigen Stunden gebracht hatte. Als er sich an dieses Gespräch erinnerte, fühlte Daran, wie sein Herz sich vor Reue zusammenzog. Das schlechte Gewissen des Schmiedes, die Pein, die er durchlebte, weil er dachte, dass er Daran angetan hatte, was er selbst einst gezwungen gewesen war, zu ertragen, hatte den Dieb überwältigt. In seinem verzweifelten Versuch, seinen Herren zu gefallen, hatte er nicht über die Konsequenzen seiner Taten nachgedacht. Während er versucht hatte, den Emeris zu beruhigen, hatte Daran zum ersten Mal verstanden, warum Aegid und Kalad Lügen so unglaublich verabscheuten – sie führten nie zu etwas Gutem. Jetzt bekam Daran das unangenehme Gefühl, dass er schon bald den Preis für diese spezielle Lüge bezahlen würde.

„Was ist das?"

Kalad musterte das Paket misstrauisch, als würde es jede Minute in Flammen aufgehen. Daran hob seine Hände in einer beschwichtigenden Geste.

„Es ist ein Geschenk von Lord Sic."

Der Krieger runzelte die Stirn.

„Für uns?"

„Nein, für mich."

Kalads lebhafte Augen bohrten sich in Darans gebeugten Nacken.

„Warum sollte Sic dir etwas schenken wollen? Gestern war gut, aber nicht gut genug, um ein Geschenk zu rechtfertigen."

Zitternd griff Daran nach dem abgetragenen Halsband um seine Kehle. Dann kniete er nieder, ahnte Kalads Wut voraus, als er die nächsten Worte sprach.

„Es ist nicht ein Geschenk in dem Sinne, sondern eine Bitte um Vergebung."

„Daran." Kalads Stimme hatte jetzt einen drohenden Unterton. „Wenn du mir nicht auf der Stelle sagst, was hier los ist, befindest du dich in ernsthaften Schwierigkeiten und das ist ein Versprechen."

Daran schluckte, fürchtete sich vor dem, was kommen würde. Er hatte Kalad noch nie so außer sich erlebt.

„Lord Sic hat mir dieses Geschenk gegeben, als Symbol dafür, dass er mir etwas schuldet. Er war sehr aufgebracht, weil er mich gegen meinen Willen genommen hat."

Eine lange Stille folgte diesen Worten, eine Stille, die mit allen Arten von Emotionen gefüllt war – Darans Furcht, sein Bedauern darüber, dass er gelogen hatte und seine Panik, verlassen zu werden. Kalads Zorn über die Lüge, darüber, dass Daran überhaupt zugestimmt hatte, über die Liebe, die er für den Dieb empfand und die tief in seinem Herzen Wurzeln geschlagen hatte. Die wütende Anspannung, die sich während der letzten Tage aufgebaut hatte, fand endlich ein Ventil.

„Du hast gesagt, dass es dir eine Ehre ist."

„Ich habe gelogen. Ich habe nur zugestimmt, weil es euer Wille war."

Der Wüstenkrieger ließ seinen Frust in einem Schrei heraus; dann packte er Daran, riss ihn in die Höhe und schlug ihn hart.

„Du wertloses, verabscheuungswürdiges Stück Scheiße! Wie kannst du es wagen? Zieh dich aus!"

Am ganzen Körper zitternd gehorchte Daran. Der Zorn seines Herrn versetzte ihn in tiefste Furcht. So hatte er Kalad noch nie gesehen. Es war, als ob er alle Kontrolle verloren hätte. Sobald Daran nackt war, packte Kalad ihn, stieß ihn mit dem Gesicht voran gegen die Wand und kettete ihn dort an. Dann holte er eine Peitsche. Bis zu diesem Tag war die schlimmste Bestrafung, die Daran je von der Hand seiner Herren erfahren hatte, die zwanzig Schläge auf seine Rückseite nach ihrem ersten Mal zusammen gewesen. Umso brutaler fühlte sich der Biss der Peitsche an, die Kalad mit gnadenloser Grausamkeit führte. Daran brüllte vor Schmerz, wagte es aber nicht, um Vergebung zu betteln.

Nach einer Ewigkeit kehrte auch Aegid in die Gemächer zurück. Fragend wandte er sich an seinen Bruder.

„Warum peitschst du Daran?"

„Das soll dir die räudige kleine Ratte selbst sagen. Komm schon, du wertloser Straßenköter! Sag Aegid, was du getan hast!"

Der Befehl wurde von drei brutalen Schlägen auf Darans Oberschenkel untermalt. Aegid trat auf Daran zu, bog seinen Kopf zurück und musterte ihn stumm. Daran fühlte, wie ihm die Tränen die Wangen hinabliefen, seine Stimme war nicht mehr als ein Schluchzen. Der Schmerz ließ ihn Aegids Gesicht nur in verschwommenen Linien sehen.

„Ich habe Euch und Euren Bruder belogen, Herr. Ich wollte nicht mit Lord Sic schlafen. Das habe ich nur getan, weil Ihr es so wolltet."

Aegids milchig blaue Augen verengten sich vor Zorn und sein Gesicht wurde hart. Grimmig wandte er sich an Kalad.

„Gib mir die Peitsche."

Wenn Daran gedacht hatte, dass er die Bedeutung von Schmerz kannte, nachdem Kalad ihn so grausam bestraft hatte, wurde er jetzt eines Besseren belehrt. Aegid peitschte ihn methodisch aus, schälte die Haut von seinem Rücken, bis dünne Ströme Blut an den Beinen des Diebes nach unten liefen. Erst als Daran kurz davorstand, das Bewusstsein zu verlieren, hörte der wütende Mann auf. Angewidert warf er die Peitsche fort.

„Für die Nacht bleibst du so. Wir entscheiden morgen, was mit dir geschehen wird."

Die Wüstenbrüder ließen ihren verzweifelten Sklaven allein.

Weinend hing Daran in seinen Ketten, versuchte, den brennenden Schmerz in seinem Rücken zu ignorieren und nicht über seine Scham nachzudenken. Er hatte seine Herren davon abhalten wollen, ihn zu verkaufen, aber es schien, als ob seine gedankenlosen Taten das Gegenteil bewirkt hätten. Er erwartete von ihrer Seite nicht die geringste Gnade.

AM NÄCHSTEN Morgen fanden Aegid und Kalad ihren Sklaven von Schuld überwältigt. Wie ein Haufen Elend kauerte er zu Füßen seiner Besitzer, nachdem sie die Ketten gelöst hatten. Zwischen seinen Schluchzern waren seine Bitten kaum zu verstehen.

„Bitte, vergebt mir, Herren. Ich werde alles tun, was Ihr wollt, ich werde jegliche Bestrafung ertragen. Nur bitte, vergebt mir!"

„Hast du denn eine Wahl?"

Kalad klang abfällig. Wimmernd kauerte Daran sich noch mehr zusammen.

„Natürlich nicht, Herr. Es tut mir so leid. Bitte, zeigt Gnade."

„Warum sollten wir?"

Nie zuvor hatte Aegid sich so unbeteiligt und abweisend angehört, als ob seine Stimme sich in Eis verwandelt hätte.

„Wir haben dir ein Heim gegeben, Daran, wir haben dich genährt, dich gekleidet und dich beschützt. Wir waren immer gut zu dir und wir haben dich nie um Dinge gebeten, die du nicht geben wolltest. Du hattest Privilegien, wie sie nur wenige Sklaven genießen und doch hast du uns hintergangen und uns belogen, obwohl du wusstest, wie sehr wir das hassen. Warum?"

Weinend wie ein Kind presste Daran seine Stirn auf den Boden.

„Ich wollte nicht, dass Ihr mich verkauft. Ich habe gehört, wie Ihr darüber gesprochen habt. Aber ich kann auf keinen Fall jemand anderem als Euch gehören. Das ist einfach unmöglich. Ich dachte, wenn ich alles tue, was Ihr von mir verlangt, würdet Ihr eure Meinung ändern und mich behalten. Ich gehöre allein Euch. Ich habe es gehasst, als Lord Sic mich angefasst hat und ich wollte einfach nur weglaufen, aber für Euch habe ich es ertragen. Ich liebe Euch so sehr."

Jetzt, da er seinen Herren sein ganzes Elend offenbart hatte, begann Daran wieder zu schluchzen. Aegid und Kalad teilten einen langen, intensiven Blick. In der letzten Nacht waren sie zu aufgebracht gewesen, um klar denken zu können; ihre Wut über Darans Betrug, über seine Bereitschaft, sie anzulügen, hatte ihre Emotionen beherrscht. Jetzt da sie die Wahrheit kannten, fühlten sie sich beschämt. Es war ihnen nie in den Sinn gekommen, dass die Erklärung für Darans seltsames Verhalten einfach nur seine Liebe für sie sein könnte. Wegen eines Missverständnisses hatten sie ihren geliebten Dieb dazu gezwungen, etwas zu tun, was er nicht wollte. Gleichzeitig hatten sie auch die Gesetze des Rudels verletzt. Es bestand kein Zweifel, dass sie einen schweren Fehler begangen hatten.

Vorsichtig, um ihn nicht noch weiter zu verletzen, hob Aegid Daran auf.

„Shh, kleiner Dieb. Es ist gut."

„Es tut mir so leid, Herr. So unglaublich leid!"

„Das wissen wir, Daran. Wir wissen es."

Zärtlich schob Kalad eine lose Haarsträhne aus Darans Gesicht.

„Komm, wir bringen dich besser ins Bad."

Im flackernden Licht mehrerer Kerzen betrachteten die Brüder, was sie getan hatten. Kalad machte sich Sorgen.

„Das hier sieht schlimm aus. Wir haben es übertrieben. Ich hole besser Noemi."

„Ich stimme dir zu, Bruder."

Nachdem Kalad fort war, wandte Aegid sich an Daran. Sein Gesicht war vor Sorge und Reue angespannt.

„Es tut mir leid, dass wir dich so brutal bestraft haben. Das war übertrieben."

Daran blickte scheu zu ihm auf.

„Ich bin Euer Besitz. Es ist Eure Entscheidung, Herr." Er zögerte einen Moment, sprach dann mit einer Stimme weiter, die vor Schmerzen und Furcht ganz dünn war. „Ich wollte Euch wirklich nicht belügen, Herr. Aber ich hatte solche Angst. Allein die Vorstellung, ohne Euch zu leben …" Daran hielt inne. Der Gedanke war zu schrecklich.

Aegid legte seine Hand auf die Wange des jungen Mannes.

„Du kleiner Idiot. Wir könnten dich niemals verkaufen. Dafür lieben wir dich zu sehr. Es hat uns tief getroffen, als du zugestimmt hast, auch anderen zu dienen."

„Ich habe jeden einzelnen Augenblick gehasst. Aber wenn das der Preis ist, den ich bezahlen muss, um bei Euch zu bleiben, werde ich es tun."

Traurig schüttelte Aegid den Kopf. „Es wird einen Preis geben, der bezahlt werden muss, Daran, sogar einen ziemlich hohen. Wir alle werden ihn bezahlen. Aber ich kann dir versichern, dass du niemals jemand anderem als uns gehören wirst."

Trotz der grauenvollen Schmerzen in seinem Rücken, brachte Daran ein schwaches Lächeln zustande.

„Ich danke Euch, Herr."

Schweigend warteten sie, bis Kalad mit Noemi zurückkehrte. Die Schlangenhexe legte ihre kühlen Hände auf Darans Schultern, ohne seine Wunden zu kommentieren. Ein kribbelndes Gefühl durchströmte seinen Körper, dann waren alle Spuren seiner Bestrafung verschwunden. Voller Respekt und Bewunderung verneigte Daran sich vor der zierlichen Frau.

„Ich danke Euch, Lady. Ihr seid sehr freundlich."

Die Hexe lachte warm.

„Schon gut, Daran. Ich würde dir nur raten, deine Herren nie wieder so wütend zu machen."

„Das habe ich nicht vor, Lady. Einmal ist mehr als genug."

Wieder erklang dieses tiefe, warme Lachen, bevor Kalad die Heilerin nach draußen begleitete. Als er zurückkehrte, schaute Daran seine Herren unsicher an.

„Was werdet Ihr mit mir machen?"

Nach ein paar Momenten bedeutungsschwerer Stille packte Kalad Darans Handgelenk. Seine Stimme klang amüsiert. Er war eindeutig wieder sein altes, entspanntes Selbst.

„Wir werden ein sehr, sehr langes Gespräch mit dir führen, kleiner Dieb. Über Vertrauen und Gehorsam und darüber, dass du uns beides schuldest. Ich fürchte, es wird dir nicht gefallen, aber das ist nur fair, nach allem, was du uns hast durchmachen lassen."

„Bevor das geschieht", Aegid begann, seine Tunika auszuziehen, sein Ton war wieder voller Wärme, „werden wir all dieses Blut abwaschen. Du siehst aus wie ein geschlachtetes Schwein."

„Sobald du wieder dein altes, sauberes und köstliches Selbst bist, werden wir dich ordentlich durchficken."

Kalads Hand ruhte auf Darans Rücken, seine Lippen waren nahe am Ohr des Diebes. Daran schluckte. Mit einem wölfischen Lächeln nahm Aegid seine Hände und zog ihn ins Wasser, während Kalad ihn nach vorne schob. Der Hüne umarmte ihn fest, seine gewaltigen Muskeln spannten sich an, als er Daran in tieferes Wasser trug.

„Auch werden wir dich mit dem Konzept des Versöhnungssex bekannt machen. Der findet immer statt, wenn wir uns gestritten haben, so wie jetzt."

Wie betäubt ließ Daran sich von seinen Herren waschen. Er wehrte sich nicht, als sie ihn zuerst im Wasser nahmen, dann auf dem Boden in der Badekammer und später auf ihrem Bett. Erst als er vollkommen erschöpft war – immerhin hatte er in der vorangegangenen Nacht kein Auge zugetan – gestatteten sie ihm eine Pause.

Aegid holte ein Tablett voller Essen, stellte es neben das Bett und wechselte sich mit Kalad darin ab, Daran zu füttern.

Der Dieb war von der plötzlichen Freundlichkeit seiner Besitzer so überwältigt, dass er nicht wusste, was er sagen sollte. Als er endlich den Mut fand, den Mund aufzumachen, war seine Stimme dünn und unsicher.

„Wie kann ich Euch danken, Lords? Warum seid Ihr so großzügig?"

Kalad schob ihm ein Apfelstück in den Mund.

„Wir sind großzügig, weil das, was geschehen ist, auch unsere Schuld ist. Wenn ich es genau sagen müsste, würde ich sagen, mehr als zur Hälfte. Wir hätten wissen müssen, dass etwas nicht stimmt, dass du nicht dein übliches Selbst warst. Aber wir waren so begierig darauf, dich aus unserem Leben zu verbannen, dass wir es nicht bemerkt haben."

Getroffen von diesen Worten senkte Daran den Blick. Der Apfel steckte in seiner Kehle.

„Ihr werdet mich also wirklich verkaufen? Könnt Ihr mir wenigstens sagen, was ich falsch gemacht habe?"

Aegid küsste ihn liebevoll.

„Wir werden dich nicht verkaufen, das habe ich dir schon gesagt. Und du hast nichts falsch gemacht. Wenn überhaupt, warst du zu perfekt. Wir hatten nie vor, uns in dich zu verlieben. Als wir dich gewählt haben, wollten wir dich nur den Winter über behalten, als Zeitvertreib."

„Aber du warst so köstlich, so angenehm, dass wir dich nicht weggeschickt haben. Das war ein Fehler von unserer Seite. Und als du diese dämliche Mission für Casto angenommen hast und wir dich beinahe verloren hätten, mussten wir uns der Tatsache stellen, dass wir uns verliebt hatten. Wir hatten keine andere Wahl, als uns von dir zu trennen."

„Ich muss gehen, weil Ihr mich liebt?"

Die Wüstenbrüder schafften es, reuevoll auszusehen. Es war Aegid, der versuchte, es zu erklären.

„Wie gesagt war es nicht geplant, dass wir uns in dich verlieben und bis zu dem Zwischenfall mit Sic hatten wir noch gedacht, dass wir es beenden können, ohne verletzt zu werden. Da du so bereitwillig zugestimmt hast, hatten wir angenommen, dass du nicht so an uns hängst, wie wir das gedacht hatten und ja, wir geben zu, dass wir darauf gehofft haben, auch wenn es uns geärgert hat."

„Ich verstehe immer noch nicht. Warum ist es so schlimm, dass Ihr in mich verliebt seid? Das klingt beinahe so, als würdet Ihr es bedauern."

Kalad nahm Darans Hand, seine Finger massierten die Handfläche des jungen Mannes.

„Nein, wir bedauern es nicht. Es ist nur – Daran, wir sind unsterblich und du nicht. Diese Art Beziehung endet immer schlecht und das wollten wir dir nicht antun. Die kommenden zehn, zwanzig Jahre werden reine Seligkeit sein, so viel können wir dir versprechen. Aber dann wirst du allmählich begreifen, dass du älter wirst und das wird dich schwer treffen, vor allem, weil du täglich damit konfrontiert sein wirst, dass wir es nicht tun. Es wird eine schwierige Phase sein, mit der du

35

dich abfinden wirst, wenn alles gut läuft. Und dann werden wir dir dabei zusehen müssen, wie du langsam stirbst, jeden Tag ein wenig mehr. Am Ende werden wir dich verlieren und das wird uns das Herz brechen. Das ist es, was geschehen wird. Es tut uns aufrichtig leid, dass wir dich einer solchen Grausamkeit unterwerfen, aber wir lieben dich viel zu sehr, um dich gehen zu lassen. Du bist für den Rest deines Lebens an uns gebunden."

Eine lange, schockierte Stille folgte diesen Worten. Als Daran antwortete, war seine Stimme ruhig und voller Überzeugung.

„Das soll euch nicht leidtun, Lords. Ihr habt mich vor einer Existenz gerettet, die mich eher früher als später an den Galgen geführt hätte. Bis jetzt schulde ich Euch die besten fünf Jahre meines Lebens. Ich verstehe Eure Furcht, und ich werde Euch nicht sagen, dass es nicht schwer werden wird, aber ganz egal, was noch kommt, niemand kann mir nehmen, was Ihr mir bis jetzt gegeben habt. Ich bin wirklich dankbar und glücklich. Ich liebe Euch."

Tief bewegt von diesen anrührenden Worten beugten die Krieger sich vor, um ihren schönen mutigen Sklaven zu küssen. Ihre Hände begannen wieder, seine empfindlichen Stellen zu berühren und nur kurze Zeit später ertränkten sie ihre Ängste in sexueller Erfüllung.

„ALSO, WAS hat Sic dir geschenkt?"

Kalad war auf seinen rechten Arm gestützt, seine Augen funkelten vor schlecht verborgener Neugierde. Daran wimmerte.

„Bitte, Herr. Ich habe die ganze Nacht nicht geschlafen und bin ganz wund von all dem Sex, den wir hatten. Ich will mich nur ausruhen."

„Vergiss es."

Aegid grinste, während sein Arm sich um Darans Taille legte. „Wie du mittlerweile wissen solltest, ist er unerträglich neugierig. Sieh es als Teil deiner Bestrafung."

Seufzend verließ Daran das Bett.

„Schon gut, schon gut. Ich werde es holen. Ich habe es noch nicht aufgemacht."

„Du hast ein Geschenk bekommen und es nicht geöffnet?"

Kalad hatte offensichtlich seine Probleme damit, ein so seltsames Konzept zu verstehen. Daran grinste ihn amüsiert an, bevor er wieder ernst wurde.

„Ich habe mich zu schlecht gefühlt. Es war meine Schuld, dass Lord Sic so unglücklich war. Der Gedanke, mir den Beweis für meine Dummheit ansehen zu müssen, war nicht sonderlich verlockend."

„Darüber werden wir uns später unterhalten. Ich bin mir sicher, dass wir einen Weg finden werden, Sic für das Ungemach, das du ihm bereitet hast, zu entschädigen."

Dankbar verneigte Daran sich vor Kalad, der ihn wegscheuchte.

„Komm schon, worauf wartest du noch?"

Daran holte das Paket und legt es auf das Bett.

„Wenn Ihr wollt, könnt Ihr es öffnen, Herr."

Kalad schüttelte den Kopf.

„Es ist dein Geschenk. Mach schon, beeil dich."

„Du machst besser voran, kleiner Dieb, bevor mein Bruder hier vor Aufregung explodiert."

„Halt den Mund, Aegid. Als ob es dich nicht interessieren würde, was da drin ist."

Mit wild klopfendem Herzen öffnete Daran die Verschlüsse, die den Deckel an Ort und Stelle hielten. Sobald er abgehoben war, starrten sie alle drei sprachlos auf den Inhalt.

Auf das weiße Seidenkissen geschmiegt lag der schönste goldene Gürtel, den die Männer je gesehen hatten. Gewebt aus tausenden kleinen Häkchen erschien er beinahe wie ein Stück Stoff. An beiden Enden des Gürtels funkelte ein Smaragd an der Spitze.

Sic hatte Daran sein Meisterstück geschenkt.

Kalad war der Erste, der seine Sprache wiederfand.

„Ich kann es nicht glauben."

Voller Bewunderung berührte Aegid das goldene Material mit den Fingerspitzen.

„Unser Bruder ist nicht nur über die Maßen talentiert, er ist auch der großzügigste Mann, den ich kenne."

Daran zitterte.

„Ich kann und werde das nicht akzeptieren." Entschlossen griff er nach dem Deckel. „Ich werde Lord Sic sofort aufsuchen und ihm den Gürtel zurückgeben."

Kalad hielt ihn auf, bevor er sich erheben konnte.

„Nein, das wirst du nicht tun. Oder willst du unseren Waffenbruder beleidigen?"

„Natürlich nicht, aber ich kann auf keinen Fall sein Meisterstück behalten. Nicht, wo doch alles meine schuld ist."

„So einfach ist das nicht, Daran. Ein Geschenk wie dieses, vor allem, wenn es als Symbol für eine Schuld gegeben wurde, kann man nicht zurückgeben. Selbst wenn du Sic vergibst – was du, wie ich annehme, bereits getan hast – bleibt es dennoch in deinem Besitz. Es ist kein Pfand, sondern ein Symbol."

„Was soll ich also jetzt damit machen?"

Aegid grinste anzüglich.

„Ihn tragen. Wir wollen sehen, wie du aussiehst."

Daran verdrehte die Augen.

„Ist das alles, woran Ihr denken könnt?"

Kalad umarmte ihn von hinten, seine Hände ruhten auf den Oberschenkeln des Diebes.

„Woran sonst sollten wir denken, wenn du so herrlich nackt in unserem Bett liegst wie eine reife, pralle Frucht, die wir nur zu pflücken brauchen?"

All sein Blut sammelte sich in Darans Lenden. Ohne nachzudenken bot er sich den Brüdern dar, wie es vom Tag seiner Geburt seine Bestimmung gewesen war.

3.
VERTRAUEN

SAR'REFF LAG auf einem der Äste der mächtigen Eiche, die neben den Ställen wuchs. Er mochte diesen Ort, von wo aus er die tägliche Betriebsamkeit beobachten konnte, ohne ein Teil davon zu sein. Den Dämonenkönig zu treffen, war ein glücklicher Zufall, für den er immer noch dankbar war. Seit er dem Herrn der Stürme begegnet war, hatten sein Geisteszustand, ebenso wie seine Kräfte, begonnen sich zu stabilisieren. Er war immer noch weit von dem Zustand entfernt, in dem er gewesen war, als er zuerst diese Welt betreten hatte und es war absolut möglich, dass er ihn auch nie wieder erreichen würde, aber der Nebel, der seine Erinnerungen trübte, hob sich langsam und zum ersten Mal seit Jahrzehnten wagte er es, wieder zu hoffen.

Bevor er dem Ruf nach Ana-Darasa gefolgt war, hatte er kein Konzept für Zeit gehabt oder für sich selbst. Der beständige Druck der vergehenden Tage, Wochen und Jahre war der Hauptgrund für sein unvermeidliches Abrutschen in den Wahnsinn gewesen. Er konnte nicht verstehen wie diese Kreaturen, die der König als unterlegen bezeichnete, es schafften, ihren Geschäften nachzugehen, als wären sie sich ihrer langsam dahinwelkenden Körper nicht bewusst. Sie waren so zerbrechlich, so kurzlebig und doch stärker als er, der sich im Angesicht all der Regeln, die diese Welt beherrschten, kaum fokussieren konnte.

Ein Geräusch in der Ferne ließ ihn aufschauen. Lys kam von seinem täglichen Ritt mit seinem Anker zurück. Bis er dem König begegnet war, hatte Sar'reff sich nicht sonderlich um die Menschen gekümmert. Für ihn waren sie nichts weiter als Punkte, die kaum lange genug lebten, um seiner Aufmerksamkeit würdig zu sein. Aber die Leute um Lys herum waren anders. Natürlich stach der Anker hervor. Selbst Sar'reff konnte die Verbindung fühlen, die er zu dem Dämonenkönig hatte, obwohl er bezweifelte, dass der Junge wusste, was das wirklich bedeutete. Bisher hatte der Hengst sich nicht entschieden, seinem Reiter all seine Geheimnisse anzuvertrauen und Sar'reff wollte verdammt sein, wenn er auch nur ein Wort darüber sagte. Abgesehen davon, dass er es noch immer schwierig fand, überhaupt zu sprechen, wusste er nicht, worüber er sich mit dem Anker unterhalten sollte. In seinen Augen schien dieser Junge mit seiner arroganten Einstellung, seiner sturen Stärke, die die Verletzlichkeit seiner Seele verschleierte und seiner rücksichtslosen, fordernden Einstellung mehr fehl am Platze als Sar'reff selbst.

Interessanterweise war der Anker jedoch nicht die einzige auffällige Person im Tal. Es gab auch noch viele andere bemerkenswerte Menschen. Die beiden Götter waren Machtzentren, sprudelten über von einer Energie, die jener sehr ähnelte, die er von der anderen Seite kannte. Sie waren wie Schwerter, die die Realität in die Stücke zerschnitten, die sie brauchten. Dann gab es da noch den Leuchtenden. Sar'reff wurde es nie müde, ihn anzusehen, obwohl sein Licht so blendend war. Es war faszinierend, wie reine Magie in einer Hülle gehalten werden konnte, die aus nichts als Gedanken und Ideen bestand. Hin und wieder tropfte die Magie heraus, gestattete Blicke auf ihre Größe, nur um von einem Lächeln und einer freundlichen Tat zurückgehalten zu werden.

Der Schlangenhexe zu begegnen, war eine weitere, angenehme Überraschung, da die Schlangen auch in seinem Reich bekannt waren. Sie blieben in der Regel nicht allzu lange, weil sie die Beständigkeit realer Welten bevorzugten, aber wenn sie sich ausruhen mussten, gingen sie ins Chaos. Diejenige, die die Zeit beugen konnte, war interessant. Sar'reff fand es tröstlich, zu wissen, dass selbst diese absolute Macht, die ihm solche Schwierigkeiten bereitete, verändert und kontrolliert werden konnte. Dann gab es noch den Dunklen, der die Schatten wie einen Mantel trug, sie anzog, ohne sich dessen bewusst zu sein. Sar'reff hatte ein wenig Angst vor ihm, denn seine Macht war fein ausbalanciert. Nur ein kleiner Stoß und sie konnte sich zu jeder Seite neigen. Verglichen zu dieser Bedrohung waren die Wüstenbrüder wie ein Sonnenstrahl, obwohl das hauptsächlich an ihrer Verbindung zu dem Dieb lag. Der Dieb. Sar'reff wusste nicht, was er von ihm halten sollte. Er schien nur ein Mensch zu sein, aber da war etwas an ihm … Wie die Strömung in einem friedlichen See. Sie konnte einen nach unten ziehen, bevor man sich dessen bewusst wurde.

Jetzt kam Lys bei den Ställen an. Sein blonder Reiter glitt von seinem Rücken herunter, seine Wangen von der kalten Luft gerötet. Er wurde von dem feurigen Gott begrüßt, den jeder respektierte, wenn nicht sogar fürchtete, außer dem Jungen. Was wahrscheinlich der Grund war, warum der Gott ihn so sehr liebte. Jemanden zu finden, der von demselben Feuer angetrieben wurde, jemanden, der so perfekt passte – das musste der größte Segen sein.

Lys wieherte befehlend, rief Sar'reff von seinem Baum herunter. Der Dämon seufzte. Es war Zeit für das Training.

„WAS IST heute mit dir los, Sic? Das ist das dritte Mal, dass ich deine Verteidigung durchbrechen konnte. Wenn Renaldo sieht, wie unaufmerksam du bist, wird er dir das Fell über die Ohren ziehen."

Seufzend senkte Sic sein Schwert. Ihm war klar, dass er heute nicht auf der Höhe war.

„Es tut mir leid, Casto. Ich bin abgelenkt."

„Was ist los, Sic? Du bist die letzten Tage für dich geblieben. Ich hoffe, du weißt, dass du mir alles sagen kannst?"

Der Schmied gab nach. Außer Noran hatte er niemandem von dem Zwischenfall mit Daran erzählt. Er hatte sich zu sehr geschämt. Und die Wüstenbrüder hatten auch kein Wort darüber verloren, vor allem, weil sie zu sehr damit beschäftigt waren, ihre Versöhnung mit Daran zu genießen. Es war hart, sich Casto zu stellen und ihm die hässliche Wahrheit zu sagen.

„Ich habe etwas Abscheuliches getan. Als ich mit Cornelia geredet habe, hat sie vorgeschlagen, dass es gut wäre, wenn ich Sex als der dominante Part ausprobiere. Darum habe ich Aegid und Kalad um Hilfe gebeten und sie haben mir Daran angeboten."

„Sie haben was getan?"

Casto wusste nicht, was ihn mehr schockierte. Die Tatsache, dass Sic ernsthaft über solch einen schwerwiegenden Schritt nachgedacht hatte, ohne ihn zuerst um Rat zu fragen oder dass die Wüstenkrieger überhaupt daran gedacht hatten, ihren kostbaren Dieb zu teilen.

„Ich weiß. Wenn ich von ihrem Angebot nicht überwältigt gewesen wäre, wäre ich misstrauischer gewesen, aber es ist so viel passiert, dass ich immer noch ganz durcheinander bin. Jedenfalls haben sie Daran zu mir gebracht und nach einigem hin und her haben wir die Nacht zu viert verbracht. Ich hatte das Gefühl, dass Daran nicht so willig war, wie er das behauptet hatte, aber ich habe mich von der Stimmung mitreißen lassen. Im Grunde habe ich ihn gegen seinen Willen genommen. Als mir klar wurde, was ich getan hatte, habe ich ihn um Vergebung gebeten, die er mir freundlicherweise zuteilwerden ließ."

„Das ist so bizarr, dass ich es nicht glauben kann."

„Glaub mir, es ist passiert. Was auch immer das Problem zwischen den Dreien war, sie haben es jetzt gelöst. Seit dieser Nacht habe ich keinen von ihnen gesehen, was nur bedeuten kann, dass sie damit beschäftigt sind, sich zu versöhnen."

Sic schauderte ein wenig. Nach allem, was er gesehen hatte, hatte er beinahe Mitleid mit Daran. Kalad und Aegid konnten ziemlich intensiv sein, um es milde auszudrücken.

„So angespannt wie dein Gesicht ist, nehme ich an, dass das nicht das Einzige ist, was dich beschäftigt."

„Na ja, das tut es schon, aber nicht so sehr wie das, was danach passiert ist. Ich war vollkommen aufgewühlt, wusste nicht, was ich tun sollte. Irgendwie bin ich in die Schmiede gekommen und habe den Tag damit verbracht, Noran dabei zuzusehen, wie er ein Schwert angefertigt hat – so wie ich es früher immer getan habe."

„Mir wird nicht gefallen, was du mir gleich sagen wirst, oder?"

„Nein. Wird es nicht. Wir haben uns unterhalten und irgendwie habe ich ihm Frieden angeboten. Ich sage nicht, dass jetzt alles zwischen uns in Ordnung ist, aber wir werden versuchen, einander nicht länger zu meiden."

Sic wagte es nicht Casto anzuschauen. Er konnte beinahe spüren, wie die Wut in Wellen vom König abstrahlte.

„Sag mir nicht, dass du ihm vergeben hast. Das hatte ich nicht im Sinn, als ich dich zu Cornelia geschickt habe."

„Ich weiß. Und nein, ich habe ihm nicht vergeben. Ich weiß nicht, ob ich das je kann. Mit Cornelia zu reden, war sehr hilfreich für mich. Es hat mir geholfen, meinen Blickwinkel zu ändern und ich war in der Lage, mir selbst zu vergeben. Und so sehr ich auch bedaure, was ihr zugestoßen ist, will ich doch nicht so einsam enden wie sie. Bevor das passiert, werde ich alles versuchen, um diesem schrecklichen Zyklus zu entkommen. Wir sprechen hier schließlich nicht über *ein* Leben voller Hass und Abneigung, das ich wahrscheinlich irgendwie würde ertragen können. Da wir beide Emeris sind, stehen die Chancen gut, dass wir für Jahrhunderte zusammen im Tal gefangen sein werden oder zumindest, bis die Gute Mutter besiegt ist. Ich kann und werde mir die Ewigkeit nicht als ständigen Zustand der Alarmbereitschaft vorstellen, aus Furcht, dass ich ihm unversehens begegnen könnte."

„Glaub es oder nicht, ich denke, dass ich deine Gründe verstehen kann. Wie lautet der Plan jetzt?"

„Wir haben uns darauf geeinigt, uns normal zu benehmen, wie Waffenbrüder das sollten. Es wird sicher eine Weile dauern, bis das nicht mehr seltsam ist, aber es ist ein Schritt nach vorne."

Casto seufzte tief. Ihm gefiel nicht, was er gerade gehört hatte, vor allem, weil es logisch und stimmig war. Nichts war frustrierender, als wenn die Vernunft ihr hässliches Haupt erhob.

„Wirst du ihm vergeben?"

Sic zögerte mit seiner Antwort lange genug, um Castos Wut anzufachen.

„Erzähl mir nicht, dass du darüber nachdenkst! Du weißt, dass er es nicht verdient!"

„Ich weiß. Und ich habe nicht gesagt, dass ich es tun werde. Ich kenne mich selbst einfach nicht. Das hier ist alles so grauenvoll, dass ich aus dieser Situation nur heraus möchte. Und du solltest gerade reden! Du hast mir vergeben, obwohl ich dich beinahe umgebracht hätte."

Casto schüttelte abwehrend den Kopf.

„Da gab es nichts zu vergeben. Sobald ich darüber nachgedacht hatte, war alles vollkommen klar, warum sollte ich also nachtragend sein?"

Sic lehnte seinen Kopf an Castos Schulter. Ganz egal, was der König sagte, Sics Freund zu werden war ein Akt unglaublicher Freundlichkeit gewesen. Es sah Casto ähnlich, seine eigene, noble Geste kleinzureden.

„Du hast Lord Renaldo vergeben, oder etwa nicht?"

„Nein, hat er nicht. Er hat nur beschlossen, es durchgehen zu lassen. Stimmt das nicht, Casto?"

Renaldos Stimme ließ Sic überrascht zusammenzucken, während der König nicht einmal blinzelte. Wie Casto immer wusste, wann sein Gefährte in der Nähe war, blieb dem Schmied ein Rätsel. Jetzt leuchteten die faszinierenden blauen Augen auf eine Weise auf, die Sic noch nie zuvor gesehen hatte. Er sah einen Hauch Bedauern, sowie Wut und eine schwache Spur Erheiterung. Wieder einmal wurde Sic klar, wie kompliziert und schwierig die Beziehung zwischen dem Gott und seinem Herzen war.

„Warum fragt Ihr überhaupt, wenn Ihr die Antwort bereits kennt, Barbar? Ich denke, wir alle wissen mittlerweile, dass ich nicht der nachsichtige, vergebende Typ bin. Und was Ihr getan habt, war eindeutig unverzeihlich."

Renaldo lächelte Sic traurig an.

„Du siehst, wie es ist, Sic. Du kannst dich glücklich schätzen. Du wurdest erwählt. Würdet ihr beide mir jetzt bitte erklären, warum ihr herumsitzt und wie alte Männer tratscht, wo ihr euch doch eigentlich für das Training aufwärmen solltet?"

„Weil Sic vorhat, etwas wirklich Dämliches zu tun – oder, um es genauer zu sagen, es bereits getan hat."

Es war schwer, Castos Tonfall zu interpretieren. Er war nicht vollkommen wütend, aber auch nicht wirklich erheitert. Und der Sarkasmus, der unter seinen Worten lauerte, ließ Sic schaudern. Renaldo starrte Sic an, verlangte eine Erklärung.

„Sag mir, wo das Problem liegt. *Er* wird nur Spielchen spielen."

Casto verzog das Gesicht, widersprach aber nicht. Sic schaute von Gott zu Herz, suchte nach einem Ausweg aus dieser gefährlichen Situation. Als er keinen fand, begann er die ganze Geschichte noch einmal zu erzählen. Der Todesengel hörte aufmerksam zu, unterbrach ihn nicht ein einziges Mal. Als Sic fertig war, schaute er ihm direkt in die Augen.

„Ich kann nicht sehen, wo das Problem liegt. Du hast also entschieden, Noran die Möglichkeit zu geben, sich bei dir eine zweite Chance zu verdienen. Das ist sehr nobel. Nicht, was ein gewisser jemand, den wir beide kennen, je in Betracht ziehen würde, aber es passt zu dir."

Casto starrte seinen Gefährten wütend an. Er war den ganzen Morgen schon schlechter Laune gewesen und Sics kleines Geständnis hatte nicht geholfen, diesen Zustand zu verbessern. Von dem Barbaren geärgert zu werden, ließ ihn beinahe ausrasten.

„Darum geht es gar nicht. Ich habe immer gewusst, dass Sic diesem verabscheuungswürdigen Stück Abfall früher oder später vergeben würde. Ich hätte nur nicht gedacht, dass es so bald sein würde. Es sind kaum fünf Monate her, seit er dich das letzte Mal gezwungen hat! Bis jetzt habe ich nicht gesehen, dass er ernsthaft Buße tut. Er rennt nur mit großen Welpenaugen herum und wälzt sich in Selbstmitleid, weil er endlich erkannt hat, was für ein Mistkerl er ist. Und ihr alle fallt darauf herein!"

„Nein, tun wir nicht."

Renaldos Gesicht war grimmig.

„Aber ich kenne Noran schon eine ganze Weile und ich kann dir versichern, dass er tatsächlich Buße tut. Und er verändert sich. Wenn ich ihn diese Tage anschaue, kann ich sogar Blicke auf den Mann erhaschen, den ich einst für wert befunden habe, mein Bett zu teilen."

Sic konnte fühlen, wie der Sturm sich zusammenbraute. Noran war ohnehin ein schwieriges Thema, aber wenn Casto daran erinnert wurde, dass der Meisterschmied einmal eine sexuelle Beziehung mit dem Todesengel geteilt hatte, sah er rot. Mittlerweile pulsierte eine Vene auf seiner Stirn bereits gefährlich und seine Augen hatten sich zu schwarzen, bedrohlichen Löchern verdunkelt. Es war Zeit, sich einzumischen, bevor der Blitz einschlug.

„Ihr sagt also, dass ich das Richtige getan habe?"

Renaldo lächelte.

„Ja. Nicht nur für deinen inneren Frieden, sondern auch für den Rest von uns. Es ist ziemlich unangenehm, wenn ihr beide aufeinandertrefft und da du jetzt einer von uns bist, wird das regelmäßig passieren. Je eher du über deine Abneigung hinwegkommst und zumindest eine höfliche Beziehung etablierst, desto besser ist es für uns alle. Du hast meine Zustimmung. Und da wir gerade dabei sind, hast du dich bereits für deine Farben entschieden? Das Frühlingsfest rückt näher und es wäre nett, wenn du bis dahin deine eigenen Zeremoniengewänder hättest. Natürlich bezahlen Canubis und ich."

Sic öffnete seinen Mund, um zu antworten, war aber zu schockiert, um zu wissen, was er sagen sollte. Er hatte die Zeremonie absichtlich vergessen, die ihm beinahe ebenso viel Angst machte wie der Gedanke, wieder Sex zu haben. Es sah dem Todesengel ähnlich, das jetzt zu erwähnen, wenn seine Abwehr nicht auf der

Höhe war. Schließlich war er ein Raubtier, das instinktiv auf die Schwachpunkte sowohl seiner Gegner als auch seiner Freunde losging.

„Das müsst Ihr wirklich nicht, Lord Renaldo. Und nein, ich habe noch keine Entscheidung getroffen."

„Dann wird es Zeit. Selbst unsere besten Näherinnen brauchen mindestens zwei Wochen, um etwas Angemessenes herzustellen. Und jetzt, ihr beide, bewegt eure faulen Ärsche. Es ist Zeit für ernsthaftes Training."

MEHR ALS zwei Stunden später, als Sic sie nach den gnadenlosen Übungen allein gelassen hatte, drängte Casto seinen Gefährten mit einem strengen Ausdruck im Gesicht in die Ecke.

„Ihr seid wirklich ein herzloser Bastard."

„Ich nehme an, du beziehst dich auf meine kleine Bemerkung über das Frühlingsfest?"

„Kleine Bemerkung? Ihr habt ihn praktisch gezwungen, teilzunehmen und das nach allem, was er durchmachen musste."

„Er kann jederzeit ablehnen. Es ist nicht verbindlich, wie du sehr wohl weißt."

Casto schnaubte.

„Und Ihr wisst ebenso gut wie ich, dass Sic sich niemals gegen Euren Willen stellen wird."

Bis jetzt hatte der Todesengel einen höhnischen Gesichtsausdruck gehabt, aber mit einem Mal wurde er ernst.

„Und das sollte er auch nicht. Was er tun kann, ist seine Meinung zu sagen. Als Emeris muss er lernen, wie das geht. Sein neuer Status kommt mit vielen Privilegien und einer Menge Pflichten. Uns gut zu dienen, ist eine davon und das beinhaltet auch das Selbstbewusstsein, für das einzustehen, was er will oder für richtig hält. Bis er gelernt hat, das zu tun, werden weder ich noch Canubis aufhören, ihn zu drängen."

Casto runzelte die Stirn. Er konnte nicht verleugnen, was sein Gefährte gesagt hatte. Es war in der Tat wichtig für Sic, zu lernen, wie er ein Lord sein konnte. Seine Probleme mit seinen Sklaven waren der Beweis dafür. Dennoch erweckte der Anblick seines Freundes, in die Ecke getrieben wie eine Kanalratte, Beschützerinstinkte in ihm, von denen er bis jetzt gar nichts gewusst hatte.

„Ich verstehe. Aber Ihr seid dennoch ein Bastard. Das ist alles neu für ihn. Ihr könntet ein wenig Nachsicht zeigen."

„Aber das werde ich nicht. Und ich mag ein Bastard sein, aber das ist der Grund, warum wir beide so gut zusammenpassen. Gleich und Gleich …"

„Wollt Ihr damit andeuten, dass sich ebenfalls ein Bastard bin?"

„Ich habe dich in Aktion erlebt. Wenn ich noch einen Beweis gebraucht hätte, hätte Ummana ihn geliefert. Du bist genau wie ich und ja, das meine ich als Kompliment."

„Ihr könnt dieses Kompliment nehmen und daran ersticken, Barbar. Für heute bin ich mit Euch fertig."

Damit stürmte Casto davon. Renaldo sah der sich entfernenden Gestalt seines geliebten Herzens in milder Überraschung hinterher, weil er nicht erwartet hatte, so leicht davonzukommen. Vielleicht lag es daran, dass er die beiden jungen Männer so hart trainiert hatte. Der Todesengel richtete sich auf. Zweifellos würde diese Auseinandersetzung ein Nachspiel haben, heute Abend, im Bett, und er konnte es kaum erwarten.

NORAN WAR damit beschäftigt, ein Schwert zu schärfen, das er am Tag zuvor fertiggestellt hatte, als einer seiner Götter ihn mit seiner Gegenwart beehrte. Er verneigte sich respektvoll und wartete, den Blick gesenkt. Seit er und Sic ihre vorsichtige, scheue Annäherung an ein höfliches Zusammensein begonnen hatten, hatte sich auch seine Beziehung zu Renaldo etwas entspannt. Aber er vermied es nach wie vor, seinem früheren Liebhaber öfter als nötig zu begegnen. Die Schuld, die er fühlte, wenn er sich vorstellte, wie sehr er den Todesengel enttäuscht hatte, war zu viel. Dass der mächtige Krieger bis jetzt davon abgesehen hatte, ihn zu bestrafen, machte die Bürde auf Norans Schultern nur noch schwerer.

„Können wir reden?"

„Natürlich, mein Lord. Bitte folgt mir."

Noran führte seinen Gott in seine Privaträume, wo er ihm etwas Wein anbot. Der Todesengel lehnte höflich ab. Er musterte den Meisterschmied intensiv und so lange, dass der bullige Mann sich unruhig zu bewegen begann.

„Seid Ihr unzufrieden, mein Lord?"

Als ob er aus einer Trance gerissen worden wäre, schaute Renaldo auf. Lächelnd schüttelte er den Kopf.

„Nein, nicht im Geringsten. Ich bin überwältigt. Ich hatte nicht ernsthaft erwartet, den alten Noran je wiederzusehen, aber hier bist du, beinahe so gut wie alt. Ich bin wirklich froh."

Er tätschelte den massiven Bizeps des Schmiedes.

„Du und Sic, ihr macht Fortschritte, oder nicht?"

„Winzige Schritte, mein Lord. Aber ich bin dankbar für jede Kleinigkeit. Wenn man bedenkt, was ich verdiene und was er mir anbietet, bin ich ein sehr glücklicher Mann."

„Das bist du in der Tat. Sic ist wahrscheinlich der großzügigste Mann, dem ich je begegnet bin." Renaldo schaute Noran direkt an. „Was uns direkt zum Punkt bringt. Was hast du vor, Noran? Und ich meine auf lange Sicht."

Der Meisterschmied setzte sich neben seinen Gott. Das war eine Frage, über die er nachdachte, seit Sic sein großzügiges Angebot gemacht hatte.

„Ich nehme an, dass ich immer noch hoffe, ihn zurückzugewinnen, eines Tages in der fernen Zukunft."

Renaldo nickte.

„Das habe ich mir schon gedacht. Aber was willst du tun, wenn das hier alles ist, was du je bekommen wirst? Ich weiß, wie sehr du ihn liebst. Es stinkt nach Obsession. Wirst du in der Lage sein, mit der Zurückweisung zurechtzukommen?"

„Wenn Ihr fragt, ob ich die Fehler der Vergangenheit wiederholen werde, kann ich Euch beruhigen, mein Lord. Auf gar keinen Fall werde ich je wieder etwas so Abscheuliches zulassen. Und wenn ich wirklich zurückgewiesen werde, dann werde ich wohl für längere Zeiten vom Tal abwesend sein, um mit dem Schmerz umzugehen."

Renaldo lehnte sich an die Wand. Er war mit dieser Antwort zufrieden.

„Und was wirst du tun, wenn er dir gestattet, näherzukommen? Irgendwie habe ich das Gefühl, dass das so gefährlich sein könnte wie die andere Möglichkeit."

Sehnsüchtig starrte Noran an die Decke.

„Sollte Sic mir je wieder die Gnade seines Vertrauens zuteilwerden lassen, werde ich anständig um ihn werben. Ich werde mir Zeit lassen, um ihm zu beweisen, dass ich es Wert bin, mit ihm zusammen zu sein. Ich werde alles in meiner Macht Stehende tun, um ihn glücklich zu machen."

„Klingt gut. Aber du wirst dich ein wenig mehr anstrengen müssen. So wie die Dinge jetzt liegen, bist du nicht einmal in der Form, um einen Stein zu werben. Ich meine, du warst nie das, was ich natürlich charmant nennen würde, und im letzten Jahrhundert ist es schlimmer geworden. Du solltest wirklich an deinen gesellschaftlichen Fähigkeiten arbeiten."

Noran starrte seinen Gott ungläubig an.

„Versucht Ihr, mir zu sagen, dass es in Ordnung für Euch ist, wenn ich um Sic werbe?"

Renaldo lächelte, wie er es an dem Tag getan hatte, als sie sich zum ersten Mal begegnet waren; die offene, freundliche Geste eines jungen Mannes, der in seinem Leben noch keine schlechte Erfahrung gemacht hatte.

„Ich versuche, dir noch viel mehr zu sagen. Es wird Unterton genannt, aber da du es nicht zu verstehen scheinst, werde ich direkter sein. Ich bin willens, dir zu vergeben, Noran. Nicht sofort – dafür ist es noch ein wenig zu früh – aber in der nahen Zukunft. Und nicht nur die Sache mit Sic, sondern auch den Vorfall mit Arja. Dafür werde ich sogar einen Teil der Schuld auf mich nehmen, da ich nichts gesagt habe, als ich die Chance dazu hatte."

Wie vom Donner gerührt konnte Noran seinen Gott nur anstarren. Diese plötzliche Umkehrung der Dinge war mehr, als er je zu träumen gewagt hatte. Zitternd ging er auf ein Knie.

„Danke."

Es war nur ein Wort und doch sagte es mehr, als eine ganze Rede hätte ausdrücken können. Renaldo grinste, zufrieden, wie die Dinge sich entwickelt hatten. Dann half er Noran auf.

„Versau es nicht wieder, Bruder."

UNGEFÄHR ZWEI Wochen vor dem Frühlingsfest stand Daran vor Sics Gemächern, begleitet von seinen Besitzern. Kalad und Aegid hatten lange darüber beraten, wie sie den Schmied für das, was Daran getan hatte, entschädigen konnten. Am Ende waren sie zu einem Ergebnis gekommen, das zwar ehrenhaft, jedoch auch höchst unattraktiv war. Doch Sic war ein Emeris, ein Waffenbruder. Es war unvermeidlich, ihn angemessen zu entschädigen. Was der Grund war, warum sie ihren Dieb gebracht hatten – wie ein Lamm, das zum Opfer erkoren worden war. Als Kalad klopfte, öffnete nicht Sic, sondern Casto. Der König schaute sie überrascht an.

„Kalad, Aegid. Nett euch zu sehen. Sic hat nicht erwähnt, dass er Gäste erwartet. Kommt herein."

Er trat einladend zur Seite.

„Wir haben unser Kommen nicht angekündigt."

Kalad setzte sich auf einen Diwan neben einem kleinen Tisch mit goldenen Einlegearbeiten. Er lehnte den Wein, den Casto ihm und Aegid anbot, ab.

„Es wird nicht lange dauern."

Casto musterte die Wüstenbrüder und ihren Dieb scharf. Etwas stimmte nicht und da er nicht wollte, dass Sic noch eine unangenehme Überraschung erlebte, entschied er sich herauszufinden, was es war.

„Was ist mit euch los? Du bist so angespannt wie ein Vater, der plant, seine einzige Tochter mit einem Fremden zu verheiraten."

Kalad öffnete den Mund, um Casto zu antworten, als Sic den Raum betrat. Er starrte seine Gäste an, für einen Moment überrascht. Dann verdunkelte sich sein Blick. Daran, der den Schmied genau beobachtet hatte, eilte zu ihm und kniete nieder. Verwirrt schaute Sic zu Kalad, dessen Gesicht ernst geworden war. Als er die drei Männer gesehen hatte, hatte Sic angenommen, dass sie gekommen waren ihn anzuklagen, etwas, das er verdiente für das, was er getan hatte.

„Wir sind wegen Darans abscheulichem Verhalten hier."

Kalad klang gequält. Es war offensichtlich, dass ihm nicht gefiel, was er im Begriff war, zu tun.

„Du bist unser Bruder und wir wissen, wie viel Leid die Lüge unseres Sklaven dir bereitet hat. Wir haben ihn bereits schwer bestraft, aber auch du hast das Recht, ihn so zu züchtigen, wie du es für angemessen hältst. Für die nächste Woche gehört Daran dir. Du kannst mit ihm tun, was immer du möchtest."

Schweigen senkte sich über den Raum, wurde von einem Pfeifen von Casto durchbrochen. Der König grinste voll bösartiger Schadenfreude.

„Ihr *verkauft* also eure einzige Tochter …"

Kalad und Aegid waren zu angespannt, um auf das Gespött zu reagieren und ignorierten es schlicht. Sic starrte mit großen Augen von Casto zu den Wüstenbrüdern und dann zu Daran, der immer noch vor ihm kniete, den Kopf demütig gesenkt. Ein Lächeln erhellte die Züge des Schmiedes und er beugte sich nach vorn, um dem Dieb aufzuhelfen.

„Du gehörst für die nächste Woche also mir?"

„Ja, Herr. Ich werde tun, was immer Ihr von mir verlangt."

Sic starrte in die großen braunen Augen, die seinen Blick niedergeschlagen erwiderten. Er war beinahe in der Lage, die Furcht und Reue, die von Daran ausgingen, mit Händen zu greifen. Und er verstand ihn nur zu gut, weil er selbst einst willens gewesen war, alles für die Liebe seines Herrn zu tun. Zum Glück gab es eine einfache Lösung für diese aufgeladene Situation. Sachte streichelte Sic über Darans Wangen.

„Da du tun musst, was immer ich sage, sind das meine Befehle. Die ganze nächste Woche wirst du meinen Brüdern dienen, Lord Aegid und Lord Kalad. Du wirst alles in deiner Macht Stehende tun, sie zu erfreuen, weil meine lieben Waffenbrüder zwei sehr besondere Personen sind, die ich glücklich sehen will."

„Herr." Darans Stimme war eine Mischung aus Unglauben und Überraschung. Lächelnd schob Sic ihn in Richtung der Wüstenbrüder.

„Schon gut, geh zu ihnen. Ich bin mir sicher, dass sie besser als ich wissen, was sie mit dir tun sollen."

Hilfesuchend schaute Daran zu seinen Herren, aber die waren zu überrascht, um zu reagieren. Kalad näherte sich Sic mit einem entschlossenen Zug um den Mund.

„Daran hat dir Ungemach bereitet, um es milde auszudrücken. Es ist nur gerecht, ihn bezahlen zu lassen."

Sic schüttelte den Kopf.

„Genau genommen war ich derjenige, der Daran Ungemach bereitet hat und er war so großzügig, mir zu vergeben. Wie kann ich da weniger tun? Außerdem wolltet ihr mir nur helfen und in gewisser Weise habt ihr das auch getan. Wenn ich diese Nacht nicht erlebt hätte, würde ich wahrscheinlich immer noch jammern, unfähig, mich selbst zu ändern. Dank euch hat sich meine Situation bereits verbessert. Jetzt will ich diesen bedauerlichen Zwischenfall nur noch für uns alle abschließen. Wenn Daran mir vergeben kann, werde ich dasselbe tun."

Aegid umarmte den Schmied schweigend. Sein Bruder folgte seinem Beispiel.

„Du bist wahrlich großzügig, Sic. Das werden wir dir nie vergessen."

„Ihr seid meine Brüder. Denkt ihr wirklich, dass ich einen Finger an Daran legen könnte, wo ich doch weiß, wie sehr ihr ihn liebt? Außerdem sind wir Freunde."

Er wandte sich an den Dieb.

„Ich habe weder vergessen, wie bereitwillig du mir nach dieser furchtbaren Nacht vergeben hast noch dass du immer freundlich zu mir warst, auch wenn die anderen Sklaven das nicht für nötig befanden."

Er nahm Daran in die Arme.

„Ich will zu diesem Thema nie wieder etwas hören, einverstanden?"

„Einverstanden, Lord Sic."

Darans Stimme klang dünn, aber voller Erleichterung. Seine überbordende Vorstellungskraft hatte ihm die schrecklichsten Dinge gezeigt, die Sic mit ihm anstellen könnte, um ihn für seine Lüge zu bestrafen. Rückblickend war das natürlich Unsinn, weil der Schmied eine sanfte, freundliche Person war. Dennoch, die Tage, seit seine Besitzer ihm gesagt hatten, was sie planten, um ihren Waffenbruder zu entschädigen, waren unangenehm gewesen.

„Jetzt würde ich etwas von dem Wein nehmen."

Kalads erleichterte Stimme durchbrach Darans Gedankengang. Casto holte fünf Weinbecher, aber als er dem Dieb einen anbot, schüttelte dieser den Kopf.

„Ich habe kein Recht. Aber wenn Ihr gestattet, werde ich Euch bedienen."

Er nahm den Krug, um die Becher der Emeris zu füllen. Über den gebeugten Kopf ihres Sklaven zwinkerte Casto seinen Herren zu.

„Daran, es ist grauenvoll, wie perfekt trainiert du bist. Könntest du nicht ein wenig ungehorsamer sein oder wenigstens widerspenstig? Irgendetwas, das mir zeigt, dass du am Leben bist und nicht eine Marionette."

„Lass ihn in Ruhe, Casto. Es ist nicht seine Schuld, dass er perfekt ist."

Der Blondschopf verzog das Gesicht. Der Schalk erwachte in seinen Augen zum Leben.

„Habt ihr ihm deswegen so ein hübsches, glitzerndes neues Halsband gegeben?"

Bei diesen Worten griff Daran unwillkürlich nach dem neuen Schmuck um seinen Hals. Das alte, abgenutzte Halsband war tatsächlich von einem ersetzt worden, das mehr wie die Zierde für eine Prinzessin aussah denn ein Symbol der Sklaverei. Es war immer noch aus Leder gemacht wie das erste, das er bekommen hatte, aber das Material war unter der dicken Schicht aus Smaragdsplittern, die mit goldenen Fäden befestigt waren, kaum sichtbar. Der Verschluss war ebenfalls aus Gold mit einem Smaragd von der Größe einer Münze darauf. Unter all ihren Schätzen hatten die Wüstenbrüder den bereits erwähnten Sack voller Juwelen nach einer hektischen Suche gefunden.

„Die Geschenke, die wir unserem Sklaven geben, gehen Euch nichts an, Eure Hoheit. Du bist nur eifersüchtig, weil du so etwas nicht bekommen hast."

Kalad sah amüsiert zu, wie das Herz seines Gottes wütend wurde. Die faszinierenden blauen Augen verdunkelten sich gefährlich und die sinnlichen Lippen bebten leicht.

„Als ob." Die Worte kamen wie ein Zischen und die Dinge wären wohl außer Kontrolle geraten, wenn Aegid nicht seinen Becher geleert und dann seinen Wüstenbruder und ihren Sklaven aus dem Gemach gescheucht hätte. Sobald sie fort waren, beruhigte Casto sich. Sic wusste, dass er es nie müde werden würde, diesen schnellen Wechsel der Emotionen zu beobachten.

„Das war ja etwas."

„Denkst du, ich habe etwas falsch gemacht? Habe ich die Situation schlecht gemeistert?"

„Nein, sicher nicht. Es war schließlich nicht Darans schuld. Deine übrigens auch nicht. Es war die Schuld dieser beiden arroganten Bastarde und sie wissen es. Du hast es ihnen zu leicht gemacht."

Sic konnte nicht anders, als zu grinsen.

„Was hättest du getan?"

Reine Bosheit ließ Casto wie einen sehr attraktiven Rachegott aussehen.

„Ich hätte ihren kostbaren Dieb die ganze Woche behalten – ohne sie ihn sehen zu lassen. Nur zum Spaß natürlich."

„Du bist wirklich gemein, Casto. Ich wäre niemals in der Lage, so etwas zu tun."

„Du bist nicht der Erste, der mir das sagt, mein Freund. Lässt mich an meiner Wirkung auf andere zweifeln."

Sic wusste es besser, als dieser Richtung im Gespräch zu folgen. Stattdessen begann er über andere, viel entspanntere Themen zu sprechen.

4.
FRÜHLINGSFEST

STÖHNEND SCHLOSS Renaldo seine Augen, als die Lippen seines Geliebten sich um seine Eichel schlossen. Casto ließ sich Zeit. Er genoss es, seinen Gefährten zu foltern, eine gerechte Rache für die süße Pein, die der Todesengel ihm im Laufe des Abends beschert hatte. Aber Casto kam nicht dazu, es zu genießen, denn als der Krieger genug hatte, packte er ihn einfach, drehte ihn herum und drang wieder tief ein. Casto widersetzte sich spielerisch, willens etwas, das eigentlich ein Nachspiel hätte sein sollen, wieder in eine wilde Paarung zu verwandeln. Renaldo lachte glücklich.

„Habe ich dir schon gesagt, wie froh ich bin, dass du nicht länger sterblich bist?"

„Heute noch nicht, aber Ihr erwähnt es relativ oft – vor allem im Bett."

„Das ist, weil ich von deinem neuen Durchhaltevermögen nicht genug bekommen kann. Du hattest schon immer bemerkenswerte Kondition, aber jetzt …"

„Das sagt Ihr nur, weil ich Euch ertrage."

„Und weil ich mich nicht zurückhalten muss. Ganz egal, was ich mit dir mache, du erträgst es – du genießt es sogar."

Eine Hitzewelle flammte zwischen ihnen auf. Casto presste seinen nackten Hintern gegen seinen Gefährten. Seine Stimme war wild, kam von einem Ort so tief in ihm, dass es beinahe wehtat, sie herauszulassen.

„Ihr wisst, wie sehr ich es mag, wenn Ihr die Kontrolle verliert."

Ein Knurren war die Antwort, dann wurden die Bewegungen des Gottes schneller. Beide Männer gaben sich dem Rausch hin, der sie überwältigte, wann immer sie alle Zurückhaltung fahren ließen.

Später lehnte sich Casto an die breite Brust seines Gefährten. Renaldos rechte Hand lag auf dem Oberschenkel seines Geliebten, während er einen Weinbecher in der linken hielt. Hin und wieder nahm er einen Schluck und hielt ihn auch an Castos Lippen.

„Was wird passieren, jetzt wo wir alle Emeris gefunden haben?"

Renaldo stellte den Becher ab. Seine Stimme klang unversöhnlich.

„Wir werden die Gute Mutter vernichten."

„Das habe ich mir schon gedacht. Ich würde nur gerne mehr Details hören."

„Wir wissen es nicht wirklich. Wir waren noch jung, als Mutter unsere Herzen genommen hat, gerade erst auf dieser Welt angekommen. Wir müssen das wahre Ausmaß unserer Kräfte erst kennenlernen. Es wird ein paar Jahre dauern, bis wir wirklich wissen, wozu wir fähig sind. Auch die Emeris müssen sich mit ihren Talenten vertraut machen. Sics Ankunft hat sie alle in Halbgötter verwandelt. Was genau das bedeutet, wissen wir nicht. Für den Moment werden wir weiter Krieg führen, obwohl wir uns jetzt mehr auf jene Gegenden konzentrieren werden, wo die Gute Mutter die meisten Unterstützer hat."

„Es wird also nicht langweilig?"

„Ganz sicher nicht, mein Eigen."

Gedankenverloren strich Casto mit den Fingerspitzen über die Bauchmuskeln seines Gefährten. Renaldo nahm seine Hand und küsste sie.

„Bitte mach dir keine Sorgen, mein Eigen. Bis jetzt habe ich noch nicht den Drang verspürt, dich vollkommen zu versklaven."

„Und doch kennt Ihr meine Gedanken."

„Das ist nicht schwierig. Ich kenne dich mittlerweile ziemlich gut und auch wenn Hulda etwas anderes behauptet, besitze ich doch eine gewisse Empathie. Ich bin mit deinen Sorgen vertraut."

„Wisst Ihr, was mich am meisten bewegt? Dass der Gedanke, Euch vollkommen zu gehören, anfängt seinen Schrecken zu verlieren. Es scheint so, als ob ich mich daran gewöhnen würde."

Renaldos Augen leuchteten auf. Dann erschuf er ein Bild in seinen Gedanken. Casto, mit den Lederhandschellen gefesselt, die Arme hinter dem Rücken, sein Oberkörper auf dem Bett, sein Hintern einladend nach oben gereckt.

Der Atem des jungen Mannes stockte. Schweigend stand er auf, um den Willen seines Gottes zu erfüllen.

MIT WILD hämmerndem Herzen stand Sic vor der Tür, die in Noemis Reich führte. Er zweifelte immer noch an der Weisheit dessen, was er im Begriff war zu tun, aber ihm liefen die Zeit und die Möglichkeiten davon. Heute war die letzte Anprobe für seine offiziellen neuen Roben gewesen, alle in blendendem Weiß, und das Frühlingsfest kam immer näher. Er war in die Ecke getrieben wie eine Ratte, sein einziger Ausweg war die Schlangenhexe. Sic hob seine Hand, um anzuklopfen.

„Herein."

Noemis Stimme war warm und freundlich wie immer. Als sie sah, wer ihr unerwarteter Gast war, vertiefte sich das Lächeln auf ihrem Gesicht.

„Sic! Was für eine angenehme Überraschung! Was bringt dich hierher?"

Scheu setzte Sic sich auf einen der Stühle, den die Hexe ihm zeigte. Noemi schaute ihn erwartungsvoll an.

„So nervös, wie du aussiehst, nehme ich an, dass du mich etwas Schwieriges fragen möchtest?"

Dankbar schaute Sic auf.

„Ja. Und ich weiß nicht, wie ich anfangen soll."

Ihre winzigen Hände schlossen sich beruhigend um seine schwieligen.

„Ich bin eine Heilerin, Sic. Es gibt nur wenige Dinge, die mich schockieren können und ich bin mir ziemlich sicher, dass du nicht in der Lage bist, sie zu tun. Zwei gewisse Wüstenbrüder, sicher, aber nicht du."

Trotz des Ernstes der Situation konnte Sic ein Kichern nicht unterdrücken. Es war zu einfach, sich Kalad und Aegid dabei vorzustellen, wie sie etwas

Unaussprechliches taten. Die Bemerkung ermutigte ihn auch. Es gab schlimmere Dinge als das, was er von ihr wollte.

„Ich wollte Euch fragen, ob Ihr mir eine Medizin für das Frühlingsfest mischen könnt. Eine, die meinen Verstand ausschaltet, damit ich nicht darüber nachdenken kann, was passiert."

Noemis Augen wurden groß.

„Du hast also vor, teilzunehmen? Wenn dir das so schwerfällt, warum lehnst du dann nicht ab? Du weißt, dass du das Recht dazu hast, oder etwa nicht?"

Sic mied ihren Blick. Die Situation war kompliziert und es schien, als ob er keine Wahl hätte, als es zu erklären.

„Ich weiß. Dennoch erwarten Euer Ehemann und sein Bruder, dass ich komme. Es fällt mir schwer, mich ihrem Wunsch nicht zu fügen, vor allem, wo ich weiß, wie viel es ihnen bedeutet."

Noemi machte eine abwertende Handbewegung.

„Sie sind beide erwachsene Männer. Sie können mit der Enttäuschung leben. Das ist kein Grund für dich, dich zu etwas zu zwingen, das den Einsatz von Drogen braucht, damit du es ertragen kannst."

„Es ist nicht nur das. Lady Noemi, wie war es, als Ana-Isara Euch geküsst hat?"

Noemi runzelte die Stirn. Sie konnte nicht sehen, was Sic mit seiner Frage bezweckte. Dennoch konnte sie spüren, wie aufgewühlt er war.

„Ich nehme an, es ist für jeden von uns anders gewesen. Und ich, na ja, ich war nicht alleine, als ich sie getroffen habe. Shaa-Azar ist immer bei mir. Es war dennoch sehr intensiv. Dieses Gefühl des Unvermeidlichen. Zu wissen, dass dein Schicksal entschieden ist und dass man nichts tun kann, um es zu ändern. Natürlich war ich zu diesem Zeitpunkt bereits Hals über Kopf in Canubis verliebt, darum war aus meiner Sicht alles in Ordnung."

Sic seufzte tief.

„Ich hatte eine Wahl. Ich hätte Nein sagen können. Und nicht, weil Ana-Isara mich dann in Ruhe gelassen hätte, sondern weil da etwas in mir ist, das sich sogar ihr widersetzen kann. Ich weiß nicht, was schlimmer war; zu erkennen, dass ich auserwählt bin oder zu wissen, dass ich Nein sagen konnte."

Noemi starrte Sic mit offenem Mund an. Wie alle anderen im Tal wusste sie wenig über die Luksari. Selbst die Schlange war nicht in der Lage – oder willens – gewesen, ihr mehr zu erzählen, als sie durch die Berührung des jungen Mannes erfahren hatte. Wenn man bedachte, was sie wusste, war Sics Bemerkung nicht so unglaublich, wie sie auf den ersten Blick erschien.

„Du hast ihr gestattet, dich zu küssen."

„Ja. Ich habe es *gestattet*. Nicht weil ich es wollte, sondern weil ich schreckliche Angst vor dem hatte, was ich hätte sein können. Ich habe selbst erfahren, wie Macht missbraucht werden kann, was sie aus den Menschen macht. Ich will niemals so werden oder dasselbe Elend durchleiden. Das kann ich einfach nicht."

„Und darum hast du dich entschieden, nicht ungehorsam zu sein, obwohl du nicht ertragen kannst, was mit dir geschehen wird."

Mitleid machte die Stimme der Hexe noch sanfter als zuvor.

51

„Ich denke, ich kann dich verstehen. Erwählt zu sein, ist niemals einfach. Seit meiner Geburt war Shaa-Azar an meiner Seite. Als Kind habe ich nie darüber nachgedacht. Erst als ich älter wurde, begann ich zu verstehen. Es war schwer. Zu akzeptieren, was ich war, die Schlange mit all der Macht und Verantwortung, die sie brachte, anzunehmen – ich habe lange dafür gebraucht und einen hohen Preis bezahlt. Erst als ich Canubis begegnet bin, konnte ich endlich mit meinem Schicksal Frieden schließen. Ich weiß, dass meine Worte für dich sicherlich wie Hohn klingen, aber du musst dich damit abfinden, wer du bist und über welche Mächte du gebietest. Du wirst keinen Frieden finden, bist du es schaffst, das zu tun. Es tut mir leid.“

Sie spürte, wie ihm Tränen das Gesicht hinunterliefen.

„Wie lange wird das dauern? Für wie lange muss ich noch so leben, unsicher und voller Furcht, unfähig, frei zu atmen?“

Noemi umarmte den Schmied und tätschelte seinen Rücken.

„Ich weiß es nicht, das liegt an dir. Vergiss nur nie, dass du jetzt eine Familie hast, eine, in der nicht nur alle Mitglieder etwas Besonderes sind, sondern auch willens, dir zu helfen. Du bist nicht allein.“

Sie ließ ihn los und drehte sich zu einem der Regale, wo sie ihre Medizin aufbewahrte. Nach einigen Momenten des Nachdenkens wählte sie eine kleine Phiole gefärbten Glases.

„Du nimmst zwei Tropfen am Morgen des Frühlingsfestes und dann noch einmal zwei während des Mittagsessens. Bevor du zum Fest gehst, nimmst du fünf Tropfen, vorzugsweise mit Wein. Du wirst dich leicht betrunken und locker fühlen, dein Körper wird entspannt genug sein, um Lust zu empfinden, während dein Verstand mehr oder weniger schlafen wird. Du wirst immer noch in der Lage sein, dich mit anderen zu unterhalten, aber es wird alles verschwommen sein. Es besteht die Möglichkeit, dass du dich nicht an viel von dem was geschehen ist erinnern wirst.“

Sie starrte die Phiole an, als könnte sie sein Leben retten.

„Danke. Vielen, vielen Dank! Ich kann Euch nicht sagen, wie dankbar ich bin.“

Noemi streichelte seine Schulter, ihr Gesicht war grimmig.

„Schon gut. Auch wenn das gegen alles geht, wofür das Frühlingsfest steht, kann ich deine Beweggründe verstehen. Bitte mich nur nie wieder darum.“

Der junge Schmied küsste Noemis Hand ehrfürchtig.

„Das werde ich nicht. Ich verspreche es. Nur dieses eine Mal.“

„Ja, ja, nur dieses eine Mal.“

Irgendwie schien die Schlangenhexe nicht überzeugt zu sein.

„Wow, Casto, du siehst umwerfend aus!“

Daran starrte den Blondschopf bewundernd an. Casto erwiderte den Blick so bösartig, dass der Dieb zurückwich.

„Halt den Mund! Ich bin nicht in Stimmung!“

„Daran, schau nicht so ängstlich drein. Du weißt, wie er beim Frühlingsfest ist. Dein gut gemeintes Kompliment bewirkt nur, dass er noch wütender wird.“

Noemi stieß den jungen Sklaven vorsichtig an, um nicht den silbernen Puder überall auf seinem Körper zu verwischen – oder den goldenen auf ihrem.

Sie beide schauten zu Casto, dessen trotziger Blick sich in starkem Kontrast zu seiner aufwändigen Aufmachung befand. Er war wahrlich ein herrlicher Anblick; das Ideal eines menschlichen Wesens mit seinen elegant geformten Muskeln, der samtigen Haut, die vom Goldstaub schimmerte und den perfekten Gesichtszügen, die kaum verhohlenes Missfallen ausdrückten.

„Darf ich dann Euch ein Kompliment machen, meine Lady? Auch Ihr seht umwerfend aus."

In Darans Stimme klang nur ein winziger Hauch Schalk durch, kaum erkennbar für jene, die nicht darauf achteten.

„Aber natürlich, Daran. Und ich danke dir für deine Großzügigkeit. Lass mich das Lob auch gleich zurückgeben. Dich so zu sehen, wirft in mir die Frage auf, wie Aegid und Kalad es ertragen können, auch nur eine Minute von dir getrennt zu sein."

Die Augen der Hexe funkelten vor Freude; sie hatte eine Menge Spaß. Casto drehte ihnen nachdrücklich seinen Rücken zu.

„Ihr könnt euch euren Spott wirklich sparen. Das hier ist schon schlimm genug. Ich brauche nicht noch euch beide, um es zu betonen."

„Warum bist du so dagegen? Immerhin wirst du dich gut fühlen, oder nicht?"

„Ich weiß nicht, wie es dir geht, Daran, aber ich finde den Gedanken, an den Reihen Dutzender betrunkener Söldner, die mich lustvoll anstarren, vorbeigezerrt zu werden, nur um dann am Bankettisch bewusstlos gefickt zu werden, mehr als ein wenig abstoßend. So sehr ich es auch mag, mit dem Barbaren zur Sache zu kommen, hasse ich es einfach nur, wenn ich Zuschauer habe."

„Oh, ich weiß nicht. Es kann ziemlich stimulierend sein – Zuschauer zu haben, meine ich."

Casto schauderte.

„Das zeigt nur, wie sehr diese beiden wollüstigen Unholde dich bereits korrumpiert haben. Und du warst einmal so ein netter Junge."

„Das ist zu viel der Ehre, Casto. Daran war nie so unschuldig, wie er vielleicht erschienen ist."

Kalad und Aegid hatten den Raum gerade betreten, um ihren Dieb abzuholen. Beide Männer sahen in ihren dunkelgrünen Roben mit dem weißen Kaninchenfell an den Säumen beeindruckend aus. Sie schenkten Noemi und Casto kaum einen Blick. Ihre Augen waren auf Daran fixiert, dessen Körper schnell und stolz reagierte. Casto verdrehte die Augen.

„Beeilt euch, nehmt ihn mit, bevor ich mich übergeben muss. All dieses Liebesgeplänkel ist schwer zu ertragen."

„Gib es zu, Casto. Das ist es, was dir bei Renaldo abgeht."

Kalad duckte sich hastig außer Reichweite des Königs.

„Wir gehen wohl besser."

Aegid schloss die goldene Kette an Darans Halsband an und führte dann seinen grinsenden Bruder und ihren wunderschönen Dieb nach draußen. Casto murmelte ein paar deftige Flüche vor sich hin, bevor er wieder begann im Raum auf und ab zu gehen. Noemi beobachtete seine Bewegungen mit mildem Interesse. Am Anfang hatte sie gedacht, sie könnte ihrem komplizierten Schwager helfen, aber jetzt wusste sie es besser. Genau wie seine Beziehung zu Renaldo war auch Casto selbst äußerst vielschichtig. Der Versuch, ihn zu verstehen, war so, als würde man versuchen, das Wetter zu durchschauen – es gab immer Raum für unangenehme Überraschungen. Auf einmal blieb der König wie angewurzelt stehen. Sein Blick wandte sich zur Tür. Nur wenige Augenblicke später betraten die göttlichen Brüder den Raum. Noemi lächelte und ging zu ihrem Ehemann, der sie kurz auf den Mund küsste, bevor er ihr die Kette anlegte. Seine Augen waren voller Liebe.

„Mein geliebtes Juwel, du bist so wunderschön, ich habe keine Worte, es zu beschreiben."

„Ich danke Euch, mein Lord. Wie immer seid Ihr wahrlich großzügig."

In der Zwischenzeit hatte Renaldo sich Casto genähert wie ein Jäger einem scheuen Reh.

„Mein Eigen. Ich weiß, dass es Zeitverschwendung ist, dir zu sagen, wie unglaublich gut du aussiehst, aber ich muss es einfach tun."

„Bla, bla, bla. Lasst es einfach, Barbar. Legt mir diese verdammte Kette an und dann lasst uns das hinter uns bringen."

„Charmant wie immer. Aber ich werde nicht zulassen, dass du mir meine gute Stimmung zerstörst."

Damit befestigte der Todesengel die Kette an Castos Halsband. Dann wandte er sich an seinen Bruder, der breit grinste.

„Lass uns gehen. Wie du hören kannst, kann mein Gefährte es kaum erwarten."

SIC STAND nervös neben Bantu am Haupttisch in der großen Halle, seine Finger kneteten beständig den Stoff seiner Robe. Wie Noemi es ihm gesagt hatte, hatte er die Medizin eingenommen. Er hatte sich den ganzen Tag lang beschwipst gefühlt und die letzten fünf Tropfen hatten seinen Verstand vernebelt. Er war sich seiner Umgebung immer noch bewusst, aber auf eine abwesende Art, als ob er nicht Teil dessen war, was geschah. Sein Körper fühlte sich schwer an, jedoch nicht entspannt genug, um nicht nervös zu sein. Sic hoffte nur, dass er den Abend so gut wie möglich durchstand, bevor die Wirkung verging. Bantu nickte ihm aufmunternd zu, versuchte ihn zu beruhigen. Sic schaffte ein dankbares Lächeln, bevor er wieder anfing, mit seiner Kleidung zu spielen.

Jetzt schwangen die großen Türen auf und die Götter traten ein. Sic konnte nicht anders, als zu starren. Im täglichen Leben waren Canubis und Renaldo bereits einschüchternd genug, das war jedoch nichts im Vergleich zu der Aura reiner Dominanz, die sie ausstrahlten, als sie auf den Haupttisch zugingen. Vielleicht lag es daran, dass er es zum ersten Mal sah. Vielleicht war es, weil dies das erste Frühlingsfest war, das sie als vollwertige Götter begingen. Auf jeden Fall konnte Sic nicht anders, als niederzuknien, wie es auch all die anderen Emeris und Krieger in der Halle taten. Die Kriegsgötter hatten endlich ihr Geburtsrecht beansprucht.

Als sie ihre Sitze erreichten, gaben Bantu und Kalad den göttlichen Brüdern jeweils einen Becher Wein. Sie beteten um den Segen von Ana-Aruna und Ana-Isara, rezitierten die alte Anrufung mit so viel Nachdruck, dass Sic schauderte. Nachdem sie alle den Göttinnen etwas von ihrem Blut geopfert hatten, begann das Fest. Bis zu diesem Zeitpunkt hatte Sic das Frühlingsfest nur aus Erzählungen gekannt. Er entschied schnell, dass die Wahrheit sogar noch unglaublicher war als die Geschichten. Aus dem Augenwinkel sah er zu, wie Aegid und Kalad Daran über einen Stuhl beugten. Der Hüne drang gleichmäßig in ihn ein, während sein Bruder sich vom Mund des Diebes befriedigen ließ. Canubis hatte sich Noemi auf den Schoß gesetzt, sein Schaft war tief in ihr vergraben. Castos Oberkörper ruhte auf dem Tisch, seine Beine waren weit gespreizt, um seinem Gefährten Platz zu machen. Später konnte Sic nicht sagen, was ihn aus seiner von der Droge hervorgerufenen Trance gerissen hatte. Vielleicht war es der Anblick von Noemi und Casto, die normalerweise so stolz und unabhängig waren und die sich in diesem Moment so vollkommen dem Willen ihrer Götter unterwarfen. Vielleicht waren es auch all die anderen Paarungen, die um ihn herum stattfanden, die alle nur das Ziel kannten, Erleichterung zu finden. Oder es war die intensive Aura, die vom Kriegswolf und dem Todesengel ausstrahlte.

Sic fühlte sich mit einem Mal niedergedrückt, als ob ein schweres Gewicht sich auf seine Brust gelegt hätte, ihn davon abhielt zu atmen. All seine Ängste brachen gleichzeitig über ihn herein, als sein Verstand begann, wieder klar zu arbeiten. Die Geräusche von Menschen, die überall in der Halle wilden Sex hatten, überwältigten ihn, brachten Erinnerungen an den schrecklichen Schmerz mit sich, den er mit Sex verband. Es war beinahe so, als ob er wieder in der Schmiede wäre, an jenem schicksalhaften Tag, als Noran ihn zum ersten Mal überredet hatte. Da waren so viel Schmerz in seinem Herzen und seinem Geist gewesen. Cornelia hatte recht gehabt. Manche Dinge konnte man einfach nicht vergessen. Sie waren ins Wesen eingebrannt, konnten unmöglich entfernt werden. An dem Fest teilzunehmen, war ein schrecklicher Fehler gewesen. Obwohl er seine eigene Macht fürchtete, hätte er sich selbstsüchtiger schützen müssen. Jetzt war es zu spät und er war in einem Albtraum gefangen.

Sic stand kurz vor einer Panikattacke, als die Frau sich ihm näherte. Sie war nicht Furcht erregend – jung, gewöhnliches Aussehen, mit einem hungrigen Blick. Es war offensichtlich, dass sie Sic als ihren nächsten Partner erkoren hatte, obwohl die Innenseiten ihrer Oberschenkel bereits vom Sperma ihrer vorherigen Paarungen klebten. Verzweifelt versuchte Sic, der Situation zu entkommen. Auf gar keinen Fall konnte er Sex mit dieser Frau haben, auf gar keinen Fall konnte er Sex mit irgendjemandem in der Halle haben, ganz egal, ob sie oben oder unten waren. Während sein Mund sich öffnete, um der Frau zu sagen, dass sie sich jemand anderen suchen sollte, wurde sie auf einmal blass. Hastig zog sie sich in die Menge zurück. Als Sic sich umdrehte, um den Grund für ihre plötzliche Panik zu finden, fand er sich Noran gegenüber.

Panik stieg in Sic auf. Sich mit dem Meisterschmied auseinanderzusetzen, war in seinem momentanen Zustand keine Option. Aber bevor er sich zurückziehen konnte, trat Noran sogar noch näher. Sein Mund war auf einer Höhe mit Sics Ohr, seine Stimme ein harsches Flüstern.

„Habe keine Angst. Ich will dir nur helfen. Ich schwöre, ich werde dir nichts antun. Ich werde dich nicht einmal berühren. Wenn du nicht am Fest teilnehmen willst, kommst du jetzt besser mit mir."

Sic starte auf die Orgie, die mit jeder Minute wilder wurde und entschied, dass Noran recht hatte. Mit einem kurzen Nicken folgte er dem Meisterschmied, der ihn in eine dunkle Ecke mit einem kleinen Tisch und zwei Stühlen führte. Einer der Stühle war so tief in den Schatten verborgen, dass man ihn kaum sehen konnte. Noran setzte Sic dorthin. Er selbst nahm auf dem anderen, besser sichtbaren Stuhl Platz und verjagte jeden mit einem drohenden Blick, der zu nahe kam. Auf diese Weise abgeschirmt, begann Sic sich langsam zu entspannen. Da die Droge offensichtlich vollkommen aus seinem Körper verschwunden war, konnte er seine Umgebung erneut beurteilen. Es war so überwältigend, dass er beinahe würgte. Noran schaute ihn scharf an.

„Fühlst du dich unwohl? Soll ich dir etwas zu trinken holen?"

„Nein, Herr, es geht mir gut. Es ist nur ein bisschen zu viel."

„Nicht Herr. Noran. Warum bist du überhaupt hier? Ich dachte, ich würde sterben, als ich dich am Haupttisch sah."

„Ich wollte die Götter nicht enttäuschen. Lady Noemi hat mir etwas gegeben, um mir zu helfen, aber offensichtlich hat es nicht wie geplant funktioniert."

„Das ist dämlich, Sic. Da du hier bist, müssen wir bis Mitternacht warten, bis wir offiziell gehen können. Denkst du, du schaffst das?"

Sic starte Noran an, der sich offensichtlich Sorgen um ihn machte und fühlte eine Ruhe über sich kommen, die er seit beinahe einem Jahr nicht mehr gekannt hatte.

„Solange Ihr bei mir bleibt, kann ich es tun."

Scheu lächelte Noran seinen früheren Sklaven an.

„Ich werde dich nicht allein lassen, ganz egal, was passiert."

DA ER wusste, dass er beschützt wurde, konnte Sic sich entspannen. Aus den Schatten heraus beobachtete er, wie die Söldner und ihre Sklaven einander Freude bereiteten und wunderte sich über die rohe Energie, die sich in der Halle bildete. Es musste ein Festmahl für die Göttinnen sein.

Sics Blick wanderte zurück zum Haupttisch. Hulda sah so majestätisch wie immer aus, wie sie auf dem Schoß ihres Ehemannes saß und ihrer beider Bewegungen kontrollierte. Die Killerin genoss physischen Kontakt stets und die Selbstverständlichkeit, mit der sie nahm, was sie wollte und gab, was ihr Partner brauchte, ließen Sic wieder an Schönheit glauben. Selbst Bantu, der immer so gefasst und still war, hatte einen jungen Mann gewählt, der vor Lust unter ihm bebte. Als der Blick des Schmieds die Wüstenbrüder und ihren Dieb erreichte, errötete er und wandte ihn schnell wieder ab. Casto bezeichnete sie als wollüstig, aber das war ein viel zu freundliches Wort, um zu beschreiben, was er gerade gesehen hatte.

Und dann Casto. Obwohl sein Freund das Frühlingsfest aus tiefstem Herzen hasste, genoss er es dennoch. Die Art, wie Renaldo und er einander angingen, war wie ein Tanz oder, treffender ausgedrückt, wie ein vorher abgesprochener Kampf. Ein Anblick der Schönheit mit einer ihr inne liegenden Gefahr. Faszinierend, jedoch tödlich. Nicht zum ersten Mal dachte Sic über die verschiedenen Gesichter nach, die die Liebe hatte.

Er schaute zu Noran, der immer noch jeden verjagte, der ihrem kleinen Ort in der Dunkelheit zu nahe kam. Der Rücken des Meisters war angespannt und Sic konnte sich nur vorstellen, wie schwer es für Noran sein musste, seine eigenen Bedürfnisse zurückzuhalten, um bei ihm zu bleiben. Eine Welle der Dankbarkeit schlug über Sic zusammen, als ihm klar wurde, wie sehr der mürrische Meisterschmied ihn mochte.

Um Mitternacht nickte Noran Sic zu.

„Du kannst jetzt gehen. Du hast deine Pflicht erfüllt."

Sic starrte in die Halle voller lüsterner Menschen, die er durchqueren musste, um zurück in seine Gemächer zu kommen und schüttelte seinen Kopf.

„Ich glaube, ich bleibe lieber noch ein wenig länger, wenn es Euch nichts ausmacht."

„Aber du fühlst dich nicht wohl."

„Das tue ich nicht. Aber auf gar keinen Fall schaffe ich es durch die Halle. Ich bin lieber hier, bei Euch."

Mit einer müden Geste wischte Noran sich über die Augen.

„Es ist in Ordnung, Sic. Ich werde dich begleiten. Niemand wird es wagen, Hand an dich zu legen."

Wieder wusch eine Welle warmer Dankbarkeit über Sic hinweg. Scheu, aber entschlossen griff er nach Norans Hand. Als ihre Finger sich verschränkten, lief ein kribbelndes Gefühl durch seinen Körper. Der Meisterschmied starrte ihn für einen Moment mit leeren Augen an, dann riss er sich zurück in die Realität.

„Lass uns gehen."

VOR SICS Gemächern ließ Noran die Hand los, die wohl das Wertvollste war, was er je berührt hatte. Er wusste nicht, was er sagen oder wie er aus dieser seltsamen Situation herauskommen sollte. Als er Sic zu Hilfe gekommen war, war das aus reinem Instinkt geschehen. Er hatte es nicht zu Ende bedacht. Sic schaute zu ihm auf und lächelte. Es war nicht das offene, selige Lächeln, das er mit den anderen Schmieden in Ummana geteilt hatte oder das entspannte, das er für gewöhnlich zeigte, wenn er mit Casto zusammen war. Es war eine neue Art Lächeln, eines, das Noran noch nie zuvor auf den dünnen Lippen gesehen hatte. Es erzählte von all den Schwierigkeiten, die sein Besitzer durchgestanden hatte, aber auch von den Segnungen, die er erhalten hatte. Es war ein gereiftes Lächeln voller Hoffnung für die Zukunft.

„Danke, Meister. Noran. Ihr wart meine Rettung. Es tut mir leid, dass ich das Fest für Euch ruiniert habe."

„Du hast es nicht für mich ruiniert, ehrlich. Wenn ich die Wahl zwischen dem Frühlingsfest habe und den Abend mit dir zu verbringen, würde ich immer letzteres wählen."

Das Lächeln vertiefte sich.

„Würdet Ihr hereinkommen und auf mich aufpassen, bis ich einschlafen kann? Ich bin immer noch ein wenig aufgewühlt und Eure Gegenwart beruhigt mich."

„Natürlich, Sic. Es ist mir eine Freude."

Wieder griff Sic nach der Hand seines früheren Meisters. Seine Stimme war nichts weiter als ein Flüstern.

„Ich denke, ich bin bereit, Euch wieder zu vertrauen."

„Sic?"

„Es wird eine Weile dauern, aber ich kann sie wieder fühlen. Die Liebe, die ich für Euch hatte. Sie muss aber noch wachsen."

„Sic."

Noran sank auf die Knie, unfähig zu glauben, was die Liebe seines Lebens ihm gerade angeboten hatte. Nach seinem Gespräch mit Ronaldo war er deprimiert gewesen, da er gewusst hatte, dass Sic niemals sein Einverständnis geben würde, Noran um ihn werben zu lassen. Es war eine unmögliche Hoffnung, die er tief in seinem Herzen genährt hatte, ein weiterer Schmerz, der die gerechte Strafe für das, was er getan hatte, gewesen war. Und jetzt bot sein geliebter Schatz ihm so willig, wovon er überzeugt gewesen war, dass er es für immer verloren hatte. Er drückte Küsse auf die offenen Handflächen des jungen Mannes.

„Ich kann warten, Sic. Ich werde so lange warten, wie es dauert. Und ich werde alles tun. Ich schwöre es."

Sic lächelte wieder, immer noch ein wenig unsicher und wehmütig, aber zum ersten Mal seit Ana-Isaras Kuss hatte er das Gefühl, das Richtige getan zu haben.

„Dann wacht bitte über meinen Schlaf."

Mit einem glücklichen Nicken folgte der Meisterschmied seiner Liebe in die Gemächer.

ALS DIE ersten Strahlen der Morgensonne die Berge um das Tal herum erhellten, hob Lord Renaldo, der Todesengel, sein geliebtes Herz, König Castolus von Ummana, auf und trug ihn zurück in ihre Gemächer. Casto war viel zu erschöpft, um zu bemerken, was mit ihm passierte. Er genoss einfach nur das Gefühl, in der Luft zu schweben und vollkommen sicher zu sein. Im Schlafzimmer legte Renaldo seinen Gefährten nieder und küsste ihn liebevoll. Dann erhob er sich wieder, um sich mit seinem Bruder zu treffen. Zusammen gingen sie ins Tal hinaus.

Unter ihren nackten Füßen verschwanden der Schnee und die Kälte, wurden vom vertrauten, angenehmen Klima der Grünen Lande verdrängt. Ein betörender Geruch trat in ihre Nasen. Das Gras unter ihren Füßen war weich und warm und der Himmel von einem leuchtenden, klaren Blau. Auf einer Anhöhe trafen sie ihre Mütter. Ana-Isara war so blass und tödlich wie immer. Ihre Schwester andererseits war rosig und warm. Die Grünen Lande waren Ana-Arunas Reich, darum sprach sie zuerst.

„Die Zeit ist gekommen, Söhne. Ana-Darasa hat ihre Götter erwählt."

„Ihr verlasst uns also?"

Canubis' Stimme klang ruhig. Sowohl er als auch Renaldo hatten gewusst, dass dieser Tag kommen würde.

„Unsere Gegenwart ist nicht länger vonnöten. Obwohl ihr eure volle Macht noch nicht wiedererlangt habt, seid ihr doch die rechtmäßigen Herren dieser Welt. Wir würden euer Wachsen nur behindern."

Ana-Isara klang traurig. Tränen wie silberne Perlen schimmerten in ihren Augen. Mit einer tröstenden Geste nahm ihre Schwester ihre Hand. Auch sie weinte, aber in dem Moment, als die Tränen ihre Augen verließen, verwandelten sie sich in bunte Schmetterlinge, die wie kleine Juwelen in die Sonne flogen.

„Wir sind sehr stolz auf euch. Sobald ihr die Gute Mutter besiegt habt, werdet ihr diese Welt nach euren Vorstellungen formen. Aber unterschätzt sie nicht. Die Gute Mutter wird bis zum letzten Moment gegen euch kämpfen und sie kennt keine Ehre."

„Das ist uns klar."

Renaldo klang grimmiger, als er es vorgehabt hatte. Ana-Aruna streichelte seine Wange mit einem traurigen Lächeln.

„Unser Bringer des Todes. Die Macht deines Feuers wird alle Zweifel verbrennen."

Ana-Isara umarmte Canubis.

„Seid auf der Hut. Euer Kampf wird noch viele Jahre dauern. Am Ende wird die Bedrohung vom Meer her kommen, so viel können wir sagen. Unser Gehen bedeutet, dass es ein Vakuum geben wird. Die Macht wird zu euch und zu jenen, die euch folgen fließen, aber sie wird sich etwas davon stehlen. Auch die Gute Mutter wird mächtiger werden."

„Das wird ihr nichts nutzen. Wir werden sie zerstören."

Canubis sprach mit der ruhigen Entschlossenheit eines wahren Anführers. Sein Bruder nickte zustimmend.

„Werden wir euch wiedersehen?"

Die Schwestern tauschten einen Blick. Ana-Isara antwortete, ihre Stimme voller Bedauern.

„Wenn die Zeit endet und alles zum Anfang zurückkehrt, dann werden wir wieder vereint. Aber bis dahin wird es lange dauern. Nicht einmal wir können das Ende sehen."

Die Brüder nickten. Der Gedanke, so lange zu leben, war nicht länger verstörend, jetzt da sie wieder Götter waren. Die Zeit, die immer wieder schwer an ihnen gezerrt hatte, hatte ihre Macht verloren. Sie waren nicht nur die Herren dieser Welt, sie waren ewig.

„Kümmert euch gut um das Licht. Er wird euch die würdigen Diener zuführen."

Canubis runzelte die Brauen. Der Verdacht, den er gehabt hatte, schien sich zu erhärten.

„Sic?"

Die Mütter nickten.

„Luksari. Wir bezweifeln, dass es je wieder einen wie ihn geben wird. Er ist in mehr als einer Hinsicht wertvoll."

Ein letztes Mal umarmten die Mütter ihre Söhne. Dann wandten die Kriegsgötter sich ab, bereit sich ihrem Schicksal zu stellen. Ana-Isaras Stimme hallte in ihren Ohren, als sie ins Tal zurückkehrten.

„Jene, die euch dienen, werden in den Grünen Landen weiterhin willkommen sein. Das Tor wird nicht geschlossen."

Mit diesen tröstlichen Worten in den Ohren kehrten der Kriegswolf und der Todesengel in ihr Heim zurück.

NEUANFÄNGE

1.
MARKTTAG

„ICH KANN es nicht glauben! Wie kann man nur so unglaublich stur sein?"

„Du wagst es, mich als stur zu bezeichnen? Ausgerechnet du?"

„So wie Ihr euch benehmt, ist stur noch ein Kompliment, Barbar!"

„Reiß dich zusammen, Casto! Ich fange an, meine Geduld zu verlieren."

Aegid und Kalad blieben die angewurzelt stehen. Der Streit, dessen Zeuge sie gerade wurden, wurde mit jeder Minute hitziger. Ein weiser Mann hielt Abstand, wenn Lord Renaldo, der gefürchtete Todesengel in einen Streit mit seinem leicht erregbaren Herzen, König Castolus von Ummana geriet. Obwohl die beiden jetzt seit über zwei Jahren verheiratet waren, waren ihre Kämpfe nicht weniger geworden. Manchmal hatte Aegid den Eindruck, dass sie schlimmer wurden. Das war zunächst einmal kein Problem, da die Söldner, wie jeder andere auch, eine gute Vorstellung liebten. Nein, das eigentliche Problem war, dass Casto es immer noch nicht geschafft hatte, das Feuer in sich zu kontrollieren. Normalerweise tat Renaldo das für ihn, aber wenn sie so aufgebracht wie jetzt waren, standen die Chancen gut, dass Casto etwas in Brand setzte. Kalad schüttelte den Kopf.

„Klingt ziemlich ernst. Lass uns später wiederkommen."

Er wollte sich gerade umdrehen, als Aegid ihn aufhielt.

„Daran ist irgendwo in der Nähe. Wir können ihn nicht allein lassen."

Ein entschlossener Zug straffte die Lippen seines verschrobenen Bruders. Wenn es um Daran ging, war Kalad willens alles zu tun. Sie waren zu den Ställen gekommen, um ihrem geliebten Dieb bei seiner Reitstunde zuzusehen. Jetzt da der Frühling langsam den Winter aus dem Tal vertrieb, konnten die Kinder der Wüste es wieder wagen, nach draußen zu gehen. Aber es schien, als ob der Unterricht noch nicht einmal begonnen hätte. Wild entschlossen, ihren wertvollsten Besitz zu beschützen, näherten sich die Wüstenbrüder der Quelle all der Aufregung.

Renaldo und Casto standen Nase an Nase, ihre attraktiven Gesichtszüge voller Wut. Das Gesicht des Todesengels war zu seiner üblichen, unbeweglichen Maske erstarrt, in der nur seine glühenden Augen seine Emotionen verrieten, während Castos Wangen von einem weichen Rot gezeichnet waren, das ihn hätte verletzlich erscheinen lassen können, wenn sein Kiefer nicht zu angespannt und seine Augen nicht so bedrohlich schwarz gewesen wären. So angenehm die beiden Männer auch anzuschauen waren, gab es doch keinen Zweifel, dass diese Schönheit nur ein dünner Schleier war, unter dem die ungezähmte Leidenschaft kaum verborgen werden konnte. Aegid fand, dass es mehr als ironisch war, wie gegensätzlich das Innere und das Äußere seines Gottes und dessen Herz waren. Es war, als ob in diesen beiden Licht und Dunkelheit vereint worden wären.

In der Zwischenzeit hatte Kalad Daran gefunden, der in einer Ecke zusammengekauert saß, seine ausdrucksstarken braunen Augen groß vor Furcht. Die Wand hinter ihm wurde von einem Brandfleck verunziert, der, so wie es aussah, ziemlich frisch war. Während Aegid den Dieb schützend umarmte, fauchte sein Bruder die beiden Streithähne an.

„Verdammt ihr zwei! Könnt ihr euch nicht beherrschen? Ihr habt Daran Angst gemacht!"

Renaldo und Casto drehten sich herum, um Kalad anzuschauen. Für einen Moment herrschte peinliches Schweigen. Offensichtlich hatten sie alles um sich herum vergessen.

Casto war der Erste, der seine Sprache wiederfand. „Es tut mir leid, Daran. Ich wollte dich weder verletzen noch dir Angst machen. Das ist alles die Schuld des Barbaren."

„Meine Schuld? Daran, du bist die ganze Zeit hier gewesen! Ich bin mir sicher, dass du bestätigen kannst, dass dies alles Castos Schuld ist!"

Wimmernd vergrub Daran sein Gesicht an Aegids breiter Brust. Er hasste es, Teil dieser Auseinandersetzung zu sein. Seine Stimme war kaum hörbar. „Es tut mir wirklich leid, Herr, aber ich hatte zu viel Angst, um mich auch nur an ein Wort zu erinnern."

„Dann werde ich deine Erinnerung auffrischen! Dieser unvorsichtige Idiot", Renaldo stach mit seinem Zeigefinger drohend in Castos Richtung, „plant ernsthaft, ganz alleine zum Markt in Kwarl zu gehen."

„Ich habe es Euch doch schon unzählige Male erklärt, Barbar. Es ist vollkommen sicher. Nächste Woche ist der große Frühlingsmarkt. Ich will ein paar unserer Pferde verkaufen und schauen, ob ich einen guten Hengst für mein Zuchtprogramm finden kann. Was, im Namen der Mütter, soll schon passieren?"

„Das musst du noch fragen? Du wirst nicht gehen – das ist mein letztes Wort!"

Eine Hitzewelle ließ Kalads Zöpfe auffliegen, aber bevor Casto seinen Gefährten anfauchen konnte, mischte der Wüstenkrieger sich ein.

„Darum streitet ihr? Weil Casto auf den Markt gehen möchte?"

„Es scheint, dass du dir der Schwere der Situation nicht bewusst bist, Kalad." Renaldos Stimme klang spitz. Es war offensichtlich, dass er angefressen war.

„Verdammt, Renaldo. Er plant nicht ans Ende der Welt zu reisen. Und Lys wird ihn sicher begleiten, oder nicht?"

„Ich kann nur wiederholen, was ich vorhin gesagt habe. Casto wird nicht gehen."

„Als ob ich mich von Euch zurückhalten lassen würde! Ich bin nicht Euer Sklave! Ich bin ein freier Mann!"

Schnell wie eine angreifende Schlange wirbelte der Todesengel herum. Seine Augen waren zwei schmale Schlitze, seine Lippen fest zusammengepresst.

„Du bist mein Gefährte, was dich zu einer Menge mehr als nur meinem Besitz macht. Ich bin dein Herr und Gott und wenn du nicht auf der Stelle aufhörst, mich herauszufordern, werde ich dich entsprechend bestrafen, *Sklave*."

Selbst Kalad wich ein wenig zurück, nicht im geringsten von seinem beschleunigten Herzschlag beschämt. Wenn er in dieser Stimmung war, war Renaldo mehr als Angst einflößend, etwas, das seinen geliebten Gefährten überhaupt nicht zu kümmern schien.

„Wagt es ja nicht, zu denken, dass ich hiervon beeindruckt bin, mein *Gott*. Wenn ich gehen will, werde ich gehen."

„Verdammt, Casto."

Renaldo packte brutal die Handgelenke des jungen Mannes, aber wie immer weigerte Casto sich, Anzeichen von Schmerz zu zeigen. Mit ausdruckslosem Gesicht starrte er in Renaldos graue Augen, bis dieser ihn wieder losließ.

Mit dem Arm um Daran geschlungen näherte Aegid sich den beiden Streitenden.

„Warum begleitest du Casto nicht einfach, mein Lord?"

„Ich habe keine Zeit."

Aegid seufzte. Dieser kurze Satz war wahrscheinlich der Kern des Problems. Obwohl sie entschieden hatten, diesen Sommer im Tal zu bleiben, gab es dennoch zahllose Aufgaben zu erfüllen. Das bedeutete, dass Renaldo nicht die Zeit hatte, sich so um seinen kapriziösen Ehemann zu kümmern, wie sie es beide wollten, was dazu führte, dass Casto sich langweilte. Wenn der König von Ummana nicht beschäftigt war, neigte er dazu, etwas zu tun zu finden – Dinge, die der Todesengel selten guthieß, was zu Situationen wie dieser hier führte. Und sein Pech war es, hineingezogen worden zu sein.

„Wie wäre es, wenn wir ihn begleiten? Würde dich das beruhigen?"

Der Todesengel dachte darüber nach.

„Ein wenig. Bis jetzt habt ihr mich noch nie enttäuscht. Ich werde darüber nachdenken."

„Hervorragend. Vielleicht können wir uns jetzt auf die wirklich wichtigen Dinge konzentrieren." Kalad grinste Casto an, froh, dass das Gewitter für den Moment abgewendet war. „Wir wollen sehen, was Daran gelernt hat."

Nach einem letzten, berechnenden Blick zu seinem Gefährten, nickte Casto zustimmend. Wieder stellte Aegid fest, dass er fasziniert war, wie leicht der König seine Emotionen kontrollieren konnte. Ganz egal, wie tief empfunden seine Wutausbrüche auch waren, verlor Casto doch nie den Überblick über das Gesamtbild. Zweifellos hatte er in einer Ecke seines komplizierten Verstandes bereits alle möglichen Varianten dieses Streits durchgespielt und entschieden, die Sache für den Moment ruhen zu lassen. Was nicht bedeutete, dass er auch nur das kleinste Detail vergessen würde. Es war nur eine kurze Atempause, bevor er die Schlacht später, zu einem passenderen Zeitpunkt, weiterführte. Auch Renaldo schien entschieden zu haben, die Sache ruhen zu lassen. Er drückte sogar einen versöhnlichen Kuss auf Castos Stirn, eine Geste, die den jungen Mann abfällig die Augen verdrehen ließ.

AUF SEINEM Weg zurück zur Trainingshalle traf der Todesengel Hulda, die ganz in schwarzes Leder gekleidet war und mit einem Bogen über der Schulter auf ihn zuschlenderte. Wie immer war die Killerin atemberaubend: Ihre langen, blonden Haare waren zum Zopf geflochten, die lavendelfarbenen Augen glitzerten spöttisch in ihrem königlichen Gesicht und das Leder akzentuierte ihre ansprechenden Kurven. Obwohl Renaldo nur Casto liebte, fühlte er ein Pulsieren in seinen Lenden, wenn er Hulda anschaute. Es gab keinen Mann auf der Welt, der von ihrer fesselnden Sinnlichkeit nicht berührt wurde, eine Tatsache, der sie sich nur zu bewusst war und die sie oft zu ihrem Vorteil nutzte. Ihre vollen Lippen teilten sich zu einem strahlenden Lächeln.

„Was ist los, Renaldo? Erinnerst du dich an alte Zeiten?"

Der Todesengel lächelte säuerlich zurück. Sowohl er als auch Canubis hatten das Bett der Mutter Oberin regelmäßig geteilt, bevor sie sich schließlich für Wolfstan entschieden hatte. Was Renaldo immer am meisten fasziniert hatte, war die Selbstverständlichkeit, mit der die Killerin körperliche Intimität genoss. Hulda versuchte nie im Bett zu gefallen. Sie wusste, was sie wollte, nahm es sich ohne Rücksicht und erwartete von ihren Partnern, dass sie dasselbe taten. Sie kannte weder Bedauern noch falsche Moral. Alles, dem beide Parteien zustimmten, war erlaubt und am Ende der Nacht gab es keinen Raum für Schuld. Die Mutter Oberin der Schwestern der Nacht war eine bemerkenswerte Frau, in mehr als einer Hinsicht.

„Vielleicht. Wir hatten ziemlichen Spaß, nicht wahr?"

Ihre weichen Finger strichen sachte über seine Wange.

„Das hatten wir in der Tat. Jetzt sag mir, worüber ihr euch gestritten habt, du und dein geliebtes Herz?"

„Ist es so offensichtlich?"

Hulda hob lediglich eine Augenbraue.

„Na schön. Er war stur und ich habe die Geduld verloren."

„Wie konnte das passieren? Schließlich ist das noch nie zuvor passiert! Du bist ein hervorragendes Beispiel für Selbstbeherrschung und Casto hört immer auf die Stimme der Vernunft. Ihr müsst beide einen wirklich schlimmen Tag erwischt haben."

„Hör auf, Hulda. Ich bin durchaus in der Lage, mich selbst lächerlich zu machen."

„Aber nicht halb so gut, wie ich das kann. Gib es zu!"

„Ich habe dir gesagt, dass du aufhören sollst. Hilf mir einfach."

Die Killerin schaute ihn mit einem kalkulierten Blick spöttischer Unschuld an.

„Wie soll ich dir helfen? Er ist dein Gefährte. Und ich weiß nicht einmal, worum es ging."

„Casto will den Markt in Kwarl besuchen. Da wir den ganzen Sommer im Tal bleiben, will er sich um die Zucht kümmern."

„Ich kann das Problem nicht erkennen."

„Ich kann ihn nicht begleiten."

Hulda seufzte. Jetzt wusste sie, wo der Hase im Pfeffer lag.

„Lass mich raten, du hast ihm verboten zu gehen und er ist durchgedreht."

Renaldos Schweigen war Antwort genug.

„Warum tust du das, Renaldo? Casto ist ein erwachsener Mann, ein Krieger mit großen Fähigkeiten, der, bevor er dir begegnet ist, absolut in der Lage war, sich um sich selbst zu kümmern. Kwarl ist nur einen Zweitagesritt vom Tal entfernt. Warum sollte er nicht gehen?"

„Weil ihm etwas zustoßen könnte. Und ich wäre dann nicht da, um ihn zu beschützen. Hulda, ich habe ihn schon einmal beinahe verloren und noch dazu durch meine eigene Schuld. Ich kann es schlicht nicht ertragen, wenn er nicht in meiner Nähe ist."

Die Killerin schlang einen Arm um ihren Gott, ihre Stimme war jetzt sehr sanft. Sie wusste, dass das, was sie zu sagen hatte, Renaldo nicht erfreuen würde – vor allem, weil er die Dummheit seines Handelns bereits selbst erkannt hatte.

„Du musst aufhören, ihn einzusperren. Seit dem Frühlingsfest benimmst du dich wie eine Glucke mit nur einem Küken. Casto war bis jetzt bemerkenswert geduldig, aber wenn du dich nicht bald zusammenreißt, ist es nur eine Frage der Zeit, bis er sich auf Lys Rücken schwingt und dich aus Prinzip verlässt."

Der Todesengel spannte sich an. Ihm gefielen Huldas Worte überhaupt nicht.

„Du willst immer, dass er dir vertraut, dass er sich dir vollkommen unterwirft. Aber wenn es an dir ist, dasselbe zu tun, kneifst du. Ich weiß, wie schwer es dir fällt, die Kontrolle aufzugeben, aber wenn du nicht bald lernst, deinem Herzen ein paar kleine Freiheiten zu gönnen, wirst du ihn ersticken."

„Du denkst also, dass ich ihn gehen lassen soll?"

„Es ist Kwarl. Und Lys wird ihn begleiten. Was im Namen der Mütter kann schon passieren?"

Renaldo seufzte.

„Ich will nicht anfangen, darüber nachzudenken. Aber du hast recht. Ich muss aufhören, ihn zu bevormunden. Danke für deinen Rat."

„Wie immer war es mir eine Freude, mein Gott." Herablassend tätschelte Hulda Renaldos Wange. „Und jetzt entschuldige mich. Die Hirsche warten nicht."

Für einen Moment gestattete der Todesengel sich das Vergnügen, die schwingenden Hüften seiner Waffenschwester zu bewundern. Dann wandte er sich wieder seinen Aufgaben zu. Obwohl er wusste, wie recht die Killerin in Bezug auf sein Herz hatte, konnte er spüren, wie alles in ihm sich gegen ihre Worte auflehnte. Der bloße Gedanke, Casto zu gestatten, das Tal allein zu verlassen, ließ sein Feuer aufflammen. Sein Herz gehörte ihm und ihm allein. Casto hatte kein Recht, ungehorsam zu sein oder ihn gar zu verlassen. Renaldo hatte den Verdacht, dass seine übertriebenen Besitzansprüche daher rührten, dass die Mütter sie verlassen hatten. Jetzt waren er und Canubis die Herren dieser Welt, zumindest inoffiziell. Der Todesengel hatte sich immer gefragt, wie es sich anfühlen würde, seine Macht zurückzubekommen, aber er hätte sich niemals träumen lassen, dass es so ein schmerzhafter Prozess sein würde. Sein Feuer war immer eine Bürde gewesen, die ihn über alle anderen erhoben hatte, genau wie seine Schönheit. Nachdem er Casto als sein Herz anerkannt hatte, hatte er gedacht, dass er in der Lage sein würde, die tödliche Hitze in sich zu kontrollieren, aber jetzt wusste er, dass das unmöglich war. Das Feuer war nicht nur ein Teil von ihm. Es war seine Natur, etwas, dem er nie würde widerstehen können. Und wie die Flammen, die alles in ihrem Weg verschlangen, brauchte er Casto, um weiterzumachen. Den König zu besitzen, war ein Instinkt, der sein Überleben sicherte. Gleichzeitig war Renaldo sich schmerzlich bewusst, dass dies ein sicherer Weg war, sich seinem sinnlichen Gefährten zu entfremden – und ihm am Ende zu verlieren. Hulda hatte recht. Casto war uncharakteristisch geduldig mit seinem Ehemann gewesen, aber nach dem

Streit von heute würde sein Herz ganz sicher aufhören, so verständnisvoll zu sein. Es war an der Zeit, etwas zu ändern.

„DARAN! VERDAMMT, du träumst mit offenen Augen!"

Kalads wütende Stimme riss den Dieb aus seinen Gedanken. Nachdem er unfreiwillig Zeuge des Streits zwischen Lord Renaldo und seinem Herzen geworden war, war er nicht in der Lage gewesen, sich auf seine Reitstunde zu konzentrieren. Es war so schlimm gewesen, dass Casto die Stunde früher als geplant beendet hatte. Aegid und Kalad waren sehr verständnisvoll gewesen und hatten Daran zurück in ihre Gemächer gebracht. Aber die liebevolle Fürsorge der Wüstenbrüder, die ihn normalerweise beruhigte, konnte ihn heute nicht erreichen. Wenn Daran ehrlich war, war es nicht der Kampf, der ihn so verwirrt hatte, sondern die Erwähnung von Kwarl, der Stadt seiner Geburt. Während der fünf Jahre, die er seinen Herren schon diente, hatte er nie einen einzigen Gedanken an den Ort verschwendet, da er sehr früh erkannt hatte, dass die Wüstenbrüder sein wahres Zuhause waren. Zudem waren seine Erinnerungen an die Stadt nicht nur glücklich. Sein Leben dort war gefährlich und voller Beschwernisse gewesen und er hatte sich oft allein gefühlt. Aber als Renaldo den Namen der Stadt ausgesprochen hatte, hatten ihn die Erinnerungen wie ein Rudel hungriger Wölfe angegriffen und jetzt drehten sich seine Gedanken im Kreis. Er war so fokussiert, dass es ihm nicht einmal auffiel, als er versuchte, den gesamten Inhalt des Weinkruges in Kalads Becher zu gießen. Schuldbewusst starrte er auf die ruinierten Kleider seines Herrn.

„Es tut mir so leid, Herr! Bitte vergebt mir!"

Er wollte davoneilen, um eine neue Tunika und einen Putzlappen zu holen, aber Kalad hielt ihn mit einem entschlossenen Blick auf.

„Daran, schau mich an! Was um alles in der Welt stimmt nicht mit dir?"

Bevor der Dieb antworten konnte, legte Aegid seine rechte Hand auf seine Schulter.

„Für den Fall, dass du wegen vorhin noch aufgewühlt bist, mach dir darüber keine Sorgen. Ich glaube, dass Casto ziemlich froh war, die Stunde absagen zu können."

Beschämt starrte Daran zu Boden.

„Das ist es nicht, Herr. Ich kann nur nicht aufhören, an Kwarl zu denken."

Mit gerunzelter Stirn löste Aegid seinen Griff.

„Was ist mit Kwarl?"

Daran senkte schweigend den Kopf. In der Stille schlug Aegid sich auf die Stirn.

„Verdammt, Daran. Es tut mir leid! Ich habe ganz vergessen, dass Kwarl deine Heimat ist."

„Das Tal ist meine Heimat. Kwarl ist nur der Ort, an dem ich geboren wurde."

Kalad umarmte den Dieb.

„Wäre es dir lieber hierzubleiben, wenn wir Casto begleiten?"

„Ich weiß es nicht." Daran versuchte, sein Schluchzen zu unterdrücken, versagte aber. „Ich weiß es einfach nicht. Ein Teil von mir möchte diesem Ort für den Rest meines Lebens fernbleiben, aber ein anderer Teil würde die Stadt gerne wiedersehen.

Und das ist wirklich seltsam, denn bis heute habe ich nicht einmal daran gedacht. Erst als Lord Casto den Namen erwähnt hat, sind die Erinnerungen zurückgekehrt."

Kalad nahm das Gesicht des Diebes in beide Hände. „Bereust du es, mit uns gegangen zu sein?"

Darans elegante Finger packten die Handgelenke seiner Herren beinahe verzweifelt. „Wie könnt Ihr so etwas fragen? Ich danke den Müttern jeden Tag, dass ich Euch begegnet bin. Ihr seid mein Leben."

Die Offenheit des Diebes berührte seine Herren. Mit einem Lächeln drückte Kalad einen Kuss auf die weichen Lippen seines Sklaven. „Ich kann spüren, wie durcheinander du bist. Ich denke, es wäre am besten, wenn Aegid und ich dir helfen, dich zu entspannen. Immerhin war es ein ermüdender Tag."

Daran versuchte zu antworten, aber in diesem Moment schlang Aegid seine Arme um seine Hüften. Da er wusste, dass es jetzt kein Entkommen mehr gab, ließ er sich von seinen Herren ins Schlafzimmer zerren.

EMOTIONAL AUFGEWÜHLT betrat Renaldo seine Gemächer. Nach dem Streit am Mittag wusste er nicht, was er erwarten sollte. Alles, zwischen einer demütigen Bitte um Vergebung, einer Weiterführung ihres Streits und heißem Sex, war möglich. Es hing ganz davon ab, was Casto im Laufe des Tages entschieden hatte.

Sein kapriziöser Gefährte hatte es sich auf ein paar Kissen vor dem kalten Kamin bequem gemacht und ignorierte seinen Ehemann demonstrativ, als dieser eintrat. Renaldo schloss für einen Moment seine Augen. Casto war also nicht wütend genug, um die Nacht bei Lys im Stall zu verbringen, aber immer noch so aufgebracht, um einen weiteren Streit zu provozieren. Die Erfahrung hatte Renaldo gelehrt, nicht auf das Schweigen zu reagieren.

Zuerst ging er ins Bad, um sich den Tag von der Haut zu waschen. Dann kehrte er zurück, schenkte sich selbst einen Becher Wein ein und setzte sich neben sein Herz. Dass Casto all dies ohne Kommentar geschehen ließ, war ermutigend, wenn auch nur ein wenig. Immer noch schweigend trank der Todesengel seinen Wein und genoss den Geschmack, während er darüber nachdachte, wie er das Gespräch beginnen sollte, ohne den nächsten Kampf herauszufordern. Seine Grübeleien wurden von Castos ruhiger Stimme unterbrochen. Der König klang stoisch. Es war offensichtlich, dass er sich mit den Umständen abgefunden hatte, auch wenn sie ihm nicht gefielen.

„Wenn es Euer Wille ist, werde ich im Tal bleiben, Barbar."

Renaldo seufzte schwer. Castos plötzliche, zögerliche Unterwerfung bestärkte nur seine Entscheidung.

„Nein, wirst du nicht. Du wirst auf den Markt gehen. Aber", er hob warnend einen Finger, „du wirst Aegid und Kalad mitnehmen. Das wird mich zumindest ein wenig beruhigen."

„Wo kommt diese plötzliche Meinungsänderung her?"

Renaldo legte einen Zeigefinger unter Castos Kinn und streichelte die Wange des jungen Mannes mit der anderen Hand.

„Mir ist klar, dass ich dich an der kurzen Leine gehalten habe. Du bist überraschend nachsichtig mit mir gewesen, wofür ich dankbar bin. Aber es ist an der

Zeit für mich, meine lächerlichen Ängste zu überwinden. Du bist ein erwachsener Mann und in der Lage, auf dich selbst aufzupassen."

Ein spöttisches Lächeln erschien auf Castos Lippen.

„Lasst mich raten, Ihr habt mit Hulda gesprochen. Das klingt nach ihr."

„Das macht die Worte nicht weniger wahr."

„Es ist also in Ordnung, wenn ich gehe?"

Renaldo seufzte.

„Nein, ist es nicht. Aber ich werde es dennoch erlauben."

Die faszinierenden blauen Augen des Königs leuchteten auf. Zärtlich strichen seine Fingerspitzen über die Wange seines Gefährten.

„Ich danke Euch, Barbar. Ich weiß, wie schwer es Euch fällt, die Kontrolle aufzugeben und ich verspreche, dass ich vorsichtig sein werde."

„Ich weiß."

Ein verführerisches Lächeln teilte die Lippen des Todesengels.

„Versöhnen wir uns jetzt?"

Casto fühlte, wie sein Puls schneller wurde. Er hasste sich selbst dafür, aber wenn Renaldo ihn so anschaute, zerfiel seine ganze Abwehr zu Staub. Ursprünglich hatte er geplant, seinen dominanten Gefährten zu bestrafen, indem er ihn für diese Nacht ignorierte, aber das hungrige Funkeln in den grauen Augen überwältigte ihn, zusammen mit dem Feuer, das tief in ihm erwachte. Er schlang seine Arme um den Hals seines Gefährten, ihre Lippen trafen sich und die Nacht verwandelte sich in Asche.

„Sɪᴄ, ᴅᴜ musst mir einen Gefallen tun!"

Die Wangen in einem gesunden Rot gefärbt von seinem Lauf in der Morgenluft, eilte Casto am nächsten Tag in die Schmiede seines Freundes. Sic saß auf dem einzigen Stuhl im Raum und sah vollkommen durcheinander aus. Der König blieb die angewurzelt stehen, vergaß für einen Moment seine eigenen Bedürfnisse.

„Sic! Was ist los?"

Der Schmied schaute auf. Tränen strömten sein Gesicht hinab, während ein glückliches Grinsen seine Lippen beherrschte. Er hielt seinem Freund ein Stück Papier entgegen.

„Ich habe einen Brief von Jago und Cassia erhalten! Er ist gerade angekommen!"

Jetzt musste auch Casto grinsen. Das waren in der Tat gute Neuigkeiten.

„Wie geht es ihnen? Was ist in Ummana alles los?"

„Es geht ihnen gut. Heljia wächst und gedeiht und Cassia arbeitet wieder als Hebamme. Jago ertrinkt in Arbeit und Geld, weil Anesha all die neuen Gesetze, die der Ältestenrat verabschiedet hatte, für nichtig erklärt hat. Jetzt bekommen die Schmiede wieder einen fairen Anteil und es scheint, als ob auch meine Arbeit sich angemessen verkauft. Oh, und rate, wer Cassias neueste und berühmteste Kundin ist? Es scheint, als ob deine Schwester schwanger ist. Jago schreibt, es ist ein offenes Geheimnis, dass –"

„Aktan der Vater ist."

Casto klang selbstzufrieden. Sic starrte ihn mit offenem Mund an. Er hatte sich mittlerweile an das Einfühlungsvermögen des Königs gewöhnt, aber das hier überraschte ihn doch.

„Wie hast du das erraten?"

„Ich musste nicht raten. Er ist der einzig logische Kandidat. Aktan ist nicht nur der Kapitän der königlichen Garde, sondern auch der Bastard-Bruder von Lady Evienna, die im Moment der Kopf der Murreano-Familie ist. Wie die Donai, Krapati, Sylves und Ereat, gehören die Murreanos zu den ältesten, einflussreichsten Familien in Ummana. Um sich von Erac zu befreien, muss Anesha starke Verbündete finden, auf die sie sich bis zu einem gewissen Grad verlassen kann. Und Evienna wird alles dafür tun, dass ihre Nichte oder ihr Neffe den Thron besteigt. Von einem taktischen Standpunkt aus ist dies eine ideale Verbindung."

Sic schauderte. Castos Geburtsstadt war in der Tat eine Schlangengrube, in der Anwandlungen wie Liebe oder Vertrauen nichts weiter als zerbrochene Träume waren. Casto, der den plötzlichen Wechsel in Sics Stimmung bemerkt hatte, führte ihr Gespräch zurück in fröhlicheres Territorium.

„Jago und Cassia geht es also gut?"

Der Schmied strahlte.

„Es scheint so. Sie haben mir ein kleines Gemälde von Heljia geschickt und es ist erstaunlich, wie viel sie in diesen wenigen Monaten gewachsen ist. Ich habe auch eine ziemlich lange Liste an Bestellungen von Jago bekommen. Er sagt, dass er die Kunden abwehren muss, wann immer sie Wind davon bekommen, dass eine Lieferung aus dem Tal kommt. Es ist schmeichelhaft."

„Nein, ist es nicht. Du bist einfach so gut. Etwas, das ich immer gewusst habe."

„Danke, Casto. Und jetzt sag mir, was du von mir brauchst. Du bist aus einem bestimmten Grund hier."

Der König musterte den Schmied eindringlich.

„Ich muss dich um einen Gefallen bitten. Könntest du mich bitte nach Kwarl begleiten? Ich reite morgen früh los und Renaldo hat Kalad und Aegid zu meinen Wachhunden gemacht. Natürlich werden sie Daran mitnehmen und auf keinen Fall werde ich das ganze Geturtel überleben, wenn nicht jemand dabei ist, um mich abzulenken. Außerdem können diese beiden ziemlich nervig werden, wenn sie in der Stimmung dazu sind. Also bitte, komm mit mir!"

Sic konnte ein wissendes Grinsen nicht unterdrücken. Es war in der Tat Übelkeit erregend, den Wüstenbrüdern mit Daran zuzusehen. Die drei Männer passten so perfekt zueinander und waren so honigsüß, als ob sie aus einem Märchen getreten wären. Und zuzusehen, wie zwei erfahrene Krieger wie Aegid und Kalad sich um Daran kümmerten, als wäre er ein frisch geschlüpftes Küken, nur um ihn im nächsten Moment auf wollüstige Weise zu nehmen, war verstörend, um es milde auszudrücken.

„Allein zu gehen, war keine Option?"

Sic konnte nicht anders, als seinen Freund ein wenig aufzuziehen. Casto warf ihm einen finsteren Blick zu.

„Fang gar nicht erst an, Sic. Ich bin immer noch zu wütend, um es lustig zu finden."

„Mach bitte nichts Dummes! Und wenn, dann halte mich da raus."

„Ich tue nie etwas Dummes. Mach dir keine Sorgen, ich werde mich dem Willen des Barbaren fügen. Kommst du jetzt mit?"

Sic seufzte.

„Natürlich tue ich das. Wie lange wird es dauern? Ich habe auch noch Arbeit zu erledigen, weißt du."

Für einen Moment fühlte Casto sich ein wenig schuldig, weil er Sic so in die Enge gedrängt hatte, aber dann stellte er sich den ganzen Ausflug mit nur den Wüstenkriegern und Daran als Gesellschaft vor und sein Kiefer spannte sich entschlossen an.

„Na ja, es ist ein Zweitagesritt nach Kwarl. Die Pferde zu verkaufen und einen guten Hengst zu finden, wird zwei bis drei Tage dauern. Noch einen für all die Kleinigkeiten und dann der Weg zurück. Ungefähr eine Woche, würde ich sagen."

„Das ist ziemlich lang, aber es wird wohl gehen. Es gibt ein paar Dinge, die ich brauche und ein wenig herauszukommen, klingt nicht so schlecht. Ich bin dabei. Und jetzt bitte entschuldige mich. Ich muss packen."

„Danke, Sic! Du bist ein Lebensretter! Wir sehen uns morgen früh bei Sonnenaufgang!"

WÄHREND ER mit Packen beschäftigt war, dachte Sic über ein ganz anderes Problem nach. Er wusste nicht, ob er Noran von diesem Ausflug erzählen sollte oder nicht. Seit dem Frühlingsfest hatte ihre Beziehung sich stetig verbessert. Dem Meisterschmied zu begegnen, war nicht länger unangenehm, mittlerweile freute er sich sogar darauf. Wenn Sic in Bezug auf die Arbeit ein Problem hatte, zögerte er nie, es mit Noran zu teilen, der für gewöhnlich eine Lösung anbieten konnte. Was die Arbeit betraf, befanden sie sich auf Augenhöhe und es machte Sic ekstatisch, von seinem früheren Herrn anerkannt zu werden. Er war immer noch scheu, was körperlichen Kontakt betraf, auch wenn seine Zurückhaltung immer weniger auf Furcht gründete und sich mehr in Richtung einer seltsamen Mischung aus Unsicherheit und Vorfreude zubewegte. Es fühlte sich an, als würde er sich wieder verlieben, was ihn sowohl glücklich als auch ängstlich machte. Norans eigene Unsicherheit und Zurückhaltung halfen überhaupt nicht. Er hatte die Kontrolle über ihre Beziehung und deren Voranschreiten ganz Sic überlassen, der keine Ahnung davon hatte, wie er damit umgehen sollte. Für den Großteil seines Lebens war Noran derjenige gewesen, der alle Entscheidungen für ihn getroffen hatte und als sein Sklave war Sic damit zufrieden gewesen.

Jetzt war selbst so eine einfache Sache, wie über einen Ausflug zu sprechen, eine unmögliche Aufgabe. Sic rieb sich die Augen. Nach all den Grübeleien spitzte sich das Problem auf eine Frage zu: Was wollte er? Mittlerweile hatte er gelernt, sich diese Frage selbst zu stellen und sie ehrlich zu beantworten, auch wenn ihm das manchmal wehtat. Und was er wirklich wollte, war mit Noran über die Reise zu sprechen. Voller neuer Entschlossenheit verließ Sic seine Gemächer, um sich mit dem Meisterschmied zu treffen.

Noran war überhaupt nicht erfreut, von Sics Reiseplänen zu hören, aber er schaffte es, seinen Widerwillen zu verbergen. Wie Renaldo machte der Schmied sich große Sorgen über all die Dinge, die bei einer Reise wie dieser schiefgehen konnten. Zu wissen, dass Aegid und Kalad die beiden jungen Männer begleiten würden, reichte nicht aus, um ihn zu beruhigen. Aber er konnte sich auf keinen Fall gegen etwas stellen, dass sein geliebter Schatz entschieden hatte, zu tun. Sic war immer noch unsicher und hatte eindeutig Probleme, seinen Willen auszusprechen. Er brauchte Unterstützung, keinen Gegenwind. Und so biss Noran die Zähne zusammen und setzte ein freundliches Lächeln auf, obwohl sein inneres Biest nichts mehr wollte, als Sic festzubinden und ihm zu verbieten, zu gehen.

„Zu dieser Zeit ist Kwarl sehr nett und der Markt ist sehenswert. Ich bin mir sicher, dass du Spaß haben wirst."

Sic musterte seinen früheren Herrn scharf. Er kannte Noran lange genug, um zu wissen, wenn etwas nicht stimmte. Und jetzt klingelten seine fein gestimmten Sinne wie verrückt.

„Es gefällt Euch nicht, oder?"

Für einen Moment schien es, als ob Noran es abstreiten wollte, doch dann sanken seine Schultern nach vorne. Teil ihrer Abmachung war es, aufrichtig zueinander zu sein.

„Nein, tut es nicht. Um ehrlich zu sein, bin ich strikt dagegen. Ich bin überrascht, dass Renaldo seine Zustimmung gegeben hat."

„Nicht freiwillig. Soweit ich es verstanden habe, konnte er entweder zustimmen und Aegid und Kalad begleiten sein Herz, oder er hätte es verbieten können und Casto wäre ganz alleine gegangen."

„Klingt ganz nach ihm. Er tut wirklich, was immer ihm gefällt."

Mürrische Bewunderung klang in diesen Worten durch. Sic grinste.

„Das macht es für uns alle interessanter." Er hielt für einen Moment inne, wählte seine nächsten Worte mit Bedacht. „Darf ich wissen, warum Ihr dagegen seid? Kwarl ist nicht unbedingt Feindesland."

Noran setzte sich schwer auf einen seiner uralten Stühle.

„Nein, ist es nicht. Höchstwahrscheinlich ist das Schlimmste, das euch begegnen wird, ein Taschendieb, wenn ihr auf dem Markt seid. Und die Reise ist nicht erwähnenswert, da ihr so nahe am Tal bleibt." Noran zögerte. „Die Sache ist die – es ist ein Wunder, dass du hier stehst, mit mir sprichst, nach allem, was ich dir angetan habe. Ich weiß, dass ich nicht das geringste Recht habe, dir zu sagen, was du tun sollst und was nicht. Dennoch fühle ich mich bei dem bloßen Gedanken, dass du das Tal verlässt, unwohl. Und wenn etwas passiert, werde ich nicht da sein, um dich beschützen zu können."

Sic starrte Noran für eine lange Zeit an. Dann erschien ein Lächeln auf seinem Gesicht.

„Ich bin froh. Ich bin froh, dass Ihr so ehrlich mit mir seid und dass Ihr Ängste und Sorgen habt, die den meinen ähneln. Das gibt mir Hoffnung für die Zukunft. Ich werde dennoch gehen."

„Das habe ich mir schon gedacht. Und da ich deine Meinung nicht ändern kann, wäre es in Ordnung, wenn ich dir eine Liste mit Einkäufen gebe?"

Erleichtert, wie gut die Dinge sich entwickelt hatten, streckte Sic seine Hand aus.

„Es wäre mir eine Freude, Meister."

2.
FALLE

FASZINIERT, ABER auch ein wenig eingeschüchtert starrte Daran auf die Stadt, die einst sein Heim gewesen war. Während der fünf Jahre, die er im Tal verbracht hatte, hatte Kwarl sich tiefgreifend verändert. Der Marktplatz war erweitert worden, um Platz für die steigende Anzahl Händler zu machen, die sich in der Stadt aufhielten. Dafür waren einige Häuser am westlichen Ende abgerissen worden und als Konsequenz hatte der Markt einen Teil des Diebesviertels geschluckt. Daran fühlte sich ein wenig traurig. Er hatte die engen Gassen und verwinkelten Hinterhöfe geliebt, die einen idealen Schutz vor der Wache und auch anderen Dieben geboten hatten. Er konnte sich vorstellen, wie unglücklich die Herren dieses Schattenreiches über die Veränderungen waren. Andererseits bedeuteten mehr Händler auch mehr Gelegenheiten, sich einen Teil der Reichtümer zu sichern. Daran seufzte, froh, dass diese Art Gedanken nicht länger sein Problem waren.

Casto hatte endlich einen Platz gefunden, wo sie ihre Pferde anbinden konnten. Seit ihrem Aufbruch aus dem Tal war der König blendender Stimmung gewesen und so freundlich und zuvorkommend, dass es Daran unheimlich geworden war. Er konnte einfach nicht verstehen, warum es für Casto so wichtig war, seine Unabhängigkeit zu demonstrieren. Für Daran war der Hauptgrund, nach Kwarl zu kommen gewesen, dass er nicht so lange von seinen Herren getrennt sein wollte. Lord Sic, der sie ebenfalls begleitete, setzte eine fröhliche Miene auf, schien aber abgelenkt zu sein. Daran vermutete, dass er Lord Noran vermisste, obwohl er wahrscheinlich nie verstehen würde, warum. Vielleicht lag es an Lys, Castos einschüchterndem Kriegspferd, dass der König seinen Ehemann nicht vermisste. Die enge Beziehung zwischen Pferd und Reiter hatte Daran immer beeindruckt und auf ihrem Weg nach Kwarl hatte er die Gelegenheit, sie aus nächster Nähe zu beobachten. Am aufregendsten war es, wenn Casto mit dem Hengst sprach. Von dem, was er sagte, war es manchmal möglich, das ganze Gespräch zu rekonstruieren und Daran erkannte schon sehr bald, dass Lys sogar noch intelligenter war, als er es für möglich gehalten hatte. Hinzu kam, dass er immer bereit war, einen gemeinen Kommentar zum Handeln seines Reiters abzugeben, weshalb Daran ihn ziemlich gerne mochte.

Sobald Castos Füße den Boden berührten, kamen die ersten Händler mit gierigen Blicken in ihren Gesichtern auf ihn zugeströmt, um nach dem Preis für das auffällige Pferd zu fragen, das mit seiner majestätischen Haltung allein alle Augen auf sich zog. Der König warf sich mit solchem Enthusiasmus und Geschick in die Verhandlungen, dass seine Abstammung auch ohne Dokumente, die sie bewiesen, klar war. Lord Sic entschuldigte sich. Er hatte eine lange Liste an Gegenständen, die er sobald wie möglich erwerben wollte. Kalad und Aegid blieben bei Casto, gestatteten Daran aber, allein herumzuwandern.

„Pass auf, dass du nicht von Barbaren entführt wirst."

Kalads breites, anzügliches Grinsen ließ Daran erröten. Er musste kein Seher sein, um zu wissen, was ihn heute Nacht erwarten würde.

„Und bleib hier auf dem Markt. Wenn du einen Ausflug in die Stadt machen willst, werden wir das morgen tun."

Mit Aegids Anweisung immer noch in den Ohren begab Daran sich in das Durcheinander des Marktes. Seine Besitzer hatten ihm einen Beutel gegeben, schwer von Gold und Silber, das er zu seinem Vergnügen ausgeben konnte. Überwältigt von solcher Großzügigkeit, auch wenn er mittlerweile daran gewöhnt sein sollte, behielt Daran die Börse eng an seinem Körper. Er hatte nicht vor, mehr als nur ein paar Silbermünzen für Süßigkeiten auszugeben. Er konnte sich lebhaft an den Stand von Mutter Gwen erinnern, die ihm, als er noch ein Kind gewesen war, hin und wieder ein Bonbon zugesteckt hatte. Für ihn war der Geschmack ihrer Süßigkeiten das Äquivalent von Glück und er hoffte nur, dass er sie in dem Chaos auf dem Markt finden würde. Und er hatte Glück. Mutter Gwen und ihr Stand befanden sich noch an derselben Stelle wie damals. Und wie in den alten Zeiten standen viele reiche Kunden Schlange, um einen Beutel Süßigkeiten zu kaufen. Mutter Gwens Kunst war über die Mauern von Kwarl hinaus berühmt. Als er an die Reihe kam, kaufte Daran zwei Beutel Honigbonbons und eine Schachtel mit Schokolade. Aegid war süchtig nach jeder Art von Süßigkeiten und Daran hoffte, ihn damit glücklich zu machen. Mutter Gwen hatte sich in den letzten fünf Jahren kaum verändert. Sie war immer noch eine beeindruckende, gut aussehende Frau, auch wenn das erste Grau begonnen hatte, sich in ihre braunen Haare zu schleichen und die feinen Linien um ihre dunkelbraunen Augen und den vollen Mund der Beweis dafür waren, wie gerne sie lachte. Sie musterte Daran scharf und dann erschien ein Lächeln auf ihrem Gesicht.

„Du bist Daran, nicht wahr?"

Der Dieb erwiderte das Lächeln aus tiefstem Herzen, glücklich, dass eine der wenigen freundlichen Personen aus seiner Vergangenheit sich an ihn erinnerte.

„Ich hätte nicht gedacht, dass du mich erkennst, Mutter Gwen. Es ist eine Weile her."

„Dummer Junge. Ich vergesse selten ein Gesicht, vor allem, wenn es so schön ist wie deines. Du siehst hervorragend aus."

„Ich hatte Glück."

„Gut für dich! Wie lange wirst du hier in Kwarl bleiben? Wenn du Zeit hast, komm und besuche mich. Du weißt, wie sehr ich es liebe, eine gute Geschichte zu hören und ich wette, dass du ein paar großartige zu erzählen hast."

Unwillkürlich senkte Daran den Blick. Mit einem Mal fühlte er sich unwohl.

„Das habe ich in der Tat, Mutter Gwen. Ich werde versuchen, mir die Zeit zu nehmen."

Zufrieden tätschelte sie seine Wangen mit ihrer warmen Hand, bevor sie sich an ihren nächsten Kunden wandte.

Nachdenklich steckte Daran sich eine Süßigkeit in den Mund. Der Geschmack brachte Erinnerungen zurück, die er vergessen geglaubt hatte. Und Mutter Gwen zu treffen, hatte ihn mehr aufgewühlt, als er zugeben wollte. Die Gefühle, die ihn überwältigten, waren verwirrend. Er konnte nicht verstehen, warum er immer noch so viel für den Ort seiner Geburt empfand. Daran was so in Gedanken versunken, dass er nicht bemerkte, wie nahe er an den Rand des Marktes gekommen war. Ein Mann bahnte sich rücksichtslos seinen Weg durch die Menge und stieß ihn hart an.

„Pass auf, wo du hingehst, du Idiot!" Der Mann starrte ihn an. Er trug einen langen, dunklen Mantel, die Kapuze tief ins Gesicht gezogen. Daran wollte gerade irgendeine Entschuldigung murmeln, als der Fremde seine Oberarme mit eisernem Griff packte. Ihre Gesichter kamen sich so nahe, dass Daran den stinkenden Atem des anderen Mannes riechen konnte.

„Ich kann es nicht glauben! Daran?"

Verwirrt hörte Daran auf, sich befreien zu wollen. Der Fremde lachte jetzt.

„Du bist es! Ich hatte nicht gedacht, dass ich dich je wiedersehen würde!"

Mit ungeschickten Bewegungen zog sich der Mann die Kapuze vom Gesicht. Daran brauchte einen Moment, bevor er ihn erkannte.

„Gar? Bist du das?"

„Natürlich, Dummkopf. Wer sonst?"

Eindringlich musterte Daran seinen Freund aus Kindheitstagen. Gar war zwei Jahre älter als er und immer wie ein Bruder gewesen. Als sie noch klein waren, hatten sie zusammen in den Straßen gespielt. Später hatten sie zu zweit gebettelt. Gar hatte sogar angefangen, ihn zu größeren Einbrüchen mitzunehmen, aber in den Monaten bevor Daran Kwarl verlassen hatte, hatten sie den Kontakt verloren. Gar hatte ein tieferes Interesse für Frauen entwickelt und seine Geschäfte waren undurchsichtiger geworden. Wenn er seinen früheren Freund näher betrachtete, konnte Daran die Spuren seines harten Lebens in Gars Gesichtszügen eingegraben sehen. Das Leben am Rande der Gesellschaft hatte ihn schneller altern lassen. Er sah aus wie ein Mann in den Dreißigern, nicht wie jemand, der die zwanzig gerade erst hinter sich gelassen hatte. Ein harter Zug, an den Daran sich nicht erinnern konnte, hatte sich um seinen Mund geformt und die einst fröhlichen Augen waren jetzt voller Resignation. Eine Welle der Dankbarkeit wusch über Daran hinweg, als ihm klar wurde, dass seine Besitzer ihn vor mehr als nur dem Tod am Galgen gerettet hatten. Ohne ihre Fürsorge, wäre er wie Gar, vor der Zeit gealtert, von seinem Schicksal zu Boden gedrückt und aller Hoffnung beraubt.

„Du siehst gut aus."

Als ob er Darans Gedanken gelesen hätte, musterte Gar ihn intensiv. „Es scheint, als ob es dir viel besser ergangen wäre als mir."

Ein wenig beschämt mied Daran seinen Blick. „Ich hatte großes Glück."

„Das würde ich auch sagen. Aber weißt du was, lass uns irgendwohin gehen, ein Bier trinken und ein wenig plaudern. Hier sind so viele Leute."

Traurig schüttelte Daran den Kopf. „Es tut mir leid, das ist unmöglich. Ich muss bald zurück sein."

Gar runzelte die Brauen. Ein Schatten tanzte über sein Gesicht, verwandelte es für einen Moment in eine unansehnliche Grimasse, nur um gleich wieder zu verschwinden. Sein Tonfall war spöttisch.

„Sag mir nicht, dass du jetzt zu erhaben bist, um dich mit einem alten Freund zu treffen."

Überrascht weiteten sich Darans Augen. „Nein, natürlich nicht! Das musst du mir glauben!"

„Schon gut, ich ziehe dich nur auf. Komm schon, nur ein Bier."

Verzweifelt versuchte Daran, eine Möglichkeit zu finden, das Angebot abzulehnen. Er hatte auf gar keinen Fall vor, Gar zu begleiten, aber wenn er seinen Freund aus Kindertagen nicht noch mehr beleidigen wollte, als er es ohnehin schon getan hatte, blieb ihm keine Wahl.

„Bitte, Daran. Es geht auf mich."

Seufzend gab Daran nach. Er wusste, dass er Ärger mit seinen Herren bekommen würde, aber wenn er Gar nicht folgte, würde der Mann ihm sicherlich nachschleichen und Daran wollte nicht, dass Aegid und Kalad herausfanden, welchen Umgang ihr Sklave gepflegt hatte. Vor die Wahl gestellt, zog er die Prügel, die er für seinen Ungehorsam sicher bekommen würde, der Scham vor, wenn die Krieger es herausfanden. Mit einem letzten, sehnsüchtigen Blick auf den Markt folgte er Gar in die Schatten des Diebesviertels.

„DU WARST schon immer schön anzuschauen, aber jetzt scheinst du von innen heraus zu glühen. Was immer dir zugestoßen ist, muss spektakulär gewesen sein."

Peinlich berührt starrte Daran in den Krug vor sich. Der Gestank in der Bar beleidigte seine Nase, und der Geruch, der von der Brühe aufstieg, die der Besitzer der Bar als Bier zu bezeichnen wagte, verursachte ihm Übelkeit. Um Gar zufriedenzustellen, tat er so, als würde er einen Schluck trinken, aber kein Tropfen kam über seine Lippen. Das Leben mit Aegid und Kalad hatte ihn anspruchsvoll gemacht.

„Wie schon gesagt, hatte ich Glück. Aber lass uns nicht länger über mich sprechen. Wie ist es dir ergangen?"

Gars Blick verdunkelte sich. „Eindeutig nicht so gut. Du weißt, das Leben war nie einfach für uns. Schnelligkeit und Gewitztheit alleine reichen nicht aus, wenn man über die Runden kommen will. Je älter man wird, umso brutaler wird das Geschäft. Ich habe bis jetzt überlebt, aber es war nicht einfach."

Daran nickte mitfühlend. Er kannte die harsche Realität, die Gar gerade beschrieben hatte, nur zu gut. Es war eine Welt, in der die Stärkeren immer recht hatten, eine Welt, in der Recht und Gesetz keinen Platz hatten. Manchmal fragte er sich, wie das Tal, das vom Willen der beiden Kriegsgötter beherrscht wurde, sich von den Straßen von Kwarl unterschied, aber vor die Wahl gestellt würde er seine Herren immer dem Leben als Gesetzloser vorziehen. Er schauderte. Es wäre besser, wenn er jetzt gleich zu seinen Herren zurückkehrte, bevor seine Strafe ein Ausmaß erreichte, das er nicht würde ertragen können.

„Es tut mir leid, Gar. Es war nett, mit dir zu plaudern, aber ich muss jetzt wirklich gehen.“

„Du hast dein Bier noch nicht ausgetrunken.“

„Ich bin nicht wirklich durstig. Auf Wiedersehen, Gar.“

Daran wollte gerade gehen, als die Hand seines Freundes schwer auf seinem Arm landete. „Daran, bleib hier.“

Der verzweifelte Ton in Gars Stimme alarmierte Daran. „Gar, was ist los?“

Sein Freund aus Kinderzeiten mied seinen Blick. „Es tut mir wirklich leid. Ich hatte keine Wahl.“

„Gar! Wovon sprichst du?“

„Gut gemacht Gar. Du kannst jetzt gehen.“

Die Stimme ließ Daran erstarren, weil er sie nur allzu gut kannte. Eine Hand landete schwer auf seiner Schulter und er zuckte zusammen. Diese Hand hatte ihn so oft geschlagen, dass er ihr Gewicht und ihre Struktur auswendig kannte.

„Egand.“

Seine Stimme klang rau. Gar zog sich mit schuldbewusstem Gesichtsausdruck zurück.

„Es tut mir so leid, Daran. Ich hatte noch Schulden bei ihm und wenn ich dich nicht ausgeliefert hätte, hätte er mich umgebracht.“

Daran antwortete nicht. Es schmerzte zu sehr, von diesem Mann verraten worden zu sein, den er einst als seinen Bruder betrachtet hatte. Egand packte ungeduldig seine Schulter und zwang Daran, sich umzudrehen. Sein Stiefvater war seit dem letzten Mal, als sie sich gesehen hatten, alt geworden. Die Jahre hatten den grausamen Zug um seinen Mund verstärkt, ebenso wie den abfälligen Ausdruck in seinen Augen. Seine Haare waren dünner geworden und hatten eine ausgewaschene, graue Farbe angenommen und seine kräftige Statur war ein wenig zusammengesunken, aber er strahlte immer noch Gefahr aus. Jetzt verzogen seine Lippen sich zu einem sadistischen Lächeln.

„Wenn das nicht mein armer, verlorener Stiefsohn ist. Als ich die Gerüchte gehört habe, dass du zurück in Kwarl bist, konnte ich es nicht glauben. Aber hier bist du, attraktiv wie immer und gekleidet wie ein Prinz.“

Daran verdrehte die Augen. Er hatte keine Zeit für Spielchen. „Was willst du, Egand?“

Die Augen seines Stiefvaters verengten sich vor Wut.

„Was ich will? Wie wäre es mit dem Geld, das du mir schuldest? Ich habe dich zehn lange Jahre gefüttert und gekleidet, habe dir ein Dach über dem Kopf geboten und gerade, als du das Alter erreicht hattest, wo du meine Großzügigkeit zurückzahlen konntest, bist du einfach verschwunden. Ich habe Kwarl auf den Kopf gestellt, um dich zu finden. Wo, im Namen der Mütter, bist du gewesen?" „Als ob dich das interessieren würde. Was deine ‚Fürsorge' betrifft, musste ich mir meinen Unterhalt immer verdienen. Ich schulde dir gar nichts."

Egand kicherte mit bösartiger Freude. „Es scheint, als ob der kleine Hund ein paar Zähne bekommen hat. Aber ich warne dich, überlege dir gut, wen du anknurrst, du undankbares Stück Scheiße."

„Ich kann knurren, soviel ich will. Wenn du sonst nichts zu sagen hast, bin ich jetzt weg."

„Nicht so schnell, Junge." Egands schmutzige Finger gruben sich in Darans Oberarm. „Du kannst gehen, wenn ich das entscheide und im Moment möchte ich, dass du bleibst. Da es dir offensichtlich so gut ergangen ist, wirst du deine Reichtümer mit mir teilen. Danach kannst du gehen."

Für einen Moment war Daran sprachlos, dann begann er zu lachen.

„Meine Reichtümer? Kann es sein, dass dein Augenlicht im Alter schlechter geworden ist? Siehst du das hier?" Daran berührte sachte das Band um seinen Hals. „Ich bin ein Sklave. Ich besitze gar nichts. Genau genommen nicht einmal meinen Körper. Wie soll ich etwas mit dir teilen?"

„Ein Sklave? Willst du mich zum Narren halten? Dein Hemd ist aus dem feinsten Leinen gemacht, dein Wams und deine Hose sind aus Gämsenleder, deine Stiefel wurden aus dem Leder von Berghirschen gefertigt und, soweit ich das sehen kann, mit Hasenfell gefüttert. Ich kenne keinen einzigen Herren, der seinen Sklaven so herausputzen würde."

„Meinen Herren gefällt es, mich schön anzuziehen. Das unterstreicht ihren Status."

„Und wer sind diese ominösen Herren?"

Daran war sich nicht sicher, ob er es Egand sagen sollte. Aber dann entschied er, dass es besser wäre, seine Karten auf den Tisch zu legen. Vielleicht würde sein Stiefvater ihn sogar gehen lassen.

„Wenn du es genau wissen willst, es sind Lords aus dem Tal. Sie haben mich von hier weggeholt. Ich wollte sie bestehlen und im Austausch dafür, dass sie mich nicht der Wache ausliefern, haben sie mich als Sklaven behalten."

„Und das soll ich dir glauben?"

Egands Stimme sollte abfällig klingen, aber Daran konnte die Unsicherheit spüren, die den Mann ergriffen hatte. Jedes Kind in Kwarl wusste, wie dumm es war, sich mit jemandem aus dem Tal anzulegen.

„Es ist mir egal, ob du mir glaubst oder nicht. Ich sage nur, dass sie, wenn ich nicht bald zurückkehre, nach mir suchen werden und dann steckst du in Schwierigkeiten."

Egand musterte seinen Stiefsohn eindringlich. Daran konnte die Gedanken im Kopf des Mannes beinahe hören. Einerseits war Daran eine hochwillkommene, vielversprechende Beute. Andererseits kam es Selbstmord gleich, sich in die

Angelegenheiten der Lords aus dem Norden einzumischen. Nach einigen schmerzvollen Momenten triumphierte die Gier über die Vernunft. Egands Blick wurde hart.

„Ich denke, dass du versuchst, mich zum Narren zu halten. Du kommst mit mir und dann werden wir sehen, ob deine ‚Herren'", er spukte das Wort sarkastisch aus, „sich dazu herablassen, dich zu retten. Wenn sie es tun, bin ich neugierig, wie viel sie für dich zu bezahlen bereit sind. Bis dahin werde ich das hier an mich nehmen. Betrachte es als eine Art Vorschuss."

Damit riss er die Börse aus Darans Händen und gab den beiden Männern, die sich bis jetzt im Hintergrund gehalten hatten, ein Zeichen. Trotz seiner Gegenwehr packten sie Daran und begannen, ihn nach draußen zu zerren. Als er versuchte, sich zu befreien, schlug Egand ihn ohne mit der Wimper zu zucken bewusstlos.

„ICH FRAGE mich, wo Daran bleibt. Es sieht ihm nicht ähnlich, uns warten zu lassen."

Aegid musterte die Menge mit besorgtem Blick, als ob sein Wille alleine den Dieb wieder zu ihm bringen könnte. Kalad legte eine Hand auf seinen Arm. Auch er machte sich Sorgen. Die Sonne war bereits am untergehen und Casto hatte sich für die Nacht in ihre Unterkunft zurückgezogen. Nach einem ganzen Tag rücksichtsloser Verhandlungen war er erschöpft, aber zufrieden. Er hat es geschafft, alle Pferde, die er mitgebracht hatte, zu Höchstpreisen zu verkaufen und freute sich jetzt darauf, einen passenden Hengst für die Zucht zu finden. Die Wüstenbrüder hatten auf ihren Dieb warten wollen und wurden mit jeder Minute, die er nicht erschien, unruhiger.

„Sollen wir nach ihm suchen?"

„Das würde ich lieber. Unglücklicherweise haben wir keinen der Wölfe mitgebracht, aber in diesem Chaos wären sie wahrscheinlich ohnehin nicht in der Lage, der Spur zu folgen."

Entschlossen gingen sie zum besten Gasthaus in Kwarl, wo Sic und Casto auf sie warteten. Als er ihre angespannten Gesichter sah, wusste der König sofort, dass etwas nicht stimmte.

„Wo ist Daran? Ist er immer noch nicht zurück?"

„Nein. Und wir machen uns Sorgen. Er ist immer zuverlässig."

Kalads Herz lag in diesen wenigen Worten. Casto zog sich seine Stiefel wieder an.

„Wir suchen besser nach ihm."

„Schon gut, Casto. Du und Sic, ihr bleibt besser hier. Wir können das hier selbst erledigen."

„Denkt ihr wirklich, dass wir euch alleine nach eurem Dieb suchen lassen? Natürlich werden wir helfen, nicht wahr, Sic?"

Der junge Schmied lächelte trotz seiner Erschöpfung breit. „Wer kann zu dir schon Nein sagen, Casto?"

Der König wandte sich triumphierend wieder an die Wüstenbrüder. „Wie wollt ihr vorgehen?"

Aegid betrachtete die eifrigen Gesichter seines Waffenbruders und seines Lords mit tiefempfundener Dankbarkeit.

„Zu dieser Zeit sollten nicht mehr allzu viele Leute auf dem Markt sein. Wir verteilen uns und fangen an, Fragen zu stellen. Daran ist auffällig genug, um einen Eindruck zu hinterlassen. Jemand muss sich an ihn erinnern. Wir treffen uns in einer Stunde wieder an dem Platz, wo du heute die Pferde verkauft hast."

Die beiden jungen Männer nickten und Sic legte eine Hand beruhigend auf Aegids Arm.

„Wir werden ihn finden, dessen bin ich sicher. Ich wette, es ist nichts Schlimmes. Vielleicht hat er einfach nur die Zeit vergessen."

Kalads Gesicht wurde dunkel. „Ganz egal, was es ist, er kann sich auf eine schwere Strafe gefasst machen, sobald er zurück ist. Das werden wir nicht durchgehen lassen."

„Zuerst müssen wir ihn finden. Dann könnt ihr euch über die Bestrafung Gedanken machen."

Castos Stimme war sanft. Er verstand die Sorgen der beiden Männer nur zu gut. Die offensichtliche Liebe der Wüstenbrüder für ihren Dieb war beinahe so oft das Ziel gut gemeinter Späße wie Renaldos Zuneigung zu Casto. Und jeder im Tal bewunderte Daran dafür, dass er die Balance zwischen seinen Herren hielt, ohne einen von ihnen zu bevorzugen. Für zwei Männer, die so untrennbar miteinander verbunden waren wie Aegid und Kalad, war ein Partner wie dieser so selten und wertvoll wie ein blauer Diamant. Vielleicht sogar noch mehr, da sie mehr als achthundert Jahre gebraucht hatten, um ihn zu finden. Entschlossen, ihren Schatz nicht zu verlieren, machten die vier Krieger sich auf den Weg.

Es war Sic, der mit guten Neuigkeiten zu dem Ort zurückkehrte, an dem sie sich treffen wollten. Er wurde von einer älteren, jedoch immer noch beeindruckenden Frau begleitet, deren lebhafte Augen auch noch die unwichtigsten Einzelheiten aufzunehmen schienen. Sic stellte sie mit einer leichten Verbeugung vor.

„Das ist Mutter Gwen. Sie hat einen Süßigkeitenstand auf dem Markt und kennt Daran, seit er ein kleiner Junge war. Mutter Gwen, das hier sind die Lords Casto, Aegid und Kalad."

Die stolze Frau machte eine Bewegung, die man als Knicks interpretieren konnte. Dann wandte sie sich direkt an die Wüstenbrüder.

„Ihr seid also das große Glück, das ihm widerfahren ist."

„Wie hast du das so schnell erkennen können?" Casto war beeindruckt. Mutter Gwen schenkte ihm ein Lächeln, das ihn an Hulda erinnerte. Es war voller mütterlicher Wärme, aber auch ein klein wenig herablassend, als ob er ein kleiner Junge wäre, der gerade eine dumme Frage gestellt hatte. Der König spürte, wie ihm Röte in die Wangen kroch.

„Das ist nicht so schwer, wie du vielleicht denkst. Ich kann die Sorge spüren, die diese beiden umgibt. Zudem bist du zu jung, um ihn auf diese Weise zu binden."

„Was weißt du über Daran?" Kalad klang mürrisch. Er war frustriert, weil es ihnen nicht gelungen war, etwas Wichtiges herauszufinden.

Mutter Gwen wurde ernst. „Nicht viel und nichts Gutes. Heute Morgen hat Daran meinen Stand besucht, um sich Süßigkeiten zu kaufen. Etwas später wurde er mit einem Mann namens Gar gesehen. Gar ist ein Freund aus Kindertagen und war immer Darans Held. Den Gerüchten zufolge sind sie in eine Taverne namens Goldener Hut gegangen. Das ist ein schlimmer Ort, wo sich Diebe und Halsabschneider treffen."

„Warum sollte Daran dort hingehen? Wir haben ihm verboten, den Markt zu verlassen und er gehorcht unseren Befehlen immer."

Aegid war außer sich, aber Mutter Gwen zuckte nur mit den Schultern.

„Woher soll ich das wissen? Aber ihr solltet nicht vergessen, dass dies hier der Ort ist, an dem Daran aufgewachsen ist und Gar war wie ein Bruder für ihn. Vielleicht dachte er, dass er keine Wahl hat. Jedenfalls wurde auch Egand im Goldenen Hut gesehen, was die Dinge kompliziert macht. Er ist Darans Stiefvater und immer noch wütend, weil es dem Jungen vor fünf Jahren gelungen ist, ihm zu entkommen. Wenn er ihn hat, könnt ihr ihn genauso gut aufgeben."

„Dieser Egand – er ist der Mann, der Daran geschlagen hat." Ein gefährlicher Tonfall war in Kalads Stimme getreten. Er klang wie ein wütender Wolf kurz vor dem Angriff.

„Egand hat Daran eine Menge angetan, inklusive Dingen, von denen er gewiss niemals jemandem erzählen wird. Der einzige Grund, warum Daran im Moment noch am Leben sein könnte, ist Egands Gier. Er hat wahrscheinlich mittlerweile herausgefunden, dass Daran nicht länger arm ist. Er wird versuchen, seinen Teil des Reichtums zu bekommen, bevor er seine Rache ausübt."

„Wo können wir diesen Egand finden?"

Mutter Gwen starrte die vier Krieger lange und hart an. Dann zuckte sie wieder mit den Schultern.

„Ich werde euch sagen, wo sein Versteck ist, aber seid vorsichtig. Egand ist rücksichtslos, unberechenbar und verrückt genug, um euch herauszufordern. Zudem befindet er sich im Vorteil, weil dies hier sein Territorium ist. Wenn ihr nicht vorsichtig seid, könnte er auch für euch zur Gefahr werden."

„Mach dir darüber keine Sorgen, Mutter Gwen. Du sagst uns nur, wo wir ihn finden können."

Die entschlossene Aura um Kalad sowie das tödliche Funkeln in seinen Augen, überzeugten die Frau, dass diese Männer in der Lage waren, gegen Egand zu gewinnen. Sie beschrieb ihnen den Weg zu seinem Versteck bis ins letzte Detail, bevor sie sich verabschiedete.

„Viel Glück bei eurer Mission. Sobald ihr Daran zurückhabt, grüßt ihn von mir." Ein koboldhaftes Lächeln erschien auf ihren Lippen. „Er schuldet mir mehr als nur eine gute Geschichte."

„Das werden wir. Und ich werde persönlich dafür sorgen, dass er seine Schulden bezahlt."

Aegid verneigte sich anmutig vor ihrer Informantin, bevor die Krieger aufbrachen.

DARAN ERWACHTE von einem stechenden Schmerz in seinen Armen. Immer noch benommen von dem Schlag, den er erhalten hatte, blinzelte er schnell. Offensichtlich war er äußerst effektiv gefesselt worden, da er nicht in der Lage war, seine Arme und Beine zu bewegen und kalten Stahl um seinen Hals spürte. Egand wollte kein Risiko eingehen. Langsam wurde seine Umgebung klarer. Die Schatten der Bewusstlosigkeit wurden vom flackernden Licht rußender Fackeln vertrieben, die ihr unregelmäßiges Licht auf die Steinwände warfen. Daran war unter einem Steinbogen abgelegt worden und in der Ferne hörte er Wasser tropfen. Er roch eine Mischung aus Abwasser, schalem Bier, Exkrementen und billigem Parfüm. Es war ein Gestank, den Daran nur zu gut kannte. Sie hatten ihn zu Egands Hauptquartier gebracht, einem verfallenen Ort im Untergrund von Kwarl, der einst das Wasserversorgungssystem der Stadt gewesen war. Als die Stadt wuchs, hatten die Bürger begonnen, das Wasser von außerhalb zu holen und das unterirdische System mit seinen zahllosen Tunneln und Höhlen wurde zuerst vernachlässigt und dann vergessen, bis Egand dort eingezogen war. Von hier aus kontrollierte sein Stiefvater das Diebesviertel mit eiserner Faust. All jene, die in Konflikt mit dem Gesetz geraten waren, fanden hier einen sicheren Hafen, weil die Wache es nicht wagte, in dieses Labyrinth zu kommen, in dem selbst die Ratten bösartig waren. Daran schloss verzweifelt seine Augen. Niemand musste ihm sagen, wie ernst die Schwierigkeiten waren, in die er sich gebracht hatte. Er musste so schnell wie möglich entkommen, wenn er nicht wollte, dass seine Herren ihm hierher folgten.

Allein der Gedanke, dass Aegid und Kalad sehen könnten, in welch schäbiger Umgebung er aufgewachsen war, drehte Daran den Magen um. Natürlich kannten sie seine zwielichtige Vergangenheit bereits, aber etwas zu wissen und es zu sehen, waren zwei sehr verschiedene Dinge.

„Wie ich sehe, ist unser Ehrengast endlich aufgewacht."

Egands spöttische Stimme riss Daran aus seinen düsteren Gedanken. Er drehte den Kopf, um seinen Stiefvater anzusehen, der ihm ein kaltes, kalkulierendes Lächeln zuwarf.

„Deine Herren scheinen sich Zeit zu lassen. Vielleicht möchtest du gestehen und mir die Wahrheit darüber sagen, wie ein wertloses Stück Scheiße wie du es geschafft hat, so reich zu werden?"

Daran sah, wie Egand die Börse mit nachdenklichem Gesichtsausdruck in der Hand wog.

„Weißt du überhaupt, wie viel Geld das ist? Wenn du wirklich nur ein Sklave bist, dann musst du ihnen sehr viel bedeuten. Mit dieser Menge Geld könnte ich bequem bis zum nächsten Frühjahr leben."

„Dann nimm das Geld und lass mich gehen. Du hast genug Ärger gemacht, Stiefvater."

Egands Gesichtsausdruck verfinsterte sich. Ohne Vorwarnung trat er Daran zweimal brutal gegen die Rippen.

„Halt den Mund! Dir muss klar sein, dass du nur darum noch am Leben bist, weil ich hoffe, Profit mit dir zu machen." Seine schmutzigen Finger packten Darans Kinn und drehten das Gesicht des jungen Mannes zu einer der Fackeln. „Obwohl, selbst wenn deine Herren nicht auftauchen, werde ich dich wahrscheinlich am Leben lassen. Mit Schönheit wie deiner kann man viel Geld machen und solltest du ungehorsam sein, kann ich dich immer noch an den Meistbietenden verkaufen. Mittlerweile solltest du daran gewöhnt sein, ein Sklave zu sein."

Kalte Schauder liefen Daran den Rücken hinunter. Egand meinte es todernst und zum ersten Mal seit er seinem Stiefvater wieder begegnet war, spürte Daran so etwas wie Furcht in sein Herz kriechen. Er wusste nicht, wie er reagieren sollte und war wegen seiner eigenen Schwäche wütend. Abrupt ließ Egand ihn los, ein abfälliges Lachen erklang aus seinem Mund. Er wollte Daran gerade weiter verspotten, als sich ihm ein Junge von ungefähr dreizehn Jahren mit blassem, ängstlichem Gesichtsausdruck näherte und ihm nachdrücklich etwas ins Ohr flüsterte. Der Spott auf Egands Gesicht verwandelte sich in Triumph.

„Es scheint, als ob du nicht gelogen hättest. Vier Adelige sind auf ihrem Weg hierher."

Er beugte sich nach unten, um die Ketten um Darans Füße zu öffnen und dann die um seinen Hals.

„Lass uns gehen und sie ihrem Stand gemäß begrüßen. Ich warne dich, Daran – ein falsches Wort und ich werde sie auf der Stelle töten."

Daran spürte, wie eine Magen umdrehende Furcht ihn überwältigte. „Bitte, tu ihnen nichts. Ich schwöre, ich werde alles tun, was du willst. Lass sie nur gehen."

„Sie bedeuten dir eine Menge, deine Herren, nicht wahr?"

Obwohl Egands Stimme voller Abscheu war, schaffte Daran es, ihn direkt anzuschauen. Das hier war die Wahrheit und es gab keinen Grund sich deswegen zu schämen.

„Sie sind meine Welt."

Es war nur ein einfacher Satz, gesprochen mit absoluter Überzeugung. Selbst Egand war für einen Moment sprachlos, bevor sein angeborener Sadismus wieder die Oberhand gewann.

„Wie herzerwärmend. Wenn sie sterben, ist es deine Schuld."

Brutal zerrte Egand Daran in die Mitte eines Raumes, dessen Decke sich beinahe eineinhalb Schritte über ihnen wölbte. Die Besucher kamen durch den Haupttunnel, darum warteten seine Männer in den drei schmäleren Seitentunneln, die in die weniger benutzten Teile des Labyrinths abzweigten. Egand würde nichts dem Zufall überlassen. Obwohl er sich selbstbewusst gab, war der Anführer der Diebe von Kwarl zutiefst erschüttert. Der animalische Instinkt, der ihn viele Jahre am Leben erhalten und an die Spitze von Kwarls Unterwelt gebracht hatte, schrillte wie verrückt. Bis jetzt hatte es sich für ihn immer gelohnt, sich auf sein Bauchgefühl zu verlassen und jetzt sagten seine Instinkte ihm, dass er sich in großen Schwierigkeiten befand. Das Klügste, was er tun konnte, war Daran sofort gehen zu lassen, ihn ohne Gegenwehr den Kriegern zu überlassen und die Flucht zu versuchen, solange er noch konnte.

Aber er wollte verdammt sein, wenn er seinen nutzlosen Stiefsohn ungeschoren davonkommen lassen würde. Das plötzliche Verschwinden des jungen Mannes hatte ihn zum Gegenstand zahlloser Witze gemacht und selbst heute, fünf Jahre später, tratschten die Leute hinter seinem Rücken darüber, wie es Daran gelungen war, ihm zu entkommen. Darans Flucht hatte ihm so viel Ärger gemacht, dass es Egand krank machte, darüber nachzudenken. Er würde die dürre Ratte bezahlen lassen, ganz egal, was es ihn kostete. Zudem, was konnten vier Krieger, die noch dazu fremd in der Stadt waren, gegen ihn und seine Männer ausrichten? Entschlossen verstärkte er seinen Griff um Darans Oberarme, während seine Augen versuchten, die tanzenden Schatten im Haupttunnel zu durchdringen. Dann hörte er ein Geräusch und, einfach so, betraten die vier Krieger das Herz von Egands Imperium.

Sie wurden von einem schlanken Mann angeführt, der ungefähr eine Elle und zweieinhalb Handspannen groß war. Seine rabenschwarzen Haare waren zu zahllosen Zöpfen geflochten, sein Körper war schlank, jedoch muskulös. Er glich einer Raubkatze, bewegte sich mit der natürlichen Eleganz eines geborenen Raubtieres. Seine braunen Augen waren lebhaft und schossen dunkle Blicke durch den Raum. Hinter ihm kam ein wahrer Riese von einem Mann, der mit beinahe einer Elle und vier Spannen über dem ersten Mann dräute. Seine Haare waren weiß, seine Augen von einer milchigen Substanz bedeckt, die Egand denken ließ, der Mann wäre blind. Die dunkle Haut war von Tätowierungen bedeckt, seltsame Runen-Symbole, von denen der Gesetzlose nicht eines erkannte. Verglichen mit seinem Begleiter erschien er ruhiger, aber der Blick in seinen Augen war ebenso wütend.

Als sein Blick auf den dritten Mann fiel, stockte Egand der Atem. Obwohl sein schweres Leben ihn in jeder Hinsicht abgestumpft hatte, wurde er dennoch von der Schönheit dieses Kriegers geblendet. Seine weizenblonden Haare umrahmten sein edles, harmonisches Gesicht wie ein Heiligenschein aus Licht. Faszinierend blaue Augen dominierten die gebieterischen Gesichtszüge, die von einem sinnlichen Mund vervollständigt wurden. Der Körper des jungen Mannes war schlank, mit lange Muskeln, die anmutig unter der glatten Haut spielten. Dieser Mann bewegte sich mit der Eleganz eines Tänzers. Es war offensichtlich, dass er die absolute Kontrolle über seinen Körper hatte und sich in seiner Haut wohlfühlte. Aber es war nicht diese Harmonie, die die Haare in Egands Nacken zu Berge stehen ließ. Es war die Aura der Gefahr, die den gut aussehenden Fremden umgab, der Eindruck, dass diese Schönheit nur die Tarnung für eine tödliche Stärke im Inneren war.

Verglichen dazu wirkte der vierte Krieger beinahe gewöhnlich. Er hatte sehr kurze, hellbraune Haare, lächelnde, grünblaue Augen und ein freundliches, offenes Gesicht. Seine kräftigen Muskeln zeigten, dass er täglich schwerer körperlicher Arbeit nachging. Wenn da nicht eine seltsame, einschüchternde Offenheit an ihm gewesen wäre, hätte man ihn für einen einfachen Diener halten können.

Alle vier Männer hatten ihre Hände an ihren Waffen und sahen sich misstrauisch um. Der mit den Zöpfen sprach direkt zu Daran.

„Daran! Die Mütter seien gepriesen! Geht es dir gut?"

Der Dieb hielt den Blick gesenkt. „Es geht mir gut, Herr. Es tut mir leid, dass ich Euch Sorgen bereitet habe."

„Darüber werden wir uns unterhalten, sobald wir wieder zu Hause sind. Wer ist dieser Mann?"

„Mein Name ist Egand. Ich bin der Herr von Kwarls Unterwelt – und Darans Stiefvater. Ihr seid also die Männer, die meinen armen Sohn entführt und zum Sklaven gemacht haben. Ich frage mich, wie ihr mich dafür entschädigen werdet."

Die Augen des Kriegers mit den Zöpfen verengten sich gefährlich. Bevor er jedoch antworten konnte, legte sein hünenhafter Begleiter beruhigend eine Hand auf seine Schulter.

„Überlass das mir, Kalad." Er wandte sich an Egand.

„Ich bin hocherfreut, dich kennenzulernen. Bevor wir mit diesem, doch eher unangenehmen Geschäft fortfahren, erlaube mir, dir meine Waffenbrüder vorzustellen. Nur damit du weißt, mit wem du es zu tun hast."

Trotz der offensichtlichen Drohung gelang Egand ein herablassendes Lächeln. „Ich kann es kaum erwarten."

Ein seltsamer Ausdruck huschte über das Gesicht des Kriegers, eine Mischung aus zögerlichem Respekt, Wut und Entschlossenheit. Mit einem leichten Nicken wandte er sich zu dem attraktiven Blondschopf.

„Das hier ist Lord Casto, Ehemann von Lord Renaldo, dem Todesengel."

Der Hüne ignorierte die angespannte Stille in der Dunkelheit der drei Tunnel und redete weiter.

„Neben ihm steht Lord Sic, Emeris im Tal. Das hier", der Krieger deutete auf den Anführer, „ist Lord Kalad, Emeris im Tal. Ich bin Lord Aegid, Kalads Wüstenbruder und ebenfalls Emeris. Was deinen Vorwurf betrifft, dass wir Daran entführt haben, muss ich widersprechen. Es war seine Entscheidung, unser Sklave zu werden. Er hat es vorgezogen, uns zu dienen, anstatt eine Hand und sein Leben unter deiner Fuchtel zu verlieren."

Immer noch schockiert darüber, wessen Missfallen er erregt hatte, starrte Egand auf die Krieger. Wenn sie die Wahrheit sagten – und daran zweifelte er nicht länger – dann wussten sie nur zu gut mit den Waffen umzugehen, die sie trugen. Selbst seine Männer, die durch zahllose Barschlägereien und Straßenkämpfe abgehärtet waren, würden nicht in der Lage sein, gegen Kämpfer wie diese zu gewinnen. Verzweifelt suchte er nach einem Ausweg, aber das Einzige, was ihm einfiel, war eine Dummheit, die zeigte, wie sehr ihm die Situation aus den Händen geglitten war.

Er packte Daran mit der rechten Hand noch fester, während er mit der linken einen Dolch zog. Dann presste er die Klinge gegen die Kehle seines Stiefsohns, direkt über dem Halsband, bis ein dünner Strom Blut erschien.

„Ich habe genug gehört. Wenn ihr nicht wollt, dass ich ihm die Kehle aufschlitze, verschwindet ihr besser."

„Wenn du ihm auch nur ein Haar krümmst, werde ich dich eigenhändig töten, Abschaum."

Kalads Stimme klang kalt und monoton. Daran erschauderte in Egands Armen. Erst einmal hatte der Krieger so mit ihm gesprochen und er würde die Bestrafung, die er danach hatte ertragen müssen, niemals vergessen.

Als ob er Darans Verzweiflung spüren konnte, verstärkte sich Egands Griff noch mehr. „Das kann schon sein, aber dann ist er tot. Ich kann sehen, wie viel er euch bedeutet, darum werdet ihr es nicht riskieren."

„Vielleicht. Aber wir werden auch nicht ohne ihn gehen." Absolute Überzeugung färbte Aegids Stimme.

„Wie mir scheint, sind wir in eine Sackgasse geraten." Casto trat mit einem Lächeln, das seine Augen nicht erreichte, vor. „Offensichtlich wird keiner von uns nachgeben, darum lasst uns über die verschiedenen Optionen nachdenken."

Er hob seinen Zeigefinger in die Höhe.

„Erstens, du erfüllst deine Drohung und tötest Daran. Lass uns annehmen, dass du es schaffst, zu entkommen. Soweit ich das sehen kann, ist dieses unterirdische System ziemlich weit verzweigt. Das bedeutet, dass du dir einen, vielleicht sogar zwei Tage erkaufst, je nachdem wie gut du bist. Danach bist du Kalads Gnade ausgeliefert." Casto schüttelte den Kopf. „Glaub mir, keine erstrebenswerte Option. Und begehe nicht den Fehler, zu glauben, dass du uns entkommen kannst. Bis jetzt hat das noch niemand geschafft."

Ein grimmiges Lächeln erschien auf den Lippen des jungen Mannes, als ob er über eine Tatsache sprechen würde, die er am eigenen Leib erfahren hatte.

„Zweitens, wir ziehen uns zurück. Dann wirst du Daran umbringen. Versuch nicht, es zu leugnen – ich kann es in deinen Augen sehen. Ich habe in meinem Leben schon zu viele Monster gesehen, um dich nicht als das zu erkennen, was du bist. Wir werden also nicht ohne Daran gehen. Drittens, du überlässt ihn uns. Im Gegenzug verschonen wir dich und diese Männer, die in den Schatten lauern." Casto legte den Kopf schräg, als ob er über ein kompliziertes Problem nachdenken würde. „Dann kommt niemand zu Schaden. Wir werden dir sogar gestatten, das Geld zu behalten, das du Daran gestohlen hast. Wie wäre das?"

Egands innere Stimme drängte ihn, das Angebot anzunehmen, wissend, dass dies seine einzige und letzte Chance war, ungeschoren aus diesem Schlamassel zu entkommen. Er nickte langsam.

„Ich akzeptiere."

Der Dolch wurde von Darans Kehle genommen und die Seile um seine Handgelenke zerschnitten. Dann stieß Egand ihn in Richtung seiner Herren. Der Dieb zögerte keine Sekunde. Er lief auf Kalad zu, der ihn hungrig umarmte, während Daran sein Gesicht an der breiten Brust seines Besitzers verbarg.

„Es tut mir so schrecklich leid, Herr."

Zärtlich zog Aegid den schluchzenden jungen Mann in seine Arme.

„Es ist in Ordnung, kleiner Dieb. Jetzt ist alles in Ordnung. Wir sind nur froh, dass dir nichts zugestoßen ist."

Als Egand mit solch offen zur Schau gestellter Zuneigung konfrontiert wurde, fühlte er eine namenlose, nachtschwarze Wut in seinem Herzen aufsteigen. Daran hatte kein Recht so glücklich zu sein, kein Recht so geliebt zu werden. Er musste für seine Sünden an Egand bezahlen. Auf gar keinen Fall durfte er ungeschoren davonkommen, nachdem er seinen Stiefvater derart zum Narren gemacht hatte. Egands Vernunft wurde unter einer Lawine aus Hass und Neid begraben. Alles, was er noch deutlich sehen konnte, war Darans Rücken, die Stelle, die er treffen musste, um seinen Stiefsohn für immer auszulöschen. Die Wut machte ihn schnell. Er packte den Dolch an der Klinge und warf ihn mit tödlicher Präzision. Ein knirschendes Geräusch erklang, als die Waffe ihr Ziel fand, sich in Darans Rücken bohrte und sein Herz durchstieß.

DIE ZEIT schien stillzustehen. Aller Lärm, selbst das kleinste Rascheln, erstarb, eingefroren in der Unmöglichkeit dessen, was gerade geschehen war. Die plötzliche Stille wurde von einem so hohen Schrei zerrissen, dass alle Anwesenden schauderten. Er kam von zwei Menschen und die Verzweiflung darin war überwältigend.

„Neeeiiin!"

Kalad und Aegid hielten ihren Dieb in den Armen, starrten in seine verhangenen Augen, als das Leben seinen Körper verließ. Ein trauriges Lächeln erschien auf seinem offenen Gesicht.

„He–"

Er konnte nicht weitersprechen. Sein Körper wurde in den Armen seiner Besitzer schlaff. Kalad gab ein wimmerndes Geräusch von sich. Tränen tropften aus Aegids Augen auf den leblosen Körper ihres Geliebten. Alle Anwesenden starrten in morbider Faszination auf diese zwei mächtigen Krieger, die so vollkommen in ihrer Trauer gefangen waren. Ihr Schmerz war wie eine unsichtbare Mauer, die alle ausschloss. Es gab nur Platz für diese drei Männer und die Liebe, die sie verbunden hatte. Eine Liebe, die ihr Heim verloren hatte.

Mit einem Mal, als ob sie sich stumm verständigt hätten, hoben Kalad und Aegid ihre Köpfe, ihre Blicke auf Egand gerichtet, während ihre Augen vor unstillbarer Wut brannten.

„Dafür wirst du bezahlen!"

Zärtlich legten sie Darans Körper auf den Boden, bevor sie sich Egand näherten, der nicht in der Lage war, einen einzigen Muskel in seinem Körper zu bewegen. Erstarrt vor Furcht, erwartete er das Schicksal, dem er jetzt nicht mehr entkommen konnte.

3.
SAND UND LICHT

IM TAL erwachte Renaldo schweißgebadet. Er konnte die Gefahr spüren, in der sein Herz sich befand. Castos angespannte Erregung war wie ein Messer, das blutige Schnitte in seiner Seele hinterließ. Ohne nachzudenken griff er nach seinem Schwert, bevor er sich daran erinnerte, dass sein Herz in Kwarl war. Aber das Gefühl der Dringlichkeit wurde stetig stärker und darum legte er seine Waffe beiseite, um sich anzukleiden und dann sofort das Tal zu verlassen.

Er schlüpfte gerade in seine Stiefel, als Canubis seine Gemächer betrat. Auch er war von einem Gefühl der Dringlichkeit geweckt worden, nur dass es in seinem Fall von Renaldo gekommen war.

„Was ist los?"

„Casto. Er ist in Gefahr."

Er musste nicht mehr sagen. Während er seinen Umhang anlegte, wandte Canubis sich wieder zur Tür.

„Ich werde die Pferde satteln. Möchtest du, dass jemand dich begleitet?"

„Weck Noran. Wenn Casto in Schwierigkeiten ist, wird Sic nicht weit weg sein."

Canubis nickte zustimmend. Wenn es hart auf hart kam, würde der Meisterschmied ein wilder und entschlossener Verbündeter sein. Seit seine Beziehung zu Sic begonnen hatte, sich so gut zu entwickeln, wurde er langsam wieder zu dem Mann, den sie beide einst im Rudel willkommen geheißen hatten. Canubis war erleichtert, zu wissen, dass Noran seinem Bruder den Rücken decken würde.

„Sonst noch jemand?"

„Nein, ich weiß nicht wirklich, was los ist, darum ist es wichtig, schnell zu sein."

„Zu dumm, dass er Lys mitgenommen hat."

„Das kannst du laut sagen. Der Sonnenaufgang ist schon in ein paar Stunden, wenn wir die Pferde also scharf reiten, können wir heute Abend in Kwarl sein. Geist und Dämon mögen nicht so schnell wie das schwarze Biest sein, aber sie sind dennoch überlegen."

„Sie sind die Pferde von Göttern. Was hast du erwartet? Ich werde gehen und Noran aufwecken."

UNGEFÄHR EINE halbe Stunde später galoppierten Renaldo und Noran aus dem Tal. Der Meisterschmied machte sich solche Sorgen, dass sein Gesicht zu einer grimmigen Maske gefroren war. Renaldo kannte den Schmerz, den sein Waffenbruder durchmachte, weshalb er sich entschied, sich zu entschuldigen.

„Es tut mir leid, Noran. Ich hätte Casto niemals erlauben dürfen, zu gehen."

Ein schwaches Lächeln glitt über Norans Gesicht.

„Irgendwie hatte ich den Eindruck, dass ein Verbot Casto nicht wirklich beeindruckt hätte."

Der Todesengel seufzte.

„Wahrscheinlich nicht, aber ich habe die Mittel, ihn zum Gehorsam zu zwingen."

„Aber du wendest sie nicht gerne an."

„Natürlich nicht. Ich liebe Castos Unabhängigkeit. Und du solltest reden. Wenn du auf deinem Standpunkt bestanden hättest, wäre Sic hiergeblieben. Er hört auf dich."

Ein wehmütiges Lächeln erschien auf Norans Gesicht bei der Erinnerung an dieses Gespräch.

„Nicht so sehr wie früher. Er macht bemerkenswerte Fortschritte. Wer bin ich, ihn zurückzuhalten?"

Die Traurigkeit in Norans Stimme ließ Renaldo aufmerksam werden.

„Du weißt, dass Sic dir vollkommen vergeben wird, oder? Das hat er wahrscheinlich schon getan."

„Ich weiß. Und es macht die Bürde nur umso schwerer. Aus Gründen, die ich niemals verstehen werde, habe ich eine zweite Chance erhalten. Ich habe nicht vor, es wieder zu versauen."

Renaldo seufzte. Er konnte seinen Bruder nur zu gut verstehen. Noran hatte große Schuld auf sich geladen, als er Sic so schrecklich behandelt hatte. Dass der junge Mann überhaupt in Erwägung zog, ihm zu vergeben, war eine schlimmere Strafe, als wenn er ihm Wut oder Verachtung gezeigt hätte. Auf diese Art war Noran sich schmerzlich der Verantwortung bewusst, die er angenommen hatte. Dennoch war der Meisterschmied in seinem ganzen Leben nie glücklicher gewesen. Renaldo schüttelte den Kopf. Die Liebe tat den Menschen seltsame Dinge an – den Göttern ebenfalls.

„Eines Tages wirst du dir selbst vergeben müssen. Das schuldest du Sic."

Noran grinste schief.

„Das werde ich. Aber nicht so bald. Ich dachte, dass ich warte, bis dein Herz sich entschließt mir zu vergeben."

Renaldo konnte ein Schnauben nicht zurückhalten.

„Du weißt, dass das eine lange Zeit dauern kann? Casto ist unglaublich nachtragend."

„Das habe ich mir schon gedacht. Und ich kann nicht sagen, dass ich ihn nicht verstehe." Noran wurde wieder ernst. „Die Art, wie ich mich deinem Herzen gegenüber verhalten habe, war abscheulich. Dass du mir vergibst, ist mehr, als ich zu hoffen gewagt habe. Ich erwarte nicht, dass Casto mir dieselbe Gnade zuteilwerden lässt."

„Mach dir darüber keine Sorgen. Er wird dir vergeben, wenn auch nur wegen Sic. Es wird nur eine Weile dauern. Ein oder zwei Jahrhunderte."

Noran antwortete darauf nicht, da dieser Scherz der Wahrheit unangenehm nahekam. Casto war kein Mann, der leicht vergab und sie beide waren nie wirklich Freunde gewesen. Selbst jetzt ließ die anmaßende, arrogante Art des Königs Norans Finger zucken. Casto war genau die Art Person, die er überhaupt nicht ausstehen konnte. Das Einzige, das ihn den jungen Mann ein wenig mehr akzeptieren ließ, war die Nachdrücklichkeit mit der er Sic liebte und beschützte. Das war wahrscheinlich das Einzige, was sie beide je gemein haben würden. Da es sinnlos war, über solch fruchtlose Dinge nachzudenken, versuchte Noran sich auf die Straße zu konzentrieren. Wenn Sic wirklich in Gefahr war, musste er so schnell wie möglich nach Kwarl.

CASTO UND SIC standen schützend über Darans Leiche, die Schwerter gezogen. Obwohl bis jetzt niemand sich bewegt hatte, war es nur eine Frage der Zeit, bis Egands Männer sich entscheiden würden, anzugreifen. Aegid und Kalad hatten den Herrn der Diebe beinahe erreicht und ihre Wut war wie ein Schild, der sie vor jedem möglichen Angriff schützte. Sic berührte mit der linken Hand seine Wange. Dann hielt er inne, ein wenig irritiert strichen seine Finger über seine Haut.

„Casto."

„Was ist?"

„Spürst du es nicht?"

Überrascht wandte Casto sich zu seinem Freund.

„Was soll ich …?"

In diesem Moment erkannte auch er es. Seine Haut juckte, als ob etwas wie winzige Nadeln darüber kratzte.

„Sand?"

Der König was so überrascht, dass er für einen Moment vergaß, wo sie waren.

„Wo kommt der auf einmal her?"

„Ich fürchte, ich weiß es." Mit dem Kinn deutete Sic auf die Wüstenbrüder, die jetzt Egands Arme gepackt hatten. Wo Aegid und Kalad standen, wurde der Sand, der noch vor wenigen Herzschlägen gar nicht existiert hatte, immer dichter, ließ ihre Umrisse schemenhaft werden. Schon bald zeigten nur noch Egands schrille Schreie an, wo die Krieger und ihre Beute standen. In den Seitentunneln hörte Casto das Klappern von Waffen, die nachlässig fallengelassen wurden, weil ihre Besitzer das brennende Bedürfnis verspürten, von diesem unheimlichen Ort zu entkommen. Casto hielt sein Schwert weiterhin gezogen, nur um sicherzugehen, aber er senkte es, da er nicht annahm, dass es noch Widerstand oder einen Angriff geben würde.

Sprachlos schauten er und Sic zu, wie der Sand mit immer größerer Geschwindigkeit um Aegid, Kalad und ihr Opfer herumwirbelte. Casto kannte die berüchtigten Sandhosen des Heißen Herzens nur aus den Berichten von Händlern, die ganze Karawanen an dieses Phänomen verloren hatten. Diese schrecklichen Wirbel aus heißer Luft und scharfkantigen Sandkörnern konnten sich innerhalb von Minuten erheben und große Strecken zurücklegen, bevor sie wieder verschwanden. Casto hatte von Karawanen gehört, die vollkommen ausgelöscht worden waren, nur Knochen zurückgelassen hatten, als Beweis, dass dort einst Leben gewesen war.

Aus der Nähe war der Sand sogar noch schrecklicher, als der König es sich vorgestellt hatte. Das einzig Beruhigende war, dass der Sturm eng begrenzt blieb. Was auch immer die Wüstenbrüder taten, der Schmerz hatte ihnen nicht die Kontrolle geraubt. Es war dennoch unheimlich, zu sehen, über welche Macht sie geboten. Seit die Mütter das Tal verlassen hatten, hatten sie alle darauf gewartet, welche Art Kräfte die Emeris entwickeln würden. Es schien, als ob Aegid und Kalad den schlimmsten Albtraum, den ihre Heimat zu bieten hatte, mit sich genommen hatten. Im Moment konnte Casto über die Konsequenzen nicht nachdenken, aber er verwahrte den Gedanken irgendwo in seinem Hinterkopf, um ihn später zu begutachten. Das war eine alte Angewohnheit aus seinen Tagen in Ummana und hatte damals viel dazu beigetragen sein Überleben zu sichern.

Egands Schreie verstummten. Nur hin und wieder dachte der König, dass er noch ein gedämpftes Wimmern voller Schmerz hören konnte, dann fiel der Sand in sich zusammen und verschwand, als ob es ihn nie gegeben hätte. Aegid und Kalad standen allein da. Von ihrem Feind war keine Spur geblieben. Nur ein paar fahle Knochen lagen auf dem Boden, aber sie sahen so alt aus, dass Casto sich nicht sicher war, ob sie wirklich von dem Meisterdieb stammten. Die Schultern vor Trauer gesenkt kehrten die Krieger zu Darans leblosem Körper zurück. Es schien beinahe so, als wären sie sich der Bedeutung ihrer Tat nicht bewusst.

So vorsichtig wie möglich wickelten die Brüder den Dieb in Kalads Mantel. Dann hob Aegid ihn auf, als wäre er ein Neugeborenes. Sic und Casto folgten ihren Begleitern mit gesenkten Köpfen. Der Verlust, den sie gerade erlitten hatten, wog schwer in ihrem Geist. Sic weinte offen. Er hatte Daran wirklich gemocht. Auch Casto war voller Trauer, aber sie war auch mit Wut vermischt. Als sie den Eingang zum Tunnelsystem erreichten, drehte er sich um, um noch einen letzten Blick auf diesen verfluchten Ort zu werfen, der ihnen etwas so Wertvolles geraubt hatte. Seine Augen waren blind vor Wut und bevor er es wusste, hatte er bereits seinen Geist mit den Fackeln verbunden, die dort immer noch brannten. Mit einem gutturalen Schrei ließ er all seine zurückgehaltenen Gefühle frei. Das Feuer raste wie ein wütendes Raubtier los, fand ein passendes Ventil in den Fackeln und brannte mit unwiderstehlicher Kraft durch die Tunnel, angetrieben und genährt von den Gefühlen des Königs. Casto kümmerte es nicht, dass die meisten Männer, die dort gewesen waren, um ihnen einen Hinterhalt zu stellen, bei lebendigem Leibe verbrannten. In seiner Wut hieß er die Schreie der Sterbenden, die er mehr fühlte als hörte sogar willkommen. Daran war tot und diese Männer zu opfern konnte nicht einmal ansatzweise seinen Verlust ausgleichen.

Es war Sic, der seinen Freund zurück in die Realität holte.

„Komm, Casto. Sie brauchen uns jetzt."

Mit einem tiefen Seufzen wandte der König sich ab. Er konnte spüren, wie das Feuer seine Kraft verlor. Die Zisternen und die Tunnel waren größtenteils aus Stein erbaut, darum hatten die Flammen nichts, um ihre Wut zu nähren. Es bestand nicht die Gefahr einer Feuersbrunst, die ganz Kwarl zerstören konnte. Casto wusste, dass es dumm gewesen war, seiner Wut freien Lauf zu lassen. Der Barbar war nicht hier, um die Kontrolle über das Feuer zu übernehmen, was bedeutete, dass sein kleiner Ausbruch sich leicht in eine Katastrophe hätte wandeln können. Er hatte sich immer noch nicht an die tödlichen Kräfte gewöhnt, die er jetzt entfesseln konnte, ein Problem, um das er sich eher früher als später würde kümmern müssen, das er im Moment jedoch noch mied. An dieses bestimmte Problem war zu viel emotionaler Ballast geknüpft, als dass er sich damit auseinandersetzen wollte. Und jetzt war eindeutig nicht die Zeit, darüber nachzudenken. Es war wichtiger, seine Waffenbrüder in ihrer Stunde der Not zu unterstützen.

Am Gasthaus angekommen, brachten Aegid und Kalad Darans Leiche in ihr Zimmer. Sic und Casto stellten die Ehrenwache vor der Tür. Sie waren beide so bestürzt, dass sie kaum miteinander sprachen. Zum ersten Mal seit ihrer Abreise aus dem Tal vermisste Casto seinen Ehemann aus tiefstem Herzen. Die Reise nach Kwarl war seine Chance gewesen, Renaldo seine Unabhängigkeit zu beweisen, ihm zu zeigen, dass er ohne ihn zurechtkam. Aber gerade im Moment hätte Casto alles gegeben, um den Barbaren an seiner Seite zu haben. Wenn der Todesengel hier gewesen wäre, würde Daran immer noch leben, dessen war Casto sich sicher.

Auch Sic sehnte sich nach Noran. Um Casto glücklich zu machen, hatte er zugestimmt, ihn auf dieses kleine Abenteuer zu begleiten, aber er vermisste den Meisterschmied. Es war ihm schwergefallen, zu gehen, weil Noran so dagegen war und jetzt bereute er es zutiefst. Obwohl ihre Gespräche sich bis jetzt nur um das Geschäft gedreht hatten, hatte er begonnen, sich in der Nähe seines früheren Herrn wieder wohl zu fühlen. Es war ein Gefühl der Sicherheit, das er aus der Zeit wiedererkannte, als Noran ihn Dalwon abgekauft hatte. Jetzt sehnte er sich nach diesem Gefühl – nein, er verzehrte sich sogar danach – aber seine persönlichen Bedürfnisse mussten warten, bis sie wieder nach Hause kamen. Im Moment brauchten seine Waffenbrüder ihn. Seufzend vergrub Sic sein Gesicht in den Armen.

In ihrem Zimmer hatten Aegid und Kalad Daran die Kleider ausgezogen und begonnen, ihn zu waschen. Sie schwiegen, da sie beide von dem Verlust noch zu schockiert waren, von dem sie immer gewusst hatten, dass er unvermeidlich war. Aegid sprach zuerst. Er benutzte die Sprache der Wüstenstämme, eine Sprache, die nur noch er und Kalad kannten. Sie hatten auch Daran die Worte ihrer Väter beigebracht, darum war es passend, sie jetzt zu benutzen.

„Ich erinnere mich daran, wie wir ihm das erste Mal begegnet sind, hier, auf dem Markt. Er war so wunderschön. Und so ungeschickt. Ein grauenvoller Dieb."

„Aber ein wunderbarer Liebhaber. Ich erinnere mich, wie es war, ihn das erste Mal zu besitzen. Es war ein Rausch, den man nicht einmal vom süßesten Wein bekommen kann."

„Ich erinnere mich an seine Großzügigkeit. Er hat uns immer vergeben, ganz egal, was wir getan haben. Sein Herz war rein."

„Ich erinnere mich an seine Hingabe. Seine Liebe. Er hat nur für uns gelebt."

„Ich erinnere mich an sein Lachen. Er hatte denselben Humor wie wir und er hat nie gezögert, seine Erheiterung zu zeigen."

„Ich erinnere mich …"

„Ich erinnere mich …" Bis in die frühen Morgenstunden ehrten sie die Liebe ihres Lebens. Mit jedem Satz wurde die Liebe, die sie für Daran empfunden hatten tiefer in ihre Herzen eingegraben, machte den Verlust, den sie erlitten hatten, unerträglicher. Ihre Einheit mit Daran, die in solch kurzer Zeit erwachsen war, war zu einem unersetzlichen Teil ihrer selbst geworden. Und zum ersten Mal, seit sie sich kennengelernt hatten, war es nicht sicher, ob sie wieder die Stärke des jeweils anderen sein konnten.

ALS DIE Sonne aufging, verließen Aegid und Kalad das Zimmer.

„Wir werden Kleidung und ein paar andere Gegenstände kaufen, um ihn angemessen nach Hause bringen zu können."

Sic lächelte seine Wüstenbrüder traurig an.

„Ich werde bei ihm bleiben. Er wird nicht alleine sein."

In einer Geste stiller Dankbarkeit legte Kalad seine Hand auf Sics Arm.

„Wo ist Casto?"

„Er sieht nach den Pferden und bereitet alles für unsere Abreise vor."

Die Wüstenbrüder nickten zustimmend und verließen das Gasthaus. Vom Fenster beobachtete Sic eine Weile ihre sich entfernenden Gestalten, bevor er das Zimmer betrat, in dem Daran ruhte. Sic fühlte sich zittern, als er auf den leblosen Körper des Diebes schaute. Seine Besitzer hatten alle Spuren von Gewalt von seiner Haut gewaschen und es schien beinahe so, als ob er nur schlafen würde. Aber etwas, vielleicht ein kalter Hauch Endgültigkeit oder einfach nur die Abwesenheit von Leben, machte klar, dass Darans Lachen für immer verklungen war. Sic kniete neben dieser außergewöhnlichen Person nieder, die nicht nur das Leben von Aegid und Kalad verändert hatte. Liebevoll streichelte er das seidige schwarze Haar. Er fühlte sich leer. Selbst seine Trauer war in sich zusammengefallen. Ohne zu wissen, was er tat oder sich dessen bewusst zu sein, begann Sic, mit Daran zu sprechen.

„Das war nicht deine beste Idee, jetzt zu sterben. Du musst doch wissen, wie sehr sie dich brauchen. Du bist unersetzlich für sie und um ehrlich zu sein, kann ich mir die beiden ohne dich nicht vorstellen. Was hast du dir dabei gedacht, uns einfach so zu verlassen? Ich weiß wirklich nicht, wie ich Aegid und Kalad trösten soll. Ihre Verzweiflung ist wie ein schwarzes Loch, das alles Licht verschlingt. Ich habe sie noch nie so gesehen, so vollkommen verloren. Deswegen habe ich endlich verstanden, wie sehr sie, wie sehr wir alle, dich für selbstverständlich gehalten haben. Wann immer ich an die beiden denke, bist du Teil dieses Gedankens. Es macht mir Angst, dass sich das jetzt ändert."

Sic zögerte. Es war einfach so unglaublich unfair, dass eine Person, die so geliebt und angebetet wurde wie Daran, gezwungen war, die Welt zu verlassen und dabei jenen, die zurückbleiben mussten, unerträglichen Schmerz bereitete. Welche Art Ordnung rechtfertigte einen solch monströsen Akt? Daran hatte so viel, für das es sich zu leben lohnte und war brutal aus seinem glücklichen Traum gerissen worden, während andere, die vielleicht um den Tod beteten, weiterhin den Albtraum ihres Lebens ertragen mussten. Etwas in Sic riss. Ein Druck, der sich sein ganzes Leben lang aufgebaut hatte, fand endlich ein Ventil und befreite, was er verzweifelt zu ignorieren versucht hatte. Der Luksari regte sich. Die uralte Macht, die in seiner Seele vergraben war, reagierte auf Sics Verzweiflung und nahm die Herausforderung an. Der Schmied wurde von seiner eigenen Natur überwältigt, aber entgegen seiner größten Furcht war es dieses Mal nicht angsteinflößend. Es öffnete einfach nur seine Augen.

Sic blinzelte. Daran war in Schatten gehüllt. Dunkelheit bedeckte seinen Körper in einer liebevollen Umarmung. Und zum ersten Mal war der Schmied in der Lage, über seine eigene Trauer hinauszusehen und den Frieden zu begreifen, den der Dieb bekommen hatte. Der Tod war wirklich nicht so grausam, wie er gedacht hatte. Er war ein Geschenk. Er kam nicht immer zur richtigen Zeit und wurde in den meisten Fällen ganz gewiss nicht dankbar angenommen, aber er war dennoch ein Geschenk. Ein Geschenk, das er wieder nehmen konnte. Das Wissen war mit einem Mal da, als ob eine verlorene Erinnerung neue Farbe angenommen hätte. Licht entströmte Sics Körper, blendete mit seiner Hitze und Helligkeit. Ranken streckten sich zögerlich der Dunkelheit um Daran entgegen, brachten die Schatten zum Zittern. Es war so einfach und doch das Schwierigste, was Sic je getan hatte. Auf gar keinen Fall würde er seinen Freund aus seinem Schlaf reißen, ohne ihn erst um seine Zustimmung gebeten zu haben.

„Kannst du mich hören, Daran? Wenn ja, dann hör mir bitte zu. Ich kann dich zurückbringen, ich kann dafür sorgen, dass die Schatten verschwinden, aber nur, wenn du das willst. Ich bin mir nicht sicher, ob ich mich daran erinnere, wie es ist, zu sterben. Soweit ich weiß, bedeutet es Frieden und ich werde dir keinen Vorwurf machen, wenn du in diesem Zustand bleiben möchtest. Aber wenn du Kalad und Aegid wirklich liebst, wenn du das je getan hast, dann bitte zieh in Betracht, zurückzukommen. Ohne dich sind sie verloren."

Für scheinbar lange Zeit geschah gar nichts und Sic war bereit, sich zurückzuziehen, als die Schatten zu flackern begannen. Der Friede wurde von einem anderen, winzigen Licht gestört, nicht mehr als ein schwaches Glühen in der Dunkelheit. Das war die Antwort, die Sic gebraucht hatte. Er fühlte, wie sein Licht explodierte, sich um Darans Körper legte, die Schatten aufbrach, sie verschlang, als Leben, herrliches Leben zurück in die Leere strömte. Es gab ein Krachen, als ob etwas explodiert wäre und dann erschien ein solch blendend helles Licht, dass selbst Sic für einen Moment die Augen schließen musste. Als er sie wieder öffnete, war seine Sicht wieder normal. Er sah zu, wie die Farbe in Darans Wangen zurückkehrte. Seine Brust bebte und begann sich dann im uralten Rhythmus regelmäßigen Atmens zu heben und zu senken. Die langen, eleganten Finger zuckten. Seine Augenlider flatterten wie eine neugeborene Libelle, die ihre Flügel erprobte. Er setzte sich auf und schaute sich verwundert im Raum um.

„Lord Sic? Seid Ihr hier? Ich habe Eure Stimme gehört."

Sic war blass wie ein Leichentuch. Er wusste nicht, ob er sich freuen oder sich fürchten sollte. Für einen Moment zog er die Möglichkeit in Betracht, dass sein Mangel an Schlaf und die traumatischen Ereignisse der letzten Stunden ihn halluzinieren ließen, aber ganz egal, wie er es betrachtete, Daran war zurück. Verwirrt, aber zurück.

„Ich bin Eurem Licht gefolgt, mein Herr."

Ehrfürchtig berührte Sic die Haut, die nicht länger kalt war, sondern wieder warm und weich.

„Ich kann das nicht glauben. Du warst tot. Ich habe gesehen, wie du gestorben bist."

Unsicher runzelte Daran die Brauen.

„Ich erinnere mich an die Gesichter meiner Herren. Dann wurde alles dunkel. Ich konnte mich nicht bewegen und ich war so müde. Als Ihr angefangen habt, zu sprechen, war ich froh. Ich wollte nicht schlafen. Vielen Dank, dass Ihr mich gerufen habt."

Tief bewegt lächelte Sic seinen Freund durch einen Schleier aus Tränen an. Dann erinnerte er sich mit einem Mal an etwas.

„Könntest du dich bitte umdrehen? Ich will deinen Rücken sehen."

Daran gehorchte auf der Stelle. Wo der Dolch ihn getroffen hatte, war eine verblasste Narbe zu sehen, aber sie verschwand, während Sic noch darauf starrte. Daran war wieder heil.

„Herr, bitte sagt mir, was passiert ist. Wo sind meine Besitzer?" Daran zögerte für einen Moment. „Und wo ist Egand?"

„Über ihn wirst du dir nie wieder Sorgen machen müssen. Kalad und Aegid haben ihn auf brutalste Weise bestraft. Was dich betrifft – du warst tot. Ich habe mit meinen eigenen Augen gesehen, wie der Dolch dein Herz durchstoßen hat. Deine Herren haben die ganze Nacht um dich getrauert. Jetzt sind sie gegangen, um jene Dinge zu kaufen, die nötig sind, um dich angemessen nach Hause zu bringen."

Daran zuckte zusammen und senkte den Blick. Erst jetzt begann er, die Schwere seiner Handlungen zu verstehen.

„Ich habe Euch sehr viel Ärger bereitet. Das tut mir wirklich leid."

„Das ist in Ordnung. Sobald sie sehen, dass du wieder am Leben bist, werden sie außer sich vor Freude sein. Ich bin mir sicher, dass dir vergeben werden wird."

Ein Schluchzen entkam Darans Lippen, was Sic dazu brachte, ihn fest zu umarmen.

„Shh, kein Grund zu weinen. Sei froh, dass du noch am Leben bist. Alles andere wird sich finden."

„Es tut mir so leid. Ich kann anscheinend nicht aufhören. Es ist einfach zu viel."

Wimmernd hielt Daran sich an Sic fest, der seinen Rücken beruhigend streichelte, während die Ereignisse der Vergangenheit langsam einsanken. So fanden Aegid und Kalad sie.

DIE WÜSTENBRÜDER waren voller Trauer über den Markt gegangen, hatten mit schweren Herzen all die Dinge gekauft, die sie für die Beerdigung ihres Sklaven brauchen würden. Sie hatten teure Kleidung, Schmuck, Gewürze und zwei Schmuckdolche erworben. All diese Reichtümer würden Daran auf seiner letzten Reise in die Grünen Lande begleiten. Diese Dinge zu kaufen, hatte eine schreckliche Endgültigkeit, half den Brüdern aber auch, die neue Realität zu akzeptieren. Als sie zum Gasthaus zurückkehrten, hörten sie schluchzende Geräusche aus ihrem Zimmer, die ihnen nur allzu vertraut waren. In ihrer Hast, zur Tür zu kommen, stolperten sie beinahe übereinander. Was sie sahen, ließ sie erstarren.

Sic saß auf dem Bett, hielt den weinenden Daran. Daran, der kalt und leblos daliegen sollte. Daran, der in ihren Armen gestorben war.

Der Dieb bemerkte seine Herren. Er löste sich aus Sics Umarmung und wankte auf die Wüstenbrüder zu. Direkt vor ihnen blieb er stehen, die Augen voller Liebe und Hoffnung. Dann sank er auf die Knie.

„Es tut mir so schrecklich leid, Herren. Ich war ungehorsam und habe euch enttäuscht."

Er konnte nicht weitersprechen. Starke Hände hoben ihn hoch und dann ertrank er in der warmen Umarmung seiner Besitzer. Über dem donnernden Hämmern seines eigenen Herzens hörte und fühlte er die ängstlichen Herzschläge seiner Herren. Er sank in die Liebe, die sie für ihn empfanden und badete in ihrer Zuneigung, die großzügig all seine Unzulänglichkeiten vergab. Ohne Zweifel würde er später für seine Taten bezahlen, aber im Moment zählte nur die Wärme seiner Besitzer.

Daran wusste nicht, wie lange sie so dagestanden waren. Ihm war nicht einmal aufgefallen, dass Sic das Zimmer diskret verlassen hatte. Er war vollkommen im Moment gefangen, inhalierte den Geruch seiner Herren und reagierte willig, als sie den Schock über ihren Verlust mit ungezügelter Leidenschaft wettmachten. Wo auch immer sie ihn berührten, schien seine Haut zu brennen, ihre Lippen hinterließen flammende Pfade, die sein Fleisch durchdrangen. Er nahm die Brüder immer und immer wieder auf, voller Hunger und Sehnsucht, bis er vollkommen erschöpft war.

Als Daran sich erholt hatte, hielten Aegid und Kalad ihn fest, während er ihnen mit monotoner Stimme seine Sünden gestand.

„Ich war ungehorsam, Herren. Ich habe auf dem Markt einen alten Freund getroffen und ihm gestattet, mich zu überzeugen, ihn zu begleiten. Ich habe ohne zu zögern die Konsequenzen in Kauf genommen."

Kalad hob Darans Kinn an.

„Warum? Wir hätten niemals gedacht, dass du zu solchem Ungehorsam fähig bist."

„Ich hatte Angst, dass er mir folgen würde, wenn ich ablehne. Der Gedanke, dass ihr herausfinden könntet, in welcher Gesellschaft ich gelebt habe und wie …"

„Daran. Wir haben dich kennengelernt, als du versucht hast, uns zu bestehlen. Wir haben keine falschen Vorstellungen über deine Herkunft."

Aegids Stimme war sehr sanft. Beschämt wandte Daran den Kopf ab.

„Das ist mir klar. Dennoch habe ich mich geschämt. Ich konnte nicht zulassen, dass er Euch trifft."

„Wie passt dein Stiefvater in dieses Szenario?"

„Es war eine Falle. Egand schien gewusst zu haben, dass ich in Kwarl war und hat Gar befohlen, mich zu der Taverne zu bringen, wo er mich entführt hat. Ich habe ihm gesagt, dass ich nur ein Sklave bin, aber er hat mir überhaupt nicht geglaubt. Er dachte, ich wollte ihm das Geld vorenthalten, das ihm seiner Meinung nach zustand."

„Er hat eindeutig bekommen, was ihm zusteht. Du musst dir um ihn keine Sorgen mehr machen, kleiner Dieb."

Liebevoll küsste Kalad Daran auf den Mund.

„Und wir hoffen, dass du uns nie wieder belügen wirst. Du kannst uns Vertrauen und wir sind gewiss nicht so oberflächlich, einen Mann alleine nach seiner Herkunft zu beurteilen."

Röte überzog Darans Wangen. Er war von seinem eigenen, unehrenhaften Verhalten beschämt.

„Wie könnt Ihr mir gegenüber so nachsichtig sein? Ich habe Euch so sehr enttäuscht!"

„Du bist wirklich dumm, nicht wahr? Wir lieben dich. Dich zu verlieren hat uns auf eine Weise getroffen, die wir niemals in Worte werden fassen können."

Trotz des ernsten Gespräches war Aegids Stimme voller Leidenschaft. Seine Augen glitzerten boshaft.

„Natürlich wirst du bestraft werden, sobald wir zurück ins Tal kommen, aber wir sind einfach nur wirklich froh, dich wiederzuhaben. Von jetzt an werden wir dich nie wieder gehen lassen."

IMMER NOCH überrascht starrte Sic seinen besten Freund an. „Ich weiß nicht, ob ich deinen Mangel an Interesse gut oder besorgniserregend finden soll."

Die Nachricht, dass Daran von den Toten zurückgekehrt war, schien Casto nicht wirklich zu bewegen. Im Gegenteil, er schien vollkommen ungerührt, als er seinen durchdringenden Blick auf Sic richtete.

„Ich bin der Gefährte eines Gottes, Bruder eines Dämons des Chaos, der die Gestalt eines Pferdes angenommen hat. Ich habe mit meinen eigenen Augen gesehen, wie mein Ehemann eine Explosion überlebt hat, die eine ganze Stadtmauer in Stücke gerissen hat und die Frau meines Schwagers kann Menschen mit der Kraft ihrer Gedanken heilen. Und jetzt finde ich heraus, dass mein bester Freund nicht nur eine Kreatur aus reiner Magie ist, sondern auch die Toten zurückbringen kann. Es ist schön, dass Daran zurück ist, aber ich bin nicht wirklich überrascht."

„Bist du sicher, dass du ein Mensch bist?" Sic konnte es nicht glauben. Casto starrte ihn mit angespanntem Gesichtsausdruck an, was den Schmied schaudern ließ.

„Ich bin kein Mensch. Nicht mehr. Und du auch nicht." Er wandte sich ab, seine Stimme wurde ein wenig weicher. „Um ehrlich zu sein, bin ich vor allem erleichtert. So sehr, dass mich im Moment nichts anderes kümmert."

Sic musterte seinen Freund sorgenvoll. „Ich hoffe, dass du dir nicht selbst die Schuld gibst, oder?"

Wütend ballte Casto die Fäuste. „Natürlich tue ich das nicht. Vielleicht ein wenig. Vor allem bin ich wütend, dass die Dinge nicht glatt gelaufen sind. Schließlich war es meine Idee, hierherzukommen. Ich habe meinen Willen gegen den des Barbaren gestellt und so die Voraussetzung für diesen Schlamassel geschaffen. Wenn ich Renaldo gehorcht hätte, wäre nichts von all dem geschehen."

„Oh, Casto. Es sieht dir nicht ähnlich, dich selbst so zu quälen. Der Todesengel hatte dich eingesperrt. Es liegt in deiner Natur, dich dagegen aufzulehnen."

Casto lehnte seine Stirn an Sics Schulter.

„Es ist nett von dir, das zu sagen und du hast vollkommen recht, aber das ändert weder die Tatsache, dass es mein Temperament war, das uns hierhergebracht hat, noch dass der Barbar diesen Vorfall bei zukünftigen Auseinandersetzungen gegen mich verwenden wird. Von jetzt an hat er einen größeren Hebel, was es noch schwieriger machen wird, mit ihm umzugehen. Im Moment will ich einfach nur so schnell wie möglich nach Hause und mir vielleicht noch ein paar gute Antworten für die Diskussion ausdenken, die Renaldo und ich sicher haben werden."

Sic schauderte. Er hatte immer gewusst, dass Casto eine rücksichtslose, kaltblütige Person war und in diesem Moment fragte er sich, wie es ihm gelungen war, sich mit jemandem anzufreunden, dessen Charakter das genaue Gegenteil seines eigenen war. Andererseits war Sic sich nicht ganz sicher, wie viel von Castos Verhalten nur Fassade war, um seine wahren Gefühle zu verbergen. Casto zu verstehen, war eine Aufgabe, die man nicht innerhalb eines Lebens lösen konnte. In dem Versuch, seinen Freund aufzuheitern, tätschelte Sic dessen Schulter.

„Du hast Glück. Aegid und Kalad empfinden dasselbe. Sie wollen auf der Stelle abreisen. Es ist bereits Nachmittag, aber selbst mit den Pferden, die du gekauft hast, können wir immer noch ein paar Leagues zwischen uns und Kwarl legen."

„Dann sag ihnen, dass wir in einer halben Stunde reiten. Ich will sobald wie möglich aus dieser dämlichen Stadt heraus."

Immer noch leicht besorgt über die seltsame Stimmung, in der sein Freund sich befand, kehrte Sic ins Gasthaus zurück, um mit den Wüstenbrüdern zu sprechen. Eine halbe Stunde später reisten sie ab, nachdem Daran sich auf den Knien bei Casto entschuldigt hatte.

Während sie ritten, stellten Aegid und Kalad sicher, dass Daran sich stets zwischen ihnen befand. Sie berührten ihn die ganze Zeit, als ob sie sich versichern wollten, dass er wirklich zu ihnen zurückgekehrt war. Darans Gesichtsausdruck wechselte zwischen Freude und Furcht, da er sich der Strafe, die ihn noch erwartete, bewusst war. Gleichzeitig war er einfach glücklich, wieder bei seinen Herren zu sein und willens, alles zu ertragen, was sie für angemessen hielten.

Als die Sonne unterging, wählten sie ein Lager neben der Straße und verzehrten ein leichtes Abendessen. Die meiste Zeit über schwiegen sie, jeder der Männer in seinen eigenen Gedanken verloren. Es war eine ominöse Stille, aber nicht unangenehm. Sie hatten zusammen Dinge erlebt, die nicht unausgesprochen bleiben konnten. Dennoch war keiner von ihnen willens, das Thema als Erster anzuschneiden. Es war Casto, der den Bann schließlich in seiner üblichen, geradlinigen Art brach. Die Flammen des Lagerfeuers warfen flackernde Schatten auf sein Gesicht, ließen ihn bedrohlicher erscheinen, als er es wahrscheinlich wollte, als er Daran direkt ansprach.

„Gibt es einen besonderen Grund, warum du so leicht in die Arme deines Stiefvaters gefallen bist oder haben wir unser Leben wegen einer Nichtigkeit riskiert?"

Wimmernd senkte Daran den Kopf. Er hatte gewusst, dass er sich nicht nur vor Aegid und Kalad für seine Taten würde verantworten müssen, aber es machte ihm Angst, von Casto befragt zu werden. Der König hatte sich seit ihrer Rückkehr aus Ummana verändert. Er hatte die letzten Spuren jugendlichen Übermutes verloren und wurde seinem Gefährten mit jedem Tag ähnlicher, nutzte die Macht, die sein Status ihm gab, mit lässiger Selbstverständlichkeit und erwartete dabei nichts anderes als absoluten Gehorsam von allen anderen. Kalad schlang schützend seine Arme um Daran, seine Augen waren von Sorge umschattet.

„Können wir das später machen, Casto? Daran hat für den Moment genug gelitten."

„Nein, könnt ihr nicht."

Die Stimme, die durch die Nacht hallte, war voller Zorn. Renaldo trat in den Kreis aus Licht, seine ausdrucksstarken grauen Augen leuchteten bedrohlich. Casto erhob sich anmutig, gestattete es seinem Gefährten, ihn zu umarmen. Diese offene Zurschaustellung von Zuneigung war für Sic Beweis genug, dass die Ereignisse des letzten Tages den König tiefer getroffen hatten, als er es zuerst angenommen hatte. Der Todesengel hielt seinen Geliebten in einer engen Umarmung, der Ausdruck auf seinen perfekten Zügen war schwer zu beschreiben. Dann bewegten die Schatten hinter Renaldo sich und Noran trat vor.

„Meister!"

Ohne nachzudenken, flog Sic in Norans Arme. Er war so erleichtert, seinen früheren Besitzer zu sehen, dass es ihn nicht kümmerte, was seine Brüder von ihm denken mochten. Auch er fühlte die Last der Dinge, die geschehen waren. Verglichen dazu, schien seine Beziehung zu dem Meisterschmied ziemlich leicht zu reparieren zu sein. Sic schloss seine Augen und inhalierte zwei-, dreimal den beruhigenden Geruch des stämmigen Mannes, bevor er wieder zurücktrat. Bevor auch nur einer von ihnen eine Begrüßung murmeln konnte, übernahm Renaldo die Führung. Er musterte Daran, der zwischen seinen Herren blass geworden war.

„Ich warte immer noch auf eine Erklärung, Sklave. Und wenn du schon dabei bist, würde ich liebend gerne herausfinden, warum ich mitten in der Nacht von Castos Panik aus dem Schlaf gerissen wurde."

Aegid und Kalad tauschten einen kurzen Blick. Sie hatten sich schon gefragt, was der Todesengel so nahe an Kwarl wollte. Offensichtlich war seine Verbindung zu Casto sogar noch stärker, als sie alle es für möglich gehalten hatten.

„Ich warte immer noch, Daran."

An der Ungeduld des Gottes bestand kein Zweifel. Den Blick immer noch zu Boden gerichtet und mit zitternder Stimme berichtete Daran, was geschehen war. Er redete seine Motive nicht schön und versuchte nicht, sein Handeln in einem besseren Licht erscheinen zu lassen, denn obwohl er große Angst vor dem Todesengel hatte, war er doch kein Feigling, sondern ein Mann, der zu seinen Fehlern stand. Das ließ seine Besitzer vor Stolz beinahe platzen. Nachdem Daran geendet hatte, wandte Renaldo sich an sein Herz.

„Was mich zu dir bringt. Möchtest du mir erklären, warum du dich in Gefahr gebracht hast?"

Castos blaue Augen leuchteten gefährlich auf. Anders als Daran hatte er keine Angst vor seinem Ehemann und der Tonfall des Todesengels gefiel ihm überhaupt nicht.

„Was wollt Ihr andeuten, Barbar?"

„Ich denke, du weißt ganz genau, was ich andeute. Also, warum hast du diese beiden Idioten auf ihrer Mission begleitet?"

Bei diesen Worten warf er Aegid und Kalad einen drohenden Blick zu.

„Weil sie meine Waffenbrüder sind. Weil ich Daran mag. Und weil es meine Verantwortung war. Ich bin der Anführer dieser Gruppe und ich will verdammt sein, wenn ich beim ersten Anzeichen von Gefahr hinter ihren Schilden in Deckung gehe."

Renaldo packte seinen Gefährten so fest, dass sie alle hören konnten, wie die Knochen knackten.

„Deine erste und einzige Verantwortung ist mir gegenüber, Sklave. Du gehörst mir und mir allein. Es ist deine Pflicht, mir zu gehorchen. Ich hatte dir den Befehl gegeben, vorsichtig zu sein, aber du hast meine Anweisungen einfach ignoriert. Jetzt musst du die Konsequenzen ertragen."

Das Lagerfeuer flammte auf, als Castos Hände sich auf die Arme seines Gefährten legten, seine blauen Augen von reinem Zorn verdunkelt.

„Ich bin ein freies Mitglied des Rudels. Ihr wart es, der mir diese Freiheit gegeben hat, Barbar. Ihr fangt besser an zu akzeptieren, dass ich meine eigenen Entscheidungen treffe."

„Casto! Das reicht! Ich hatte vorgehabt, das erst zu tun, wenn wir zurück im Tal sind, aber du lässt mir keine Wahl."

Während er immer noch gnadenlos sein Herz festhielt, wandte der Todesengel sich an Kalad.

„Hol mir eine Peitsche. Und du", seine Augen durchbohrten Daran, „zieh dein Hemd aus."

Zitternd gehorchte Daran. Aegid wollte etwas sagen, aber ein Blick auf das maskengleiche Gesicht seines Gottes und er schwieg. Renaldo war außer sich vor Wut. Kalad brachte eine Peitsche, seine Augen flehten seinen zornigen Gott stumm an, aber er wurde einfach ignoriert. Die Befehle des Todesengels wurden mit kalter Stimme gegeben.

„Aegid, binde Daran an den Baum da drüben. Noran, Sic, ihr haltet Wache. Casto, zieh dein Hemd aus."

Der König schüttelte den Kopf. Er war der Einzige, der von Renaldos Stimmung nicht eingeschüchtert war.

„Vergesst es, Barbar. Ich werde Euch nicht gestatten, mich auszupeitschen."

Renaldo schaute seinen Gefährten nicht einmal an, als er antwortete.

„Tu, was dir gesagt wird. Es sei denn, du möchtest mich noch wütender machen, als ich es ohnehin schon bin. Vergiss nicht, ich werde Daran vor dir bestrafen – und er ist nur ein Mensch."

Casto knirschte mit den Zähnen. „Das ist Erpressung!"

Der Todesengel hielt sich nicht damit auf, zu antworten. Mit ausdruckslosem Gesicht sah er zu, wie Casto sein Hemd auszog. Dann fesselte er ihn neben Daran an einen weiteren Baum. Aegid und Kalad standen beim Feuer, die Fäuste geballt. Renaldo brachte sich hinter Daran in Position, die Peitsche in der Hand.

„Du weißt, warum ich dich bestrafe?"

Der Dieb schluckte.

„Ja, Herr, das weiß sich."

„Gut für dich."

Dann begann Renaldo, den Dieb auszupeitschen. Er schonte weder seinen Arm noch Darans Rücken und die Schreie des jungen Mannes hallten durch die Nacht. Als sein Rücken mit Blut bedeckt war, hörte der Todesengel auf.

„Für die Nacht bleibt er so. Ihr könnt euch morgen um ihn kümmern."

„Mein Lord."

Aegid wollte seinen Gott umstimmen, der abweisend den Kopf schüttelte. „Das ist Teil seiner Strafe. Genau wie die Schmerzen, die er ertragen wird, bis wir das Tal erreichen. Sobald wir dort sind, kümmert es mich nicht, wenn ihr Noemi darum bittet, ihn zu heilen, aber ich will, dass er für seine Sünden bezahlt. Wegen ihm war mein Herz in Gefahr. Auf gar keinen Fall werde ich das durchgehen lassen. Seid dankbar, dass ich ihn so leicht davonkommen lasse."

Geschlagen senkte Aegid den Blick. „Wie mein Lord wünscht."

Renaldo konzentrierte sich jetzt auf Casto. „Ich nehme an, du weißt nicht, warum ich dich bestrafe?"

Casto schnaubte abfällig. „Haltet Euch nicht zurück, Barbar, aber seid versichert, dass ich das so schnell nicht vergessen werde."

„Deine Sturheit ist hier fehl am Platz. Du solltest ein wenig Demut zeigen."

Darauf antwortete Casto nicht. Er starrte fest auf die Rinde des Baumes, an den er gebunden worden war und ertrug die Schläge, ohne einen einzigen Laut von sich zu geben. Als es vorbei war, warf Renaldo die Peitsche auf den Boden.

„Ich hoffe, ihr habt beide eure Lektion gelernt. Ihr könnt den Rest der Nacht damit zubringen, über eure Fehler nachzudenken."

Er machte es sich am Lagerfeuer bequem. Daran drehte seinen Kopf zu Casto.

„Es tut mir leid, Herr. Das ist alles meine Schuld."

„Ist es nicht, Daran. Deine Eigenmächtigkeit war nicht gut, aber es war meine Entscheidung, deine Herren zu begleiten. Das konntest du nicht ändern, also hör auf, dir deswegen Sorgen zu machen. Versuch, ein wenig Schlaf zu bekommen. Der Ritt morgen wird schwer werden."

Daran schloss seine Augen. Casto hatte es leicht. Seine Wunden würden am Morgen verheilt sein, während Daran nur hoffen konnte, dass er den Ritt mehr oder weniger in einem Stück überstehen würde. Daran wusste, dass er diese Strafe verdiente. Dennoch fürchtete er sich vor den Stunden der Pein, die ihn erwarteten.

Von dem Platz, den sie gewählt hatten, um nach sich nähernden Feinden Ausschau zu halten, lauschten Sic und Noran, als Darans schrille Schreie die friedliche Nacht in Stücke rissen. Sic zitterte, erinnerte sich nur zu gut daran, wie es sich anfühlte, wenn die gnadenlose Peitsche die Haut aufriss und das Blut zu fließen begann. Obwohl Ana-Isara die Narben auf seinem Körper geheilt hatte, konnte er immer noch ein Kribbeln spüren, dort, wo die schlimmsten Wunden gewesen waren. Sein Körper hatte nicht vergessen, was ihm angetan worden war. Sic schloss seine Augen, als die Erinnerungen ihn überwältigten. Erstaunlicherweise kam der schlimmste Schmerz nicht von der Peitsche, sondern von dem Wissen, dass er die Strafe verdient hatte, dass es immer noch nichts war im Vergleich zu dem, was er jenen, die er liebte, angetan hatte. Den Schmerz zu akzeptieren, machte es nur leichter, das zu ertragen, erhöhte aber auch das Gewicht auf den Geist, das nagende Gefühl, dass die Tat, die diese Schmerzen gebracht hatte, niemals angemessen gesühnt werden konnte.

„Sic!"

Norans Stimme schnitt durch den Nebel, den Darans Schreie erschaffen hatten. Immer noch schwindelig von der emotionalen Überlastung, starrte Sic den Meisterschmied an, nicht sicher, ob er sich etwas einbildete. Tränen sammelten sich in Norans Augenwinkeln und eine Pein schlimmer als die, die Sic gefühlt hatte, stand in sein Gesicht geschrieben.

„Es tut mir so leid, Sic, so unglaublich leid."

Langsam, zögerlich, streckte Sic die Hand nach dem Gesicht seines früheren Besitzers aus. Seine Fingerspitzen strichen so zart wie die Flügel eines Schmetterlings über die tränenverschmierten Wangen. Er war also nicht der Einzige, der von der Vergangenheit verfolgt wurde.

„Mir sollte es leidtun. Ich habe Euch verraten. Obwohl ich Euch geliebt habe, habe ich Euch nicht genug vertraut, um Euch die Wahrheit zu sagen. Am Ende habe ich Euch zum Handeln gezwungen."

Noran schluckte schwer. Noch zärtlicher als die Berührung seiner wahren Liebe, streckte er die Hand nach Sics Handgelenken aus.

„Nein. Ich hätte dir vergeben können, aber anstatt meine Augen der Wahrheit zu öffnen, habe ich etwas Unverzeihliches getan. Und jetzt wünschte ich mir, ich könnte die Zeit zurückdrehen und das ist einfach nicht möglich."

„Ich wünsche mir dasselbe. Ich will, dass dieser Schmerz endet. Ich will aufhören, darüber nachzudenken, was ich hätte tun sollen, was für einen schrecklichen Fehler ich begangen habe."

Sie sahen einander lange an. Darans Schreie hatten endlich aufgehört und die Stille der Nacht kehrte zurück. In den Augen des anderen sahen sie beide die Schuld und den Schmerz und das Bedauern, die sie fühlten. Es war beinahe so, als würde man in einen Spiegel starren. Und als sie endlich alles gesehen hatten, als sie beide ihre größte Schande dem anderen offenbart hatten, zersprang das Glas. In den Scherben erhob sich etwas anderes. Es war nicht die kindliche Bewunderung, die Sic für den Mann empfand, der ihn gerettet hatte, als er noch ein Kind gewesen war. Es war nicht die stille Zufriedenheit, die Noran immer dann verspürt hatte, wenn sein Lehrling ihm nahe war. Es war etwas, das viel tiefer und viel mächtiger war. Etwas, das mit der Zeit wachsen und stärker werden würde. Es war Liebe.

Die Stille um sie herum kristallisierte. So langsam, dass es beinahe schien, als würden sie sich gar nicht bewegen, näherten sich ihre Lippen einander, kamen sich Hand um bedeutungsvolle Hand näher. Als sie sich endlich trafen, oh, so leicht, durchliefen kleine Schocks der Erregung ihre Körper, machten sie noch empfindlicher gegenüber der Berührung des anderen. Sie beide ließen sich Zeit. Es war beinahe so, als ob dieser erste Kuss, den sie teilten, stellvertretend für ein ganzes Leben des Werbens stand. Nach einer Ewigkeit floss die Zeit zurück in den

Raum, den sie geschaffen hatten. Sic schmiegte sich an Noran und sie verbrachten den Rest der Nacht damit, die Seligkeit zu genießen, einander endlich zu verstehen.

AM NÄCHSTEN Morgen wurde Daran von Kalad geweckt. Sein Besitzer streichelte sanft seinen Kopf.

„Es ist Zeit, aufzuwachen, kleiner Dieb. Wir werden bald aufbrechen."

Ein wenig schwindelig blinzelte Daran in das helle Morgenlicht. Er fühlte sich steif, weil er die ganze Nacht festgebunden gewesen war, aber davon abgesehen ging es ihm gut. Erstaunlich, weil die Bestrafung brutal gewesen war. Ungläubig richtete er sich auf. Kalad musterte ihn mit Sorge in seinen strahlenden Augen.

„Langsam, kleiner Dieb. Stütz dich auf mich. Aegid hat bereits etwas Wasser erhitzt, damit wir deine Wunden versorgen können."

Vorsichtig bewegte Daran seine Schultern. Und fragte sich, ob er während der Auspeitschung den Verstand verloren hatte. Es schien, als würde sein Rücken überhaupt nicht schmerzen. Nur das getrocknete Blut spannte auf seiner Haut.

„Es geht mir gut, Herr. Überraschend gut."

Kalad legte eine Hand auf Darans Stirn.

„Du scheinst kein Fieber zu haben."

Dann strich er über den Rücken des Diebes. Seine Augen wurden groß.

„Aegid, komm her! Bring den Lappen mit!"

Der Hüne reichte seinem Wüstenbruder, worum dieser gebeten hatte und schaute überrascht zu, als Kalad begann, Darans Rücken mit heftigen Bewegungen zu reinigen.

„Langsam, Kalad. Du wirst ihm nur noch mehr wehtun."

„Das glaube ich nicht. Schau dir das an!"

„Das ist unmöglich!"

„Was ist los?" Casto näherte sich den drei Männern. Er trug bereits wieder sein Hemd und nichts an seiner Erscheinung zeigte, dass er dieselbe Bestrafung ertragen hatte wie Daran. Kalad deutete auf den Rücken des Diebes.

„Da sind keine Wunden."

„Wie kann das sein?"

Die Krieger starrten auf die glatte, unverletzte Haut, die unter dem getrockneten Blut schimmerte.

„Es scheint, als ob meine Vermutung sich bestätigt." Renaldo klang seltsam zufrieden. „Mir war sofort aufgefallen, dass etwas an ihm seltsam ist."

„Du hast es gewusst?" Kalad starrte seinen Gott wütend an, der drohend den Blick erwiderte.

„Ich war mir nicht ganz sicher. Und bevor du dich aufregst, erinnere dich daran, dass ihr alle diese Strafe verdient habt. Es ist sein Glück, dass die Wunden über Nacht verheilt sind, aber er hätte es auch verdient, den Schmerz zu ertragen, bis wir ins Tal kommen. Was euch betrifft, ihr habt so mit ihm gelitten, dass ich keine weitere Entschädigung fordere."

Kalad wollte eine scharfe Antwort geben, aber Aegid hielt ihn zurück.

„Wir verstehen, mein Lord. Und wir sind dankbar."

„Hört auf, ihm schön zu tun."

Castos Stimme war kurz angebunden. Es war offensichtlich, dass er seinem Gefährten noch nicht vergeben hatte. Für einen Moment legte er seine Hand in einer beruhigenden Geste auf Darans Schulter, dann wandte er sich ab. Die ganze Reise zurück ins Tal sagte er kein Wort mehr. Wann immer einer seiner Begleiter versuchte, sich ihm zu nähern, legte Lys die Ohren an und fletschte die Zähne, um die anderen Pferde auf Abstand zu halten. Nicht einmal Sic war es gestattet, neben seinem Freund zu reiten. Angesichts von Castos dunkler Stimmung war er auch nicht zu sehr darauf aus. Er war froh, seine Zeit mit Noran zu verbringen, auch wenn sie ebenfalls nicht viel redeten. Der Todesengel ritt voran, zeigte einen Gesichtsausdruck, der dem seines Gefährten ähnelte. Auch ihm wagte sich niemand zu nähern.

Als sie das Tal erreichten, ging Casto mit Lys in die Ställe, ohne seinen Ehemann oder seinen Begleitern noch eines weiteren Blickes zu würdigen. Canubis, der sie hatte willkommen heißen wollen, hob eine Braue, enthielt sich aber jeden Kommentars.

4.
REIFE

„DU SCHLÄFST jetzt seit einer Woche bei Lys. Denkst du nicht, es ist an der Zeit, meinem Bruder zu vergeben?"

Mit mildem Gesichtsausdruck sah Canubis zu, wie sein Schwager eine vielversprechende Falbstute sattelte. Die Bewegungen des jungen Mannes waren so anmutig wie immer, auch wenn sein Gesicht zu einer wütenden Maske gefroren war.

„Ich weiß nicht, warum ich das tun sollte."

Canubis seufzte. Wie erwartet, würde Casto es ihm nicht leicht machen.

„Du weißt, dass er es getan hat, weil er dich so sehr liebt, oder?"

Casto wirbelte schnell herum, seine Augen waren schwarz vor Wut. „Ich kann sehr gut ohne diese sogenannte Liebe auskommen!"

Seine Stimme zitterte, zeigte, wie sehr ihn das alles bewegte.

„Ich hasse es, wenn er seine Liebe als Entschuldigung benutzt, um mich einzusperren. Ich will, dass er mir vertraut und mich respektiert. Ich bin ein König und sein Gefährte, nicht ein billiges Spielzeug, das er benutzen kann, wie es ihm passt."

„Dir ist klar, dass er dich jederzeit zwingen könnte und dass er das nicht tut, eben wegen dieser Liebe, die du so sehr verabscheust?"

„Was hilft mir diese Liebe, wenn sie mir die Luft zum Atmen nimmt?"

Alle Wut war aus Castos Stimme verschwunden. Jetzt klang er verzweifelt und schrecklich einsam. Canubis wagte es, dem König einen Arm um die Schulter zu legen. Er kannte diese Einsamkeit nur zu gut, war es doch dieselbe, die seinen Bruder quälte seit dem Tag ihrer Geburt.

„Ich weiß, dass es schwer für dich ist. Und ich sage nicht, dass er im Recht ist. Aber ich bitte dich, ihn zu verstehen. Mein Bruder ist immer allein gewesen. Die Menschen sehen immer nur seine Schönheit und werden von ihr geblendet. Oder sie erstarren vor Furcht vor seinem Feuer. Er hat sich daran gewöhnt, allein zu sein, immer aufzufallen. Nicht einmal die Emeris, nicht einmal Hulda, hat es geschafft, ihn wirklich kennenzulernen. Du bist der Erste, den seine Schönheit nicht im Geringsten kümmert, der Erste, dem nicht einmal aufgefallen ist, dass Renaldo eine Maske trägt, weil du direkt hindurchgesehen hast. Und obwohl du meinen Bruder kennst, wie niemand sonst es tut, hast du keine Angst vor ihm. Nicht einmal sein Feuer macht dir Angst, obwohl seine Macht schrecklich ist. Renaldo fürchtet sich zutiefst davor, seinen wertvollsten Schatz zu verlieren und in seiner Panik macht er manchmal Dinge, die nicht richtig sind. Er hätte dich nicht auspeitschen dürfen und glaub mir, das bedauert er auch aus tiefstem Herzen. Aber für ihn war es der Beweis, dass du immer noch hier bist, dass du immer noch ihm gehörst, dass er dich nicht verloren hat. Er ist sehr unsicher geworden, mein stolzer Bruder, und das ist alles deine Schuld, Casto."

Die wunderschönen blauen Augen des Königs hatten sich während Canubis' Rede geweitet.

„Aber ich gehöre ihm. Ich kann ihn nicht verlassen. Immerhin ist er mein Gott. Warum kann er damit nicht zufrieden sein?"

„Weil er dich nicht zwingen will. Ich weiß, es klingt wie Hohn in Anbetracht dessen, was er getan hat, aber es ist eine Tatsache. Er will, dass du bei ihm bleibst, weil du ihn liebst, aber nicht weil es sein Wille ist. Bis heute hat er die Tatsache nicht verwunden, dass du am Anfang sein Sklave warst."

Casto schnaubte abfällig. „Vielleicht in seinen Träumen. Ich bin nur bei ihm geblieben, weil mir das Tal Schutz vor meinen Verfolgern geboten hat. Ich hätte ihn leicht während des ersten Winters verlassen können."

Canubis grinste. „Ich weiß. Aber er scheint es vergessen zu haben. Vielleicht solltest du ihn daran erinnern."

Die Augen des Königs wurden schmal. „Für jemanden, der sich immer so überlegen und abweisend gibt, seid Ihr erstaunlich einfühlsam und gerissen, mein *Lord*."

Canubis lachte laut auf, legte dann einen Finger auf seine Lippen. „Verrate es niemandem. Lass das unser kleines Geheimnis sein."

Gegen seinen Willen musste Casto lächeln. Er mochte seinen dominanten Schwager sehr, mehr als er zuzugeben bereit war. Er fühlte auch einen tiefen Respekt für ihn. Canubis war der unumschränkte Herr des Tals und er trug seine Autorität wie einen unsichtbaren Mantel.

„Ich werde mit dem Barbaren sprechen. Es wird langweilig, jede Nacht im Stroh zu schlafen."

Wahre Erleichterung erhellte die Augen des Kriegswolfs. Er hatte mit viel mehr Widerstand von Castos Seite gerechnet und war froh, dass das Problem sich so leicht gelöst hatte.

RENALDO SCHAUTE überrascht auf, als Casto an diesem Abend ihre Gemächer betrat. Er hatte nicht gedacht, dass er seinen kapriziösen Ehemann schon so bald sehen würde. Wenn man bedachte, was er getan hatte, war er sich nicht einmal sicher gewesen, ob der König überhaupt je zu ihm zurückkehren würde. Der Todesengel schämte sich dafür, sein Herz geschlagen zu haben, aber an diesem Abend war er nicht in der Lage gewesen, klar zu denken. Die Furcht, seinen Gefährten zu verlieren, hatte ihn ebenso angetrieben wie die Wut darüber, wie gedankenlos Casto sich selbst in Gefahr gebracht hatte. Nüchtern betrachtet hatte er nur getan, was von ihm erwartet wurde: Er hatte sich wie ein Anführer benommen. Doch wenn es um sein Herz ging, konnte Renaldo nicht mehr klar denken. Die Bestie in ihm, dieser wilde, ungezähmte

Teil seiner göttlichen Persönlichkeit, der auch die Quelle seines Feuers war, wollte Casto vollkommen für sich beanspruchen, ohne seine persönlichen Wünsche zu berücksichtigen. Die Bestie war unersättlich und niemals zufrieden. Renaldo hasste diesen Teil seiner selbst, aber er wusste auch, dass er das Monster nicht zähmen konnte. Als eine Art Strafe, hatte er sich gezwungen, Casto fernzubleiben, bis dieser von selbst entschied, zurückzukommen. Es war die schrecklichste Woche seines Lebens gewesen. Und jetzt war sein Herz hier, schaute ihn mit seinen faszinierenden blauen Augen an, höhnisches Mitleid ins Gesicht geschrieben.

„Ihr seht grauenvoll aus, Barbar."

Renaldo lächelte schwach. „Das liegt wahrscheinlich daran, dass ich in den letzten Tagen nicht viel geschlafen haben. Ich vermisse dich."

Ein Seufzen entkam den vollen, sinnlichen Lippen. „Ich habe Euch auch vermisst."

„Es tut mir wirklich leid, dass ich dich gepeitscht habe. Ich habe die Kontrolle verloren."

Ein träges, verführerisches Lächeln war die Antwort. Castos Stimme war jetzt ein betörendes Schnurren.

„Ihr wisst, wie sehr ich es mag, wenn Ihr die Kontrolle verliert – unter anderen Umständen."

Als Renaldos graue Augen in reinem Hunger aufleuchteten, wurde Casto wieder ernst.

„Wenn Ihr mich noch einmal gegen meinen Willen verletzt, schwöre ich, werdet Ihr das bis zu Eurem letzten Atemzug bereuen."

Renaldo nahm die Hände seines wunderschönen, kapriziösen und doch großzügigen Gefährten in seine und küsste ihm die Handflächen. „Ich danke dir, Casto. Ich verspreche, dass das nie wieder passieren wird. Es tut mir so leid."

„Das hoffe ich. Und jetzt", der König schmiegte sich an seinen Liebhaber, „wäre es nett, wenn Ihr anfangen würdet, mich zu küssen. Ich will mich mit Euch versöhnen."

Erleichtert zog Renaldo Casto an sich und küsste den jungen Mann tief. Er wusste, dass ihm immer noch eine unangenehme Diskussion über Vertrauen und seinen Mangel daran bevorstand, aber im Moment war das Einzige, was zählte, dass Casto ihm vergeben hatte. Die Bestie, die sich voller Sehnsucht geregt hatte, als der König das Gemach betreten hatte, wollte ihre Ketten sprengen, aber dieses Mal schaffte Renaldo es, sie zu kontrollieren. Auf gar keinen Fall würde er den zerbrechlichen Frieden zerstören, den sie gerade geschlossen hatten. Und so konzentrierte er sich darauf, seinen Gefährten mit all seiner Kunst zu verführen.

WÄHREND CASTO damit beschäftigt war, Dominanzspiele mit seinem Gott zu spielen, sah Sic sich einem gänzlich anderen Problem gegenüber. Jetzt da er und Noran endlich zu einer Einigung gekommen waren, fühlte er ein gewisses Drängen, ihre Einheit zu vollziehen. Da sie beide solch einen großen Umweg gemacht hatten, fand er, dass er das Recht hatte, eifrig zu sein. Sich auf seine Beziehung mit dem Meisterschmied zu konzentrieren, hielt ihn zudem davon ab, zu sehr darüber nachzudenken, was in Kwarl geschehen war. Doch ganz egal, wie sehr er sich wünschte, dass sie beide intim wurden, war da immer noch das Problem, dass er nach Ana-Isaras Kuss wieder eine Jungfrau war und die schlechten Erfahrungen, die er bis jetzt gemacht hatte, immer wieder an die Oberfläche drängten. Mit Noran zu sprechen, kam nicht in Frage. Der Meisterschmied regte sich auf, wann immer Sic nächtliche Aktivitäten, bei denen sie beide nackt waren, auch nur andeutete. Nein, wenn er den nächsten Schritt machen wollte, musste er die Sache selbst in die Hand nehmen. Nach einem Tag des Nachdenkens hatte Sic jeden möglichen Ratgeber außer einem ausgeschlossen. Casto konnte er unmöglich fragen. Er hasste Noran aus tiefstem Herzen. Sich mit Hulda oder Noemi zu unterhalten, war schlicht zu peinlich und Aegid und Kalad um Hilfe zu bitten … Sic schauderte, wenn er nur an das anzügliche Lächeln auf ihren Lippen und das spöttische Glitzern in ihren Augen dachte. So blieb nur Daran übrig. Er war die logische Wahl, da er eine Menge über Sex wusste und verständnisvoll genug war, dass Sic ihm vertraute. Das einzige Problem war mit dem Dieb zu sprechen, ohne dass seine Herren es bemerkten.

Die ersten drei Tage nach ihrer Rückkehr ins Tal hatten die Wüstenbrüder Daran in ihren Gemächern eingesperrt, um sicherzustellen, dass er ihnen nicht noch einmal durch die Finger gleiten konnte. Als es ihm endlich gestattet worden war, wieder nach draußen zu gehen, klebten sie an ihm wie Leim, folgten ihm überallhin. Zum Glück trainierten sie im Moment die neuen Rekruten für das Rudel, weshalb Daran ganz allein war. Sic ergriff diese seltene Gelegenheit.

Er traf den Dieb in den Gemächern seiner Herren, wo er wohl gerade gebadet hatte, wenn man von seinen tropfnassen Haaren ausging. Daran hieß Sic äußerst höflich willkommen und bat ihn herein. Dann standen die beiden einander in peinlichem Schweigen gegenüber. Nervös versuchte Sic, das Gespräch zu beginnen.

„Wie geht es dir? Ist alles in Ordnung?"

Daran zuckte zusammen. „Es geht mir gut, ich bin nur die ganze Zeit über wund. Sie übertreiben es im Moment. Ich kann nur hoffen, dass sie sich bald beruhigen."

„Das ist gut."

Eine weitere Lücke im Gespräch drohte, sich in absolute Stille zu verwandeln. Dieses Mal sprach Daran zuerst.

„Was kann ich für Euch tun, Lord Sic? Ihr wisst, dass Ihr mich um alles bitten könnt."

Sic lächelte schwach und entschied sich, das Problem bei den Hörnern zu packen.

„Es ist ein delikates Thema. Zunächst einmal möchte ich dich bitten, deinen Herren nicht davon zu erzählen. Es sei denn, sie fragen dich direkt. Ich weiß, dass du ihnen nichts vorenthalten kannst. Denkst du, du schaffst das?"

Daran wurde jetzt neugierig. „Sicher. Fragt einfach."

Sic zögerte noch einen Moment. Dann sprach er so schnell, dass Daran Probleme hatte, ihn zu verstehen.

„Kannst du mir beibringen, wie man Spaß im Bett hat?"

Sic spürte, wie Röte seine Wangen hinaufkroch. Daran starrte ihn an, als ob er eine Kreatur aus einer anderen Dimension wäre. Als er sich wieder im Griff hatte, klang er sehr beherrscht.

„Habe ich recht, wenn ich annehme, dass Ihr plant, mit Lord Noran intim zu werden?"

„Ja. Wenn ich mein Trauma überwinden will, muss ich den nächsten Schritt tun. Und dieses Mal will ich vorbereitet sein. Ich habe gesehen, wie sehr du Sex genießt und um ehrlich zu sein, beneide ich dich. Kannst du mir bitte helfen?"

Darans Gesichtszüge leuchteten auf. „Es wäre mir eine Freude, Lord Sic. Womit wollt Ihr anfangen?"

„Ehrlich gesagt weiß ich das nicht. Betrachte mich als absoluten Anfänger. Alles, was ich bisher kennengelernt habe, war gezwungen zu werden, wenn ich am empfangenden Ende und Peinlichkeit, wenn ich der aktive Teil war."

„Lord Noran wird der aktive sein, oder nicht?"

„Ja."

Daran nahm Sics Hand, ein aufmunterndes Lächeln auf den Lippen.

„Dann fangen wir mit dem schwierigsten Teil an. Wir müssen herausfinden, was Euch gefällt."

„ICH VERSTEHE das nicht, Sic. Wie kannst du nicht wissen, was du getan hast, um Daran zurückzurufen? Kalad und Aegid haben ihr Talent bereits im Griff, während du dich nicht einmal daran erinnern kannst, was genau passiert ist."

Canubis' Stimme war scharf. Er war frustriert, dass ein Talent so wichtig wie das von Sic sich seiner Kontrolle entzog. Aufgewühlt vom Tadel in der Stimme seines Gottes starrte der Schmied auf seine Hände. Beinahe eine Woche war vergangen, seit sie nach Hause zurückgekehrt waren und die Dinge, die in Kwarl geschehen waren, lasteten schwer auf ihm. Kalad und Aegid hatten ihr tödliches Talent mit der Begeisterung von Kindern, denen man ein neues Spielzeug gegeben hatte, angenommen. Um anzugeben, hatten sie den Sand vor einem erstaunten Publikum gerufen, das dann das zweifelhafte Vergnügen hatte zuzusehen, wie ein Schweinekadaver vollkommen vernichtet wurde. In vielerlei Hinsicht war Sic auf die entspannte Einstellung der Wüstenbrüdern neidisch. Für sie war Macht etwas so natürliches, dass sie sie einfach hinnahmen. Für ihn war sie immer noch erschreckend, was wahrscheinlich der Grund war, warum er sich nicht erinnern konnte – oder wollte – was er getan hatte, um Daran zurückzuholen. Seine Erinnerung an das Gefühl, als das Licht, das aus seinem Körper drang, die Schatten verschlungen hatte, war immer noch lebhaft, aber wie er es geschafft hatte, sie überhaupt zu sehen, blieb ihm rätselhaft. Der Luksari hatte dieses Wissen mit sich genommen, als er sich in die Tiefen von Sics Seele zurückgezogen hatte. Alles, was er seinem schlecht gelaunten Gott bieten konnte, war seine Unfähigkeit, ein Emeris zu sein.

„Es tut mir ehrlich leid, mein Lord. Ich versuche sehr, mich zu erinnern und mein Talent zu verstehen, aber je mehr ich es versuche, umso verschwommener wird alles."

Noran legte seinen Arm beschützend um Sics Schultern. Auch wenn sie noch nicht intim geworden waren – sehr zum Missfallen des jungen Schmiedes – wuchs die Nähe zwischen ihnen jeden Tag.

„Sic tut sein Bestes. Aber vergiss nicht, er ist vor nicht einmal einem ganzen Jahr zum Emeris geworden. Verglichen mit ihm sind Aegid und Kalad uralt. Natürlich ist es leichter für sie, mit ihrem Talent umzugehen."

„Auch wenn ich deinen Kommentar bezüglich unseres Alters ein wenig abwertend finde, muss ich dir zustimmen."

Kalad grinste breit. Er genoss es, Noran wieder aufziehen zu können. Während der Zeit nach Arjas Tod hätte der bullige Schmied auf solches Geplänkel mit Wut reagiert, aber jetzt erwiderte er das Lächeln seines Waffenbruders mit derselben spöttischen Offenheit, die er zu Beginn ihrer Freundschaft gezeigt hatte. Canubis ignorierte diesen Versuch, die Stimmung zu heben.

„Ich weiß nicht, ob es euch schon klar ist, aber hier geht es nicht um Sics Wohlbefinden." Der Kriegswolf schaute giftig in die Runde.

„Er ist der Einzige, der gewöhnliche Menschen in Echend'dim verwandeln kann – unsterbliche Krieger, die wir für unseren Krieg gegen die Gute Mutter brauchen werden. Ich kann es mir nicht leisten, weiterhin auf Glück und Zufall zu setzen, während Sic auf seine Erleuchtung wartet."

Für einen Moment sagte niemand ein Wort. Die Prophezeiungen waren sehr eindeutig, was die Wichtigkeit der Echend'dim betraf, die Ewige Wache, die Canubis und Renaldo brauchten, um siegreich zu sein, aber sehr vage, wenn es dazu kam, zu erklären, wie diese Krieger geschaffen wurden. Jetzt, da sie wussten, dass ein Echend'dim zuerst sterben und dann von Sic zurückgerufen werden musste, waren die Dinge klarer, aber nicht erfreulicher.

Noran öffnete seinen Mund, um eine scharfe Antwort zu geben, aber Sic war schneller. Seine Stimme klang gequält, sein Tonfall zeigte, wie unglücklich er war.

„Lord Canubis hat recht. Meine Unfähigkeit bringt uns alle in Gefahr. Ich verspreche, ich werde noch härter arbeiten und erst aufhören, wenn ich in der Lage bin, meine Gabe zu kontrollieren."

„Das ist sehr nobel von dir, Sic, aber auch unnötig."

Huldas Stimme war ruhig, ihre lavendelfarbenen Augen richteten sich drohend auf Canubis. Der Krieger starrte die Mutter Oberin an, ohne seine Wut zu verbergen, zornig, dass selbst sie den Ernst der Situation nicht zu erkennen schien. Ohne sich um die stumme Drohung von ihrem Anführer zu kümmern, sprach Hulda weiter.

„Daran war in der Lage, die Umstände seiner Erweckung bis ins kleinste Detail zu beschreiben. Er sagt, dass es Sics Stimme war, die ihn geweckt hat und dann ist er seinem Licht zurück ins Leben gefolgt. Laut Noemi ist Sics wahre Gestalt in der Welt dazwischen reines Licht. Für die Luksari scheint das ihre natürliche Form zu sein. Ich bezweifle, dass er im Moment in der Lage ist, seine Erscheinung aktiv zu beeinflussen. Wenn man das berücksichtigt, würde ich sagen, dass Darans Rettung in der Tat ein glücklicher Zufall war, der von den Müttern gelenkt wurde. Schließlich ist der Dieb Aegids und Kalads Lohn für ihre Treue. Wenn wir also annehmen, dass die Toten zurückzurufen Teil von Sics natürlichen Fähigkeiten ist, dann bedeutet das, dass sein Talent als Emeris sich erst noch zeigen muss. Und ich bin mir beinahe sicher, dass es etwas mit seiner Fähigkeit zu tun haben wird, einen zukünftigen Echend'dim zu erkennen. Ihnen zu ermöglichen, aus der Welt dazwischen zurückzukehren ist Sics Natur geschuldet und hat nichts mit seinem Talent zu tun."

Huldas Worten folgte eine lange Stille. Als Renaldo endlich sprach, versuchte er nicht, seine Bewunderung zu verbergen.

„Es klingt vollkommen logisch, wenn du es so sagst. Und wir wissen, dass die Luksari sich aus reiner Magie entwickelt haben. Aber weil sie so unglaublich selten sind, haben wir keine Ahnung von ihren Kräften. Vielleicht haben sie alle diese Fähigkeit."

Canubis seufzte. „Das macht Sinn. Aber es erfreut mich nicht, denn das Problem bleibt das gleiche. Wie sollen wir unsere Armee aufbauen, wenn die Auswahl der Krieger dem Zufall überlassen bleibt? Ich glaube nicht, dass es eine gute Idee ist, alle Mitglieder unseres Rudels zu töten, in der vagen Hoffnung, dass Sic in der Lage sein wird, ein paar von ihnen zurückzurufen."

„Das wird nicht nötig sein." Aegids Stimme war leise. „Zunächst einmal tust du so, als ob unsere Krieger wertlos wären, solange sie sterblich sind und das ist ein Fehler. Sie sind die Besten, die es gibt und bis jetzt hat keiner von ihnen uns enttäuscht. Und ich bezweifle, dass die letzte Schlacht gegen die Gute Mutter schon sehr bald sein wird. Natürlich können wir es uns nicht leisten, träge zu werden, aber ich bin mir sicher, dass wir mehr Zeit haben, als du denkst."

Die Bernsteinaugen des Kriegswolfs glitten über seine versammelten Ratgeber und hielten bei Sic an. Jetzt, da die Mütter Ana-Darasa verlassen hatten, fühlte er das Gewicht der Verantwortung auf seinen Schultern noch mehr. Die Worte von Hulda und Aegid waren weise, konnten ihn aber dennoch nicht beruhigen. Seit er und Renaldo wieder vollwertige Götter geworden waren, konnte er die Bedrohung, die von der Guten Mutter ausging, noch intensiver spüren. Ihre Anwesenheit auf Ana-Darasa war wie ein bösartiger Mahlstrom, der unaufhaltsam alle Ordnung ins Chaos zog. Je länger er ihr gestattete, sich an der Macht zu nähren, die nach dem Weggang von Ana-Isara und Ana-Aruna freigeworden war, umso schwieriger würde es werden, sie zu zerstören. Aber wenn er zu schnell agierte, würde er sie alle in Gefahr bringen. Einfach ausgedrückt konnte er es sich nicht erlauben, auch nur den kleinsten Fehler zu machen.

In seiner Sorge war er einem seiner Emeris gegenüber ungerecht gewesen. Schlimmer noch, er hatte einen Luksari unter Druck gesetzt. Canubis hatte gerade erst begonnen, zu erkennen, wie wichtig Sic wirklich war und nur daran zu denken, was der junge Mann bis jetzt im Tal hatte erleiden müssen, ließ den Kriegswolf fürchten, dass er ihn immer noch verlieren könnte. Instinktiv wusste er, dass der Krieg ohne Sic verloren war, bevor er überhaupt angefangen hatte.

„Es tut mir leid, Sic. Ich war dir gegenüber nicht fair. Bitte vergib mir."

Scheu schaute ihn der Schmied an, sein Gesicht ein Spiegel seiner Sorgen.

„Ihr müsst Euch bei mir nicht entschuldigen, Herr. Ihr seid mein Gott und es ist meine Pflicht, Euch gut zu dienen. Es tut mir wirklich leid, dass ich nicht in der Lage bin, Euch Besseres zu berichten."

Trotz dem Ernst der Situation musste Canubis lächeln. Wenn Sic so redete, zerstreute er alle Furcht, die der Kriegswolf in Bezug auf ihn hatte.

„Danke, Sic. Jetzt, da dieses Thema abgeschlossen ist, lasst uns darüber diskutieren, ob wir in den nächsten Wochen noch einen kurzen Feldzug starten sollen oder ob wir besser hier im Tal bleiben."

NACHDEM DIE Besprechung vorbei war, wartete Sic bis er und Noran allein waren. Er war so nervös wegen dem, was er vorhatte, dass ihm kalter Schweiß den Rücken hinunterlief. Entschlossen schob er sein Kinn vor und zauberte ein zittriges Lächeln auf seine Lippen.

„Meister, ich habe mich gefragt, ob Ihr heute mit mir zu Abend essen wollt? Gweris hat versprochen, etwas Besonderes zu kochen und ich möchte es mit Euch teilen."

Norans Gesichtszüge erhellten sich. Sie kamen sich mit jedem Tag näher und zusammen zu Abend zu essen war eines der Dinge, die er am meisten genoss. Dann fühlte er eine echte Verbindung zu seinem früheren Sklaven, eine, die es ihnen gestattete, sich nicht nur als Gleichgestellte, sondern auch als Freunde zu treffen. Darum war seine Antwort enthusiastisch.

„Es wäre mir eine Ehre, Sic. Ich freue mich darauf."

Noran erhielt ein scheues Lächeln, das sein Herz aufgeregt schlagen ließ.

„Dann werde ich heute Abend auf Euch warten."

„GUTEN ABEND, Sic. Ich hoffe, dass ich nicht zu früh bin?"

Noran schaute in das offene, jedoch leicht besorgte Gesicht des jungen Mannes. Er schien nervös zu sein, was seltsam war, da dies nicht ihr erstes gemeinsames Mahl war.

„Geht es dir nicht gut? Soll ich gehen?"

Sic schüttelte wild den Kopf. „Nein, nein! Bitte, geht nicht! Kommt herein." Er trat zur Seite, um seinen früheren Herrn vorbeizulassen. Noran schaute sich um. Der Tisch war bereits gedeckt und ein köstlicher Duft lag in der Luft. Gweris hatte sich selbst übertroffen. Sic schenkte ein wenig dunkelroten Wein aus und versuchte dabei das Zittern in seinen Händen zu unterdrücken. Als er Noran den Becher anbot, warf ihm der bullige Mann einen fragenden Blick zu.

„Bist du dir sicher, dass alles in Ordnung ist, Sic? Du siehst nicht sonderlich gut aus. Denkst du immer noch über das nach, was Canubis heute gesagt hat? Nimm es dir nicht zu Herzen. Er macht sich nur Sorgen."

Sic schüttelte vehement den Kopf und schien Schwierigkeiten zu haben, die richtigen Worte zu finden.

„Das ist es nicht. Ich bin nur …" Er holte tief Luft. „Ich bin nur nervös. Ich will, dass diese Nacht etwas Besonderes wird."

Noran wich zurück. Diese Worte konnte man nicht falsch auffassen.

„Nein, Sic. Ich kann nicht."

Die Schultern des Luksari sanken herab. „Warum nicht? Wir lieben einander. Ist das nicht auch ein Teil der Liebe, ein Teil einer Beziehung?"

Sic klang so verletzt, dass Norans Eingeweide sich vor Schuld zusammenzogen.

„Ich liebe dich mehr als alles andere auf der Welt, Sic. Meine Gefühle für dich sind so tief, dass sie an Obsession grenzen. Es gibt nichts, was ich mir sehnsüchtiger wünsche, als dich intim zu besitzen. Aber ich habe Angst. Angst, dass ich nicht in der Lage sein werde, mich zu beherrschen, sobald wir anfangen. Angst, dass ich dir wieder wehtun werde. Du bist mein ein und alles. Ich kann einfach nicht riskieren, dich noch einmal zu verlieren."

Sic seufzte tief. „Ich weiß. Und ich verstehe. Aber es kann so nicht weitergehen. Fühlt ihr Euch nicht auch gefangen?"

Darauf konnte Noran nichts erwidern, denn Sic hatte recht. Er fühlte sich in ihrer momentanen Beziehung eingesperrt, aber was konnte er tun? Sic ergriff seine Hände, schaute ihn mit einem Ausdruck an, den Noran noch nie zuvor gesehen hatte. Die Stimme des Schmiedes war fest, auch wenn sein Körper zitterte.

„Ich habe hierüber sehr lange nachgedacht und nachdem wir aus Kwarl zurückgekommen waren, habe ich entschieden, mir Hilfe zu holen. Ich nehme an, dass wir uns einig sind, dass wir die Dinge so, wie sie sind, nicht lassen können. Wir müssen den nächsten Schritt machen."

Er hielt für einen Moment inne, seine Augen auf Norans Gesicht gerichtet.

„Um es einfacher für uns zu machen, werden wir einfach die Rollen tauschen."

Als er den leicht panischen Ausdruck im Gesicht des Meisterschmieds sah, kicherte Sic mit einem winzigen bisschen Schadenfreude.

„Macht Euch keine Sorgen, Herr. Ich wünsche nicht, Euch zu nehmen. Ich habe etwas anderes gemeint. Bis jetzt habt Ihr mich immer benutzt, um Erleichterung zu finden. Heute Nacht werde ich Euch benutzen. Daran hat mir gezeigt, wie ich meine eigene Lust finden kann, darum bin ich nicht länger ahnungslos."

Der letzte Satz riss Noran aus seinem vom Schock herrührenden tranceartigen Zustand. Sic so aggressiv zu sehen, war neu, aufregend und alarmierend. Zu hören, dass er ausgerechnet Daran um Rat gefragt hatte, ließ dunkelste Eifersucht ihren hässlichen Kopf erheben.

„Du hast wieder mit Daran geschlafen?"

Sic schien von dieser wilden Reaktion überrascht zu sein. „Seid Ihr eifersüchtig?"

„Und wenn ich es wäre?"

Noran konnte nicht anders. Der Gedanke, dass sein Schatz mit jemand anderem zusammen war … Er starrte Sic an, der überhaupt nicht betroffen aussah, sondern eher erfreut.

„Es freut mich, zu sehen, dass ich von Euch eine solche Reaktion bekommen kann. Seid beruhigt, Daran und ich werden auf gar keinen Fall je wieder intim miteinander werden. Abgesehen von der Tatsache, dass er sowohl physisch wie mental nicht in der Lage ist, seine Herren zu betrügen, würden Aegid und Kalad mich wahrscheinlich umbringen. Außerdem gibt es für mich nur Euch. Nein, Daran hat mir nur gezeigt, wie ich mich gut fühlen kann."

Noran atmete erleichtert aus. Er wusste, dass er kein Recht hatte, sich in Sics Angelegenheiten einzumischen, aber er fühlte dennoch eine überwältigende Welle des Besitzanspruches, wann immer er den jungen Mann, den er kannte, seit er ein Junge war, anschaute.

„Du willst es also wirklich heute Nacht tun?"

„Ja. Ich will, dass es weitergeht, dass wir all die schlechten Erinnerungen hinter uns lassen."

„Was, wenn ich die Kontrolle verliere? Wenn ich dir wieder wehtue?"

„Das werdet Ihr nicht. Ich vertraue Euch. Ich vertraue auf die Liebe, die Ihr für mich hegt."

Die absolute Überzeugung in Sics Stimme brach Norans letzten Widerstand. Der junge Mann hatte so viel riskiert. Wie konnte er ihn jetzt abweisen?

„Schön. Lass uns die Vergangenheit hinter uns lassen." Vorsichtig streckte er seine Arme aus, eine stille Einladung, die Sic ohne zu zögern akzeptierte. „Und du wirst mir zeigen, was dir gefällt?"

„Ja. Ja."

Sic schmiegte sich enger an Noran, badete in der Wärme dieser Umarmung, nach der er sich so sehr gesehnt hatte.

„Lass uns ins Schlafgemach gehen."

IN DEN Gemächern der Wüstenbrüder war Daran unruhig. Er wusste, wie wichtig diese Nacht für Sic war und er hoffte nur, dass alles nach Plan verlief. Er fühlte zwei starke Hände schwer auf seinen Schultern.

„Hey, kleiner Dieb. Wo bist du gerade? Ganz sicher nicht bei uns."

Kalads Stimme klang spöttisch und seine Lippen waren ein wenig zu nahe an Darans Ohr, um angenehm zu sein. Der Krieger hatte einen Plan, etwas, das der neue Echend'dim normalerweise willkommen hieß, aber nicht heute Nacht. Heute Nacht war er abgelenkt. Seine beiden Liebhaber spürten, dass etwas nicht stimmte, und entschieden, ein wenig tiefer zu graben.

Aegid nahm Darans Gesicht in seine Hände. „Du bist diese Woche schrecklich geheimnisvoll gewesen. Warum erzählst du uns nicht, worum es hier geht?"

„Das würde ich lieber nicht, weil es sich um eine Privatangelegenheit handelt."

Kalads Hände glitten an Darans nacktem Körper nach unten, streichelten die weiche Haut liebevoll. „Du kannst es uns sagen. Wir sind deine Liebhaber. Komm schon."

Daran seufzte. Es war seine eigene Schuld. Wenn er besser darin gewesen wäre, seine Gefühle zu verbergen, hätten sie nicht erkannt, dass etwas nicht stimmte. Und Sic hatte ihm die Erlaubnis gegeben, es ihnen zu sagen, wenn sie direkt fragten. Zudem würde dieses Problem mit etwas Glück am nächsten Tag ohnehin gelöst sein, darum fand er nicht, dass es schaden würde, die Wahrheit zu sagen.

„Es geht um Lord Sic. Er versucht heute Nacht Lord Noran zu verführen."

Die beiden Krieger pfiffen. Dann verengten sich Aegids Augen. „Woher weißt du davon?"

Daran zuckte zusammen. „Es könnte sein, dass ich ihm geholfen habe, sich darauf vorzubereiten."

Kalads Hände erstarrten auf den Hüften des Diebes. Sein Tonfall war ein wenig aggressiver, als Daran als angenehm empfand. „Was hast du getan?"

„Ich habe nicht mit ihm geschlafen, wenn es das ist, was Ihr Euch mit eurer überbordenden Fantasie vorstellt. Ich habe ihm lediglich gezeigt, wie man sich gut fühlt. Habe ihm ein paar Tipps gegeben, wie er sich auf so etwas großes wie Norans Schwanz, der in ihn eindringt, vorbereiten kann. Das ist alles."

Darans Wortwahl machte klar, wie genervt er war. Kalad legte sein Kinn auf die Schulter des Diebes und Aegid küsste ihn auf die Lippen.

„Es tut uns leid, kleiner Dieb. Wir wollten dich nicht beschuldigen. Wir sind einfach immer noch schockiert. Kwarl hat uns tief getroffen."

„Wann werdet Ihr aufhören, diesen Vorfall als Entschuldigung zu nehmen, mich zu monopolisieren? Das habt ihr zuvor getan, ohne Euch zu rechtfertigen. Es bricht mir das Herz, Euch so kleinlaut zu sehen."

„Du bezeichnest uns als kleinlaut? Dann haben wir Neuigkeiten für dich, Echend'dim. Du musst dir nicht länger um Sic und seine Affäre Sorgen machen, weil du heute Nacht deine Hände – und deinen Mund und deinen Hintern – voll haben wirst."

Daran stöhnte, von den Worten alleine überwältigt. Als die Wüstenkrieger begannen, ihn zu berühren, glitt er dankbar in die Seligkeit, die ihm der athletische, raue Sex verschaffte, den nur sie ihm geben konnten.

AUCH SIC stöhnte. Er lag auf seinem Bett, neben der massigen Gestalt von Noran, der seinen gesamten Körper zärtlich liebkoste. Der junge Schmied konnte spüren, wie seine eigene Lust sich langsam aufbaute, sich von nervöser Aufregung in reines Verlangen verwandelte. Als Daran ihm gezeigt hatte, wie er sich selbst anfassen musste, war er zögerlich und unsicher gewesen. Wie konnte er Noran je sagen, wo und wie er gerne berührt wurde? Am Ende war es überraschend einfach gewesen. Noran war begierig darauf, dafür zu sorgen, dass er sich gut fühlte und hatte seine Wünsche so perfekt umgesetzt, dass Sic beinahe glaubte, einen sehr realistischen Masturbationstraum zu erleben. Um sich selbst vom Gegenteil zu überzeugen, streckte er die Hand nach Norans Hals aus, zog ihn näher an sich und begann ihn zu küssen. Für eine süße Ewigkeit tanzten ihre Zungen miteinander, während sie beide den würzig-süßen Geschmack des anderen genossen.

An seinem Oberschenkel konnte Sic Norans Erregung spüren, hart und fordernd, was ihn zögerlich werden ließ. Der Meisterschmied war in der Tat gut bestückt, besser noch als Aegid und dessen Schwanz hatte Sic vor Furcht zusammenzucken lassen. Vorsichtig griff er nach dieser mächtigen Waffe, die solch schrecklichen Schmerz verursachen konnte. Sie war hart und weich gleichzeitig, die Spitze rieb gierig an seiner Handfläche, der Schaft war bereits mit Schweiß und Lusttropfen bedeckt. Unsicher was er tun sollte, schaute er zu Noran auf, der ihn wehmütig anlächelte.

„Wenn du keine unangenehme Überraschung erleben möchtest, nimmst du besser deine Hände weg. Ich stehe so kurz davor, dass ich mich wohl nicht mehr lange zurückhalten kann."

„Ihr meint, Ihr seid erregt?"

„Mehr, als ich sagen kann."

„Kann ich …?"

„Du musst nicht, aber wenn du willst …"

Sics Handfläche glitt langsam über Norans Erektion. Der Gedanke, dass er in der Lage war, diesen stolzen, starken Mann seine Beherrschung verlieren zu lassen, stieg ihm direkt zu Kopf. Sich an alles erinnernd, was Daran ihm im Laufe jener peinlichen Tage beigebracht hatte, konzentrierte er sich auf diesen Teil des Kriegers. Wie Noran es vorhergesagt hatte, brauchte es nur ein paar langsame Pumpbewegungen und er ergoss sich wie ein explodierendes Fass Bier. Überrascht starrte Sic auf das, was er gerade getan hatte, unfähig zu entscheiden, ob es gut oder schlecht war. Als der Meisterschmied endlich wieder zu Atem kam, nahm er Sics Hände in seine eigenen, küsste sie und leckte die Essenz auf.

„Danke, mein Schatz. Jetzt bitte, lass mich den Gefallen erwidern."

116

Mit einem Mal wieder unsicher, schlang Sic seine Arme um den starken Hals vor ihm. Noran küsste ihn tief, bevor sein Mund seine Reise nach unten antrat. Als Sic endlich klar wurde, was sein Meister im Begriff war zu tun, erstarrte er.

„Das könnt Ihr nicht tun, Meister."

„Warum nicht?"

„Es ist peinlich."

Noran leckte langsam über Sics Schwanz. „Ist das peinlich?"

Sic schauderte, überwältigt von Wellen der Lust. „Ja!"

„Fühlt es sich gut an?"

Sic stöhnte, seine Wangen waren ein tiefes Rot.

Noran lachte glücklich. „Das habe ich mir gedacht. Kämpf nicht dagegen an."

Er begann wieder zu lecken, vollkommen darauf konzentriert, seinem Geliebten die höchste Lust zu bereiten. Wie er stand auch Sic kurz davor und viel zu früh ergoss er seine Essenz. Jetzt war die Luft schwer von ihrer beider Düfte, erregte sie noch mehr. Sic spürte, wie die letzten Fesseln von ihm abfielen. Sein Körper pulsierte, begierig auf den nächsten Schritt auf seiner Reise zur Erfüllung. Er nahm Norans Hand und führte sie sachte zu der Stelle zwischen seinen Pobacken. Sie waren sich so nahe, dass ihre Stirnen sich berührten.

„Willst du das wirklich?"

Sic konnte nur nicken.

„Wenn du dich unsicher fühlst, wenn dir nicht gefällt, was ich tue, musst du es nur sagen und ich werde sofort aufhören."

„Ja. Ich verspreche es."

„Guter Junge."

Noran goss etwas Öl auf seinen Zeigefinger und begann dann, die feste Rosette zu massieren, die er mehr als einmal so grausam verletzt hatte und die jetzt einladend unter seiner Berührung zuckte. Früher als er es erwartet hatte, war er in der Lage, in den samtigen Kanal zu gleiten, ihn zuerst mit einem, dann zwei und schließlich drei Fingern zu penetrieren. Er brauchte nicht lange, um Sics guten Punkt zu finden und wenige Momente später wölbte der junge Mann seinen Rücken auf und stieß die Hüften nach vorne.

„Mehr! Bitte, gebt mir mehr!"

Von diesen Worten angefeuert, bewegte Noran seine Finger ein wenig mehr, brachte seinem Geliebten so einen weiteren Orgasmus. Schwer keuchend griff Sic nach dem Schwanz seines Herrn, streichelte ihn entschlossen.

„Ich bin jetzt bereit. Ich will Euch wirklich in mir fühlen. Bitte, kommt."

Bebend half Noran Sic ein Kissen unter seinen Po zu schieben. Dann hob er die Beine des jungen Mannes an, ölte seinen Penis ein und positionierte sich an dem engen Eingang. Schmerzhaft langsam schob er sich in seinen Geliebten, jede kleine Bewegung nach vorne war gleichzeitig reine Freude und tiefster Schmerz. Das war es, wonach er sich sein ganzes Leben gesehnt hatte, was er beschmutzt und weggeworfen hatte, was ihm zurückgegeben worden war. Bedauern und Freude füllten sein Herz und er fand es schwer, Sic in die Augen zu sehen. Als er es tat, erhaschte er einen Blick auf ein ähnliches Durcheinander an Gefühlen. Sein außergewöhnlicher Liebhaber war so verwirrt, wie er es war. Noran hielt inne, streckte die Hand nach Sics Gesicht aus.

„Ich liebe dich. Ich liebe dich so sehr, dass es mich innerlich zerreißt."

Ein Lächeln, so hell wie die aufgehende Sonne, erschien auf dem Gesicht des jungen Mannes. Alle Zweifel waren fort, weggewaschen von der Macht dieser drei einfachen Worte.

„Und ich liebe Euch."

Zusammen fanden sie ihre Erlösung, ertranken in süßer Ekstase, die sie alle Verletzungen der Vergangenheit vergessen ließ.

AM NÄCHSTEN Morgen wurde Sic vom Geruch von Tee und warmem Brot geweckt. Er blinzelte in die Strahlen der Sonne und setzte sich dann abrupt auf. Normalerweise stand er bei Sonnenaufgang auf, eine Angewohnheit aus seinen Tagen als Sklave, aber so wie die Sonne stand, war es bereits kurz vor Mittag. Zum ersten Mal in seinem Leben hatte er ausgeschlafen. Warmes Lachen erklang neben ihm. Noran saß aufrecht da, eine Tasse Tee in seinen großen Händen.

„Guten Morgen, mein Schatz. Hast du gut geschlafen?"

Sic verzog das Gesicht. „Offensichtlich. Warum habt Ihr mich nicht geweckt? Es sieht so aus, als wäret Ihr schon seit einer Weile wach."

Noran stellte den Tee zur Seite und küsste Sic liebevoll auf die Stirn.

„Wie hätte ich dich aufwecken können, wo du doch so tief geschlafen hast? Ich hatte das Gefühl, dass du es brauchst, nach dem, was wir letzte Nacht getan haben."

Sic fühlte, wie er errötete. Die Erinnerungen begannen zurückzukommen und auch wenn sie nicht unangenehm waren, fühlte er sich dennoch vor seinem Geliebten unsicher. Noran spürte das und umarmte den jungen Mann.

„Du hast mich sehr glücklich gemacht, Sic. Danke für alles, was du getan hast. Bist du wund?"

Sic zuckte zusammen. Er fühlte sich an einigen Stellen ein wenig unangenehm, aber es war die Art, die er genießen konnte.

„Mir geht es gut. Ich fühle mich zufrieden."

Noran lachte mit einer Spur männlichem Stolz in der Stimme. Dann griff er wieder nach der Tasse und bot seinem Geliebten etwas Tee an. Nachdem Sic beinahe die Hälfte des Inhalts getrunken hatte, reichte der Meisterschmied ihm einen Teller mit warmem Brot, mit Butter und Honig geschmiert. Beim Anblick des Essens wurde Sic mit einem Mal klar, wie hungrig er war. Er begann, die Brotscheiben hinunterzuschlingen, während Noran ihn in stillem Erstaunen beobachtete.

„Es tut mir leid, ich weiß nicht einmal was dein Lieblingsessen ist. Ich habe einfach nur gebracht, was da war."

Sic unterbrach sein Festmahl, um seinen Liebhaber aufmunternd anzulächeln.

„Das hier ist in Ordnung. Brot und Tee sind immer willkommen." Er zögerte für einen Moment. „Und ich mag Rührei."

„Morgen wird es also Rührei geben."

Noran grinste glücklich. Er konnte sich nicht erinnern, wann er sich das letzte Mal so zufrieden und fröhlich gefühlt hatte. Nicht einmal mit Renaldo hatte er solche Seligkeit gekannt und sie hatten Dinge im Bett getan, die selbst Aegid und Kalad zum Erröten bringen würden – wahrscheinlich. Nein, mit Sic zusammen zu sein, war mehr als nur eine körperliche Erfüllung. Es hatte auch seinen Geist beruhigt, etwas, was er zuvor nicht gekannt hatte. Jetzt bot sein geliebter Schatz ihm etwas von dem Brot an.

„Werdet Ihr nichts essen, Meister? Es ist genügend da, wisst Ihr?"

Noran nahm einen Bissen von dem Brot, kaute gründlich und dachte über etwas nach, das ihn schon seit einer Weile beschäftigte.

„Warum nennst du mich immer noch Meister, Sic? Ich habe dir doch schon gesagt, dass du nicht länger mein Sklave bist und ich verdiene diese Bezeichnung eindeutig nicht."

Sic nahm einen weiteren Schluck aus der Tasse und berührte dann Norans Gesicht.

„Stört es Euch?"

Ein schiefes Lächeln erschien auf den Lippen des Meisterschmieds.

„Ja. Ich fühle mich schuldig dabei. Nach allem, was ich dir angetan habe, sprichst du mich immer noch an, als wäre ich eine Respektsperson. Wenn überhaupt, sollte es andersherum sein."

Sic legte seinen Zeigefinger auf Norans Lippen und schüttelte den Kopf.

„Ihr habt es falsch verstanden. Der ‚Meister' bezieht sich nicht auf Euch als meinen früheren Besitzer, sondern auf meinen Schmiedemeister. Ganz egal, wie fragwürdig Eure Lehrmethoden waren, haben sie mich doch zu einem der Besten in meinem Geschäft gemacht, und ich habe das Geld, um es zu beweisen. Selbst wenn wir jetzt gleichgestellt sind, werdet Ihr doch immer der Mann sein, der mein erster und einziger Lehrer war. Euch Meister zu nennen ist für mich ganz natürlich."

Noran was so überwältigt, dass er den außergewöhnlichen Mann in seinen Armen nur anstarren konnte. Er hatte über dieser Sache gebrütet, seit sie begonnen hatten, sich wieder anzunähern und jetzt erwiesen sich all seine Sorgen als grundlos.

„Geht es Euch gut, Meister?"

Er lächelte Sics sorgenvolles Gesicht an.

„Mir geht es gut. Ich bin überwältigt von meiner eigenen Dummheit. Jetzt komm her. Ich habe das plötzliche Bedürfnis, dich zu küssen."

„Nur küssen?" Sic drehte sich mit einem herausfordernden Blick zu ihm.

„Wenn du es genau wissen willst, habe ich auch noch andere Bedürfnisse."

Sie kicherten beide wie kleine Jungen ob dieser Doppeldeutigkeit. Dann begannen sie sich wieder zu küssen und schon bald war der Raum von ihrem Stöhnen erfüllt.

5.
FREMDE ANGELEGENHEITEN

MIT VERACHTUNG in den Augen lauschte ihre Hoheit, Königin Anesha von Ummana, den Ausführungen von Mutter Venya, Hohepriesterin der Guten Mutter und angebliche Gesandte einiger östlicher Könige. Im Moment beschwerte die Frau sich gerade darüber, dass Anesha die Zwillingsstädte von allen Gefolgsleuten der Guten Mutter befreit und Gesetze erlassen hatte, die eine Wiederkehr jener, die die Göttin verehrten, unmöglich machte. Dass sowohl König Erac von Medelina als auch die Herrscher der anderen Städte in der Allianz diesem Beispiel gefolgt waren, erfreute die Priesterin nicht. Medelina zu verlieren, war ein harter Schlag gewesen, weil die Priesterschaft die Stadt in den letzten fünfzig Jahren als Hauptquartier für ihre Intrigen genutzt hatte. Die Audienz bei der neuen Königin war ihre letzte Hoffnung, wieder etwas Boden gutzumachen, aber das Gespräch entwickelte sich nicht in die Richtung, die Venya sich erhofft hatte. Im Gegensatz zu dem, was sie erwartet hatte, war Anesha kein unsicheres, unerfahrenes Mädchen, das sie ihrem Willen beugen konnte, sondern eine selbstbewusste, machtorientierte Frau, deren intensiver Blick sie aufzuspießen schien.

„Eure Ausführungen, Mutter Venya, sind äußerst faszinierend, aber ich kann nicht sehen, worauf Ihr abzielt. Euch muss klar sein, dass ich Euren Gefolgsleuten nicht gestatten werde, nach Ummana zurückzukommen und Ihr seid in keiner Position, um mich unter Druck zu setzen, weder politisch noch geschäftlich."

Die schöne junge Frau hielt für einen Moment inne, als ob sie gerade eine interessante Idee gehabt hätte. Als sie wieder zu sprechen begann, konnte Venya nicht anders, als an eine Würgeschlange zu denken, die den letzten Atem aus ihrer Beute presste.

„Ich andererseits, kann Euch das Leben zur Hölle machen. Ummana ist der Kopf einer mächtigen Allianz und Herrscher der Ebenen. Und ich bin die Königin von allem. Ihr habt nicht annähernd genügend Ressourcen, um Euch auf einen Kampf mit mir einzulassen, warum seid Ihr also hier?"

Venya schloss unter dem scharfen Blick die Augen. Unglücklicherweise hatte die Königin ihre Situation sehr genau beschrieben. Sie hatte keine Asse im Ärmel, mit denen sie Anesha drohen – oder sie bestechen – konnte. Aus Verzweiflung versuchte die Priesterin, an die Menschlichkeit der Königin zu appellieren.

„Ihr könnt mir nicht erzählen, dass Ihr vor den Bastarden keine Angst habt, Eure Hoheit."

Anesha lehnte sich in ihrem Stuhl zurück.

„Natürlich habe ich Angst. Nur ein Narr würde sich nicht vor Lord Canubis und Lord Renaldo fürchten."

„Dann habt Ihr gerade eure eigene Frage beantwortet. Wenn Ihr euch entscheidet, der Guten Mutter zu folgen, wird sie Euch beschützen. Das kann ich garantieren."

Die Königin lächelte ohne Wärme.

„Irgendwie bezweifle ich das. Abgesehen von der Tatsache, dass ich durch Ehe mit dem Todesengel verwandt bin, was mich in gewisser Weise dazu verpflichtet, ihm und seinem Bruder gegenüber loyal zu bleiben, habe ich auch gesehen, was mit jenen geschieht, die es wagen, sich gegen sie zu stellen. Es gibt nichts, was Ihr tun oder sagen könnt, um mich vom Gegenteil zu überzeugen."

Venya zögerte. Sie war sich der Macht, über die die Bastarde geboten, bewusst, aber sie konnte sich nicht vorstellen, was die beiden getan hatten, um eine Frau, die so abgebrüht war wie Anesha, einzuschüchtern. Als ob sie ihre Gedanken gelesen hätte, sprach die Königin weiter.

„Ich war zugegen, als Lord Renaldo eine der euren für alle Ewigkeiten verdammt hat. Er hat ihre Seele so lässig verbrannt wie ein Kind, das einer Fliege die Flügel ausreißt. Und das war, bevor der achte Emeris gefunden wurde. Ich will nicht einmal versuchen, mir vorzustellen, wozu der Todesengel jetzt fähig sein muss." Sie schauderte sichtlich. „Nein, es gibt absolut nichts, was Ihr mir anbieten könnt. Mein Rat an Euch ist, eure Niederlage zu akzeptieren."

Mutter Venya entschied sich, für den Moment den Rückzug anzutreten. Die Körpersprache der Königin hatte klargemacht, dass sie nicht nachgeben würde. Es war frustrierend. Trotz der gemeinsamen Bemühungen der Priesterschaft und der Hilfe der Visionen, die sie von ihren Sehern erzwungen hatten, hatten die Bastarde es geschafft, ihr Geburtsrecht zurückzuerobern. Ihre Hoffnung, die Kriegsgötter aufzuhalten, bevor sie den Erschafferinnen nachfolgten, war zerschlagen und niemand musste Venya erklären, wie unsicher das Ende des Krieges zwischen der Guten Mutter und den Bastarden jetzt war. Niemand wusste, welche Art Macht Renaldo und Canubis zusätzlich zu ihren ursprünglichen Fähigkeiten erhalten hatten, wo ihre Grenzen lagen und wozu die Emeris fähig waren. Die Anhänger der Guten Mutter begaben sich in diesen Kampf, ohne in der Lage zu sein, ihren Feind einzuschätzen und das machte Mutter Venya beinahe verrückt. Obwohl die Gute Mutter selbst ihr in einer Vision erschienen war, und ihr versichert hatte, dass sie schon bald eine Armee haben würden, die der der Bastarde ebenbürtig war, konnte die Priesterin sich nicht entspannen. Ihrer Meinung nach war der Verlust von Ummana und Medelina und nicht zu vergessen der anderen Städte der Allianz, ein schlechtes Omen. Vollkommen besiegt verabschiedete sie sich von Königin Anesha, deren kalter Blick sich in ihre Seele gebrannt hatte.

SOBALD DIE Priesterin außer Hörweite war, stand Anesha von ihrem Thron auf, griff dahinter und packte den Eimer, der dort gewartet hatte. Nachdem sie sich von ihrem Frühstück getrennt hatte, reinigte sie ihren Mund mit etwas Wasser, das ein Diener gebracht hatte. Sie hätte nie gedacht, dass schwanger zu sein so unangenehm sein würde. Am Anfang hatte Cassia ihr versichert, dass die brutalen Ausbrüche morgendlicher Übelkeit nur noch eine schlechte Erinnerung sein würden, sobald sie ihr zweites Trimester erreichte und dass nur wenige Frauen sie während der ganzen Schwangerschaft hatten. Wie sich herausstellte, war sie eine dieser wenigen Unglücklichen. Der schwächste Geruch konnte ihre Übelkeit auslösen, was unangenehm für eine Königin war, die eine eiserne Fassade aufrechterhalten musste, um die Kontrolle zu behalten. Cassia war eine große Hilfe mit ihren Kräutertees, den Salben und Tränken, durch die sie sich besser fühlte sowie ihrer anscheinend grenzenlosen Geduld mit einer sehr schwierigen Patientin. Dennoch war Anesha mehr als glücklich, dass die Tage ihres angeschwollenen Bauches schon bald ein Ende finden würden. Nur noch ein paar Wochen und ein weiterer Spielstein, um ihre Herrschaft zu untermauern, würde sich auf dem Spielfeld befinden. Nicht, dass sie sich dann entspannen konnte – das würde niemals der Fall sein – aber das Atmen würde in mehr als einer Hinsicht ein wenig leichter werden.

Praktisch sofort nachdem ihr Bruder und die Barbaren abgereist waren, waren ihre Gegner aus den Schatten aufgetaucht, um herauszufinden, ob sie Beute oder Raubtier war. Einige von ihnen hatten für diese Unverschämtheit mit ihrem Leben bezahlt. Andere hatten lediglich einen Schlag auf die Finger erhalten. Als der Winter kam, waren die Angelegenheiten innerhalb der Zwillingsstädte mehr oder weniger geregelt, was Anesha Zeit ließ, sich um die Außenpolitik zu kümmern. Besonders Erac hatte sich als echte Nervensäge erwiesen und es hatte Zeiten gegeben, wo sie in Versuchung gewesen war, die Sache mit ihm auf endgültige Weise zu lösen. Am Ende hatte sie es nicht getan, denn obwohl er so tat, als ob sie sein Eigentum wäre, war er immer noch ein wichtiger Verbündeter, einen, den sie es sich nicht leisten konnte, zu verlieren – zumindest noch nicht.

Die anderen Mitglieder der Allianz hatten sich bis jetzt bedeckt gehalten, ihre Intrigen im Geheimen gesponnen, jede ihrer Bewegungen beobachtet, um ihr eigenes Handeln darauf abzustimmen. Anesha bezahlte hervorragende Spione, darum wusste sie, dass die Anführer von Kre und Sravrana über ihren Aufstieg zum Thron nicht glücklich waren. Für den Moment würden sie dem Beispiel von Medelina folgen und sie bis zu einem gewissen Grad unterstützen, aber nur bis sie eine Möglichkeit fanden, Ummana einen Teil seiner Macht zu nehmen. Sie würden ihr blaues Wunder erleben. Alemba und Eppirat, die vom Militär gelenkt wurden, waren eher dazu geneigt, ihr zu folgen. Sie respektierten rohe Gewalt, was die Definition des Rudels war. Wa'na Atoka, die einzige Stadt, die alle fünf Jahre einen Tyrannen wählte, war bis jetzt neutral geblieben. Die Stadt war das kleinste und neueste Mitglied der Allianz, jedoch nicht das schlechteste. Sie im Auge zu behalten, war absolut notwendig. Die gegenwärtige Tyrannin, Lady Allianna na Wa'ra neigte dazu, zuzuschlagen, wenn man es am wenigsten erwartete und ihr Biss war giftig. Andererseits war sie auch die Vernünftigste der Herrscher, mit einem scharfen Auge für Details und unglaublicher Voraussicht. Wenn sie es schaffte an der Macht zu bleiben, was mehr oder weniger sicher war, würden ihre geschäftlichen Visionen Wa'na Atoka eher früher als später zu einer der führenden Städte in der Allianz machen.

Anesha seufzte. Sie genoss ihre neue Position sehr, badete beinahe in der Macht, die sie angesammelt hatte nach Jahren des Dienstes für Menschen, die sie als eigentlich unfähig, die Zwillingsstädte ordentlich zu führen, angesehen hatten. Zuzusehen, wie Nambuno, Amicia und ihr eigener Vater alle wichtigen Entscheidungen getroffen hatten, während sie den Mund hatte halten müssen, war schwer für die Königin gewesen. Jetzt war sie diejenige, die die Ansagen machte, und nur noch ihr Bruder und sein furchteinflößender Ehemann konnten ihr sagen, was sie zu tun hatte. Zum Glück waren sie weit weg und obwohl ihr Bruder seine eigenen Spione in der Stadt hatte, hatte er kein Interesse daran sich einzumischen, solange ihm die allgemeine Richtung gefiel. Was abgesehen von ihrer Schwangerschaft der Hauptgrund war, warum sie Cassia nahe bei sich behielt. Als Vertreter von Meister Sic hatte Jago eine enge Beziehung zu dem letzten Emeris und versäumte es nie, ihm alles Interessante über Ummana zu berichten. Da dieser Informationsfluss in beide Richtungen funktionierte, wollte Anesha sich gut mit Cassia stellen. Auf diese Weise wusste sie immer, was ihr aufbrausender Bruder vorhatte. Nicht zu vergessen, dass Aries, der Anführer der Gilde der Schmiede, versuchte, Jago als seinen Nachfolger zu positionieren. Sollte der Meister der königlichen Schmiede sie akzeptieren, würde sie auch eine enge Verbindung zu einer Gilde haben, die jedes Jahr mächtiger wurde.

Die Königin von Ummana lächelte. Es war kein sehr freundliches Lächeln, eher eines, das Ärger für jeden versprach, der es wagte, sich ihr entgegenzustellen. Während sie sich mit einer Hand über ihren wachsenden Bauch rieb und mit der anderen ihren unteren Rücken stützte, rief Anesha nach Aktan, damit der sie zurück in ihre Gemächer brachte.

IN IHREM immer noch unangenehm großen, neuen Haus beobachteten Jago und Cassia, wie Heljia die ersten Versuche unternahm selbstständig zu stehen. Mit dem konzentrierten Blick einer jungen Dame, die entschlossen war, noch an diesem Tag neues Territorium zu erobern, griff sie immer wieder nach der Kante eines niedrigen Tisches, um ihren bewindelten Hintern in die Luft zu bekommen. Als sie es endlich schaffte zu stehen, erhellte ein strahlendes Lächeln reinen Stolzes ihr Gesicht. Cassia ging zu ihrer Tochter und tätschelte ihren Kopf.

„Gut gemacht, meine Süße. So ein großes Mädchen!"

Jago lächelte diese Szene häuslicher Seligkeit an und dankte dem Himmel für diese beiden wunderbaren Frauen in seinem Leben. Er streckte die Arme aus, um seine Tochter hochzuheben und sie begann glücklich zu quietschen. Als sie ihren Kopf an seine breite Brust schmiegte, ihre kleinen Arme um seinen Hals schlang, fühlte er solche Freude, dass ihm schwindlig wurde. Zärtlich streichelte er ihre weichen Haare, inhalierte den wundervollen Geruch von Babycreme und Milch, der sie immer umgab.

„Diese Farbe wird ihr wohl bleiben, oder?"

Jago sprach von Heljias Haaren, die eine Masse aus blendendem Weiß waren, das ihren Kopf wie ein Heiligenschein aus Licht umgab. Cassia lächelte ein wenig wehmütig.

„Wahrscheinlich. Aber das ist in Ordnung. Es erinnert mich an Sic."

Jago nahm die Hand seiner Frau. Sie vermisste den jungen Mann, der ihr Leben so abrupt betreten und es auf mehr als eine Weise verändert hatte, immer noch. Auch Jago vermisste ihn, aber er hatte dieser Tage so viel Arbeit und wann immer er eines der Stücke berührte, die Sic regelmäßig nach Ummana schickte, fühlte er sich mit ihm verbunden. Und jedes Mal, wenn der neue Emeris einen Brief schickte, war es, als ob er in gewisser Weise noch bei ihnen wäre.

„Du weißt, dass er gehen musste. Das Tal war sein Schicksal."

Cassia schnaubte. Sie war nicht die Art Frau, die die Realität akzeptierte, nur weil sie Sinn machte.

„Das mag der Fall sein, aber warum ist er wieder mit dem Monster zusammen? Hat er den Verstand verloren?"

Jago zog Heljia enger an seine Brust. Das war etwas, das auch er nicht verstand.

„Ich weiß nicht. Er hat mir nie etwas über Noran erzählt. Damals wollte er das Thema um jeden Preis vermeiden. Vielleicht ist etwas Tiefgreifendes geschehen? Jedenfalls ist es seine Entscheidung und er scheint glücklich zu sein, darum sollten wir es respektieren."

Cassia seufzte tief. Sie wusste, dass Jago recht hatte, was es nicht leichter für sie machte.

„Ich denke, das kann ich tun. Dennoch hasse ich das Monster."

Jago konnte ein Lächeln nicht unterdrücken und war froh, dass er es in Heljias Haaren verbergen konnte. Seine Frau mochte es nicht, von oben herab behandelt zu werden.

„Und es steht dir frei, das zu tun, meine Liebe. Lass uns jetzt essen. Ich bin am Verhungern."

IN MEDELINA saß König Erac auf seinem Thron, lauschte der Vorstellung der Generäle Liee und Hall'ovan, den Herrschern von Alemba und Eppirat, die er zu diesem inoffiziellen Treffen eingeladen hatte. Bald nachdem er aus Ummana zurückgekehrt war, hatte er herausgefunden, wie sehr er die junge Königin unterschätzt hatte. Ihm dämmerte auch, dass König Castolus ihn perfekt ausmanövriert hatte und dabei alles bekommen hatte, was er wollte, ohne im Austausch etwas zu geben. Erac war außer sich, um es milde auszudrücken. Alles, was er zu erreichen gehofft hatte, rann ihm wie Sand durch die Finger. Es war so schlimm, dass er sogar um Medelinas Position innerhalb der Allianz fürchten musste. Wenn er nicht bald handelte, würden die Dinge, die er erreicht hatte, sich in Luft auflösen, während Anesha alle Macht an sich riss und ihre Bedingungen durchsetzte. Sein einziger Vorteil im Moment war, dass die anderen Städte aufgrund der Jugend der Königin zögerten. Kre und Sravrana, Monarchien wie Medelina, waren vorläufig auf seiner Seite. Wa'na Atoka war schon immer schwierig gewesen und die neue Tyrannin war gefährlich genug, dass Erac sich vorläufig zurückzog. Was Alemba und Eppirat übrigließ. Nicht seine bevorzugten Partner, aber Bettler konnten nicht wählerisch sein. Wenn er Anesha unter Kontrolle halten wollte, brauchte er alle Hilfe, die er bekommen konnte.

Nachdem die offiziellen Abläufe endlich zu einem Ende kamen, lud Erac die beiden Generäle in seine Privaträume ein. Was er ihnen zu sagen hatte, ging die Öffentlichkeit nichts an. General Liee, ein Mann in den späten Vierzigern, der seine grauen Haare extrem kurz und seinen großen Körper in perfekter Form hielt, musterte Erac mit einem gewissen Misstrauen. Er hatte die Einladung mehr aus Neugierde denn allem anderen angenommen, da er über Aneshas Thronbesteigung nicht unglücklich war. General Hall'ovan andererseits war immer noch hin- und hergerissen. Dass eine so junge Königin die Allianz anführte, beunruhigte ihn, während ihre Verbündeten ihn gleichzeitig zutiefst beeindruckten. Er war ein Mann gewisser Prinzipien, aber nicht so diszipliniert wie Liee, was sich auch in seinem Äußeren zeigte. Obwohl er ein paar Jahre jünger war als der andere General, hatte Hall'ovan es bereits geschafft, zwei zusätzliche Kinne und einen wachsenden Schmerbauch zu bekommen. Seine adlergleichen Gesichtszüge waren vom Alkohol und exzessiven Mahlzeiten weich geworden und er war nicht mehr so schnell wie in seiner Jugend. Seine Position in Eppirat zu halten, wurde jedes Jahr schwieriger und er dachte bereits darüber nach, seinen Posten aufzugeben, bevor ein paar der ambitionierten, jüngeren Offiziere, die gerade in den Rängen aufstiegen, diese Entscheidung für ihn trafen. Jetzt stellte er seinen Wein ab und schaute Erac erwartungsvoll an.

„Darf ich fragen, warum wir so großzügig eingeladen wurden?"

Für einen Moment zuckte ein Nerv in Eracs Gesicht. Natürlich kannte Hall'ovan den Grund für ihr Treffen oder konnte ihn sich zumindest denken.

„Wie ich bereits in der Einladung angedeutet habe, ist dies ein privates Treffen, um Angelegenheiten zu diskutieren die, wie ich denke, uns alle betreffen."

Liee versuchte sein abfälliges Grinsen hinter dem Weinbecher, den er hielt, zu verbergen, versagte aber.

„Ihr sprecht nicht zufällig von jenen Angelegenheiten, die Euch wie eine Ratte in der Falle sitzen haben, oder? Soweit ich gehört habe, hat König Castolus Euch zum Narren gehalten, ohne dass es Euch aufgefallen ist."

Erac knirschte mit den Zähnen und ballte seine Fäuste, um eine freundliche Fassade aufrechtzuerhalten. Der Witz der Allianz zu sein, vertrug sich nicht gut mit seinem Stolz, aber unglücklicherweise konnte er im Moment nicht viel dagegen unternehmen. Es würde Zeit brauchen, den Schaden zu reparieren, den Castolus angerichtet hatte. Er schaffte es, ein Lächeln auf seine Lippen zu zwingen.

„Ich muss zugeben, dass das nicht meine beste Vorstellung war. Aber wenigstens habe ich versucht, mit dem König zu verhandeln, während Ihr euch damit begnügt habt, ihm eine Abordnung und Geschenke zu schicken."

„Was offensichtlich ein kluger Schachzug war. Wir wurden nicht über den Tisch gezogen."

Liee konnte nicht anders, als noch etwas Salz in Eracs Wunde zu reiben. Er verachtete den König von Medelina als Mann geringer Moral und mehr Ehrgeiz, als gut für ihn und seine Untertanen war. Nicht, dass er im Allgemeinen etwas gegen geringe Moral hatte. Was ihn störte war, dass Erac sich selbst für einen ehrenvollen Mann hielt. Liees Meinung nach sollte ein Anführer zumindest sich selbst gegenüber ehrlich sein. Die eigenen Leute zu hintergehen, war manchmal notwendig, aber sich selbst zu belügen, würde immer in einer Katastrophe enden. Und wenn er nicht aufpasste, würde Erac Alemba mit sich in den Abgrund reißen. Liee war kein Narr. Er wusste, dass Erac plante, gegen die neue Königin von Ummana vorzugehen, was auch bedeutete, gegen Castolus und das Rudel vorzugehen. Der General hatte Lord Canubis und Lord Renaldo schon kämpfen sehen und kein Geld der Welt konnte ihn in Versuchung führen, irgendetwas zu tun, das ihr Missfallen erregen würde. Nach Medelina zu kommen, war ein Akt der Höflichkeit gewesen und, bis zu einem gewissen Grad, auch der Neugierde, aber nicht mehr. Und er würde sicherstellen, dass Anesha und Castolus das auch wussten.

Hall'ovan andererseits schien geneigt zu sein, Eracs Angebot ernsthaft in Betracht zu ziehen. Die beiden Männer plauderten einträchtig, während Liee still dasaß und ihren Ideen lauschte, von denen keine realistisch war und die alle den sicheren Tod bedeuten würden, sollten sie dumm genug sein, sie ausführen zu wollen. Der Anführer von Alemba war erleichtert, als er endlich eine Entschuldigung fand, dieses inoffizielle und höchst gefährliche Treffen zu verlassen.

GEBURTSRECHT

1.
ERWACHSENWERDEN

„WAS IST denn mit dir passiert, Daran? Du siehst aus wie eine Katze, die eine ganze Schüssel Sahne verspeist hat, was seltsam ist, weil du ja gerade eine Stunde bei Casto hattest."

Kalad grinste den Dieb voller Liebe an. Seit Daran vor fünf Monaten auf solch spektakuläre Weise von den Toten zurückgekehrt war, hatte sich sein tägliches Leben dramatisch verändert. Auch wenn es seinen Herren nicht gefiel, hatte Renaldo darauf bestanden, Daran gemäß seines neuen Ranges zu behandeln. Seine Tage waren jetzt angefüllt mit Kampftraining und dem gnadenlosen Drill, den alle neuen Mitglieder des Rudels durchlaufen mussten. Genau genommen war er auch kein Sklave mehr, aber als Aegid und Kalad das Halsband hatten abnehmen wollen, hatte er sie lächelnd davon abgehalten.

„Ihr wisst genauso gut wie ich, dass ich immer Euer Eigentum sein werde. Außerdem weiß ich, wie sehr es Euch erfreut, wenn die ganze Welt es sehen kann. Es ist mir eine Ehre, Eure Farben zu tragen."

Und obwohl sie wussten, wie unfair es Daran gegenüber war, nahmen die Wüstenbrüder sein großzügiges Angebot ohne zu zögern an. Der Dieb gehörte ihnen. So war es immer gewesen und das würde sich bis ans Ende der Zeit und darüber hinaus nicht ändern.

Jetzt strahlte der junge Mann seinen Liebhaber an.

„Die Stunde war ermüdend wie immer, aber danach ist Lord Renaldo zu mir gekommen. Er will, dass ich die Männer anführe, die morgen in die Minen reiten, um die Karawane mit dem blauen Stahl zu eskortieren! Sind das nicht wundervolle Neuigkeiten?"

Kalads Lächeln erstarrte. Er hatte gewusst, dass dieser Tag kommen würde, aber er hatte nicht gedacht, dass Renaldo schon so bald beginnen würde, den Dieb als Anführer zu behandeln. Es war keine große Sache – Daran würde nicht mehr als fünfzehn Männer anführen – dennoch konnte Kalad das nicht einfach ignorieren. Sein Dieb würde mindestens zehn Tage lang nicht im Tal sein und es bestand immer die Möglichkeit, dass die Karawane angegriffen wurde, auch wenn die Straße zwischen dem Tal und den Minen vergleichsweise sicher war. Sie konnten Daran nicht länger an die Mütter verlieren, aber er war nicht unverwundbar. Wenn er an all die Dinge dachte, die ihrem Geliebten zustoßen konnten, schauderte Kalad.

Er wandte sich mit strengem Gesicht an Daran. „Du wirst nicht gehen. Es ist zu früh. Ich werde Renaldo aufsuchen und ihm sagen, dass du noch nicht so weit bist. „

Er stand auf, um genau das zu tun, aber Daran hielt ihn mit erhobenen Händen auf.

„Herr! Bitte. Ich will wirklich gehen. Das ist meine Chance, mich den Lords zu beweisen. Bitte ruiniert das nicht für mich."

Der bittende Tonfall schürte Kalads Wut nur. Die Stimme der Vernunft in seinem Kopf schalt ihn, weil er ein verliebter, überreagierender Narr war, der sich kein bisschen besser benahm als der Todesengel, aber Kalad ignorierte diese Stimme. Er würde nicht gestatten, dass sein wertvoller Liebling in Gefahr geriet. Entschlossen stieß er Daran zur Seite und wollte gerade die Tür öffnen, als Aegid eintrat. Ein Blick genügte dem Hünen, um zu erkennen, wie aufgeladen die Situation war. Seine Brauen hoben sich fragend.

„Was ist los? Ihr beide sieht aus, als ob ihr euch gleich an die Gurgel gehen wolltet."

Bevor Daran seinen Mund öffnen konnte, begann Kalad zu reden.

„Renaldo hat ernsthaft vor, diesen Grünschnabel die Eskorte für die Karawane von den Minen anführen zu lassen. Ich bin auf dem Weg, um diese Narretei zu beenden."

„Tut das nicht, Herr, bitte. Ich freue mich darauf!"

Darans Stimme klang noch immer bittend, aber ein Hauch Ärger erblühte in seinem Gesicht. Er hatte offensichtlich nicht vor, nachzugeben. Aegid runzelte die Brauen. Normalerweise war er ruhiger als Kalad, hatte immer das große Ganze im Hinterkopf. Jetzt jedoch konnte er spüren, wie seine Emotionen die Kontrolle über sein Urteilsvermögen übernahmen.

„Du magst dich darauf freuen, Daran, aber Kalad hat recht. Du bist noch zu unerfahren. Wir werden es nicht erlauben."

Aegids Tonfall zeigte deutlich, dass für ihn das letzte Wort bezüglich dieser Angelegenheit gesprochen worden war. Er trat zur Seite, um seinen Bruder vorbeizulassen, damit der mit dem Todesengel sprechen konnte.

Daran schüttelte wütend den Kopf. „Aber das ist mein erstes großes Kommando! Warum müsst Ihr mir das verderben? Ich habe bereits erfolgreich vier Missionen angeführt und gegen die hattet Ihr nichts!"

Aegids Augen wurden schmal. Er war nicht an ernsthafte Gegenwehr von Daran gewöhnt und es irritierte ihn, dass der junge Mann sich ihm nicht wie üblich unterwarf.

„Weil diese Missionen Kleinigkeiten waren, nichts, das uns hätte Sorgen machen können. Und wir wollen dir nichts verderben. Es ist nur so, dass wir hunderte Jahre Erfahrung in diesem Geschäft haben und du kannst uns glauben, wenn wir dir sagen, dass du noch nicht bereit bist."

„Lord Renaldo scheint da anderer Meinung zu sein. Und er ist sogar noch älter, als Ihr es seid."

Darans Ton war aggressiver geworden. Das, sowie die Tatsache, dass sein Argument wohlbegründet war, machte die Wüstenbrüder wütend. Kalad packte den Dieb an den Handgelenken und starrte ihn zornig an.

„Pass auf, wie du mit uns sprichst, Daran. Unsere Geduld hat ihre Grenzen."

Mit einer heftigen Bewegung riss Daran sich los. „Ihr tut mir weh. Was die Grenzen Eurer Geduld angeht – Ihr habt nicht länger das Recht, mir Befehle zu erteilen."

Die Worte hingen wie ein Fluch in der Luft. Es war offensichtlich, wie sehr Daran sich wünschte, dass er sie zurücknehmen könnte, aber als ihm das unbeugsame Funkeln in den Augen der Wüstenbrüder auffiel, schob er sein Kinn trotzig nach vorne.

„Ich denke ,es ist besser, wenn ich die Nacht nicht hier verbringe. Wenn alles nach Plan verläuft, bin ich in elf Tagen zurück."

Er drehte sich um und verließ zum ersten Mal, seit sie sich kannten, die Gemächer seiner Liebhaber voller Wut. Aegid und Kalad waren wie vom Donner gerührt. Natürlich war ihnen aufgefallen, wie sehr Daran sich verändert hatte, seit das Training begonnen hatte und bis jetzt hatte es sie mit Stolz erfüllt, zu sehen, wie der manchmal frühreife Junge sich in einen echten Mann verwandelte. Aber echte Männer trafen ihre eigenen Entscheidungen, auch wenn ihre Liebhaber sie nicht billigten.

„Er wird viel zu schnell erwachsen", murmelte Kalad mit einem gewissen Bedauern.

Aegid legte die Hand auf seine Schulter. „Unglücklicherweise ja. Ich bin dennoch stolz. Er hat sich wirklich getraut, uns zu trotzen. Zu Beginn dieses Jahres hätte er davon nicht einmal zu träumen gewagt! Er wird ein großartiger Krieger werden."

„Sollen wir ihm nachgehen?"

„Und seine Entschlossenheit ins Wanken bringen? Nein. Er hat seine Entscheidung getroffen und jetzt muss er damit leben."

Kalad grinste mit einer Spur Bosheit im Gesicht. „Unser hübscher kleiner Dieb wird eine schlaflose Nacht haben, meinst du nicht?"

„Eindeutig. Aber es wird ihn Konsequenz lehren. Jetzt müssen wir nur die nächsten zehn Tage ohne ihn überstehen."

Kalad seufzte tief. „Das wird schwer werden. Vor allem, weil wir für heute so viele interessante Dinge geplant hatten. Wenn er zurückkommmt, wird er die Verantwortung übernehmen müssen."

Darüber nachzudenken, wie sie Daran für seine Entscheidung würden bezahlen lassen, hob die Stimmung der Krieger deutlich an. Sie hatten lange genug gelebt, um die Aussicht auf Lust ebenso genießen zu können wie die Lust selbst.

„HEY, DARAN! Du machst ein Gesicht wie drei Tage Regenwetter! Das ist dein erstes Kommando. Du solltest vor Freude strahlen!" Lukan lenkte sein Pferd neben das seines Anführers, die Brauen in seinem offenen, runden Gesicht gerunzelt. „Oder machst du dir Sorgen? Lord Renaldo hätte dich nicht gewählt, wenn er nicht der Meinung wäre, dass du bereit bist. Außerdem ist das hier Routine. Es ist perfekt für ein erstes Mal."

Bei dieser Doppeldeutigkeit leuchteten die Augen des Kriegers spöttisch auf. Er war zwei Jahre jünger als Daran und konnte endlos Freude aus solchen Scherzen ziehen.

Daran versuchte zu lächeln und versagte kläglich. „Es ist nicht das Kommando, Lukan. Ich bin selbstbewusst genug, um zu glauben, dass ich die Eskorte anführen kann. Unglücklicherweise haben meine Herren eine andere Meinung."

Lukan pfiff leise. Er wusste sofort, wo das Problem lag. „Du hast dich mit Kalad und Aegid gestritten."

Der Schmerz in Darans Gesicht war Antwort genug.

„Zum ersten Mal, seit wir uns begegnet sind. Wir hatten schon hin und wieder kleinere Streitigkeiten, aber nichts so großes. Ich fühle mich so grauenvoll, dass ich es nicht in Worte fassen kann."

Lukan legte eine Hand beruhigend auf die Schulter des Diebes. „Es wird vorbeigehen. Du bist ein freier Mann, ein Krieger im Rudel und zudem der erste Unsterbliche nach den Emeris. Es ist nur natürlich, dass du deinen eigenen Weg finden musst. Wenn man bedenkt, wie besitzergreifend diese beiden sind, ist es kein Wunder, dass ihr eine Auseinandersetzung hattet. Als ich mein erstes Kommando bekam, hat Elua eine Woche lang nicht mehr mit mir gesprochen. Wir sind aber immer noch zusammen."

Daran seufzte tief. Lukan war den letzten Winter ins Tal gekommen, nicht als Sklave, sondern als Liebhaber von Elua, einer Söldnerin, die zehn Jahre älter war als er. Sie war eine erfahrene Kriegerin, die Canubis oft dorthin schickte, wo die Schlacht am heftigsten tobte. Ungefähr fünfzig Männer und Frauen – die sich, wie sie, auf den Kampf mit Langdolchen spezialisiert hatten – gehorchten ihrem Befehl. Ihre Kämpfer waren in der Lage, dem Feind schwere Verluste zuzufügen und gingen normalerweise direkt ins Herz einer jeden Auseinandersetzung.

Sie hatte Lukan in einer kleinen Stadt südlich von Kwarl kennengelernt und ein paar angenehme Nächte mit ihm verbracht. Dass der dritte Sohn eines ortsansässigen Adeligen sich in sie verlieben würde, war nicht geplant gewesen, aber am Ende hatte sie seinem nachdrücklichen Werben nachgegeben und ihn mit ins Tal genommen. Sobald sie angekommen waren, hatte Lukan alles in seiner Macht Stehende getan, um sie für sich zu gewinnen, was dazu führte, dass sie jetzt verheiratet waren. Nach einigen legendären und brutalen Auseinandersetzungen hatte Lukan entschieden, unter einem anderen Kommandanten zu dienen, da seine Frau nicht sonderlich gut darin war, ihre Beschützerinstinkte zu kontrollieren. Das war der Grund, warum Lukan jetzt mit Daran ritt, der den fröhlichen Adeligen aufrichtig mochte. Lukan repräsentierte alles, was Daran nie gehabt hatte. Eine respektable Abstammung und eine sorglose, perfekte Kindheit in einem liebevollen Zuhause. Mit Lukan zu sprechen, war wie Balsam. Seine ausgeglichene Persönlichkeit beruhigte Darans aufgewühlte Gefühle. Dankbar lächelte der Dieb ihn an.

„Ich weiß, dass ich es mir nicht zu Herzen nehmen sollte, aber das ist das erste Mal, dass wir getrennt sind. Und noch dazu nach einem Streit. Ich fühle mich, als ob jemand mich verprügelt hätte."

Lukan seufzte. „Das mag für dich jetzt wie reiner Hohn klingen, aber genieß dieses Gefühl. Glaub mir, sobald du zurück bist, werden sie dich bezahlen lassen." Seine blaugrauen Augen leuchteten spöttisch auf. „Wenn du denkst, dass du es nicht länger ertragen kannst, stell dir den Versöhnungssex vor, den du haben wirst, sobald sie sich beruhigt haben. Das hilft mir immer, meine Auseinandersetzungen mit Elua zu überstehen."

Bei diesen Worten fühlte Daran ein Schaudern durch seinen Körper laufen, das nicht nur aus Lust geboren war. Zwei Liebhaber zu haben, noch dazu so erfahrene wie Kalad und Aegid, bedeutete, dass er praktisch jede Nacht bis an seine Grenzen und darüber hinaus getrieben wurde. Bei den wenigen Gelegenheiten, wenn er Versöhnungssex mit den Wüstenbrüdern gehabt hatte, hatte Daran während des Aktes mehr als einmal das Bewusstsein verloren und danach dauerte es immer Tage bis er wieder allein hatte stehen können. Ihm war es vollkommen recht, normalen Sex mit seinen Herren zu haben.

„Ich würde es vorziehen, darüber nicht zu sehr nachzudenken. Ich *mag* es, allein gehen zu können."

Neugierde erwachte in Lukans Augen. „Wie ist das, zwei Männer im Bett zu haben?"

„Anstrengend. Unglaublich anstrengend."

„Klingt für mich nicht nach Spaß …"

Daran seufzte. Wie sollte er etwas erklären, das er selbst nicht richtig verstand? „Natürlich mag ich es. Aber glaub es oder nicht, selbst Lust kann es im Übermaß geben. Wenn diese beiden mich nehmen, fühlt es sich an, als würde ich ertrinken. Ich bin vollkommen hilflos und darauf reduziert, sie zu empfangen. Ich habe keine Kontrolle und kann es nur ertragen, weil ich ihnen vollkommen vertraue."

Lukan runzelte die Stirn. „Aber du bist jetzt auch unsterblich. Du solltest in der Lage sein, mit ihnen mitzuhalten."

„Das hatte ich gehofft, aber ich bin noch zu jung. Und allein ihre Gegenwart ist schon zu überwältigend. Sie haben mich perfekt abgerichtet. Wenn sie einen bestimmten Tonfall benutzen oder mich auf eine gewisse Weise anschauen, ist es, als würde ich in Hitze kommen. Mein Körper ist wie ein Instrument, das sie nach ihren Wünschen gestimmt haben."

„Und doch liebst du sie." Es war mehr eine Feststellung als eine Frage.

„Mehr als alles andere auf der Welt. Sie sind mein Leben. Alles, was ich bin und besitze, verdanke ich ihnen, weshalb mich unser Streit auch so bedrückt. Ich fühle mich, als ob ich ihre Großzügigkeit verraten hätte."

Lukan schüttelte verwundert den Kopf. „Du bist um einiges komplizierter, als ich gedacht habe, Daran. Von außen gesehen ist eure Beziehung so harmonisch, dass einem schlecht werden könnte. Ich hätte nie gedacht, dass du etwas anderes als Seligkeit empfindest."

Die Sorge in Lukans Stimme war so offensichtlich, dass Daran lächeln musste. Es war nett, Kameraden wie ihn zu haben.

„Streng genommen bin ich ständig selig. Ich bin wirklich glücklich. Es ist nur so, dass mein Leben wirklich intensiv ist. Und weil ich bis vor nicht allzu langer Zeit ein schwacher Sterblicher war, ist es manchmal ein bisschen zu viel. Aber ich kann dir versichern, wenn ich die Möglichkeit hätte, alles noch einmal von vorne zu machen, würde ich nicht eine Sache ändern. Selbst meine Zeit in Kwarl – wenn das der Preis ist, den ich bezahlen musste, um mit Aegid und Kalad leben zu können, dann soll es so sein."

„Es scheint, dass die Liebe Narren aus uns allen macht." Lukan grinste breit. „Aber ich bin glücklich. Alles andere wäre einfach nur langweilig."

Daran lachte. „Da hast du recht! Und jetzt lass uns diese zutiefst philosophische Diskussion beenden, bevor einer von uns beiden zu weinen anfängt."

Ein wenig ruhiger als zuvor und entschlossen, sich nach seiner Rückkehr mit seinen Herren zu versöhnen, trieb Daran Rajan an.

„WIE FÜHLT es sich an, dein erstes großes Kommando erfolgreich abgeschlossen zu haben?"

Lukan grinste Daran breit an. Sie waren ungefähr einen Tagesritt vom Tal entfernt und er freute sich darauf, Elua wiederzusehen.

Daran verzog das Gesicht. Je näher sie der Heimat gekommen waren, umso mehr hatte er sich zurückgezogen. „Zunächst einmal sind wir noch nicht zu Hause und zweitens kann ich an kaum etwas anderes denken, als meinen Streit mit Aegid und Kalad. Wie du sehr wohl weißt, Lukan."

Der Adelige hob entschuldigend die Hände. „Ich habe nur versucht, dich abzulenken. Dafür sind Freunde da."

„Ich weiß den Versuch zu schätzen, aber mir wäre es lieber, wenn du aufhören würdest. Ich weiß nicht, wie ich ihnen begegnen soll."

Lukan verdrehte seine Augen gen Himmel. Darans Obsession mit seinen Liebhabern war so schlimm wie die ihre zu ihm. Es war mehr oder weniger unmöglich ihn dazu zu bringen, an etwas anderes zu denken. Lukan dachte gerade darüber nach, was er sonst noch tun könnte, um seinen Anführer aufzumuntern, als er aus dem Augenwinkel eine Bewegung wahrnahm. Seine Hand packte in einer anmutigen Bewegung den Griff seines Schwertes, während seine Stimme klar durch die frische Morgenluft klang.

„Ein Feind! Macht euch bereit!"

Er hatte seine Warnung noch nicht beendet, als hohle Tonkugeln überall um sie herum zersprangen. Ein dünner, ominöser Staub erhob sich in die Luft und verbrannte die Lungen der Söldner, sobald sie ihn einatmeten. Lukan war geistesgegenwärtig genug sich seinen Umhang vor Mund und Nase zu pressen, bevor er versuchte, einen Überblick über die Situation zu bekommen. Mehr und mehr der seltsamen Tonkugeln zerbrachen auf dem Boden. Die Ochsen, die die schweren Wägen mit dem blauen Stahl zogen, wurden immer nervöser und ihr lautes Brüllen half nicht, das Durcheinander zu mindern. Lukan begann zu blinzeln. Der Boden schien sich auf ihn zuzubewegen, die Luft war mit bunten Lichtern erfüllt und ein Geräusch wie ein sich näherndes Gewitter erklang in seinen Ohren.

„Es ist eine Droge! Versucht davon wegzukommen!"

Darans Stimme erklang aus weiter Ferne. Lukan hatte Probleme, ihn zu verstehen. Als ihm endlich klar wurde, was die Worte bedeuteten, versuchte er, seine Stute mit Händen, die zu ungeschickt waren, die Zügel zu halten, von dem Staub wegzulenken. Er konnte spüren, wie sein Verstand taub wurde und kämpfte verzweifelt dagegen an. Vor sich konnte er Daran sehen, der auf dem Rücken seines Pferdes schwankte, es aber irgendwie schaffte, Rajan von der Karawane weg in saubere Luft zu dirigieren. Lukan wusste nicht, wie er dasselbe zustande brachte.

Gerade als das Atmen wieder einfacher wurde, fand der Hauptangriff statt. Bewaffnete Männer erschienen aus allen Richtungen. Sie hatten nasse Tücher über ihre Münder und Nasen geschlungen und ihre Augen wurden von dünnen Schleiern geschützt. Mit der Effizienz erfahrener Räuber töteten einige von ihnen die hilflosen Kutscher, während der Rest sich um die desorientierten Söldner kümmerte. Lukan packte sein Schwert fester. Sobald er und Daran aus dem Staub herausgekommen waren, hatte sein Verstand wieder zu arbeiten begonnen. Die beiden Männer tauschten einen Blick, wohl wissend, dass die Karawane verloren war. Darans entschlossener Blick zeigte, dass er nicht willens war, einfach so aufzugeben. Er wandte sich dem Massaker, das direkt vor ihnen stattfand, zu. Wegen der Droge hatten die Söldner keine Chance gegen die gut organisierten Angreifer.

„Lukan, reite und hole Hilfe. Beweg dich!"

„Daran, das ist verrückt! Sie sind in der Überzahl. Es besteht keine Chance, dass du das überleben wirst!"

Mit einem schwachen Lächeln drehte Daran sich herum.

„Ich weiß. Aber ich schulde es diesen – meinen – Männern. Und ich werde zurückkommen. Du weißt das. Jetzt setz dich in Bewegung. Der Kriegswolf muss erfahren, was hier geschehen ist."

Lukan zögerte noch einen Moment, bevor er nachgab. Er hatte einen direkten Befehl von seinem Kommandeur erhalten und obwohl alles in ihm sich danach sehnte, sich Daran anzuschließen, sagte die Vernunft ihm, dass es wichtiger war, die Lords zu informieren. Entschlossen wirbelte er sein Pferd herum und trieb es zum Galopp. Er hatte kaum fünf Galoppsprünge hinter sich gebracht, als etwas ihn heftig unter dem Rippenbogen traf und beinahe von seinem Pferd fegte.

Keuchend hielt er sich am Sattel fest, tastete nach dem Pfeil, der sich in seinen Körper gegraben hatte. Angewidert brach er den Schaft ab und warf ihn fort, dann trieb er seine Stute weiter an.

DARAN SAH nicht, wie Lukan von dem Pfeil getroffen wurde. Er war zu sehr auf die Aufgabe, die vor ihm lag, konzentriert. Nur eine Handvoll seiner Männer war noch am Leben und sie hatten keine Chance gegen die überlegene Zahl der Feinde. Wer auch immer diesen Angriff geplant hatte, war ziemlich gründlich gewesen und kannte die Schwächen des Rudels. Die Droge hatte die mächtigen, perfekt trainierten Krieger in einen Haufen orientierungsloser, hilfloser Kinder verwandelt, die kaum in der Lage waren, die schwerfälligen Angriffe der Räuber abzuwehren. Auch Daran spürte den Effekt des Drogenstaubs, aber nicht so schlimm wie seine Männer, was wahrscheinlich an seiner Unsterblichkeit lag. Die Pferde und Ochsen schienen vollkommen unbeeindruckt von dem Effekt, ein kleiner Segen, für den Daran dankbar war. Wenn Rajan ebenfalls betroffen gewesen wäre, hätte er nicht die geringste Chance gehabt.

Ihm war schmerzlich bewusst, wie sehr sie in der Unterzahl waren und er machte sich keine Illusionen darüber, dass sie nicht alle hier sterben würden. Dennoch fühlte er diesen Männern gegenüber, die seine Befehle akzeptiert hatten, die Verpflichtung, so viele Feinde wie möglich zu töten. Und auch wenn sein Körper ihm nicht so gehorchte, wie er es sonst tat, schaffte Daran es doch, fünf der Männer zu töten und ebenso viele zu verwunden, ehe die Räuber ihn endlich besiegen konnten. Als der kalte Stahl zweier Schwerter gleichzeitig in seinen Körper eindrang, sank Daran mit einem Gefühl der Dankbarkeit in die Dunkelheit. Sobald er aufwachte, würde er sich dem Zorn des Kriegswolfs stellen müssen, eine Aussicht, auf die er sich nicht freute.

2.
ECHEND'DIM

SOBALD LUKAN sich vollkommen sicher sein konnte, dass niemand ihm gefolgt war, zügelte er seine Stute und sah sich um. Zum Glück hatte sein Pferd sich instinktiv in Richtung des Tals bewegt. Dennoch waren sie immer noch zu weit weg, als dass er es lebend dorthin schaffen würde. Der Pfeil in seiner Seite hatte mehr Schaden angerichtet, als Lukan zuerst angenommen hatte. Mit jedem Herzschlag konnte er spüren, wie sein Leben aus ihm heraustropfte. Der Sattel und das Fell der Stute waren bereits klebrig von Blut. Wenigstens funktionierte sein Verstand wieder perfekt, darum wusste Lukan, was er zu tun hatte. Mit seinem eigenen Blut schrieb er den genauen Ort des Überfalls und die Informationen über die Droge auf seinen Umhang. Dann band er sich mit dem Seil, das zur Standardausrüstung für alle Mitglieder des Rudels gehörte, an den Sattel und tätschelte den Hals der Stute, dankbar, dass sie zu den Pferden gehörte, die von Casto trainiert worden waren.

„Sirana!" Die Falbstute schnaubte, als sie ihren Namen hörte, ihre Ohren spielten nervös. Sie konnte spüren, dass etwas nicht stimmte. „Sirana! *Alan nioma! Nioma!*"

Lukan wimmerte, als die Stute zu laufen begann. Ganz egal, was jetzt geschah oder wer versuchte, sie aufzuhalten, sie würde ihn ins Tal zurückbringen oder bei dem Versuch sterben. Für einen Moment fragte er sich, wie Casto es schaffte, die Pferde derart auf gesprochene Befehle zu trainieren, aber der Schmerz unterbrach seinen Gedankengang beinahe auf der Stelle. Er wusste, dass er nicht mehr viel Zeit hatte und entschied sich, seine letzten klaren Momente nicht damit zu verschwenden, über das Enigma, das Casto darstellte, zu rätseln.

Ein schwaches Lächeln flackerte über das Gesicht des sterbenden Mannes. Elua. Auch wenn er sich gewünscht hatte, dass er mehr Zeit mit ihr hätte verbringen können, bereute er es nicht, ihr gefolgt zu sein. Niemals zuvor war er so glücklich gewesen wie mit dieser Frau. Das Einzige, was ihm leidtat, war dass er es ihr jetzt nicht mehr sagen konnte. Aber wenn sie ihm eines Tages in die Grünen Lande folgte, würde er das sofort tun.

Sirana legte die Ohren an. Sie konnte spüren, dass der Mann auf ihrem Rücken nicht länger am Leben war und wäre sie nicht so perfekt trainiert gewesen, hätte sie wohl der Versuchung nachgegeben und versucht, ihre Bürde loszuwerden. Stattdessen lief sie weiter, entschlossen, den letzten Befehl ihres Reiters zu erfüllen.

„WIE VIELE Männer haben wir verloren?"

Die dunklen Augen des Anführers glühten vor Wut. Die Karawane anzugreifen, war bis ins Detail geplant gewesen und er hatte nicht erwartet, dass er solch ernsthafte Verluste erleiden würde. Wie sich herausstellte, waren die Söldner des Tals sogar noch effizienter als die Geschichten, die man über sie erzählte, ihn hatten annehmen lassen.

„Insgesamt siebzehn, Ma'Duk."

Der Mann, der diese Worte ausgesprochen hatte, duckte sich vor Furcht. Er diente seinem Anführer schon lange genug, um zu wissen, wie unfair er werden konnte, wenn er wütend war. Während solcher Momente war es keine gute Idee, sich in seiner Nähe aufzuhalten oder seine Aufmerksamkeit auf sich zu ziehen. Die Hand des bulligen Mannes mit den wilden, dunklen Augen und den drei rautenförmigen Narben auf der Stirn zuckte in Richtung seines Dolches. Doch bevor er seiner Wut freien Lauf lassen konnte, wurde er von einem Ruf aus der Richtung der Karawane unterbrochen.

„Ma'Duk, dieser hier lebt noch!"

Ma'Duk runzelte die Stirn. Normalerweise waren seine Männer äußerst effizient und soweit er es gesehen hatte, hatten alle Söldner mehr als einen tödlichen Treffer erhalten. Ein wenig besorgt, aus Gründen, die er nicht verstand, eilte er zu dem Mann, der ihn gerufen hatte.

„Ich warne dich, Da'Ryen. Wenn das ein Scherz ist, werde ich dir persönlich das Herz herausreißen."

Der Räuber schluckte, wich aber nicht zurück. „Du solltest wissen, dass ich über solche Angelegenheiten keine Witze mache, Ma'Duk."

Der Anführer zögerte. Da'Ryen war einer der vier Männer, die ihm aus der Halbwüste am nördlichen Ende des Heißen Herzens zu diesem weit entfernten Ort gefolgt waren. Und obwohl sie alle ihre Vergangenheit und Überzeugungen diesem neuen Leben als Gesetzlose geopfert hatten, gab es immer noch einige Dinge, die heilig blieben. Sich nicht über die Toten lustig zu machen, gehörte dazu.

Ma'Duk beugte sich über den Körper, den Da'Ryen ihn zeigte. Es war der langhaarige Krieger, der die Karawane angeführt und ihnen solch große Verluste zugefügt hatte. Seine zuvor glänzende Ausrüstung war mit Blut und Schmutz verschmiert, seine langen, schwarzen Haare um seinen Körper geschlungen und der außergewöhnliche Schmuck um seinen Hals war matt. Ma'Duk selbst hatte sein Schwert tief in den Oberkörper dieses Mannes gerammt, der wie ein Fluch über seine Männer gekommen war. Wenn alles mit rechten Dingen zuginge, hätte er auf eine Leiche starren sollen, aber als er näher hinschaute, konnte er sehen, wie die Brust des Gefallenen sich ganz leicht bewegte. Mit einem Mal wich Ma'Duk zurück und machte eine Geste, um böse Mächte abzuwehren. Vor seinen Augen schloss sich ein Schnitt am Arm des Mannes, verheilte so sauber, als ob er nie da gewesen wäre.

„Bei den Ahnen, was ist das?"

Da'Ryen wurde blass. Selbst in dem abgelegenen Teil von Ana-Darasa, aus dem sie gekommen waren, hatte er Geschichten über die Menschen aus dem Tal gehört und die Tatsache, dass sie unsterblich waren. Je näher sie ihrem

Einflussgebiet gekommen waren, umso fantastischer waren die Geschichten geworden, bis sie einen Punkt erreicht hatten, an dem Da'Ryen sie nicht mehr glaubte. Er war dagegen gewesen, die Karawane anzugreifen, die so offensichtlich für das Tal bestimmt war, aber Ma'Duk hatte nicht zugehört. Er war eingebildet genug, zu glauben, dass er mit jedem Feind fertig werden konnte.

Den anderen Männern war klargeworden, dass etwas vor sich ging und sie begannen näherzukommen. Als sie sahen, wie die Wunden des gefallenen Mannes sich mit immer größerer Geschwindigkeit zu schließen begannen, drehten sich einige von ihnen um und liefen davon. Jene, die blieben, hielten Abstand und versuchten, ihren Aufbruch voranzutreiben. Nur ein Mann schien keine Furcht zu kennen. Er kniete neben dem immer noch bewusstlosen Mann, um ihn sich genauer anzusehen. Ein bösartiges Lächeln erschien auf seinen Lippen.

„Was, Elgir?"

Ma'Duk wurde ungeduldig. Die Reaktion der Männer gefiel ihm nicht und auch er verspürte das brennende Bedürfnis, diesen Ort so schnell wie möglich zu verlassen.

„Es scheint, als ob die Gerüchte über die Unsterblichkeit der Menschen aus dem Tal tatsächlich wahr sind. Ich kenne einige Leute, denen es sehr gefallen würde, mit einem hübschen Jungen wie diesem spielen zu können. Und die sogar noch mehr bezahlen würden für das Privileg, ihn zu töten."

Ma'Duk gab ein würgendes Geräusch von sich.

„Ich habe gewusst, dass du ein kranker Bastard bist, Elgir, aber das hier geht zu weit. Davon abgesehen, denkst du nicht, dass die anderen Krieger kommen werden, um nach einem der ihren zu suchen?"

„Pah, ich habe nicht vor, auf sie zu warten. Ein Freund von mir kennt sich ein wenig mit Magie aus. Es sollte kein Problem sein, diese perfekte Beute zu verstecken. Versteht ihr Idioten es nicht? Dieser Mann hier ist mehr wert als die ganze Karawane!"

Unsicher starrte Ma'Duk auf den Boden. Elgirs Worte machten Sinn und schafften es sogar, ihn in Versuchung zu führen, aber ein unangenehmes Gefühl blieb. Der Gefallene war der Einzige, der sich von seinen Wunden erholte, was bedeutete, dass er etwas Besonderes war. Und auch wenn er es niemals zugeben würde, hatte Ma'Duk nie vor, sich direkt einem Mann wie dem Kriegswolf zu stellen.

Er wandte der Versuchung den Rücken zu.

„Wir lassen ihn hier. Bemannt die Karren, dann verschwinden wird."

Da'Ryen folgte seinem Anführer auf der Stelle. Elgir zögerte. Dann erhob er sich langsam.

„Ich denke, dass sich unsere Wege hier trennen werden, Ma'Duk. Es war lustig, aber ich will verdammt sein, wenn ich mir diese einmalige Chance entgehen lasse."

Ma'Duk hielt ihn mit einer Handbewegung auf. Er hatte dies kommen sehen seit dem Moment, als Elgir sich ihnen angeschlossen hatte und war nicht wirklich traurig, sich von ihm zu trennen.

„Tu, was du tun musst, aber komme nicht zu mir gelaufen, wenn es schiefgeht."

„Mach dir keine Sorgen, das würde mir im Traum nicht einfallen!"

CASTO WAR auf dem Weg zu seinem und Lys Lieblingsplatz am See, als er das Heulen hörte. Mittlerweile kannte er die Wölfe gut genug, um sofort zu erkennen, dass etwas nicht stimmte. Das schrille Geräusch, das wie eine Sirene durch das Tal hallte, hatte einen verzweifelten Unterton. Casto spürte, wie ihm Schauder den Rücken hinabliefen, als er sich daran erinnerte, dass Daran heute zurückkommen würde. Lys drehte sich auf der Stelle herum und eilte so schnell es ging auf dem schmalen Pfad zurück.

Vor den Ställen spielte sich eine albtraumhafte Szene ab. Renaldo, Canubis, Sic, Noran, Aegid, Kalad und Hulda standen um ein falbes Pferd herum, das Casto als Sirana erkannte, Lukans Stute. Ihr helles Fell war mit Blut verschmiert und der König erblickte eine zusammengesunkene Gestalt auf ihrem Rücken. Als er näherkam, erkannte er, dass es Lukan war – Lukan, kalt und tot. Casto schluckte. Der Adelige war ungefähr in seinem Alter und auch wenn sie einander nicht näher gekannt hatten, hatte er ihn doch nett gefunden.

„Lukan! Nein!" Elua, Lukans Frau, schrie vor Verzweiflung. Die normalerweise gefasste und unnahbare Söldnerin zitterte am ganzen Leib. Ihr Gesicht war vor Schmerz verzogen, ihre Stimme klang wie das Kreischen eines Dämons. Casto konnte mit ihr fühlen. Voller Entsetzen erinnerte er sich an die Schlacht von Elam, als er gedacht hatte, er hätte Renaldo verloren. Er betete jede Nacht darum, diese schreckliche Leere, die schmerzliche Verzweiflung und die lähmende Trauer nie wieder fühlen zu müssen. Er spürte Tränen in den Augen und dann war Renaldo dar.

„Es ist in Ordnung, mein Eigen. Es ist in Ordnung. Ich bin hier."

Casto schaffte ein schwaches Lächeln, riss sich zusammen und kam direkt zum Punkt.

„Was ist passiert?"

„Wir wissen es noch nicht. Sirana ist so angekommen. Kalad war gerade bei den Ställen und hat sie angehalten. Lukan ist tot, aber er hatte noch die Kraft, sich an den Sattel zu binden."

„Renaldo!"

Aegids Stimme unterbrach die Erklärung des Todesengels.

„Wir haben eine Nachricht gefunden. Sieht so aus, als ob er sie selbst geschrieben hätte."

Canubis und sein Bruder starrten auf Lukans Umhang, auf den die Ereignisse des vorangegangenen Tages mit Blut geschrieben standen.

„Was, in Ana-Darasa, ist passiert?"

Noran schüttelte ungläubig den Kopf. Keiner von ihnen hätte es für möglich gehalten, dass auf dieser Routinemission etwas schiefgehen könnte. Hulda trat vor. Ihre Fingerspitzen strichen über den Umhang des gefallenen Mannes. Dann rieb sie den dünnen Film zwischen ihren Fingern und schnüffelte daran. Angewidert schüttelte sie den Kopf.

„Ich denke, ich weiß es. Es ist ziemlich offensichtlich, dass die Karawane überfallen wurde. Die Angreifer haben eine Droge benutzt, die die Wahrnehmung verwirrt und konnten so gewinnen. Wenn ich raten müsste, würde ich sagen, dass es sich um Ishe-Ryein handelt. Es ist ein Puder, das aus den pulverisierten Giftfängen der Ishe-Eidechse gewonnen wird. Nicht sehr verlässlich und unmöglich zu kontrollieren. Funktioniert zudem nur, wenn man es direkt einatmet. Ich würde mich für eine andere Art Waffe entscheiden. Aber es ist billig und leicht zu bekommen."

Die Killerin rümpfte die Nase.

„Dennoch scheint es in diesem Fall wirkungsvoll gewesen zu sein." Canubis' Stimme war tödlich ruhig. Wer auch immer es gewagt hatte, die Karawane zu überfallen, würde einen hohen Preis für dieses Sakrileg bezahlen.

„Holt Lukan herunter und bereitet alles vor. Wir gehen auf die Jagd."

Nicken begleitete diese flach ausgesprochenen Worte. Zwei Diener brachten eine Bahre, auf die sie Lukan legten. Elua beugte sich über ihn und küsste voller Liebe seine bleiche Stirn.

„Ich werde dich vermissen, mein Geliebter. Warte auf mich, auf der anderen Seite."

Heiße Tränen liefen ihren Wangen hinab und befeuchteten den bewegungslosen Körper ihres Ehemanns. Dann spürte sie auf einmal eine leichte Berührung an ihrer Schulter. Sic war auf sie zugetreten, sein freundliches Gesicht voller Mitleid. Er kniete sich neben die Bahre und legte seine Hand in stummem Abschied auf Lukans Brust. In dem Moment, als Sic die Haut des toten Mannes berührte, erstarrte er. Seine Augen verdrehten sich, bis nur noch das Weiße zu sehen war und seine Lippen begannen zu zittern.

„Sic! Was ist los?" Noran wollte zu seinem Geliebten eilen, aber Hulda hielt ihn zurück. Ihre Stimme klang wie eine Peitsche.

„Noran, bleib hier. Elua, komm her!"

Die Kriegerin gehorchte auf der Stelle. Als sie Hulda erreichte, begann Sic seltsame Laute von sich zu geben, die die versammelten Krieger kaum hören konnten. Sein gesamter Körper schien zu verschwimmen. Die Konturen seiner Gestalt schimmerten, als ob sie von einem inneren Licht erhellt würden.

„Was geht hier vor?"

Canubis' Hand ruhte auf dem Griff seines Schwertes, bereit zuzuschlagen.

„Leg deine Waffe weg, du Idiot." Huldas Stimme klang angespannt. Sie konzentrierte sich auf Sic und Lukan. „Verstehst du es nicht? Er ruft ihn zurück!"

Bewunderndes Schweigen senkte sich herab, nur unterbrochen von Sics beinahe unhörbarem Singsang. Dann begann Lukans Hand zu zucken und er öffnete die Augen. Im gleichen Moment wurde Sic still. Das Licht um ihn herum verschwand, als ob es nie dagewesen wäre und seine Augen wurden wieder normal. Er schien ein wenig verwirrt zu sein.

Noran kam wie eine Lawine über ihn. „Sic! Geht es dir gut?"

Der Schmied lächelte schwach. „Natürlich. Ich wollte mich nur von Lukan verabschieden, aber dann …"

Er zögerte, suchte nach den richtigen Worten und sprach dann vorsichtig weiter, als ob er Angst hätte, die Worte könnten in seinem Mund zerbrechen.

„Ich konnte ihn immer noch spüren. Es war ähnlich wie mit Daran. Darum habe ich ihn gebeten, zurückzukommen. Ich fühle mich deswegen schlecht. Da war Frieden."

Unsicher schaute er zu Elua, die Lukan in ihren Armen hielt. Der Adelige zwinkerte ihm zu.

„Ich habe Euch gehört, Lord Sic. Und ich habe Euer Licht gesehen. Es war überraschend leicht, ihm zu folgen. Ich danke Euch. Fühlt Euch nicht schlecht, weil ihr den Frieden gebrochen hat. Ich war noch nicht bereit dafür."

Ehe Sic antworten konnte, übernahm Canubis. „Ich denke, das kann warten. Lukan, was ist passiert?"

Das Gesicht des Kriegers verdunkelte sich. „Wir wurden ungefähr einen Tagesritt vom Tal entfernt angegriffen. Die Räuber bombardierten uns mit Kugeln aus Ton, aus denen ein seltsamer Staub aufstieg, der uns am Denken gehindert hat. Daran hat mich geschickt, es Euch zu sagen. Er hat versucht, unseren Männern zu helfen. Ich wurde von einem Pfeil getroffen und habe Vorkehrungen getroffen, für den Fall, dass ich es nicht schaffen würde."

„Gut mitgedacht."

Canubis legte seine Hand in einer anerkennenden Geste auf die Schulter des jungen Mannes.

Auf einmal erschien Kalad vor ihnen, seine lebhaften braunen Augen von Sorge umschattet. „Was ist mit Daran passiert?"

„Ich weiß es wirklich nicht, Lord Kalad. Als ich losgeritten bin, ging es ihm noch gut, aber wir waren schwer in der Unterzahl. Ich glaube nicht, dass er unbeschadet daraus hervorgegangen ist."

Aegid erschien hinter seinem Bruder und zwang seine Stimme selbstbewusst zu klingen. „Vergiss nicht, er ist Echend'dim, Kalad. Er wacht wahrscheinlich gerade in diesem Moment auf."

„Dann sollten wir uns beeilen, zu ihm zu kommen. Ich will ein persönliches Gespräch mit den Räubern führen, die es gewagt haben, eine unserer Karawanen anzugreifen."

Die Bernsteinaugen des Kriegswolfs glitzerten gefährlich. Die dunkle Stimmung, in der er sich befand, war nicht zu verkennen. „Hulda, wähle zwanzig Reiter. Ich will in einer Stunde aufbrechen."

Die Killerin nickte mit kaltem Gesicht. Sie musterte Elua und Lukan. „Könnt ihr beide in einer Stunde bereit sein?"

Eluas Gesicht war wieder zu der üblichen, ausdruckslosen Maske erstarrt. „Natürlich. Es wird mir eine Freude sein, diese Bastarde zu den Müttern zu schicken."

Auch Lukan nickte. „Wir werden da sein."

LANGSAM KAM Daran wieder zu Bewusstsein. Ein Durcheinander an Stimmen überflutete seine Ohren und er konnte spüren, dass er auf einem Teppich lag. Er versuchte, sich aufzusetzen, aber seine Hände und Füße waren gefesselt. Stöhnend schloss er seine Augen wieder. Es schien, als ob der Kriegswolf sogar noch wütender war, als er es befürchtet hatte.

„Scheint, als wärest du mit dem Schönheitsschlaf fertig, Beute."

Die spöttische Stimme schreckte Daran auf. Das war eindeutig nicht sein Gott! Nachdem seine Herren Egand getötet hatten, hatte er gedacht, dass er nie wieder einen solch abfälligen, hasserfüllten Tonfall würde hören müssen. Er öffnete seine Augen und versuchte, den Besitzer dieser widerlichen Stimme zu finden. Der Mann, der sich über ihn beugte, sah wild aus, mit einem breiten Gesicht, schmalen Lippen, einer schiefen Nase und verächtlich blickenden Augen, in denen Daran noch etwas anderes sehen konnte, etwas, das in schaudern ließ.

Jetzt packte der Mann ihn am Halsband und riss ihn in die Höhe.

„Seht ihr, es ist genauso, wie ich es gesagt habe. Seine Verletzungen sind vollkommen verheilt."

Vor einem Feuer stehend hatten zwei Männer, die offensichtlich Brüder waren, sie beobachtet. Beide hatten helle, aschblonde Haare, graue Augen und großzügige Lippen. Sie waren leichter gebaut als der Mann, der Daran hielt, strahlten jedoch dieselbe Brutalität aus. Daran hatte lange genug bei Egand gelebt, um einen Zuhälter und Unterdrücker zu erkennen, wenn er ihn sah.

Mit einer kalkulierten Bewegung warf er seinen Kopf zurück und wurde mit einem knirschenden Geräusch belohnt, als die Nase seines Entführers brach. Der Mann ließ ihn heulend vor Schmerz los. Geübt rollte Daran über den Boden, durchschnitt dabei die Seile an seinen Füßen mit dem Messer, das er aus dem Gürtel des grob aussehenden Mannes gestohlen hatte. Dann drehte er die Klinge, um auch seine Handfesseln loszuwerden, aber bevor er das tun konnte, hörte er ein drohendes Knurren in seinem Rücken. Ein Schatten segelte durch die Luft, traf ihn hart an der Schulter und riss ihn zu Boden. Ein Hund, der wohl gut ein Hundredweight wog, stand über Daran, knurrte tief, die Lippen gekräuselt und scharfe, weiße Fänge entblößt.

„Was für ein lebhafter kleiner Kerl." Die Stimme eines der Brüder klang amüsiert. „Unsere Kunden werden sich um das Privileg streiten, mit dir spielen zu dürfen."

Daran knirschte mit den Zähnen. Er hatte das Messer verloren und wenn er nicht wollte, dass der Hund ihm die Kehle herausriss, musste er sich fügen.

Der zweite Bruder trat näher, schickte den Hund mit einer Bewegung seiner Hand davon und riss Daran in die Höhe. „Aber es ist keine schlechte Idee, ihm ein paar Manieren beizubringen, meinst du nicht, Drik?"

Der ältere lachte, ein hohles Geräusch ohne echte Freude. „Eine hervorragende Idee, Druran. Ich glaube auch, dass unser guter Freund Elgir sich mit dir unterhalten möchte. Du hast ihm schließlich die Nase gebrochen."

Das abfällige Gelächter verwandelte Darans Magen in Eis. Er starrte sie finster an.

„Es wäre besser, wenn ihr mich auf der Stelle gehen lasst. Ihr habt keine Ahnung, mit wem ihr euch anlegt."

Druran und Drik zucken mit den Schultern.

„Wir sind erwachsene Männer, die nicht an die Geschichten alter Frauen glauben. Die Söldner des Tals mögen gefährlich sein, sie sind aber nicht unverwundbar, was du besser als jeder andere wissen solltest. Und es sollte ihnen schwerfallen, dich hier zu finden. Dieser Ort ist vollkommen sicher."

Daran wand sich. Er bezweifelte nicht, dass seine Herren ihn finden würden. Er wollte nur nicht schon wieder von ihnen gerettet werden, vor allem nicht nach dem Streit, den sie gehabt hatten, bevor er gegangen war. Was es auch kosten mochte, er musste selbst von diesem Ort entkommen. Unglücklicherweise waren die Brüder nicht einmal halb so dumm, wie Daran gehofft hatte. Nach seiner kleinen Vorstellung achteten sie peinlich genau darauf, ihn gefesselt zu halten und sie hatten die Seile mit Stahl vertauscht. So sehr er es auch versuchte, er konnte einfach keinen Weg finden, sich zu befreien.

NACHDEM IHM das Blut vom Körper gewaschen worden war, wurde Daran in einen Raum gebracht, der von zahllosen Kerzen erhellt wurde. Kissen von der Größe eines Mannes und bedeckt mit lilafarbenen und goldenen Stoffen lagen in einem Halbkreis auf dem Boden, sodass jeder, der auf ihnen ruhte, einen freien Blick auf die gegenüberliegende Wand hatte, wo zahllose Folterinstrumente wie Peitschen, Messer, Haken und andere Monstrositäten hingen. Von der Decke baumelten Handschellen, die sich gnadenlos um Darans Handgelenke schlossen.

Druran liebkoste bewundernd die makellose Haut seines Gefangenen.

„Ich muss zugeben, dass ich noch nie zuvor eine solch bemerkenswerte Ware wie dich gesehen habe. Selbst wenn du diesen Trick mit dem Heilen nicht könntest, wärest du immer noch ein guter Fang. Das hier, andererseits", die wandernden Finger hatten Darans Halsband erreicht und zogen daran, „sollten wir so schnell wie möglich loswerden. Schließlich gibt es keinen Grund für dich, es hier drinnen zu tragen. Lass mich sehen."

Druran trat um seinen hilflosen Gefangenen herum, um den Verschluss des Halsbandes zu öffnen. Sein Erstaunen war groß, als er den komplizierten Mechanismus fand, der nur mit einem Schlüssel geöffnet werden konnte.

„Was ist das? Ein stolzer Krieger wie du trägt ein Sklavenhalsband?"

Daran machte sich nicht einmal die Mühe, Druran anzuschauen. „Es war ein Geschenk."

„Von jemandem, an dem dir etwas liegt, habe ich recht? Ansonsten würdest du es nicht tragen."

Der Zuhälter grinste freudig. Wie die meisten seiner Art, nannte er eine gewisse Menge an Empathie sein Eigen, was es ihm leichter machte, mit seiner Ware sowie den Kunden zu spielen. Und gerade eben hatte er die sprichwörtliche Goldmine gefunden. Langsam, jede Sekunde genießend, wählte er einen kleinen Dolch von der Wand.

„Da ich den Verschluss nicht öffnen kann, habe ich keine Wahl, als das Leder zu durchschneiden. Beweg dich nicht – du willst dich nicht verletzen."

Verzweifelt versuchte Daran, dem Messer auszuweichen. „Wag es ja nicht!"

Druran lachte amüsiert. Ohne sich um die Versuche seines Gefangenen, sich gegen ihn zu wehren, zu kümmern, durchschnitt er das Halsband und einen Teil von Darans Kehle. Der Dieb röchelte und schnappte nach Luft. Blut strömte seine Brust hinab, bildete eine Lache zu seinen Füßen, die auf dem schlüpfrigen Boden den Halt verloren. Der Geruch nach Eisen lag schwer in der Luft wie ein ominöses Parfüm, das von Dingen erzählte, die noch kommen würden. Gerade als die Ohnmacht ihn überkommen wollte, konnte Daran spüren, wie sein Körper die Wunde heilte.

Druran und Drik hatten interessiert den ganzen Prozess verfolgt und konnten ein zufriedenes Kichern nicht unterdrücken. Wenn sie Ihre Karten richtig spielten, würden sie in der Lage sein, mit diesem Geschenk des Himmels ein Vermögen zu verdienen. Drik untersuchte die Stelle, an der der Dolch Darans Haut aufgeschlitzt hatte.

„Es ist vollkommen verheilt. Es scheint, als ob wir unsere übliche Methode der Markierung nicht anwenden können. Wie schade."

Druran lehnte sich gegen die Wand, die Messer leuchteten im Licht der Kerzen.

„Eine Schönheit wie er sollte ohnehin nicht mit einem Brandmal verunstaltet werden. Es gibt andere Methoden. Ich würde sagen, ein Ring an einer bestimmten Stelle sollte nicht nur als Zeichen des Besitzes dienen, sondern auch helfen, die Disziplin aufrechtzuerhalten."

„Bruder, du bist wirklich ein bösartiges Genie. Ich werde gehen und alles vorbereiten. Es wird zwei Tage dauern, bis die ersten Kunden von ihm erfahren. Bis dahin können wir auch noch etwas Spaß haben."

Die Gesichter der Männer erhellten sich in reiner Gier. Daran versuchte sich für die Dinge, die ihm bald angetan werden würden, zu wappnen und war entschlossen, diese verabscheuenswürdigen Kreaturen niemals um Gnade anzuflehen. So viel schuldete er sich selbst und seinen Herren.

ELIANNA ERWACHTE aus ihrem Schlummer. Zur Abwechslung war sie nicht von Albträumen gequält worden und fühlte sich erfrischt. Ihr Blick wanderte zu dem Grund, warum sie sich an diesem Morgen so entspannt fühlte. In einem blutigen Haufen auf dem Boden lag der verstümmelte, kaum noch atmende Körper einer jungen Frau, die sie und ihre Schwester in der Nacht zuvor gründlich genossen hatten. Elianna beugte sich hinab, um nach ihrem unglücklichen Spielzeug zu sehen und kam schnell zu der Erkenntnis, dass dieses hier irreparabel zerbrochen war. Für einen Moment dachte sie darüber nach, ob sie die Sklavin von ihrem Leiden erlösen sollte, entschied sich dann aber dagegen. Sie selbst hatte niemals Gnade erfahren, warum sollte sie sie also anderen gewähren?

Achtlos stieg Elianna über den Körper des sterbenden Mädchens, um ihre Schwester Arborja im Esszimmer zu suchen. Auch sie war entspannt und guter Stimmung, die scharfen Linien um ihre Augen und ihren Mund etwas weicher gemacht von der Grausamkeit, die sie ausstrahlte. Die Schwestern umarmten einander und küssten sich kurz. Elianna dachte, dass sie immer noch das Blut ihres Opfers an Arborjas Lippen schmecken konnte.

„Ist es bereits tot?"

Ihre Schwester sah alle Menschen als Ding an, genauso, wie sie behandelt worden war, nachdem die Barbaren sie verkauft hatten.

„Noch nicht, aber es kann nicht mehr lange dauern. Willst du zusehen?"

Arborja dachte für einen Moment über diesen Vorschlag nach, bevor sie den Kopf schüttelte.

„Nein, zu langweilig. Es endet immer auf dieselbe Weise. Sie zucken ein wenig, betteln oder fluchen, je nach Persönlichkeit und der Art der Niederlage. Ich würde sagen, dass wir das bereits zur Genüge kennen."

„Was machen wir dann? Suchen wir uns ein neues Spielzeug?"

„Eine hervorragende Idee! Und zufälligerweise habe ich schon einen Kandidaten. Das hier ist heute gekommen."

Sie warf Elianna eine Schriftrolle mit dem stilisierten Siegel ihres Lieblings-Bordells zu, einem geheimen Ort, der nur wenige Leagues von ihrer Heimat entfernt war. Die beiden Besitzer, Druran und Drik, boten qualitativ hochwertige Ware für jene mit besonderen Bedürfnissen und eher speziellem Geschmack wie ihrem eigenen. Wegen des außergewöhnlichen Geschmacks ihrer Kunden, wechselten die angebotenen Spielzeuge regelmäßig und schnell, da der menschliche Körper nur ein gewisses Maß ertragen konnte, bevor er den Dienst aufgab. Der letzte Neuzugang zur Kollektion des Bordells schien wirklich etwas Besonderes zu sein.

145

Er wurde als wunderschönes Exemplar mit phänomenalem Durchhaltevermögen angepriesen. Was Eliannas Aufmerksamkeit erregte, war nicht das lobende Gerede, das einen Großteil der Schriftrolle bedeckte, sondern zwei eher unauffällige Sätze am Ende der Litanei: „Aus der Armee von Canubis." und „Kann getötet werden."

Sie riss den Kopf hoch und begegnete Arborjas brennendem Blick. Endlich war ihre Zeit gekommen. Sie würden die Möglichkeit bekommen, Rache zu üben, wenn schon nicht an den göttlichen Bastarden selbst, so doch zumindest an einem ihrer Untergebenen. Und Arborja und Elianna hatten eine Menge, wofür sie sich rächen mussten. Eine ermordete Familie, eine verlorene Kindheit, ein Heim, das von den Flammen verschlungen worden war, eine Jugend, verbracht als Ware in Bordellen und insgesamt zwei vergeudete, ruinierte Leben, die nur deshalb weitergingen, weil sie von reinem Hass auf alles und jeden angetrieben wurden. Vor allem auf jeden, der mit dem Kriegswolf und dem Todesengel in Verbindung stand.

„Ich habe ihnen bereits eine Nachricht geschickt, dass sie ihn für uns vorhalten sollen. Wenn wir uns jetzt fertig machen, sind wir rechtzeitig für eine wilde Nacht im Bordell."

Die Vorfreude machte die ausgezehrten Gesichtszüge der Frauen beinahe attraktiv, vorausgesetzt man kümmerte sich nicht um das hässliche, abscheuliche Glänzen in ihren Augen, die vollkommen bar jeglicher Menschlichkeit waren.

„Hier haben sie uns angegriffen."

Lukan deutete auf das Dickicht, wo der Albtraum begonnen hatte. Der Kriegswolf nickte und schickte die Wölfe, damit sie sich umsahen. Wie tödliche Schatten verteilten sich die großen Raubtiere überall, schnüffelten nach Spuren. Natürlich waren die Karren mit dem Stahl längst verschwunden und ein abscheulicher Gestank hing in der Luft, weil die Räuber sich nicht damit aufgehalten hatten, die Gefallenen zu begraben. Lukan schauderte, als er seine Kameraden erkannte. Noch vor zwei Tagen waren sie warm und am Leben gewesen. Jetzt hatten die Raben und andere Aasfresser bereits begonnen, ihre Körper auseinanderzureißen. Als Krieger war er an den Tod gewöhnt und normalerweise hätte es ihn nicht so sehr berührt, aber dieses Mal war alles anders. Eigentlich hätte er bei ihnen liegen sollen. Stattdessen stand er hier, trotzte dem Tod und der natürlichen Ordnung der Dinge. In diesem Moment verstand Lukan auf einer ganz neuen Ebene, wie tiefgreifend sein Leben sich verändert hatte in dem Moment, als er sich entschied, Sics Stimme zu folgen. Er bedauerte es nicht wirklich, dafür liebte er Elua zu sehr, aber jetzt erkannte er, dass mehr dazu gehörte, ein Echend'dim zu sein, als nur die Dunkelheit abzulehnen. Den Schmerz, im Licht zu wandeln, dem Frieden der Schatten vorzuziehen, brauchte mehr Mut, als Lukan ursprünglich angenommen hatte. Auf gewisse Weise beneidete er seine gefallenen Freunde sogar.

Nachdem die Wölfe damit fertig waren, alle wichtigen Spuren zu begutachten, sammelten die Söldner die Toten ein und reihten sie auf dem Boden auf. Canubis wandte sich an Sic, der neben Noran stand, weiß wie ein Leinen und gegen die Tränen ankämpfend. Der bullige Meisterschmied hatte einen Arm um seinen Geliebten geschlungen und sprach beruhigend auf ihn ein. Lukan konnte ein Lächeln nicht unterdrücken. Lord Sic war die sanfteste Person, der er je begegnet war. Es war ein Merkmal, das der junge Adelige erst vor kurzem als eine Form der Stärke erkannt hatte.

„Sag mir, Sic, ist einer von ihnen Echend'dim?"

Der Schmied schüttelte den Kopf.

„Nein, Lord Canubis. Sie sind alle fort."

„Na schön. Jetzt, wo das geklärt ist …" Er wandte sich an eine stämmige, grimmig aussehende Frau. „Ishia, bring sie nach Hause."

Die Frau nickte. Zusammen mit vier anderen Kriegern begann sie, die Gefallenen auf den Transport vorzubereiten.

„Und wo, in Ana-Darasa, ist Daran?"

Kalad versuchte nicht einmal mehr, seine Sorge zu verbergen. Er und Aegid hatten sich zurückgehalten, während die Wölfe das Schlachtfeld inspiziert hatten, darauf vertrauend, dass die Raubtiere nicht die kleinste Spur übersehen würden.

Canubis teilte einen langen Blick mit dem Alpha. „Sie sagen, dass Daran mit den anderen gestorben ist und dann bewegt wurde. Die schlechte Nachricht ist, dass die Spur der Karren und die von Daran in unterschiedliche Richtungen führen. Wir werden uns aufteilen müssen."

Er wandte sich an Lukan. „Echend'dim! Du hast das Kommando. Folgt den Karren, bringt den Stahl zurück und macht so viele Gefangene wie möglich. Keiner dieser Männer verdient einen leichten Tod und ich plane ein Exempel zu statuieren, das niemand so schnell vergessen wird. Elua, du begleitest Lukan. Stell sicher, dass er nicht wieder in Schwierigkeiten gerät. Nimm alle Söldner mit."

Elua verneigte sich respektvoll und dann sammelten sie und Lukan die Krieger und folgten der Führung der Wölfe.

Canubis musterte sie zufrieden. Er zweifelte nicht daran, dass sie Erfolg haben würden.

„Noran, bring Sic zurück ins Tal. Er muss sich ausruhen."

Normalerweise war Canubis gegenüber seinen Emeris nicht so nachsichtig, aber er fühlte sich immer noch schuldig, weil er Sic so schlecht behandelt hatte. Dem Luksari gegenüber ein wenig Rücksicht zu zeigen, war keine schlechte Idee.

Noran führte seinen Geliebten zurück zu den Pferden. Der junge Schmied lächelte Casto kurz zu, bevor er von seinem einschüchternden Beschützer weggebracht wurde.

Auf einmal spitzte Lys die Ohren und schnaubte glücklich. Casto folgte dem Blick des Hengstes. Hinter dem Dickicht hervor näherte sich ein Pferd der Gruppe. Lys wieherte eine Begrüßung.

„Es ist Rajan!" Casto war erleichtert. Er hatte befürchtet, dass der Wallach in der Schlacht gestorben war. Mit ehrlicher Freude begann das Pferd, seine Stirn am Arm des Königs zu reiben. „Es ist gut. Guter Junge. Jetzt müssen wir nur noch deinen Reiter finden."

„Und so schnell wie möglich. Ich habe ein schlechtes Gefühl." Aegid sah furchtbar aus. Daran auf diese Weise zu verlieren, traf ihn tiefer, als er zugeben wollte.

Hulda trat vor, spürte, wie sehr ihr Waffenbruder Trost brauchte. „Wir werden ihn finden. Daran ist stark. Er wird durchhalten."

„Natürlich wird er das." Kalad machte sich ebenso viele Sorgen wie sein Wüstenbruder und überspielte es mit Wut. „Die Frage ist, was er zu ertragen hat und nur darüber nachzudenken, bereitet mir Übelkeit."

3.
ZWEI SCHWESTERN

DARAN WACHTE abrupt auf. Jemand hatte ihn mit einem Eimer eiskaltem Wasser übergossen. Elgirs spöttische Stimme drang an sein Ohr wie das Bellen eines flohverseuchten Straßenhundes.

„Zeit aufzuwachen, Prinzessin. Deine ersten Kunden werden bald ankommen und wir wollen doch, dass du präsentabel aussiehst, nicht wahr?"

Daran drehte seinen Kopf zur Seite. Er wollte den Triumph, den Spott und die Gier in Elgirs Gesicht nicht sehen. Um ihn für die gebrochene Nase bezahlen zu lassen und um seinen Kampfgeist zu brechen, hatten die drei Männer ihn die ganze Nacht über gefoltert und vergewaltigt. Sein Körper hatte verzweifelt versucht den Schaden, den seine Folterer verursachten, so schnell wie möglich zu heilen, aber als Elgir begonnen hatte, ihn mit einer Eisenstange zu schlagen, war es zu viel geworden. Er hatte den letzten Schlag, der seine Nase und Wangenknochen zerschmettert und seinen Schädel gebrochen hatte, kaum wahrgenommen.

Während er noch bewusstlos gewesen war, hatten die Männer ihn gereinigt. Der Gestank nach süßem Parfüm und warmem Öl überwältigte seine Nase und erinnerte ihn an seine Zeit unter Egands Befehl. Elgir trocknete ihn jetzt mit einem überraschend weichen Tuch ab, während seine Hände sich Freiheiten herausnahmen, für die Daran entschlossen war, ihn bezahlen zu lassen, sobald es ihm gelang, sich zu befreien.

Zu seiner eigenen Überraschung hatte er keine Angst, sondern war vor allem außer sich vor Wut. Zum größten Teil über sich selbst, weil er ihnen gestattet hatte, ihn gefangen zu nehmen und er unfähig gewesen war, die Gelegenheit zur Flucht zu ergreifen, aber auch auf diese verabscheuenswürdigen Kreaturen, die es wagten, einen Echend'dim festzuhalten und zu foltern. Daran wusste, dass er sich an dieser Wut festklammern musste, wenn er diesen Schlamassel mehr oder weniger emotional unbeschadet überstehen wollte. Und so verbat er sich selbst, darüber nachzudenken, was seine Herren zu sagen haben würden, sobald sie herausfanden, dass er von Fremden besudelt worden war. Mit diesem Problem würde er sich auseinandersetzen, sobald er seine Freiheit wiederhatte.

Elgir wurde fertig und trat mit einem zufriedenen Blick in den Augen zurück. „Sie werden dich lieben. Oder, genauer gesagt, die Möglichkeit, sich an einem so schönen Mitglied des Rudels zu rächen."

Ein Lächeln voll hasserfüllter Schadenfreude erschien auf Elgirs Gesicht, in dem die gebrochene Nase schief und geschwollen stand. „Du brauchst nicht auf

Gnade zu hoffen. Der Kriegswolf hat diesen beiden alles genommen, inklusive ihrer Freiheit. Alles, was sie jetzt haben, mussten sie sich erkämpfen. Du kannst dir wahrscheinlich vorstellen, wie hungrig sie auf Rache sind. Und du, kleine Schönheit, wirst sie heute Nacht unterhalten."

Lauthals lachend verließ Elgir das Zimmer.

„VERDAMMT, WARUM dauert das so lange?"

Wie ein ungeduldiger Jagdhund ritt Kalad neben seinen Göttern auf und ab, während die Wölfe sich verteilten, um die Spur wiederzufinden, die sie zum dritten Mal an diesem Nachmittag verloren hatten. Am Tag zuvor hatten sie auch nicht viele Fortschritte gemacht, was den Vorsprung, den Darans Entführer hatten, auf drei Tage anschwellen ließ.

„Die Spur wurde magisch verschleiert."

Grimmig musterte Renaldo den unebenen Boden, der sich vor ihnen ausbreitete. Wer auch immer den Dieb entführt hatte, hatte sich große Mühe gegeben, nicht gefunden zu werden, was nur bedeuten konnte, dass der junge Mann sich in ernsten Schwierigkeiten befand. Aegid und Kalad wussten das ebenfalls und ihr Schmerz war wie ein Messer in den Herzen aller Mitglieder der Gruppe. Mittlerweile verstand jeder, wie sehr die Wüstenbrüder ihren Partner liebten, wie unersetzlich er für sie geworden war. Sich vorzustellen, dass er während des Angriffs gestorben war, war mehr, als seine Besitzer ertragen konnten. Dem Tod nicht ausgeliefert zu sein, bedeutete nicht, dass die Emeris und Echend'dim keinen Schmerz spüren konnten. In ihrem langen Leben hatte jeder von ihnen die Pein des Sterbens mehr als einmal ertragen. Es war eine wichtige, aber kaum erträgliche Erfahrung. Es erinnerte jene, deren Leben kein Ende kannte daran, wie real und unausweichlich der Tod war.

Renaldos Innerstes verwandelte sich in Eis, wann immer er sich daran erinnerte, dass sein Herz diesen schmerzlichen Moment noch durchleben musste. Bevor er sich in diesen dunklen Gedanken hineinsteigern konnte, verkündete ein Heulen, dass die Wölfe die Spur wiedergefunden hatten.

„ER IST in der Tat außergewöhnlich."

Wie ausgehungerte Füchse umkreisten die beiden Frauen den angeketteten, nackten Daran. Hin und wieder berührten ihre Finger seine Haut beinahe liebevoll. Wenn Daran nicht den Großteil seiner Jugend unter dem Abschaum der Gesellschaft verbracht hätte, hätte er vielleicht die Hoffnung auf Gnade in den Herzen dieser Frauen genährt. Unglücklicherweise waren ihre mörderischen Absichten offensichtlich.

Elgir grinste nur zufrieden, während er eine Bewegung vollführte, die vage an eine Verneigung erinnerte. „Ich wünsche den Damen einen angenehmen Abend. Ihr könnt mit ihm tun, was immer euch beliebt."

Er wandte sich ab und die Tür zu der Kammer schloss sich mit einem ominösen Klicken. Daran war allein mit den Kundinnen. Beide waren sie groß, mit langen, braunen Haaren, dunklen Augen, elegant gebogenen Nasen und schmalen, ausgezehrten Lippen. Es gab keinen Zweifel, dass sie Schwestern waren und die Art, wie sie miteinander umgingen, zeigte deutlich, wie nahe sie einander standen. Diese Verbindung war das einzig annähernd Menschliche an diesen beiden. Sie bewegten sich wie ausgehungerte Raubtiere und in ihren Augen befand sich ein fieberhaftes, flackerndes Glühen, das Daran mehr als alles andere sagte, dass diese beiden die Grenze zum Wahnsinn vor einer langen Zeit überschritten hatten. Ihr ganzes Wesen schien nur von Gier angetrieben zu werden. Es war nicht die gewöhnliche Gier nach Macht oder Reichtum, sondern die gefährlichere nach Rache, geboren aus vollkommener Verzweiflung. Daran wollte sich nicht vorstellen, was sie durchgemacht hatten, um solch verdrehte, hasserfüllte Persönlichkeiten zu werden.

Jetzt konzentrierten sie all ihre Aufmerksamkeit auf ihn. Das fiebrige Glänzen in ihren Augen verstärkte sich und war beinahe überwältigend, als sie zwei Messer von der Wand nahmen.

Die Schnitte, die sie Daran zufügten, waren nicht tief, reichten lediglich aus, ihn bluten zu lassen. Jedes Mal, wenn sie die Klingen über seine wehrlose Haut zogen, flüsterten sie ihm ins Ohr, was der Kriegswolf und der Todesengel ihnen angetan hatten. Schneller und schneller zischten die Messer durch die Luft, bis Daran nicht mehr in der Lage war, zwischen den Worten und dem Schmerz zu unterscheiden, bis er dachte, die Worte selbst würden ihn aufschneiden.

„Wir waren Kinder, als sie kamen."

„Sie vernichteten die Stadt, in der wir lebten, nur weil irgendein König sie dafür bezahlt hat."

„Unser Vater wurde geköpft, unsere Mutter starb, als sie versuchte, uns zu beschützen."

„Sie haben uns zu Sklaven gemacht und wie Vieh verkauft."

„Wir waren Huren, unsere Jungfräulichkeit wurde verkauft, als wir vierzehn wurden."

„Der Kriegswolf hat uns alles genommen."

„Der Todesengel hat uns verdammt."

„Und wofür? Für Gold, für Profit."

„Weil Soldaten wie du ihnen dienen."

„Du unterwirfst dein Schwert und deine Stärke ihrem Willen, fragst nicht danach, wie viele Leben du zerstörst. Wir waren unschuldig, wir hatten nichts Falsches getan."

„Wir hassen sie."

„Hassen dich."

„Hassen."

„Hassen."

151

Als sich die beiden endlich ein wenig beruhigten, war Daran blutüberströmt. Er keuchte, während sein Körper versuchte, den Schaden zu reparieren. Die ältere der beiden Schwestern leckte das Blut von seiner Wange, ihre Stimme war ein hypnotisch wirkender Singsang.

„Die Toten kehren niemals zurück, ganz egal, wie sehr man sich das wünscht. Dasselbe gilt für unsere vergeudeten Leben. Aber du, du wirst mit deinem Blut sühnen, was deine Herren uns angetan haben. Freue dich, dein Leiden bedeutet, dass meine Schwester und ich heute Nacht friedlich schlafen können."

Es waren die letzten Worte, die Daran bewusst hörte. Danach ertrank seine Welt in unerträglichem Schmerz. Es war so schlimm, dass er dankbar war, als das Messer seine Brust aufschlitzte und die gierigen Hände der Schwestern ihm das Herz als Trophäe herausrissen.

MÜDE BLINZELTE Casto im schwachen Morgenlicht. Sie waren die ganze Nacht geritten, immer in Furcht, die schwache Spur zu verlieren, die sie mit Daran verband. Wem auch immer es gelungen war, den Dieb zu entführen, kannte die Fähigkeiten der Wölfe – und ihre Grenzen. Casto betete zu den Müttern, dass sie Daran bald finden würden. Mit jeder Stunde, die verging, wurden Aegid und Kalad schweigsamer und ihre Gesichter sorgenvoller. Der König konnte es kaum ertragen, die beiden sonst so fröhlichen Krieger in solch desolatem Zustand zu sehen.

Und dann erfüllte ein scharfes Bellen die Luft, was bedeutete, dass die Wölfe endlich etwas gefunden hatten. Lys raste los, ohne auf einen Befehl zu warten. Mühelos überholte er die anderen Pferde, galoppierte zu der Stelle, die die Wölfe anzeigten. Als sie die Raubtiere erreichten, fühlte Casto, wie seine Hoffnung sich in Luft auflöste. Das Rudel hatte zwei Frauen auf einigermaßen guten Zeltern umstellt, hielt sie mit drohendem Knurren und gefletschten Zähnen davon ab, zu fliehen.

Enttäuscht stieg Casto von Lys ab. So sehr er es auch versuchte, er konnte keine Spur von Daran entdecken.

Jetzt kam der Rest der Gruppe an. Canubis zügelte Dämon, seine Raubtieraugen musterten die Frauen scharf.

„Steigt ab." Die Stimme des Kriegswolfs durchschnitt die Luft wie eine Peitsche. Die Frauen, die lange, wallende Umhänge trugen, schauten ihn abfällig an.

„Wir werden uns sicher niemals den Anweisungen eines Mörders beugen."

Sie sprachen gleichzeitig, Hass verzerrte jede einzelne Silbe. Casto fühlte wilde Schauder seinen Rücken hinabrasen. In Ummana hatte er alle Arten mentaler Zustände kennengelernt, von kalt und kalkulierend bis heißblütig und unüberlegt. Einige waren gefährlicher gewesen als andere und er hatte gelernt, mit ihnen allen umzugehen. Aber nichts glich dem, was er an diesen beiden Frauen wahrnahm. Sie hatten den Wahnsinn so weit hinter sich gelassen, dass sie sich der Vernunft wahrscheinlich aus der anderen Richtung näherten. Instinktiv erkannte er, dass nichts diese verdrehten, entstellten Seelen erreichen konnte, die gefangen waren in einer Schreckenswelt, die er sich nicht vorzustellen wagte.

„Wie ihr wünscht." Canubis schien sich über ihren Widerstand beinahe zu freuen. „Lysistratos!"

Der Hengst schoss durch die Linie der Wölfe wie ein schwarzer Blitz. Mit zwei gut gezielten Tritten brachte er die Zelter zu Fall, während ihre fluchenden Reiterinnen aus dem Sattel fielen. Lysistratos warf Canubis einen seltsamen Blick zu, einen, den der Kriegsherr mit einem leichten Neigen des Kopfes zur Kenntnis nahm. Der Hengst hatte dem Kriegswolf gehorcht, weil die Situation es erfordert hatte, aber der Gott sollte sich besser nicht daran gewöhnen. Lys gehorchte nur einer Person bedingungslos und das war Casto.

Inzwischen hatten sich Hulda, Aegid und Kalad den Frauen genähert. Die Killerin packte die Zügel der Pferde und gab besänftigende Laute von sich, bis sie sich beruhigt hatten. Dann musterten ihre lavendelfarbenen Augen die Beute zu ihren Füßen. Der Ausdruck auf ihrem Gesicht schickte Schauder über die Rücken aller anwesenden Männer.

„Die Wölfe sagen, dass sie förmlich nach Daran stinken." Canubis' Stimme klang jetzt beinahe lässig.

Sobald sie diese Worte hörten, rissen Kalad und Aegid die Frauen in die Höhe. Brutal zogen sie ihnen die Umhänge vom Körper und erstarrten. Beide Frauen trugen weiße Seide. Seide, die mit Blut durchtränkt war. Die Wölfe begannen wieder zu heulen.

„Das ist Darans Blut." Canubis klang nicht länger lässig.

Ohne zu zögern legten die Wüstenbrüder ihre Hände um die Kehlen der Schwestern. Renaldo hielt sie auf.

„Wartet! Wir wissen immer noch nicht, wo Daran ist. Und ihr könnt nicht wollen, dass sie einen leichten Tod haben, oder?"

Als die beiden Krieger zögerlich zurücktraten, begannen die Frauen zu lachen.

„Euer wertvoller kleiner Daran ist seit heute Morgen Hundefutter. Wir haben die ganze Nacht mit ihm gespielt und als seine Schreie nicht länger süß in unseren Ohren klangen, haben wir ihm sein pochendes Herz aus der Brust gerissen."

Ein Geräusch wie ein Wimmern, erstickt von Keuchen, durchbrach die Luft. Aegid hatte seine Arme um Kalad geschlungen, der die Frauen voller Hass und Verzweiflung anstarrte. Casto fiel der schnelle Blick auf, den die ältere Frau auf die Pferde warf. Eine der Satteltaschen war dunkler als die anderen, als ob sie nass geworden wäre. Mit klopfendem Herzen näherte der König sich langsam dem Zelter und öffnete vorsichtig das Leder. Es war unmöglich für ihn, nicht zu schreien, obwohl er an widerliche Anblicke gewöhnt war. Nachlässig in ein seidenes Tuch gewickelt, ruhte ein menschliches Herz, immer noch schwer von Blut, in der Tasche.

Zitternd vor Wut starrte Casto die beiden Frauen an. Er konnte spüren, wie Renaldos Feuer in ihm aufflammte.

Bevor er die tödlichen Flammen loslassen konnte, war Aegid an seine Seite geeilt. Mit bebenden Händen nahm er den blutigen Klumpen, seine milchigen Augen starrten, als ob er nicht verstehen könnte, was sie sahen. Und dann spürte Casto die ersten, beinahe zärtlichen Stiche auf seiner Haut, die den Sand ankündigten. Er schauderte, als er sich an die brutale, rohe Kraft erinnerte, die die Wüstenbrüder rufen konnten. Der Schock ließ ihn wieder klar denken.

„Nicht, Aegid! Wir brauchen sie lebendig! Sie wissen, wo wir Daran finden können."

Der Krieger starrte ihn wütend durch verhangene Augen an. Er schien Schwierigkeiten zu haben, in die reale Welt zurückzukehren. Casto packte seine Handgelenke, um ihn zu verankern, seine Stimme klang drängend.

„Wir müssen sie am Leben lassen – für den Moment. Sobald wir Daran zurückhaben, kannst du mit ihnen machen, was immer du möchtest. Aber dein Geliebter ist jetzt wichtiger."

Aegids Augen verengten sich. „Du hast recht." Er wandte seine Aufmerksamkeit den beiden Frauen zu. „Wo ist er?"

Die jüngere spuckte auf den Boden. „Das werden wir euch niemals verraten. Es ist nur gerecht, dass ihr dasselbe Leid erfahrt wie wir."

Kalad, dem es endlich gelungen war, seinen Schock zu überwinden, erschien mit hartem Gesichtsausdruck neben seinem Bruder. Gerade als er anfangen wollte, den Frauen zu drohen, unterbrach Hulda sie mit ihrer melodischen Stimme.

„Das müsst ihr nicht. Es ist für die Wölfe ein Kinderspiel, eurer Spur rückwärts zu folgen. Ich bezweifle, dass ihr dieselben Vorkehrungen getroffen habt wie Darans Entführer."

Ein bestätigendes Heulen hallte durch die Luft. Die Raubtiere liefen auf und ab, begierig darauf dieser neuen, kristallklaren Spur zu folgen.

Verachtung spiegelte sich im Gesicht der Mutter Oberin. „Anfänger."

Canubis hatte Dämon bereits gewendet, um den Wölfen zu folgen.

„Wolfstan, du kümmerst dich um diese beiden, bis wir zurück sind. Lass sie nicht entkommen oder sterben! Ich will mich persönlich um sie kümmern. Hulda, deck uns den Rücken. Ich will keine weiteren unangenehmen Überraschungen!"

Der Waffenmeister nickte grimmig. Ohne sich um die protestierenden Schreie seiner unwilligen Gefangenen zu kümmern, band er ihre Handgelenke an ihre Fußknöchel, verhinderte so jeden Fluchtversuch.

Hulda zeigte ihre Zustimmung mit einem Nicken. Ihre eleganten Hände strichen liebevoll über die Griffe ihrer Dolche und dann verschwand sie.

Casto musste sich konzentrieren, um sein Unbehagen nicht zu zeigen. Zu sehen, wie eine perfekt trainierte Killerin wie Hulda einfach verschwand, ließ seinen Selbsterhaltungstrieb voll aufflammen. Flüsternd drückte er sein Unbehagen aus. „Das ist so entnervend."

Wolfstan lächelte den König stolz an. Er war sich der Gefahr, die seine geliebte Ehefrau darstellte, nicht bewusst. „Sie ist unglaublich, nicht wahr?"

Der Waffenmeister klang so glücklich, dass Casto nicht das Herz hatte, ihm ehrlich zu antworten. Stattdessen erwiderte er das Lächeln ein wenig steif, bevor er dem Kriegswolf, Renaldo und den Wüstenbrüdern folgte.

Jetzt da die Spur klar war, liefen die Wölfe mit ihrer üblichen Geschwindigkeit über die von der Sonne ausgetrockneten Pfade. Nach weniger als zwei Stunden fanden sie ein beeindruckendes Gut, das in einer Senke lag, die von einem Dickicht aus mächtigen Eichenbäumen vor den neugierigen Blicken zufällig vorbeikommender Reisender geschützt war. Nur ein schmaler, unauffälliger Pfad wand sich durch die Bäume. Auf einer kleinen Lichtung, nicht weit von dem Gut entfernt, diskutierten die Söldner, wie sie vorgehen sollten.

„Ich kenne Orte wie diesen. Es ist ein Bordell, noch dazu ein exklusives, wenn ich mich nicht irre." Kalad klang so grimmig, dass keiner der anderen Männer es wagte, ihn wegen seines Wissens aufzuziehen.

„Scheint so, als würden die Besitzer im Moment mehr als nur Freuden des Fleisches verkaufen." Aegids Stimme war dunkel vor Wut.

Bevor er weitersprechen konnte, mischte Casto sich ein.

„Ich würde sagen, wir versuchen erst die Situation zu erkunden. Für mich sieht das hier wie ein Ort aus, an dem man unangenehme Überraschungen erleben kann. Ich werde mich als Kunde ausgeben und versuchen, Daran zu finden."

Renaldo schüttelte wild den Kopf. „Das glaube ich nicht, Casto. Es ist viel zu gefährlich."

Der König öffnete seinen Mund, um eine scharfe Antwort zu geben, aber Canubis war schneller.

„Es tut mir wirklich leid, das zu sagen, kleiner Bruder, aber Casto wird gehen. Sein Vorschlag ist vernünftig und er ist der Einzige, der es tun kann. Aegid und Kalad sind eindeutig zu aufgebracht und wir sind zu bekannt. Unsere oberste Priorität muss sein, Daran sicher herauszubekommen."

Der Todesengel verzog sein Gesicht. Er hasste es, seinen Geliebten einer solch gefährlichen Situation auszusetzen, aber Canubis hatte recht. Casto war perfekt für diese Mission geeignet.

„Versprich mir, dass du keine unnötigen Risiken eingehst. Nein, versprich mir, dass du gar keine Risiken eingehst! Du gehst da hinein, sammelst die Informationen und verschwindest wieder, verstanden?"

Casto verdrehte die Augen, nickte aber zustimmend. „Was immer Ihr wünscht, Barbar." Ein koboldhaftes Lächeln erschien auf seinen Lippen. „Wenn etwas schiefgeht, wird Lys es Euch wissen lassen. Dann könnt Ihr kommen."

Renaldo schlug dem König mit mehr Nachdruck als eigentlich nötig auf den Oberarm. „Reiß dich zusammen. Es geht hier um Daran, nicht um dein Ego!"

Auf der Stelle wurde Casto wieder ernst. Seine faszinierenden blauen Augen begegneten Aegids und Kalads Blick.

„Ich werde ihn zurückbringen! Das ist ein Versprechen!"

Die Wüstenkrieger verneigten sich dankbar vor dem Herzen ihres Gottes. Mit geübten Bewegungen schlang Casto einen Teil seines Umhangs um seinen Kopf, um seine weizenblonden Haare und einen Teil seines Gesichtes zu verbergen. Dann sprang er in den Sattel und ritt auf das Bordell zu.

WÄHREND LYS sich langsam dem Gebäude näherte, musterte Casto seine Umgebung mit den Augen eines Kriegers und eines Geschäftsmannes. Der Ort war so abgeschieden, dass er wirklich exklusiv sein musste, um im Geschäft zu bleiben. Alles was sehr sauber, angefangen bei den perfekt gerechten Kieseln auf dem Boden, bis hin zu den ordentlichen Ställen mit den großzügigen Boxen und einer breiten Scheune, wo die Kunden ihre Kutschen unterstellen konnten. Auch der Eingangsbereich, der mit Topfpflanzen und eleganten Statuen gesäumt war, war sehr ordentlich. Der Krieger bemerkte die kleinen Fenster, die hoch oben in die Wände eingelassen waren, was es Angreifern unmöglich machte, durch sie einzudringen und gleichzeitig eine effektive Verteidigung ermöglichten. Dicke Wände aus ordentlich gemauerten Steinen und schwere Holztüren, verstärkt mit Stahl, erhöhten noch das Gefühl, sich in einer Festung zu befinden. Jeder, der versuchte uneingeladen – oder unerlaubt – einzudringen, sah sich ernsthaften Schwierigkeiten gegenüber. Und obwohl der Pfad in die Senke hinab sich durch die Bäume wand, war er vom Gebäude aus gut einzusehen. Es gab keine Möglichkeit, unbemerkt hierherzugelangen.

Wie auf ein Stichwort hin öffnete sich das Tor für ihn und Lys und ein untersetzter Mann mit dem kalkulierenden Blick eines wahren Zuhälters grüßte ihn. Zum Glück wusste Casto, wie er mit dieser Art Mensch umgehen musste.

„Seid in unserem bescheidenen Haus willkommen, mein Lord. Mein Name ist Druran. Ich bin einer der Besitzer hier. Es scheint, als hätte ich bis jetzt nicht die Freude gehabt, Euch kennenzulernen."

Obwohl er sehr formal sprach, schätzten die Augen des Mannes Casto bereits ein. Sie hatten sowohl das Schwert und die Dolche bemerkt als auch die schwere Börse, die an seinem Gürtel hin. Ohne Zweifel hatte er seinen Gast bereits als potentiell gefährlich und gleichzeitig reich eingestuft. Für einen Mann wie ihn war das die schlimmste Kombination. Es bedeutete, dass Casto etwas für sein Geld wollte und dass er Druran durchaus Schwierigkeiten bereiten konnte, sollte er nicht liefern. Bei Kunden wie diesen war es am besten, höflich zu bleiben.

„Du musst mich nicht kennenlernen. Ich bin der Mann mit dem großen Beutel voller Gold, der ordentlich Spaß mit deiner besten Ware haben möchte. Aber ich muss dich warnen, ich spiele gerne brutal."

Wenn Druran von Castos kurz angebundenem Ton beeindruckt war, zeigte er es nicht.

„Ist das so? Dann bin ich froh sagen zu können, dass wir genau das haben, was Ihr braucht. Eine seltene Köstlichkeit, die Ihr sicher genießen werdet. Ich muss wohl nicht erwähnen, dass wir für ernsthaften Schaden an unserer Ware zusätzlich etwas verlangen. Aber ein Mann so gut situiert wie Ihr, kann sich solch unwichtige Summen sicher leisten."

Casto war von Lys abgestiegen, der jetzt über ihm stand wie eine lebendige Todesdrohung. Druran musterte den Hengst nervös.

„Mir ist der Preis egal, solange ich meinen Spaß haben kann. Und bevor du fragst, man muss sich nicht um mein Pferd kümmern. Er liebt seine Freiheit."

Der Zuhälter beeilte sich, seinen einschüchternden Gast zu besänftigen. „Natürlich. Solange Ihr sagt, dass es sicher ist, ihn frei herumlaufen zu lassen, werden wir sicher nicht darauf bestehen, ihn in eine Box zu stellen."

Lys legte seine Ohren an und fletschte die Zähne, genoss die Furcht, die der abscheuliche Mensch so offen zeigte. Casto tätschelte das schwarze Fell abwesend, bevor er sich wieder auf seinen widerstrebenden Gastgeber konzentrierte.

„Worauf wartest du noch? Zeig mir diese Köstlichkeit, auf die du so stolz bist. Sobald ich sie gesehen habe, werde ich entscheiden, ob sie meine Zeit und mein Geld wert ist."

Reine Wut, wie ein gewöhnlicher Diener behandelt zu werden, drohte Drurans Gesicht zu erobern, aber er schaffte es, sich zurückzuhalten, dachte an das Geld, das der unhöfliche Kunde bezahlen würde, sobald er ihre goldene Gans zu Gesicht bekam. Er verbeugte sich demütig, führte den Krieger in das Haus und schloss die Tür hinter ihm.

IN SEINEM Gefängnis lauschte Daran aufmerksam auf die Geräusche, die durch die dicke Eichentür drangen. Es war ihm gelungen, sich von seinen Ketten zu befreien, indem er sich beide Daumen ausgekugelt hatte. Dank dieses schmerzhaften Tricks war er in der Lage gewesen, seine Hände aus den Handschellen zu ziehen. Jetzt wartete er darauf, dass die Verletzung heilte. Er wusste nicht, wie viele Menschen sich außer seinen drei Folterern noch im Haus befanden, aber er war sich sicher, dass er in der Lage sein würde, mit ihnen fertig zu werden, solange er das Überraschungsmoment auf seiner Seite hatte. Dafür mussten seine Daumen zuerst verheilen.

Jetzt hörte er Stimmen im Flur und konnte einen Fluch nicht unterdrücken. Eine von ihnen gehörte zu Elgir. Was nur bedeuten konnte, dass neue Kunden auf dem Weg waren. Daran hatte nicht vor, sich ein drittes Mal zu Tode foltern zu lassen, darum packte er zwei Messer von der Wand und beeilte sich, sich so hinzusetzen, als ob er noch gefesselt wäre.

Angespannt wie eine Katze, bevor sie nach der Maus sprang, wartete Daran darauf, dass die Tür sich öffnete. Elgir trat ein und präsentierte Daran mit einer pompösen Geste. Der Kunde, der hinter dem Zuhälter vortrat, richtete seinen faszinierenden Blick auf den Dieb.

„Das soll eure beste Ware sein? Willst du mich zum Narren halten?"

Daran, der bereit gewesen war, zuzuschlagen und Elgir zu töten, erstarrte. Nie zuvor in seinem Leben war er glücklicher gewesen, die arrogante, abfällige Stimme seines Trainers zu hören. Er konnte ein Grinsen nicht unterdrücken.

„Ja, ich bin wirklich ihre beste Ware. Ich denke, das zeigt nur, wie gewöhnlich sie sind. Dieser hier ist ein Feigling, Betrüger und Schwindler. Es ist in seinen Charakter eingebaut, darum gibt es für ihn keine Heilung."

Elgir brüllte vor Wut. „Wie kannst du es wagen, so mit mir zu sprechen, du wertloses Stück Scheiße?"

Er näherte sich Daran mit erhobenen Fäusten, bereit zuzuschlagen. Der Dieb sah aus dem Augenwinkel, wie Casto mit ruhigen Bewegungen die schwere Tür schloss und den Riegel vorschob. Mehr brauchte er nicht. Schnell duckte er sich außer Reichweite seines Folterers, schlug ihn mit dem Griff eines der Messer. Stöhnend ging der bullige Mann zu Boden. Daran wollte ihn gerade zu den Müttern schicken, als Casto ihn aufhielt.

„Wenn ich du wäre, würde ich ihn am Leben lassen. Ich kenne zwei sehr aufgebrachte Wüstenkrieger, die liebend gerne ein Wort mit diesem Abschaum wechseln würden."

Das Messer fiel aus Darans Hand und sein Herz begann unerträglich laut in seiner Brust zu pochen. „Sie sind hier?"

„Natürlich! Was denkst du denn? Sie sind so außer sich vor Sorge, dass sie, seit Lukan uns von dem Überfall erzählt hat, kein bisschen geschlafen haben."

Daran fühlte, wie reine Liebe ihn durchströmte. Sie waren gekommen! Er war so glücklich, dass ihm Tränen in den Augen standen. Dann erinnerte er sich daran, was Drik und Druran ihm angetan hatten. Seine Hände tasteten nach seinem Penis. Die Eichel war von einem eisernen Ring durchbohrt, den die beiden Zuhälter anstelle eines Brandmals durch sein Fleisch getrieben hatten. Niemals durften seine Besitzer dieses abscheuliche Stück Metall zu Gesicht bekommen! Daran biss die Zähne zusammen, packte den Ring und zog ihn mit aller Kraft heraus.

Casto eilte zu ihm, die Augen groß vor Entsetzen.

„Daran, was im Namen der Mütter machst du da? Hast du den Verstand verloren?"

„Sie dürfen das hier nicht sehen, Casto! Auf gar keinen Fall!"

Der König war auf einen abfälligen Blick auf den blutverschmierten Ring, der keinen Verschluss hatte, sondern zugeschweißt war. Es war leicht zu verstehen, warum Daran ihn loswerden wollte, bevor seine Liebhaber ihn sehen konnten.

„Das werden sie nicht, ich verspreche es. Und ich bin mir sicher, dass wir eine Möglichkeit finden, all das Blut auf deinem Körper zu erklären. Oder siehst du hier irgendwo Wasser?"

„Darüber denke ich nach, sobald wir draußen sind. Kannst du mir deinen Umhang leihen?"

„Natürlich."

Mit einer spöttischen Verneigung reichte der König seinem Freund das Stück Stoff. Dann kehrte er zu seinem Posten an der Tür zurück und lauschte auf die Geräusche von draußen. Daran dachte, dass er einen gedämpften Schrei hörte und dann das Krachen einer Tür, die aus den Angeln gerissen wurde. Casto sah zufrieden aus.

„Sie sind bereits hier. Es sollte nicht mehr lange dauern, bis sie uns herausholen."

„Seit wann wartest du darauf, dich von anderen retten zu lassen?" Die Frage glitt Daran über die Lippen, bevor er sich zurückhalten konnte. Es war einfach unnatürlich für den normalerweise tapferen König, sich zu verstecken.

Casto verzog das Gesicht, während er säuerlich antwortete. Es war offensichtlich, wie sehr es ihm missfiel, dass seine Hände gebunden waren. Dennoch war er seit dem Vorfall in Kwarl vorsichtiger geworden, was sein Handeln betraf. Obwohl er es hasste, beugte er sich der Erfahrung seines Ehemannes.

„Ich musste es versprechen, ansonsten hätte der Barbar mich nicht gehen lassen. Und ich wusste nicht, in was für einem Zustand du sein würdest. Der Plan war, diesen Ort zu infiltrieren, dich zu finden und darauf zu warten, dass die anderen uns holen."

„Mir gefällt der Plan. Aber warum dauert es so lange?"

Castos Züge verhärteten sich. Jetzt sah er wirklich wie ein gnadenloser König aus, obwohl Daran sich nicht sicher war, ob Casto wirklich so kaltherzig war oder ob er nur versuchte, sich selbst zu schützen.

„Sie nehmen Gefangene. Nicht nur deine Liebhaber sind außer sich vor Wut, der Kriegswolf ist unglaublich zornig und der Barbar ..." Casto hielt inne. Er hatte gedacht, er würde den Todesengel kennen, aber die brennende Wut, die Renaldo ausgestrahlt hatte, seit klar geworden war, was Daran hatte durchmachen müssen, verunsicherte sogar den König. In Momenten wie diesen zerbrach die perfekte Maske und der unnachgiebige Kriegsgott zeigte sein schreckliches Antlitz.

„Ich hoffe nur, dass der Barbar niemals so wütend auf mich sein wird."

Daran ersparte sich eine Antwort. Er wusste aus eigener, schmerzhafter Erfahrung, wie schrecklich der Todesengel sein konnte und wenn selbst Casto, der sich nicht leicht von Renaldos Launen beeindrucken ließ, so unterwürfig war wie jetzt, verspürte der Dieb keinen Wunsch, seinem Gott zu begegnen.

Die Kampfgeräusche kamen näher, schmerzerfüllte Schreie und laute Flüche begleiteten das schwere Krachen, wenn ein Körper zu Boden ging oder eine weitere Tür aus den Angeln gerissen wurde. Dann erzitterte die schwere Eichentür unter den Schlägen der Angreifer. Casto ging wenig zur Seite, sein Schwert gezogen, nur für den Fall, dass es nicht die ihren waren, die versuchten hereinzukommen.

Splitter zischten wie wütende Hornissen durch die Luft, als Aegid und Kalad endlich hereinstürmten. Ihre hungrigen Blicke fanden Daran, der mit einem kleinen Aufschrei der Erleichterung auf sie zulief. Casto beschäftigte sich diskret damit, die Fesseln an dem immer noch bewusstlosen Elgir zu überprüfen, während die Wüstenbrüder die Liebe ihres Lebens fest umarmten.

4.
GÖTTLICHER ZORN

ZUFRIEDEN MIT dem Ausgang ihrer Mission musterte der Kriegswolf die Gefangenen, die sie gemacht hatten. Außer den beiden Besitzern des Bordells und dem Mann, der Daran entführt hatte und die bereits aneinandergefesselt waren, damit sie sie zurück ins Tal bringen konnten, waren die Kunden, ebenso wie die Huren – männliche und weibliche – wie Ochsen auf dem Markt vor ihm aufgereiht. Jetzt überlegte Canubis, ob er den unschuldigen Zuschauern Gnade zeigen oder ob er sie alle bestrafen sollte, nur um seinen Standpunkt klarzumachen.

Ein Geräusch hinter ihm brachte ihn dazu, sich umzudrehen. Daran stand vor ihm, den Blick zu Boden gerichtet. Es war ihm endlich gelungen, der Umarmung seiner Herren zu entkommen und er war hier, um sich dem Zorn seines Gottes zu stellen. Langsam sank er auf die Knie. Die Bewegung ließ Castos Umhang aufklaffen und gestattete dem Kriegswolf einen Blick auf Darans nackten, blutverschmierten Körper.

„Mein Lord Canubis.“

„Daran. Ich bin froh, dass wir dich endlich gefunden haben.“ Canubis sprach in sanftem Tonfall, weil er den Ausdruck in den Augen des Diebes nur zu gut kannte. Der junge Mann gab sich die Schuld an dem, was geschehen war. Diese Vorwürfe waren natürlich überflüssig, aber ein guter Anführer musste sie ernst nehmen, wenn er wollte, dass sich ein vielversprechender Krieger weiterentwickelte.

Als er die beruhigenden Worte hörte, schoss Darans Kopf nach oben. Es war schmerzlich, die Qual in seinen Augen zu sehen.

„Es tut mir so leid. Ich habe Euch enttäuscht.“

Canubis trat nach vorne, legt eine Hand auf Darans Wange und lächelte ihn aufmunternd an.

„Im Gegenteil, Echend'dim. Lukan hat mir alles erzählt. Es war tapfer von dir, bei deinen Männern zu bleiben, obwohl du dich selbst durch Flucht hättest retten können. Ich bin stolz darauf, dich den Ersten meiner Ewigen Wache zu nennen.“

Die ausdrucksstarken braunen Augen weiteten sich vor Überraschung.

„Aber ich habe nicht nur die Karren, sondern auch die Männer verloren! Ich bin es nicht wert, irgendetwas zu sein und schon gar nicht der Erste. Ich war nicht einmal in der Lage, mich selbst zu befreien.“

„Aber du hast bereits daran gearbeitet, als wir gekommen sind, ist das nicht so? Casto hat mir erzählt, dass du bereits bewaffnet warst. Du hättest ohne unsere Hilfe entkommen können. Was die Männer betrifft, auch wenn es schmerzhaft ist, sie zu verlieren, kannst du beruhigt sein, dass sie jetzt in den Grünen Landen bei den Müttern sind. Was die Karren betrifft – Lukan holt sie in diesem Moment zurück. Wie du siehst, gibt es keinen Grund für dich, dir Vorwürfe zu machen. Du hast schwere Zeiten durchgemacht, Daran, aber jetzt sind die Dinge wieder normal. Das verspreche ich."

Während er diese Worte sprach, streckte der Kriegswolf dem Echend'dim seine Hände entgegen. Nach einem kurzen Moment der Unsicherheit ergriff Daran sie und nickte seinem Gott dankbar zu. Canubis tätschelte seine Schulter, bevor er seine Aufmerksamkeit wieder auf die Gefangenen und die Frage, wen er verschonen sollte, richtete. Der Schmerz, den er in Darans Gesicht gesehen hatte, verhärtete sein Herz.

Bevor er auch nur ein Wort aussprechen musste, war sein Bruder bereits an seiner Seite, seine grauen Augen so stählern und unnachgiebig wie Canubis' Entschlossenheit.

„Sie sterben alle."

Der Todesengel nickte. Er kannte seinen Bruder lange genug, um vorauszusehen, was er plante. Zusammen mit Aegid und Kalad brachte er die Huren und ihre Kunden zurück in das Haus. Sie wurden in dem Raum eingesperrt, in dem Daran die Schwestern getroffen hatte. Dann verließen die Krieger das Gebäude und Renaldo entfesselte sein Feuer. Ausdruckslos sah der Kriegswolf zu, wie selbst die Steine der Mauern unter dem Willen seines Bruders zu Asche verbrannten. Aus einer größeren Perspektive gesehen, war es immer noch ein gnädiger Tod, den er jenen beschert hatte, die zugegen gewesen waren, als sein Echend'dim gequält wurde. Das Feuer brannte mit solcher Wut, dass die Menschen in dem Haus nicht leiden mussten. Dafür kam der Tod zu schnell. Canubis war nie jemand gewesen, der lange nachdachte. Diese Menschen zu bestrafen war lediglich eine logische Reaktion auf etwas, das ihm und den seinen angetan worden war. Ohne seinen unglücklichen Opfern noch einen Gedanken zu schenken, gab er den Befehl aufzubrechen.

ALS IHRE Gruppe sich in Bewegung setzte, blieb Casto zurück. Er schaute noch ein letztes Mal auf die immer noch rauchende, schwarze Erde, wo noch vor wenigen Momenten ein ganzes Haus gestanden hatte. Die Macht von Renaldos Feuer entsetzte ihn jedes Mal aufs Neue, obwohl er beinahe jeden Tag mit ihr konfrontiert war. Zu wissen, dass diese Macht auch unter seinem Kommando stand, bereitete ihm mehr Sorgen, als er je zugeben würde und war einer der Gründe, warum er sich dem Barbaren immer noch nicht ganz unterwerfen konnte. Heute jedoch war es nicht nur die Demonstration reiner Macht, die ihn durcheinanderbrachte. Es war auch der Hauch von Kontrolle, den er gefühlt hatte. Für einen Moment hatte er das Feuer zusammen mit Renaldo geritten, hatte erfahren, wie es sich anfühlte, wenn die Flammen seinem Willen gehorchten. Die Möglichkeiten überwältigten ihn.

Mit einem Schnauben riss Lys ihn aus seinen düsteren Gedanken. Der Hengst hatte sich über ihren Ausflug gefreut, auch wenn der Grund unangenehm gewesen war und jetzt wollte er ordentlich rennen, um sich auszutoben, bevor sie in den begrenzten Raum des Tals zurückkehren mussten. Und obwohl – oder vielleicht weil – er wusste, was der Barbar davon halten würde, gab Casto dem Wunsch seines Bruders nach.

Mit einem schrillen, triumphierenden Wiehern begann Lys zu laufen, ließ alle Sorgen und Ängste hinter sich, lebte nur für das berauschende Gefühl, wenn der Wind seine Mähne zerzauste und seine Beine die Leagues, die sich vor ihnen erstreckten, auffraßen.

Nachdem sie etwas Abstand zwischen sich und ihre Begleiter gebracht hatten, zügelte Casto Lys. Sie hielten in einem Dickicht mit ein paar Bäumen an, ungefähr vier Leagues von der Straße entfernt, die ins Tal führte. Casto glitt von Lys Rücken, unsicher, ob er wirklich wollte, was er im Begriff war zu tun, aber auch wissend, dass er keine Wahl hatte.

Er schloss seine Augen und konzentrierte sich auf das Feuer in ihm, Renaldos Feuer. Wie immer fühlte es sich wie eine Feuersbrunst an, etwas Wildes und Ungezähmtes. Vorsichtig streckte er seinen Geist danach aus, packte eine einzelne Flamme und zog sie heraus. Es fühlte sich seltsam an, die Art, wie sie sich um seinen Körper schlang, begierig darauf, etwas Größeres zu werden, zu verschlingen und zu töten und doch von seinem Willen kontrolliert. Casto öffnete seine Augen, sah zu, wie die Flamme sich von seinen Fingern entfernte, ein Seil aus Hitze wurde, sich dann um einen Ast in einem der Bäume wand. Nach einem kurzen Moment des Widerstandes fiel der Ast mit einem ohrenbetäubenden Krachen zu Boden, wo er zu Asche verbrannte. Casto sah zu ohne zu blinzeln, bevor er das Feuer zurück in sich selbst zwang.

Als er sich wieder zu Lys umdrehte, war sein Gesicht eine undurchdringliche Maske.

„Der Barbar darf nichts davon erfahren. Jedenfalls noch nicht.“

Nicht bevor er Zeit gehabt hatte, über alle Konsequenzen dieser schockierenden Erkenntnis nachzudenken.

VON EINER hohen Tanne aus spionierte Lukan das Lager aus, in dem sich die Räuber, die die Karawane überfallen hatten, versteckten. Es war ein gutes Lager, musste er zugeben. Nur ein Teil davon befand sich unter freiem Himmel. Ein Großteil war in eine der Höhlen gebaut, die man in diesem Teil der Berge häufig fand. Zwei Tage lang waren sie den Wölfen gefolgt, bis die Raubtiere endlich das Versteck der Angreifer gefunden hatten. Gegen seinen Willen war Lukan beeindruckt. Ausgehend von ihrer Art zu kämpfen, hatte er angenommen, dass die Männer nichts weiter waren als eine lose miteinander verbundene Gruppe Gesetzloser. Das Lager, das er im Moment musterte, zeigte jedoch ein anderes Bild.

Es sah gut organisiert und dauerhaft aus. Er konnte sogar nur vom Zuschauen die hierarchischen Strukturen erkennen.

Der Anführer war eindeutig der bullige, brutale Mann mit den drei Stammesnarben im Gesicht. Wo auch immer er hinging, begegnete man ihm mit großer Furcht. Wenn man bedachte, wie gewalttätig er auf die kleinsten Dinge reagierte, war Lukan nicht überrascht. Es gab noch ein paar andere Männer, die dem Anführer ähnlich sahen, mit denselben Narben, demselben Körperbau und bronzefarbener Haut, die sie als Bewohner der Wüsten um das Heiße Herz auswies. Warum sie sich entschieden hatten, ausgerechnet in den Norden zu kommen, blieb für den Moment ihr Geheimnis.

Die anderen Mitglieder der Gruppe kamen von überall her, die meisten eindeutig aus der Gegend, mit der hellen Haut und den feinen Gesichtszügen der Leute aus dem Norden. Von ihnen allen wagte es nur ein Mann, dem Anführer zu widersprechen, wahrscheinlich, weil sie einander gut kannten, soweit Lukan das aus ihrer Körpersprache ablesen konnte. Dieser Mann schien der stellvertretende Anführer zu sein, zugänglicher und im Allgemeinen ruhiger als der Anführer. Auch er trug drei Stammesnarben im Gesicht und dazu noch eine an seiner Kehle. Sie ließ ihn aussehen, als ob er den Tod betrogen hätte.

So leise, wie er auf den Baum geklettert war, zog Lukan sich zurück, um ihr weiteres Vorgehen mit Elua und den anderen zu besprechen. Sie hatten bereits entschieden, in dieser Nacht zuzuschlagen und mussten jetzt noch die Einzelheiten klären. Als er in ihr eigenes kleines Lager zurückkehrte, begrüßte Elua ihn mit hochgezogenen Brauen.

„Warum hast du so lange gebraucht? Hat es dir Spaß gemacht, zu spionieren?"

Lukan lächelte seine geliebte Ehefrau breit an. Er konnte aus ihrem genervten Tonfall ablesen, wie unglaublich erleichtert sie war, ihn zurückzuhaben. Und er genoss es, sie noch mehr aufzuregen.

„Na ja, was soll ich sagen, es war irgendwie interessant. Du weißt, wie sehr ich eine gute Vorstellung genieße."

Der Schlag traf ihn, bevor er ausweichen konnte.

„Wenn ich jemanden brauche, um einen Narren aus mir zu machen, werde ich ganz sicher nicht dich fragen. Jetzt sag schon, was geht vor sich."

Lukan rieb sich über seinen schmerzenden Arm, während er sich mit den anderen Söldnern hinsetzte, um seinen Bericht abzugeben. Obwohl er schon hin und wieder eine Truppe angeführt hatte, fühlte es sich dieses Mal anders an. Jetzt war er nicht länger einer von ihnen, sondern einer von den Lords, ein Unsterblicher. Ganz egal, wie eng die Eide des Rudels die Krieger und die göttlichen Brüder aneinanderbanden, gab es doch immer eine gewisse Kluft aufgrund ihrer entrückten ewigen Natur.

Als Daran der erste Echend'dim geworden war, hatte das unter den Söldnern zu großer Aufregung geführt. Sie alle hatten dies erwartet, nachdem Sic die Ränge der Emeris vervollständigt und Canubis und Renaldo dadurch wieder vollwertige

Götter geworden waren. Es war einer der vielen Gründe, warum es so attraktiv war, sich dem Rudel anzuschließen – wenn die Zeit reif war, würden die Anhänger der Brüder ebenfalls unsterblich werden, die Ewige Wache, Echend'dim. Dies war eines der wenigen Dinge, die die Prophezeiungen, geschrieben von Dweian und Dria, klar besagten, ohne die üblichen Verschleierungstaktiken was die Emeris und die Herzen betraf.

Unglücklicherweise hatten die Seher vergessen den kleinen Haken zu erwähnen, den dieses verführerische Angebot hatte – dass man zuerst sterben musste. So froh Lukan auch war, unter den Auserwählten zu sein, hätte er doch eindeutig auf die Erfahrung, zu sterben, verzichten können. Es war nicht allzu schmerzhaft gewesen, eher als würde man einschlafen, obwohl man verzweifelt wach bleiben wollte. Nein, der Schmerz war nicht das Problem. Die eigentlich Crux war die Zeitspanne, in der man in der Dunkelheit lag, darauf wartete, dass das letzte Glühen des eigenen Lebenswillens verging, sich dabei nur vage bewusst, was vor sich ging, wenn überhaupt, während man den Frieden willkommen hieß, den die Schatten boten. Es war perfekte Seligkeit gewesen, ein warmes, entspanntes Gefühl, das von Sics blendendem Licht und seiner verführerischen Stimme brutal durchbrochen worden war. Lukan hatte schon gehört, dass man zwischen den Welten die Dinge klarer sah und er betete zu den Müttern, dass er eines Tages in der Lage sein würde, zu vergessen, was er dort in dem Luksari gesehen hatte. Zum ersten Mal in seinem Leben hatte er sich vor dem Licht gefürchtet.

Lukan schüttelte den Kopf, um sich wieder auf die bevorstehende Aufgabe zu konzentrieren. Über die tiefere Bedeutung dessen, was ihm zugestoßen war, nachzudenken, würde warten müssen, bis sie wieder im Tal waren. Wenn er sich das ungeduldige Gesicht seiner Ehefrau anschaute, hatte er sich bereits zu viel Zeit damit gelassen, ihre Frage zu beantworten.

„Die gute Nachricht ist, dass es nicht so viele sind, wie wir gedacht haben. Die schlechte Nachricht jedoch ist, dass sie deutlich besser organisiert sind, als es für unsere Mission gut ist. Sie haben ungefähr dreißig Schritte vor dem Lager Wachen aufgestellt, dazu noch drei an den Rändern des Lagers und zwei direkt vor der Höhle. Was uns zum nächsten Problem bringt. Wir wissen nicht, wie tief die Höhle ist, ob sie Verbindungsgänge zu anderen Höhlen hat und wie viele Menschen sich dort verbergen. Ich glaube nicht, dass wir eine unangenehme Überraschung erleben werden, aber wir müssen bereit sein. Dazu kommt noch, dass der Kriegswolf sie, wie ihr ja wisst, lebendig haben möchte. Irgendwelche Vorschläge?"

„Gibt es eine Möglichkeit, nahe genug zu kommen, um ihnen etwas ins Essen zu mischen?"

Der Mann, der dies vorschlug, Baldan, war die Definition von hinterhältig. Er war auch ein guter Kämpfer und vertrauenswürdiger Freund. Seine Idee war durchaus attraktiv, weshalb Lukan nachfragte.

„Was schwebt dir vor?"

„Auf unserem Weg hierher sind wir an mehreren Lichtungen mit Grüner Mond-Blumen vorbeigekommen. Ihre Samen machen die Menschen schläfrig. Selbst wenn wir nicht jeden dazu bringen können, sie zu essen, werden viele von ihnen nicht einmal in der Lage sein, uns zu hören, während wir sie fesseln. Verringert das Durcheinander."

„Wie lange dauert es, bis die Samen wirken?"

„Ungefähr eine halbe Stunde, je nachdem wie viel sie essen."

„Das klingt wie ein Plan. Aber wie bekommen wir die Samen in ihr Essen? Sie haben einen allgemeinen Kochplatz, aber der befindet sich direkt in der Mitte des Lagers. Ich sehe keine Möglichkeit, dorthin zu kommen."

Elua hatte der Diskussion der Männer mit einem spekulativen Blick zugehört. Jetzt grinste sie. „Na ja, genau genommen müssen wir dort nicht hinkommen. Nur die Samen. Baldan, wie steht es um deine Schusskünste?"

Erkenntnis dämmerte den versammelten Kriegern. Baldan streckte seine Finger. „So gut wie immer. Und jetzt gerade fühle ich mich, als sollte ich sie testen."

Lukan tätschelte ihm den Rücken. „In Ordnung. Lasst uns die Samen holen und alles vorbereiten. Wir müssen dennoch vorsichtig sein. Ich möchte den Kriegswolf nicht enttäuschen."

DA'RYEN SAH ZU, wie Nya sich ihm mit einer Schüssel Suppe in den Händen näherte. Als sie sie ihm reichte, nahm er ihre Hände in seine mit einem traurigen Lächeln auf den Lippen.

„Wie oft muss ich dir noch sagen, dass du das nicht machen musst? Du bist nicht meine Dienerin."

Nya erwiderte sein Lächeln ein wenig unsicher. Sie war gerade erst elf geworden und viel zu ernst für ein Kind ihres Alters. Wenn man jedoch bedachte, was sie schon durchgemacht hatte, war es keine Überraschung.

„Aber ich tue das gerne für dich, Da'Ryen. Ich war einsam, als du fort warst. Du bist der Einzige hier, der mit mir spielt."

„Weil ich unsere Spiele mag. Sag mir, wie geht es deinem kleinen Baby?"

Nya zog einen Beutel von ihrem Gürtel, in dem eine kleine Puppe von der Größe der Hand eines Mannes ruhte.

„Es geht ihr gut. Aber sie schläft sehr viel. Ich glaube, das ist, weil es Herbst wird. Die Kälte gefällt ihr nicht."

„Oh, das kann ich ihr nachfühlen. Mir gefällt das Klima hier auch nicht. Vielleicht sollten wir in den Süden gehen, wo die Sonne immer scheint? Was meinst du? Die Hitze auf deiner Haut zu spüren, wäre sicher schön."

Nya lachte. Sie wusste ebenso gut wie Da'Ryen, dass sie Ma'Duk nicht einfach so verlassen konnten, aber dieses Spiel von *was wäre, wenn* war alles, was sie beide hatten und darum nahm sie aus vollem Herzen teil.

„Ich bin mir sicher, dass das Baby es lieben würde. Und wenn wir jetzt gleich zusammenpacken, können wir morgen in aller Frühe aufbrechen. Wie wäre es, Da'Ryen?"

Der Krieger tat so, als würde er über ihren Vorschlag nachdenken, dann schüttelte er traurig den Kopf.

„Morgen ist es schlecht. Erinnerst du dich, wir wollten auf die Jagd gehen? Was würden all die Hirsche sagen, wenn wir sie einfach allein ließen?"

„Du hast recht wie immer. Die Hirsche kommen zuerst. Vielleicht folgen wir der Sonne an einem anderen Tag."

„Vielleicht. Aber jetzt komm erst einmal her. Ich werde dich aufwärmen, bis du schlafen kannst."

Mit einem zufriedenen Seufzen schmiegte sich das kleine Mädchen in die Arme des kräftigen Mannes, genoss die Hitze, die sein massiver Körper ausstrahlte. Sie erinnerte sich an diese Art von Wärme, aus der Zeit, die sie den Traum nannte. Damals war die Wärme von der Frau mit dem sanften Lächeln und den weichen Haaren gekommen. Aber die Frau war fort; nur die Erinnerung an die Wärme hatte noch Bestand.

DA'RYEN ERWACHTE von einem unangenehmen Druck um seine Handgelenke. Er brauchte nur einen kurzen Moment, um seine Situation vollkommen zu begreifen. Das niederdrückende Gefühl des bevorstehenden Untergangs, das er schon seit Wochen hatte, war jetzt überwältigend. In gewisser Weise war er sogar erleichtert, dass die Zeit, die Verantwortung für seine Sünden zu übernehmen, endlich gekommen war.

Indem er sich wand wie ein Wurm, der im Schnabel eines Vogels gefangen war, schaffte er es sich aufzurichten, obwohl er an Armen und Füßen gefesselt war. Neben ihm lag Nya, immer noch tief schlafend, obwohl sie, wie er, gefesselt war. Im Halbdunkel konnte er sehen, wie sich Schatten still bewegten, die Schlafenden fesselten. Für einen kurzen Moment überlegte Da'Ryen, sie zu warnen, aber so wie es aussah, war es ohnehin bereits zu spät. Mit Ausnahme einer Handvoll waren die Krieger alle neutralisiert, darum konnten sie auf keinen Fall gegen diesen stummen, perfekt organisierten Feind gewinnen. Im tiefsten Herzen hatte der Stammeskrieger bereits erkannt, wer diese Leute waren, obwohl ihn ein letzter Funke Hoffnung davon abhielt, die Wahrheit zu akzeptieren.

Jetzt da jedes Mitglied der Gruppe gesichert war, zündeten die Angreifer Fackeln an und begannen, ihre Beute nach draußen zu tragen, wo sie sie wie Ware aufreihten, während einige von ihnen die Karren für die Abreise vorbereiteten. Der Kriegswolf wollte sie also lebendig. Der Gedanke schickte einen Schauder Da'Ryens Rücken hinab. Obwohl er nicht alle Geschichten glaubte, die über diesen mächtigen Kriegsherrn erzählt wurden, bestand doch kein Zweifel daran, dass zumindest ein paar von ihnen einen Funken Wahrheit enthielten. Wenn man bedachte, wie schauderhaft die Berichte über seine Grausamkeit waren, machte Da'Ryen sich keine Illusionen darüber, was sie erwartete. Und sie verdienten eine Bestrafung, wenn nicht dafür, dass sie andere bestohlen hatten, dann für all die anderen Sünden, die sie begangen hatten. Seine eigenen waren in seine Seele eingraviert, nagten an ihm wie Ratten an einer Leiche, ließen ihn nicht zur Ruhe kommen. Es war beinahe lustig, wie weit er gelaufen war, um ihnen zu entkommen, nur um seine Strafe in den eisigen Landen des Nordens zu erhalten.

Angesichts der harten, unnachgiebigen Gesichter der Söldner erwartete Da'Ryen nicht, dass seine letzten Tage auf Ana-Darasa friedlich sein würden. Neben ihm bewegte Nya sich im Schlaf, erinnerte ihn an die einzige Verantwortung, die er noch hatte. Als eine barsch aussehende Frau kam, um das Mädchen auf einen der Karren zu legen, riskierte er es, sie anzusprechen.

„Bitte, ich weiß, warum ihr hier seid, aber sie ist nur ein Kind. Sie hat nichts damit zu tun. Könnt ihr ihr wenigstens die Fesseln abnehmen? Ich will nicht, dass sie so aufwacht."

Die Frau schaute ihn so kalt an, dass Da'Ryen zusammenzuckte.

„Kind oder nicht, sie ist bei euch, darum haben wir keinen Grund sie anders zu behandeln. Du kannst versuchen, Canubis die Sache zu erklären, sobald wir im Tal sind, aber ich bezweifle, dass er deiner Bitte gegenüber sehr offen sein wird. Und jetzt halt den Mund, bevor ich entscheide, dir die Zunge herauszuschneiden."

Sie beugte sich nach unten, um Nya hochzuheben. Da'Ryens sah zu, wie die Söldnerin mit den beiden langen Dolchen in ihrem Gürtel das Mädchen sehr vorsichtig hinlegte und sie sogar in ein paar Felle wickelte, um sie warmzuhalten. Dieser Akt stand in solchem Gegensatz zu den Worten der Frau, dass er Da'Ryen vollkommen verwirrt zurückließ.

Weggabelungen

1.
MASKEN

„Neeeiiin!"

Keuchend erwachte Daran, bebte am ganzen Körper und warf panische Blicke durch den Raum. Er war froh, dass das zischende Geräusch der Eisenstange, die auf sein Gesicht zuraste, offensichtlich ein Traum gewesen war, aber er hatte dennoch Probleme, sein wild schlagendes Herz zu beruhigen. Als es ihm endlich gelang zumindest seine Atmung zu verlangsamen, wagte er es, zur Seite zu sehen, um zu überprüfen, ob sein Albtraum Kalad und Aegid geweckt hatte. Sein Herz wurde schwer. Beide Krieger starrten ihn an und obwohl es beinahe vollkommen dunkel war, konnte er ihre Sorge für ihn sehen – und schlimmer noch, spüren. Beschämt wandte er sich ab.

„Es tut mir leid, ich wollte Euch nicht wecken."

„Daran, komm her."

Kalad packte die Hand des Diebes, um ihn auf die Felle zwischen sich selbst und Aegid zu ziehen. Ein entschlossener Zug erschien auf seinen Lippen und seine Augen leuchteten in der Düsternis.

„Denkst du nicht, es ist an der Zeit, uns zu sagen, was diese verabscheuungswürdigen Maden dir angetan haben?"

Ruckartig befreite Daran seine Hand aus dem Griff des Kriegers. „Ich kann nicht. Noch nicht. Bitte habt Geduld mit mir."

Aegid seufzte. „Wir wollen dich nicht unter Druck setzen, kleiner Dieb. Aber glaub mir, je länger du wartest, umso schlimmer wird es. Du weißt, dass du uns vertrauen kannst, oder nicht?"

Tränen standen in Darans Augen, als er nickte. „Ich weiß. Und ich will es Euch wirklich erzählen. Aber die Worte bleiben mir in der Kehle stecken, wann immer ich sie hervorbringen möchte. Es ist, als ob ich immer noch dort wäre, unfähig, mich zu befreien."

Kalad streichelte beruhigend über seinen Kopf. „Es ist in Ordnung, Liebling. Lass dir Zeit. Vergib uns unsere Zudringlichkeit. Es macht uns rasend, dich so zu sehen, zu wissen, dass wir überhaupt nicht helfen können. Wir haben uns noch nie so hilflos gefühlt."

Nicht wissend, was er sagen sollte, berührte Daran die Hände seiner Besitzer. Er wusste genau, wie sie empfanden und kannte auch den Grund dafür. Das Problem war, dass er nicht wusste, was er fühlen sollte oder was von ihm erwartet wurde zu fühlen. Diese Verwirrung hielt sie davon ab, zu ihrer alten

Beziehung zurückzukehren. Es bedurfte Darans gesamter Selbstbeherrschung, vor ihrer Berührung nicht zurückzuweichen und ihre Erwartungen zu ertragen, wenn sie zusammen ins Bett gingen. Bis jetzt hatten die Krieger davon abgesehen, ihn zu verführen, um ihm etwas Raum zu geben. Aber es war nur eine Frage der Zeit, bevor sie entscheiden würden, das Problem auf direktere Weise anzugehen.

Und ein Teil von ihm sehnte sich danach, wieder intim mit ihnen zu werden, all die schlimmen Erinnerungen hinter sich zu lassen. Eine andere, nachdrückliche Stimme erinnerte ihn jedoch beständig daran, dass er besudelt und unwürdig war. Der Gedanke, dass die beiden Spuren dieser anderen Männer auf seinem Körper entdecken könnten, ließ ihn in kalten Schweiß ausbrechen.

Was noch schlimmer war, war das neue Gesicht, das er an ihnen entdeckt hatte. Bisher hatte er die Wüstenkrieger als seine Wohltäter angesehen, als die Männer, die ihn vor einer traurigen, unerfreulichen Existenz bewahrt hatten. Die Schwestern hatten Daran auf grausamste Weise gezeigt, dass Aegid und Kalad ein zweites, viel weniger freundliches Antlitz besaßen. Er fragte sich, ob das nicht ihre wahre Natur war – und ob er in der Lage sein würde, das zu akzeptieren. Denn obwohl die Schwestern verdreht und böse waren, konnte er verstehen, warum sie sich so benommen hatten, was sie so absolut verabscheuungswürdig gemacht hatte. Sich vorzustellen, welche Art Macht die Wüstenbrüder über normale Menschen, Menschen wie ihn, hatten, ließ ihn schaudern. Was diese Erkenntnis für seine Beziehung zu den Göttern bedeutete, war etwas, über das Daran noch nicht nachdenken wollte.

Zwei Tage nachdem sie ins Tal zurückgekehrt waren, kamen Lukan und Elua mit der Karawane und beinahe dreißig Gefangenen an. Unter ihnen erkannte Daran den Mann, der ihm die tödliche Verletzung zugefügt hatte. Mit dem direkten Grund für all sein Unglück konfrontiert zu werden, hatte ihm Übelkeit bereitet. Im Moment befanden die Gefangenen sich in den Verliesen, während ein zorniger Kriegswolf darüber nachdachte, wie er sie auf die grausamste Weise umbringen konnte. Seinen Herrn und Gott so außer sich zu sehen, erhöhte Darans innere Unruhe nur, weil er wusste, dass seine Unfähigkeit der Grund dafür war. Der Kriegswolf hatte Daran zu verstehen gegeben, dass er willens war, ihm ein wenig Raum zu geben, dass er aber auch erwartete, schon bald einen Entschluss von ihm zu hören. Kalad und Aegid hatten bereits verlangt, seinen Entführer, die Zuhälter und die beiden Schwestern bestrafen zu dürfen. Soweit Daran wusste, stritten sie immer noch mit Canubis darum, wem es gestattet sein würde, sie zu töten. Es war zum Haare raufen. Auch irgendwie rührend, musste er zugeben, aber vor allem zum Haare raufen.

Allein und verwirrt starrte der erste Echend'dim in die Dunkelheit.

„DARAN! WENN dir nicht nach Training ist, dann sag es und hör auf, dich lächerlich zu machen!"

Castos Stimme hatte einen gewissen aggressiven Unterton, der zeigte, dass er noch nicht wirklich wütend, aber auf dem besten Wege dorthin war. Daran beeilte sich, von Rajan abzusteigen. Das Letzte, was er im Moment wollte, war ein Streit mit dem Herzen seines Gottes.

„Es tut mir leid, Casto. Ich habe mich nicht konzentriert."

„Das ist mir auch schon aufgefallen, Idiot. Ich frage mich, warum. Es ist eine Woche her, seit wir dich zurückgeholt haben und du scheinst mir nicht so in Ordnung zu sein, wie du behauptet hast."

Die Worte hingen wie eine Drohung in der Luft, erinnerten Daran daran, wie dumm es war, König Castolus zu unterschätzen. Mit einem Mal entschlossen, sich mit jemandem über seine Zweifel zu unterhalten, begegnete er dem Blick des Blondschopfs. Seine Hände waren in Rajans Mähne vergraben, als ob die Wärme, die der Wallach ausstrahlte, ihn irgendwie beschützen könnte.

„Nichts ist in Ordnung, aber das weißt du bereits. Ich habe Albträume. Schreckliche Albträume. Ich bin wieder an jenem Ort gefangen, gefesselt, unfähig mich zu befreien. Ich kann ihr Gelächter hören, ihren Spott. Ich kann spüren, wie ihre Messer mich verletzen. Ich sehe die Eisenstange, die auf mein Gesicht zurast. Aber es sind nicht die Schwestern oder die Zuhälter, die mir das antun. Es sind Aegid und Kalad."

Daran würgte. Tränen strömten sein Gesicht entlang, während seine Hände sich in die weiche Mähne seines Pferdes gruben, in dem Versuch, sich irgendwie zu erden.

„Sie tun mir das an. Und ich weiß, wie vollkommen absurd das ist. Dennoch habe ich schreckliche Angst vor ihnen. Solch schreckliche Angst."

Eine warme Hand berührte seine Schulter. Mit einer Zärtlichkeit, die ihm nur wenige zugetraut hätten, umarmte Casto den Echend'dim.

„Es ist in Ordnung, Daran. Es ist in Ordnung. Was auch immer du fühlst, lass es zu. Sieh deiner Furcht und Trauer direkt ins Gesicht und dann lass beide gehen, damit du wieder klar denken kannst."

Als ob diese Worte einen Damm gebrochen hätten, begann Daran zu weinen. Raue, kehlige Schluchzer erzwangen sich ihren Weg nach draußen, der Beweis für eine so schreckliche Verzweiflung, dass sie die Macht hatte, den Dieb zu brechen. Es dauerte lange, bis er sich wieder beruhigte. Ein wenig beschämt befreite er sich aus Castos Umarmung.

„Das ist mehr als peinlich. Bitte vergib mir."

Mit dem Zeigefinger wischte Casto eine Träne von Darans Wangen. „Mach dir keine Sorgen. Du hast eine Menge durchgemacht. Ich kann verstehen, wie schwierig das sein muss."

Daran packte die Handgelenke seines Trainers, wollte verzweifelt Zuspruch bekommen. „Wie gehst du damit um? Mit der Gewalt, all den Dingen, die Lord Renaldo getan hat?"

Casto seufzte. Das hier wurde hässlich und es fing gerade erst an. „Leichter, als du vielleicht denken magst. Vergiss nicht, ich wurde zum König erzogen. Für mich sind die Taten des Barbaren und seines Bruders legitim. Sie helfen, ihre Macht zu untermauern."

„Du versuchst mir also zu sagen, dass es in Ordnung ist?"

„Nein. Ich sage nur, dass ich ihr Handeln verstehen kann – und dass ich an ihrer Stelle höchstwahrscheinlich dasselbe tun würde."

„Das Schicksal der Unschuldigen ist dir vollkommen egal, nicht wahr?"

Selbst in seinen eigenen Ohren klang Daran übermäßig aggressiv. Niemand musste ihm erklären, dass er in den Augen von Casto, seinen Göttern und selbst seinen Herren nur ein Teil der gesichtslosen Masse war, deren Wohlergehen nicht von Interesse war.

Die klaren, blauen Augen, in denen man sich so leicht verlieren konnte, leuchteten jetzt gefährlich auf. Casto hatte noch nie gut mit Kritik umgehen können und der Echend'dim berührte einen wunden Punkt. Das eigene Handeln vor sich selbst zu rechtfertigen, war wahrscheinlich die schwierigste Aufgabe eines jeden Anführers. Für Casto waren Darans Zweifel wie Echos seiner eigenen, manchmal verräterischen Gedanken.

„Niemand ist wirklich unschuldig. In jedem von uns schlummert eine Bestie. Schau dir nur deinen Stiefvater an oder die Schwestern. Canubis und Renaldo tun, was nötig ist. Das ist nicht immer schön, nicht immer bequem, aber es ist ihr Vorrecht und ihre Pflicht. Dasselbe gilt für Aegid und Kalad. Sie waren schon immer so. Du hast dich nur geweigert, das anzuerkennen, weil in der perfekten kleinen Welt, die du dir gebaut hattest, kein Platz für die Realität war. Du hast ein Bild der beiden erschaffen, das mit der Wirklichkeit nichts zu tun hatte und jetzt, wo es zerbrochen ist, willst du jemandem die Schuld dafür geben. Aber ich habe Neuigkeiten für dich, Daran. Du bist wie sie – wie wir. In dem Moment, als du dich in sie verliebt hast und sie dich erwählt haben, wurdest du zu etwas Besonderem. Du bist überhaupt nicht wie Egand oder die Schwestern. Du bist ein Erwählter, ein Echend'dim. Finde dich damit ab und hör auf dich für Dinge schuldig zu fühlen, die du nicht ändern kannst."

Von diesem Ausbruch überrascht wich Daran ein wenig von dem König zurück. Er wusste, dass Casto recht hatte, dass seine Unsicherheit und Furcht hauptsächlich seiner Verleugnung der Wahrheit entsprangen. Unglücklicherweise machte es diese Einsicht nicht leichter, sich der Realität zu stellen.

„Ich werde darüber nachdenken müssen, Casto. Es wäre sehr nett von dir, wenn wir das Training für heute beenden könnten."

Sein Trainer nickte. „Wie du wünschst, Daran. Schwing dich in den Sattel und genieß die frische Luft. Ich bin mir sicher, dass du dich danach besser fühlen wirst."

Dankbar tat Daran, was ihm gesagt worden war. Nach einem letzten Blick zu Casto lenkte er Rajan ins Tal.

„WAS IST denn mit dir los, Casto? Du siehst aus wie ein ganzer Monat Regenwetter!"

Liebevoll umarmte Renaldo seinen Gefährten und drückte ihm einen Kuss auf die Schläfe. Casto ließ sich diese Geste gefallen, ein sicheres Zeichen dafür, dass das, was auch immer an diesem Tag geschehen war, ihn wirklich aufgewühlt hatte.

„Ich habe mich mit Daran unterhalten. Es geht ihm nicht gut."

Der Todesengel hörte auf, Casto zu küssen. Die Luft war spannungsgeladen. „Ich weiß. Hat er sich dir anvertraut? Das wäre zumindest ein Schritt nach vorne."

Castos Blick verdunkelte sich. „Er hat sich mir anvertraut. Aber mein Rat hat ihn wahrscheinlich nicht in jene Richtung gelenkt, die Euch gefallen würde."

Renaldo zog sein Herz auf eine der Liegen, griff nach einem Weinbecher und hielt ihn an Castos Lippen. Während der König ein paar Schlucke trank, genoss der Todesengel die Tatsache, dass sie so intim miteinander waren. Nach Darans Rettung hatten sie einen großen Streit darüber gehabt, ob es Casto gestattet war, mit Lys frei zu reiten. Zwei Liegen, die schweren Brokatvorhänge und die Tür in die leere Kammer waren die kollateralen Schäden bei diesem hitzigen Streit gewesen. Und das hitzig war wörtlich zu nehmen.

„Was hast du ihm gesagt, soll er tun?"

„Ich habe ihm gar nichts gesagt. Ich habe ihm nur erklärt, dass wir alle eine Bestie in uns schlummern haben. Und dass ich Euer Handeln verstehen kann. Ich kann nicht sagen, dass es ihm gefallen hat."

Renaldo legte sein Kinn auf Castos Kopf. Er hatte so etwas schon früher gesehen. Es war eine relativ normale Entwicklung, wenn jemand, der nicht darauf vorbereitet war, Macht auszuüben, sich selbst mit einem Mal in einer Position fand, wo er oder sie es tun musste. Die Zweifel, die Ängste, die Unsicherheiten, sie alle köchelten im Inneren vor sich hin, bis sie schließlich überkochten. Erst dann fand man heraus, ob man wirklich zum Anführer geeignet war oder besser ein Gefolgsmann blieb. In Darans Fall verkomplizierte die plötzliche Unsterblichkeit die Situation noch zusätzlich und er und Canubis wollten ganz sicher nicht, dass ihr erster Echend'dim die falsche Entscheidung traf.

„Daran macht im Moment schwere Zeiten durch. Entführt und getötet zu werden, hat das nicht leichter gemacht." Renaldo leerte den Wein in einem Zug.

„Es ist normal für einen jungen Mann, in seinem Leben Perioden des Zweifels durchzumachen, aber Daran muss sich allem gleichzeitig stellen. Mein Bruder und ich versuchen, uns damit abzufinden, dass wir vielleicht unseren ersten Echend'dim verlieren werden."

Schockiert schoss Casto in die Höhe. „Werdet ihr ihn verbannen?"

Beruhigend streichelte Renaldo die weizenblonden Haare.

„Natürlich nicht. Daran ist die Belohnung, die die Mütter Aegid und Kalad für ihre Treue versprochen haben. Wir könnten ihn ihnen niemals wegnehmen. Aber schon bald wird Daran sich entscheiden müssen, ob er Krieger bleiben oder wieder ein Sklave werden möchte. Canubis hat ihm bereits gesagt, dass er willens ist, zu akzeptieren, was auch immer er wählt, obwohl er es vorziehen würde, Daran als Krieger zu behalten."

173

Casto lehnte sich an die Brust des Barbaren. „Was ist mit Aegid und Kalad? Ich habe sie kaum gesehen, seit wir zurückgekommen sind. Sind sie so entspannt, wie Ihr es seid?"

„Wir haben uns noch nicht eingehend unterhalten, da sie zu sehr damit beschäftigt sind, sich um Daran Sorgen zu machen, aber ihre oberste Priorität ist der Dieb selbst. Es ist ihnen egal, was er ist, solange er bei ihnen bleibt. Natürlich wird seine Entscheidung ihre zukünftige Beziehung formen, aber das sind die Konsequenzen, mit denen sie leben werden müssen."

„Klingt für mich ziemlich kalt." Gedankenverloren begann Casto mit Renaldos Fingern zu spielen. „Warum musste das ausgerechnet jetzt passieren? Nur noch ein paar Monate und Daran hätte seinen neuen Status vollkommen akzeptiert."

„Ich habe dasselbe gedacht. Vielleicht ist es sogar zu unserem Vorteil. Wenn er sich für uns entscheidet, nach allem, was er durchgemacht hat und seine Zweifel hinter sich lässt, dann haben wir einen unglaublich starken General unter unserem Kommando."

„Und wenn er sich gegen Euch entscheidet?"

„Dann wird jemand anderes, der besser geeignet ist, kommen und die Position übernehmen. Die Mütter mögen uns verlassen haben, aber das bedeutet nicht, dass sie nicht noch im Kleinen auf uns achtgeben." Renaldo grinste breit. „Und wir wissen, wie schwerwiegend Kleinigkeiten das Gesamtbild beeinflussen können."

Casto drehte sich herum und küsste seinen Gefährten leidenschaftlich.

„Wofür war das? Nicht dass ich mich beschwere."

„Um Euch davon abzuhalten, weiter zu sprechen. Wenn Ihr noch einsichtiger geworden wäret, hätte ich mich vielleicht übergeben müssen."

„Du kleiner Bastard! Dafür wirst du bezahlen!"

Lachend hob Renaldo den protestierenden Casto hoch und trug ihn ins Bett.

WÄHRENDDESSEN RITT Daran ziellos durch das Tal. Rajan hatte die Führung übernommen, damit sich sein Reiter auf das emotionale Chaos in seinem Kopf konzentrieren konnte. Die Entscheidung, vor der er stand, hatte das Potenzial sein Leben so radikal zu verändern wie jene, die er vor ein paar Jahren getroffen hatte, als Aegid und Kalad ihn als ihren Sklaven mitgenommen hatten. Und ihm lief die Zeit davon. Seine Herren waren ziemlich geduldig gewesen, einer der Gründe, warum er ihren Langmut nicht mehr als unbedingt nötig strapazieren wollte. Außerdem würde Canubis es wissen wollen, wenn sein erster Echend'dim die Entscheidung traf, dass er nicht in der Lage war, ihm aus ganzem Herzen zu dienen.

Daran schauderte angesichts dieses Dilemmas. Wenn er sich entschied, ein Krieger zu bleiben, dann würde er zu jemandem werden, der mit seinen Taten Monster wie die Schwestern erschaffen konnte. Er würde Dinge tun, die ihm beim bloßen Gedanken daran den Magen umdrehten. Das Schlimmste aber war, dass wenn er lange genug für die Götter kämpfte, unausweichlich der Punkt kommen würde, an dem die monströse Natur seiner Taten ihn nicht länger berühren würde. Zu verlieren, was er gewesen war, war hart, obwohl es nie sonderlich gut gewesen war.

Wenn er sich andererseits entschied wieder ein Sklave zu werden, konnte er damit fortfahren, die Realität zu ignorieren. Aegid und Kalad würden ihn beschützen und umsorgen, wie sie es bis jetzt auch getan hatten. Er würde für alle Ewigkeit in Seligkeit leben. Dann wäre er aber auch weiterhin hilflos, unfähig in der Schlacht an ihrer Seite zu stehen, dazu verdammt, für immer ein Zuschauer zu sein.

Die beiden Wege, die sich ihm boten, waren so verschieden, jeder auf seine Weise Angst einflößend, dass er sich einfach nicht entscheiden konnte. Doch sich nicht zu entscheiden, würde ihn nur mehr leiden lassen. Er musste seinen Platz finden und er musste es jetzt tun. Daran packte die Zügel fester, entschlossen seine erbärmliche Unentschlossenheit zu beenden.

Es war bereits spät am Nachmittag, als er von den Ställen zu den Verliesen marschierte. Die Wache ließ ihn ohne Zögern oder Kommentare passieren. Er war bereits als einer der Lords akzeptiert.

Canubis hatte sich immer noch nicht entschieden, wann und wie er jene bestrafen würde, die es gewagt hatten, ihre schmutzigen Hände mehr oder weniger direkt vor seiner Türschwelle auf sein Eigentum zu legen. In Darans Augen war das angespannte Warten, die Unwissenheit darüber, was mit ihnen geschehen würde, der brutalste Teil der Rache der Götter. Mit Ausnahme von Elgir und den beiden Zuhältern war niemand gefoltert worden, vor allem weil die Räuber über keine Informationen verfügten, die der Kriegswolf für wertvoll hielt. Darans Entführer war ein anderer Fall. Inzwischen hatte er den göttlichen Brüdern alles über seine Verbindungen zu den Gefolgsleuten der Guten Mutter im Osten erzählt und wie es ihm gelungen war, seine Spur zu effektiv zu verschleiern. Bis jetzt gab es keine weiteren Details über das Ausmaß von Elgirs Sakrileg, aber alle im Tal wussten, dass Canubis die Östlichen Königreiche jetzt mit dem Hunger nach Rache in seinem Herzen beäugte.

Daran ging an den Zellen mit den Räubern vorbei, ohne ihnen einen Blick zu gönnen. Diese Männer hatten in der Schlacht gegen ihn gekämpft, ihn sogar getötet, dennoch konnte er ihnen gegenüber nichts anderes als Gleichgültigkeit empfinden. Vor der Zelle, in der Elgir und die Zuhälter sich befanden, zögerte er für einen Moment. Sie erinnerten ihn zu sehr an Egand, um mehr zu verdienen als seine Verachtung. Hinter der letzten Tür waren die Schwestern an die Wand gekettet. Daran holte tief Luft und dann betrat er den düsteren Raum.

Er war schon einmal in den Verliesen gewesen, kurz nachdem Aegid und Kalad ihn ins Tal gebracht hatten. Es war Teil ihrer Strategie von Zuckerbrot und Peitsche gewesen, ihm zu zeigen, wo er enden würde, sollte er ihren Zorn erregen. Natürlich war das nicht nötig gewesen, vor allem damals nicht, als sein Herz vor Bewunderung und den ersten, zarten Knospen einer stetig wachsenden Liebe überquoll. Daran erinnerte sich an diesen verdammten Ort hauptsächlich in kurzen Bildern. Das Klirren einer Kette, der Ruß der flackernden Fackeln, der die

Steinwände schwarz verfärbte, die Kälte, die aus dem Boden drang, sich selbst durch die schweren Lederstiefel einen Weg in den Körper suchte. Die Verzweiflung, die alles durchwirkte, dabei jeden fröhlichen Gedanken unterdrückte, der es wagte, sich zu erheben. Und über allem, wie ein König des Schreckens, der über eine Armee grauenvoller Sklaven herrschte, war der Geruch. Der metallische Geschmack von Blut, vermischt mit allen Arten von Körperflüssigkeiten, ungewaschener Haut, zerfallender Kleidung, nassem Leder und einer großzügigen Dosis rostendem Stahl.

In die Verliese zu gehen, ganz egal ob als freier Mann oder als Gefangener, bedeutete eine andere Welt zu betreten, eine, die anscheinend nichts mit dem Tal zu tun hatte. Es war, als ob man in unerforschtes Gebiet eindringen würde, wo alles passieren konnte, wo die Bestien sich frei bewegten. Hier unten veränderte sich jeder.

Der erste Echend'dim starrte die beiden Frauen an, die an die gegenüberliegende Wand der Zelle gefesselt waren. Es war schwer, im Zwielicht Details zu erkennen, aber er fand, dass sie zerbrechlicher aussahen, als zu dem Zeitpunkt, als sie ihn so grausam gefoltert hatten. Damals waren sie gefährliche Raubtiere gewesen. Jetzt sahen sie besiegt aus. Nur die Aura vollkommenen Wahnsinns blieb dieselbe, befeuert ihre Augen mit einem fiebrigen Glanz, der den bedauernswerten Zustand ihrer Körper Lügen strafte. Sie starrten zurück, strömten Feindseligkeit aus.

Daran trat ein wenig näher, musterte sie intensiv. Niemand hatte daran gedacht, den Frauen neue Kleider zu geben, darum trugen sie immer noch die Seidengewänder, die mit seinem Blut getränkt waren. Den Beweis für sein Leiden zu sehen, ließ ihn würgen. Sein Körper kribbelte unangenehm an all den Stellen, wo sie ihn verletzt hatten und sein Herz schlug wie wild. Unwillkürlich griff Daran an seine Brust, dort wo sie ihn aufgeschnitten hatten. Das war eine noch größere Verletzung gewesen, als vergewaltigt zu werden. Behandelt zu werden wie ein Objekt, sein Fleisch ein Mittel zum Zweck, sein einziger Daseinsgrund so schrecklich zu leiden wie möglich – das hatte Wunden in Darans Seele hinterlassen, die er erst jetzt erkannte.

Ein leises Kichern riss ihn aus seinen tumultartigen Gedanken. Die ältere der beiden Schwestern starrte ihn mit einer Mischung aus Abscheu und Spott an.

„Es scheint so, als könnte die kleine Schönheit nicht genug von uns bekommen. Komm schon, binde uns los und wir spielen die ganze Nacht mit dir."

„Ich habe nicht vor, euch je wieder mit irgendjemandem spielen zu lassen. Ihr seid nichts anderes als Monster."

„Kaum schlimmer als du, hübsches Gesicht. Sag mir, wie viele hast du für sie getötet? Die Leben von wie vielen Menschen hast du zerstört, weil sie es dir befohlen haben?"

„Nicht so viele, wie du denkst. Ich bin neu. Vor nicht allzu langer Zeit war ich nicht mehr als ein Sklave im Rudel."

Die jüngere Schwester regte sich. Langsam hob sie den Kopf, zeigte ein von Hass verzerrtes Gesicht.

„Einem einfachen Sklaven wäre es niemals gestattet, eine Waffe zu tragen. Und er würde ganz sicher nicht so reich ausgestattet sein. Wir sind nicht blind.

Obwohl du behauptest, aus einfachen Verhältnissen zu stammen, fühlst du dich in deiner schönen Kleidung viel zu wohl. Du bist daran gewöhnt, sie zu tragen, genauso wie du daran gewöhnt bist, zu bekommen, was immer du willst, weil deine Besitzer immer dafür gesorgt haben, nicht wahr?"

„Du hast recht. Man hat sich immer gut um mich gekümmert."

Daran machte noch einen Schritt nach vorne. Er konnte spüren, wie etwas in ihm sich veränderte. Es war, als ob die giftigen Worte, die von den Lippen der Schwestern tropften, ihn irgendwie reinigten. Arborja und Elianna spürten es ebenfalls, diese Veränderung der Emotionen. Sie spuckten beide aus.

„Wir hatten also doch recht. Du bist genau wie sie, ein Monster der schlimmsten Art, gehorchst ihren Befehl zu deinem eigenen Vorteil. Wir hätten dich noch mehr foltern sollen, bevor wir dir das Herz herausgerissen haben."

„Ich mag ja ein Monster sein – das kann ich nicht mehr abstreiten. Aber wenigstens bin ich ein Monster, das einer höheren Macht gehorcht. Ihr beide allerdings unterwerft euch nur euren eigenen niederen Instinkten. Wenn ich wählen müsste, würde ich sagen, dass ihr schlimmer seid als ich. Was ihr ertragen musstet, war schrecklich, das gestehe ich euch zu und es war höchstwahrscheinlich nichts, das ihr verdient habt, aber was ihr daraus gemacht habt, ist unaussprechlich. Ihr habt den schlimmsten möglichen Pfad gewählt und um euer Handeln zu rechtfertigen, schiebt Ihr alle Schuld auf die göttlichen Brüder. Sie mögen der Grund dafür gewesen sein, dass euer Leben sich zum Schlechten verändert hat, aber ihr wart es, die entschieden habt, zu werden, was ihr jetzt seid. Als wir uns zum ersten Mal begegnet sind, habe ich sogar Mitleid für euch empfunden, weil ich dachte, dass wir gleich sind. Aber das sind wir nicht. Sind es nie gewesen, werden es nie sein."

„Und um uns das zu sagen bist du hergekommen?"

„Nein. Ich bin hergekommen, um etwas über mich selbst herauszufinden und ihr habt mir gut geholfen. Dafür muss ich euch danken."

Elianna kreischte wie ein sterbendes Schwein. Speichel tropfte ihr Kinn hinunter, ließ sie wie eine Schwachsinnige aussehen. Die harten Linien um Arborjas Augen und Mund schienen sich noch zu vertiefen, während sie versuchte, ihre brüllende Schwester zu beruhigen, indem sie sachte gegen sie stieß. Gleichzeitig starrte sie Daran wütend an.

„Du hast deinen Spaß gehabt. Jetzt lass uns allein, Monster. Wir sind deiner Gesellschaft müde."

Daran machte den letzten Schritt, der ihn von den Gefangenen noch trennte. Beinahe liebevoll liebkoste er Arborjas Wangen. Seine Stimme hatte jetzt einen stählernen Unterton, von dem er nicht gedacht hatte, dass er dazu fähig wäre.

„Ihr solltet glücklich sein. Dank euch habe ich meinen Platz gefunden. Und es ist auch zu eurem Besten. Ihr wollt nicht wissen, welch schreckliche Dinge der Kriegswolf und der Todesengel euch antun können. Ich andererseits werde nur den Gefallen erwidern, den ihr mir vor ein paar Tagen erwiesen habt. Freut euch, euer

177

Tod wird schmerzhaft, aber relativ schnell kommen, etwas, das die Götter euch nicht gestattet hätten."

Daran hatte die Tür bereits erreicht, als die Schwestern endlich begriffen, was er ihnen gesagt hatte. Außer sich vor Wut warfen sie sich gegen ihre Ketten, versuchten freizukommen. Der Gestank frisch vergossenen Blutes stieg in die Luft. Daran beeilte sich, die Zelle zu verlassen und den Wachen zu sagen, dass sie die beiden randalierenden Frauen im Auge behalten sollten.

„Daran, was machst du hier?"

Noemi schaute den jungen Mann ein wenig verwirrt an. Nach allem, was er durchgemacht hatte, hatte sie nicht erwartet, dass er hierherkommen würde.

Der Dieb senkte den Blick. Er mochte die Frau seines Gottes wirklich, hatte aber immer noch nicht den Mut sie direkt anzuschauen.

„Ich wollte wissen, ob Lord Canubis hier ist. Ich weiß, es ist spät, aber vielleicht hat er kurz Zeit? Es wird nicht lange dauern."

„Ich habe immer Zeit für meinen ersten Echend'dim."

Wie ein bedrohlicher Schatten dräute der Kriegswolf über seiner zierlichen Frau, die lediglich die Augen verdrehte, während sie Daran hereinbat.

Ein wenig unsicher folgte der Dieb seinem Gott und der Heilerin. Er war noch nie in den Gemächern des Kriegswolfs gewesen und war neugierig. Was er sah, war so anders als das, was er erwartet hatte, dass er einfach nur starrte. Daran war an die üppige, beinahe dekadente Innenausstattung der Gemächer seiner Herren gewöhnt und hatte aus irgendeinem Grund angenommen, dass es bei Canubis genauso sein würde. Stattdessen waren seine Räume beinahe spartanisch. An den Wänden standen Regale voller Bücher und Glasbehälter in allen Größen. Die Behälter waren mit Pflanzenteilen, seltsamen Flüssigkeiten und manchmal Dingen eindeutig organischen Ursprungs gefüllt, von dem Daran nicht zu genau wissen wollte, worum es sich handelte. Die Bücher behandelten alle die Kunst des Heilens und hatten so viele Lesezeichen, dass manche auf das Doppelte ihrer ursprünglichen Größe angewachsen waren. Lady Noemi verließ sich nicht nur auf ihre Macht, um Menschen zu heilen, sie interessierte sich auch für die Grundkenntnisse der Kunst.

Es rührte Daran, zu sehen, wie der mächtigste Mann der Welt, ein Krieger, der ganze Städte zerstören konnte, es seiner Frau gestattete, seinen innersten Rückzugsort komplett zu übernehmen, den Ort, an dem er lebte. Es war eine Seite von Canubis, die der Dieb bis jetzt nicht gekannt hatte und die es ihm leichter machte, mit dem einschüchternden Anführer zu sprechen. Es war genauso, wie Casto es gesagt hatte. In ihnen allen schlummerte eine Bestie, aber sie hatte auch einen Gegenpart, einen mit einem freundlicheren Gesicht, um die Balance zu halten. Und zu sehen, dass selbst sein Gott seine weiche Seite zeigte, ermutigte Daran zutiefst. Als Canubis ihm bedeutete sich zu setzen, tat er das mit neu gefundenem Selbstbewusstsein.

„Was willst du mir sagen, Daran?"

Die Bernsteinaugen musterten ihn scheinbar ungerührt, aber der Echend'dim konnte die Anspannung seines Gottes spüren. Er holte tief Luft.

„Ich bin hier, um Euch zu bitten, die Bestrafung der Schwestern mir zu überlassen."

Auf diese Worte folgte ein langes erdrückendes Schweigen. Canubis' Blick bohrte sich in Daran, als ob er ihm direkt in die Seele blicken wollte. „Und warum sollte ich das tun?"

Daran spürte, wie sein Selbstbewusstsein wankte, aber dann richtete er sich auf und streckte sein Kinn vor.

„Weil ich Euch als Euer erster Echend'dim bitte. Und weil es mein Recht als freies Mitglied des Rudels ist. Ich bin derjenige, der unter ihrer Hand gelitten hat, darum ist es mein Vorrecht, zu entscheiden, wie sie sterben sollen."

Wieder senkte sich Schweigen herab, wurde aber beinahe sofort von einem zufriedenen Lachen durchbrochen. „Gut gesagt, Echend'dim. Ich werde deinen Wunsch gewähren, wie es Brauch ist im Rudel." Der Kriegswolf stand auf und zog den Dieb in eine enge Umarmung. „Ich bin so froh, dass du den Weg zurück zu uns gefunden hast, Daran. Noch einmal, willkommen im Rudel!"

Erleichtert lehnte der erste Echend'dim sich an die harte, unnachgiebige Gestalt seines Gottes. Ein Gefühl des Friedens überkam ihn, jene Art Frieden, die man verspürte, wenn man sich bei etwas vollkommen sicher war.

„Ich danke Euch, mein Lord. Ich danke Euch von ganzem Herzen."

„Es ist in Ordnung, Daran. Du warst das Warten eindeutig wert. Und jetzt gehst du besser und sprichst mit deinen Liebhabern. So wie ich sie kenne, sollten sie mittlerweile ziemlich ungeduldig sein."

AEGID UND Kalad warteten in der Tat und als Daran die Sorge in ihren Gesichtern sah, fühlte er sich schuldig. Er hatte diese beiden zu lange im Dunkeln gelassen, hatte sie sogar voller Furcht und Abscheu angesehen. Wenn man bedachte, was er gerade über sich selbst herausgefunden hatte, fühlte er sich mit einem Mal kindisch und dumm. Sie hatten ihm stets ihre unverbrüchliche Liebe gegeben, hatten ihn beschützt und umsorgt wie ein verwöhntes Kind. Daran musste lächeln. Es war Zeit, sich zu revanchieren.

Er nahm die Hände der Krieger, küsste sie voller Liebe und führte sie dann zu den Liegen in der Mitte des Raumes. Da er nicht wusste, wie er anfangen sollte, wuchs zwischen ihnen eine angespannte Stille, die Kalad schließlich brach.

„Daran." Die Stimme des Söldners war weich. „Du musst dich zu nichts zwingen. Wenn du mehr Zeit brauchst …"

Der Echend'dim schüttelte wild seinen Kopf. „Das ist es nicht, Herrn. Nicht mehr. Ich habe heute eine Entscheidung getroffen und ich will mich entschuldigen, weil es so lange gedauert hat."

„Du musst dich für nichts entschuldigen, kleiner Dieb. Du bist derjenige, der so viel Gewalt ertragen musste. Wenn überhaupt ist es unsere Schuld, weil wir so ungeduldig sind."

Daran seufzte. Diese wenigen Worte zeigten ihm, wie sehr seine Liebhaber mit ihm gelitten hatten, wie tief ihre Liebe für ihn war. Das machte es ihm leichter, weiterzusprechen.

„Ich denke, Ihr habt bereits erraten, dass das, was mir widerfahren ist, mich auf mehr als eine Art gezeichnet hat. Um ehrlich zu sein, war die Gewalt, die meinem Körper angetan wurde, das weniger schlimme. Was mich wirklich getroffen hat, war die Erkenntnis, was ihr wirklich seid. Obwohl ich so lange mit Euch gelebt habe, habe ich stets Eure wahre Natur ignoriert. Die Schwestern haben mich gezwungen, mich einer Wahrheit zu stellen, die ich zu lange verleugnet hatte. Das hat mich zutiefst erschüttert. Ich dachte, ich wäre nicht in der Lage Euch so zu lieben, wie ihr wirklich seid, dachte, dass ich mich nur zu dem Ideal hingezogen fühle, dass ich mir von Euch gemacht habe."

Beschämt starrte Daran zu Boden, unfähig dem Blick seiner Herren zu begegnen, nach dem, was er ihnen gerade gestanden hatte. Die Krieger schwiegen für einen Moment. Dann berührte Kalad zärtlich seine Haare.

„Daran, schau uns bitte an."

Langsam, zögernd hob der Echend'dim seinen Blick.

„Du musst keine Angst haben, Liebling. Was immer du uns auch sagen willst, wir werden es akzeptieren. Es ist deine Entscheidung und wir sind stolz darauf, dass du mutig genug bist, sie mit uns zu teilen."

Daran schloss seine Augen, fühlte sich gesegnet.

„Ich habe den Kriegswolf gebeten, die Bestrafung der Schwestern mir zu überlassen."

Dieser eine kleine Satz ließ Aegid und Kalad mit offenem Mund starren. Das hatten sie nicht erwartet. Ein wenig atemlos sprach Daran weiter.

„Ich schäme mich, dass ich gedacht habe, ich könnte euch nicht lieben, wenn Ihr nicht meinem idealen Bild entsprecht. Die Wahrheit ist, meine Gefühle für Euch überwältigen mich. Ganz egal, was ihr getan habt oder noch tun werdet im Namen unserer Götter, es wird nichts an meinen Gefühlen ändern. Das habe ich endlich verstanden. Vor mir liegt immer noch ein langer Weg und ich kann nicht versprechen, dass ich dieselben Unsicherheiten nicht wieder verspüren werde. Aber ich werde euch versprechen, dass ich alles in meiner Macht Stehende tun werde, um ein Mann zu werden, der eurer Liebe wert ist."

Sprachlos umarmten die Wüstenbrüder ihren geliebten Dieb, küssten ihn voller Liebe. Aegid sprach zuerst, seine Stimme bebte ein wenig vor Erleichterung.

„Du bist unserer Liebe mehr als würdig, Daran. Als wir uns zum ersten Mal begegnet sind, haben wir dich vielleicht aus einer Laune heraus gewählt, obwohl ich das zu bezweifeln beginne. Es war unser Instinkt, der uns dazu gebracht hat, dich mitzunehmen und er war genau richtig. Du bist der Eine für uns, der Einzige. Und wir sind so froh dich zurückzuhaben. Du hast uns für eine Weile Sorgen gemacht."

„Ja, in der Tat. Jetzt sag uns, was hat deine Meinung geändert?"

180

Kalads Lippen waren gefährlich nahe am Ohr des Echend'dim. Daran wusste, worauf dieses Gespräch hinauslief und erkannte erleichtert, dass er sich vor dem, was sie bald tun würden, nicht länger fürchtete, sondern sich danach sehnte. „Nicht was. Wer. Ich habe mich mit Casto unterhalten und er hat ein paar sehr zutreffende, unangenehme Dinge zu mir gesagt. Nachdem ich den ersten Schock überwunden hatte, begann ich über seine verdrehte Weisheit nachzudenken und habe erkannt, wie recht er hat. Es hat dennoch wehgetan. Er ist ziemlich direkt."

Aegid lachte, die Nase in Darans Haaren vergraben.

„Das fällt dir erst jetzt auf? Ich bin ihm dankbar."

„Dann müsst ihr Euch auch bei den Schwestern bedanken. Ich weiß, sie waren es, die mich erst zum Zweifeln gebracht haben, aber nach Castos Ansprache habe ich sie im Verlies besucht. Als ich ihnen das erste Mal begegnet bin, habe ich gedacht, dass sie mir und den Menschen, mit denen ich aufgewachsen bin, ähneln. Keiner von uns hatte viele Chancen im Leben, außer noch tiefer zu sinken. Wir hatten immer dieses verschwommene Wissen, dass jemand da oben uns unterdrückte, uns an unserem Platz hielt, ganz egal wie sehr wir uns anstrengten. Im Prinzip versuchten wir auf jedwede Möglichkeit zu überleben, während wir unseren Hass auf das Unbekannte nährten. Ich wuchs mit der Überzeugung auf, dass jeder, der mehr hatte als ich, ein Feind war, der Grund, warum es mir so schlecht ging. Ich habe versucht, dem zu entkommen, das habe ich wirklich. Aber niemand wollte mir eine Chance geben. Alle Meister, die ich um Arbeit bat, schickten mich fort. ‚Schmutziger Straßenköter' war eines der netteren Dinge, die sie mich genannt haben. Alle meine Bemühungen waren umsonst. Ich konnte nichts tun, um mein Schicksal zu ändern. Genau wie Arborja und Elianna. Ich hatte sogar Mitleid mit ihnen."

Daran hielt inne, wählte seine nächsten Worte mit Bedacht, weil er spürte, wie wichtig es war, seinen Standpunkt klarzumachen.

„Dann habe ich ihnen in die Augen geblickt. Sie haben mich beschuldigt, ein Monster zu sein, aber was ich in ihren Seelen gesehen habe, war schlimmer, wenn es überhaupt noch Seelen waren und nicht etwas anderes. In diesem Moment habe ich verstanden, dass selbst, wenn sie nicht all dieses Unglück erfahren hätten, sie dennoch geworden wären, was sie jetzt sind. Was bedeutet, dass ich ebenfalls bin, was ich immer war. Niemand und nichts kann mir das nehmen und ich bin eindeutig überhaupt nicht wie diese beiden Kreaturen."

„Wenn das so ist, was ist dann mit uns?", fragte Aegid zögerlich, immer noch nicht sicher wohin das Gespräch führen würde.

Daran schmiegte sich in seine Arme. „Ihr seid Ihr. Die Liebe, die Ihr mir gebt, ist real. Sie ist das, wonach ich mich in dieser Welt am meisten sehne. Die Dinge, die Ihr tut – ich werde lernen, sie als einen Teil dessen, was ihr seid, zu akzeptieren."

„Was können wir sonst noch wollen?"

Kalad packte Darans Kopf mit beiden Händen, zwang ihn nach hinten, um ihn hungrig zu küssen. Der Echend'dim erwiderte den Kuss mit Freude, spürte, wie die letzten Zweifel aus seinen Gedanken verschwanden wie Nebel in der Morgensonne. Daran war endlich wieder zu Hause.

2.
HANDEL

„WENN AEGID und Kalad sich um Elgir und die Zuhälter kümmern und Daran die Schwestern tötet, bleiben uns nur noch diese Räuber."

„Hör auf, dich so verdammt selbstzufrieden anzuhören, großer Bruder! Die Dinge haben sich unserem Wunsch gemäß entwickelt, was hervorragend ist, aber wenn du nicht gleich mit dem Getue aufhörst, werde ich mich übergeben."

„Pff, welche Laus ist dir über die Leber gelaufen? Hast du dich mit Casto gestritten – schon wieder?"

Canubis war viel zu gut gelaunt, um sich von der schlechten Stimmung seines Bruders beeinflussen zu lassen. Renaldo warf ihm einen wütenden Blick zu. Natürlich hatte der Kriegswolf recht – er hatte einen hässlichen Streit mit seinem geliebten Herzen gehabt, schlimm genug, dass er noch mindestens zwei weitere Nächte allein schlafen würde, je nachdem, wie schnell Sic Castos Wut besänftigen konnte. Auch wenn er mittlerweile daran gewöhnt sein sollte, hatte er immer noch Probleme, wenn sein kapriziöser Gefährte entschied, ihm die kalte Schulter zu zeigen. Es erinnerte den Todesengel an die Zeit, als er sein Herz beinahe verloren hätte, eine Zeit, die er verzweifelt vergessen wollte. Seinen Bruder so glücklich zu sehen, besserte seine Laune nicht im Geringsten.

Canubis bot ihm einen weiteren Becher Wein an, versuchte ihn von seinen düsteren Gedanken abzulenken. „Hör auf zu brüten. Er wird dir am Ende vergeben, so wie er es immer tut. Bis dahin nutze deine überschüssige Energie dazu mir zu helfen, eine Entscheidung zu treffen, wie wir diese Räuber zu den Müttern schicken. Ich will ein Exempel statuieren."

„Was nicht leicht werden wird. Aegid und Kalad werden den Sand benutzen – das ist ziemlich beeindruckend. Und Daran plant den Schwestern bei lebendigem Leib die Herzen herauszureißen. Selbst du solltest Schwierigkeiten haben, das zu toppen."

„Ich weiß. Und prinzipiell muss es ja nicht so spektakulär sein. Schließlich werden die Hauptschuldigen schrecklich leiden, aber diese Räuber haben einfach falsche Entscheidungen getroffen. Ich habe beinahe Mitleid mit ihnen."

Renaldo hob eine Augenbraue. Es war selten seinen Bruder in nachgiebiger Stimmung anzutreffen. Gestern noch hätte er die Angreifer wahrscheinlich zum Tod durch die Wölfe verurteilt. Dass Daran zu ihnen zurückgekehrt war hatte den Kriegswolf mehr erleichtert, als er zugeben wollte.

„Du wirst sie also nicht häuten? Wie langweilig."

„Hör auf damit, Renaldo. Sie müssen bezahlen. Es ist nur so, dass ich es nicht länger übertreiben möchte."

„Ich verstehe. Und sie zusehen zu lassen, während die Schwestern und die Entführer sterben, sollte Strafe genug sein. Wirst du ihnen die Kehlen aufschlitzen?" „Klingt wie eine gute Idee. Dennoch –"

Canubis wurde von einem lauten Klopfen an der Tür unterbrochen. Da Noemi noch nicht zurück war, ging er selbst. Wie sich herausstellte, war es der Kapitän der Wache im Verlies, ein schlanker, vernünftiger Mann namens Borog, den er für diesen schwierigen Posten gewählt hatte, weil er nicht zur Grausamkeit neigte.

Borog wirkte ein wenig nervös, als er den großzügigen Hauptraum betrat. „Mein Lord Canubis, Lord Renaldo. Bitte vergebt die Störung."

„Schon gut, Borog. Wir haben über nichts Wichtiges gesprochen. Was bringt dich hierher?"

„Einer der Gefangenen, mein Lord. Er scheint der stellvertretende Anführer der Räuber zu sein. Seit er hierhergebracht wurde, hat er mich gebeten ihn zu Euch zu bringen. Zunächst dachte ich, dass er nur nach einem Ausweg sucht, aber er besteht darauf und ich bekomme langsam den Eindruck, dass es wichtig sein könnte. Morgen wird es zu spät sein, darum dachte ich, dass ich es Euch zumindest sagen sollte."

„Wie lange hast du dir darüber Gedanken gemacht, Borog? So wie ich dich kenne mindestens die letzten beiden Tage."

„Ihr kennt mich zu gut, mein Lord Canubis. Ich wollte Euch nicht mit den lächerlichen Bitten dieses Abschaums belästigen."

„Was hat deine Meinung geändert?"

„Seine Augen. Er wird immer verzweifelter und nicht wegen seines eigenen Schicksals."

Canubis und Renaldo tauschten einen ihrer berühmten Blicke. Das klang interessant. Sie standen beide auf.

„Wir vertrauen auf deine Intuition, Borog. Bring uns zu ihm."

IM HALBDUNKEL der Zelle regte Da'Ryen sich, als er sich nähernde Schritte hörte. Sein Herz wurde schwer. Die Zeit, für seine Sünden zu bezahlen, war endlich gekommen. Das Einzige, was er immer noch bedauerte, war, dass es ihm nicht gelungen war, Nya zu retten. Als sie das Tal erreichten, war sie in eine andere Zelle gebracht worden und seitdem hatte er sie nicht mehr gesehen. Langsam, mit einem ominösen Knarren, öffnete sich die Tür, gestattete es dem Licht zweier Fackeln, in sein steinernes Gefängnis zu dringen. Es dauerte etwas, bis seine Augen sich an das plötzliche Licht gewöhnten, aber dann weiteten sie sich vor Überraschung. Direkt vor ihm standen der Kriegswolf und der Todesengel, musterte ihn auf eine Weise, wie es eine Katze wohl mit einer frechen Maus täte. Der Mann mit den Raubtieraugen sprach zuerst.

„Du wolltest mit mir reden. Hier bin ich."

Da'Ryen neigte den Kopf in einer Geste des Respekts. Seine Stimme war rau, weil er in den letzten Tagen nicht sehr viel zu trinken bekommen hatte.

„Ich danke Euch, Lord Canubis. Ich versichere Euch, dass meine Bitte nicht aus einer Laune heraus kommt. Was ich Euch fragen möchte, ist mir sehr wichtig und ich hoffe, dass Ihr mich bis zum Ende anhören werdet."

Mit einem Nicken zeigte der Kriegswolf seine Zustimmung.

Da'Ryen holte tief Luft. Den beiden mächtigsten Männern der Welt so nahe zu sein, warf in ihm die Frage auf, wie er sich je vor Ma'Duk hatte fürchten können. Verglichen mit diesen beiden war der Anführer der Räuber nicht mehr als ein eigenwilliges, ständig wütendes Kind. Da'Ryen brauchte all seinen Mut, um Canubis in die Augen zu blicken.

„Ich möchte um ein Leben bitten. Nicht meines, da mir sehr wohl bewusst ist, wie wütend Ihr auf mich sein müsst. Ich bitte Euch, das Leben eines Mädchens namens Nya zu verschonen. Sie ist mit dem Rest von uns hierhergekommen, aber ich kann Euch versichern, dass sie nichts mit dem Angriff auf Eure Karawane zu tun hatte. Sie hat nur das Pech, an den falschen Mann am falschen Ort gebunden zu sein."

Die Bernsteinaugen starrten ihn ohne die geringste Spur von Emotion an. Als der Kriegswolf endlich sprach, geschah das in ruhigem Tonfall.

„Als ich meinen Echend'dim in dem Bordell fand, zweimal zu Tode gefoltert, habe ich jeden getötet, der zugegen gewesen war, ganz egal, ob sie überhaupt von seiner Existenz gewusst hatten. Die Tatsache allein, dass sie dort gewesen waren, reichte für mich, um sie meiner Rache auszusetzen. Du kannst also sehen, dass ich es mir nicht zur Gewohnheit mache, die Unschuldigen zu verschonen. Jene, die mir im Weg stehen, bezahlen den Preis. Du hast deine schmutzigen Hände auf mein Eigentum gelegt. Wie kannst du erwarten, dass ich Nachsicht zeige?"

„Ich bitte nicht für mich selbst. Ich bitte für jemanden, der mir wichtig ist."

„Sie ist nicht deine Tochter, oder? Das würde dein Verhalten zumindest erklären."

„Nein, ist sie nicht. Sie ist die Tochter einer Frau, der ich nur einmal begegnet bin und das auch nur kurz, wenn Ihr versteht. Aber sie erinnert mich an ein anderes Mädchen und an eine andere Mutter. Darum bitte ich Euch."

Mit einem Mal war das Gesicht des Kriegswolfs nur eine halbe Hand von Da'Ryens entfernt.

„Du hast nichts anzubieten, nichts einzutauschen. Du kannst nur betteln. Es muss sich um eine unangenehme Erinnerung handeln, eine, die du für einen Fehler hältst."

Da'Ryen schauderte. Es war, als ob der Kriegsherr geradewegs durch ihn hindurchsehen könnte, als ob seine Seele vor seinem gnadenlosen Raubtierblick entblößt wäre.

„Nicht nur ein Fehler, sondern eine Sünde. Und die Erinnerung ist nicht nur unangenehm. Ein Teil von ihr ist so süß, dass es mich innerlich erstarren lässt. Das ist das erste Mal in meinem Leben, dass ich jemanden um etwas bitte. Es ist das erste Mal, dass ich bettle. Ich tue es für sie, darum zeigt bitte Gnade."

Der Kriegswolf schaute zu seinem Bruder, der nur mit den Schultern zuckte. Er schien nichts zu sagen zu haben. Canubis dachte einen Moment über seine Optionen nach und entschied, die Entschlossenheit des Mannes auf die Probe zu stellen. Bisher war es dem Räuber gelungen, ihn mit seiner Hartnäckigkeit zu beeindrucken, darum würde er eine Chance bekommen.

„Lass uns annehmen, dass ich sie gehen lasse. Was wird aus ihr ohne Schutz? Das zu tun, wäre sogar noch grausamer, als sie zu töten. Wenn ich dir deinen Wunsch also gewähre, muss ich sie behalten, bis sie alt genug ist, um für sich selbst zu sorgen. Warum sollte ich das tun?"

„Was wollt Ihr von mir?"

Ein kurzes Lächeln erschien auf dem Gesicht des Kriegers.

„Du bist kein Dummkopf. Wenn ich sie aufnehme, muss jemand ihren Unterhalt verdienen. Und der Einzige, der diese Aufgabe übernehmen kann, bist du."

„Ihr werdet also mein Leben verschonen, mich aber zum Sklaven machen?"

„Ganz gewiss nicht. Das ist eine Ehre, die du nicht verdienst. Du wirst etwas anderes sein, etwas viel Schlimmeres. Jeder im Rudel wird von unseren Gesetzen geschützt – jeder, außer den Verrätern. Sie sind die Sklaven mit dem niedrigsten Rang, jene, die die wirklich schrecklichen Aufgaben erledigen und den Launen all unserer Mitglieder ausgeliefert sind. Normalerweise halten sie nicht lange durch. Der menschliche Körper kann nur ein gewisses Maß ertragen, bevor er zerbricht. Aber du wirst durchhalten müssen, um Nyas Auskommen zu sichern. Das ist der Handel, den du bekommst. Nimm ihn an oder lass es, es liegt an dir."

Da'Ryen schauderte. Er hätte niemals gedacht, dass er dem Kriegswolf seine Bitte würde vortragen können, ganz zu schweigen davon, dass dieser sie ihm gewähren würde. Wenn Sklaverei der Preis war, den er zu bezahlen hatte, würde er ihn gerne akzeptieren.

„Ich danke Euch, Lord Canubis. Ihr seid sehr großzügig."

In den Augen des mächtigen Mannes erschien ein kaltes Glitzern. Es zeigte keine Erheiterung, nur die unnachgiebige, grausame Natur des Gottes.

„Ich bin ein grausamer Bastard, der dich zwingt, so zu leben, wo du doch so leicht hättest sterben können, aber du und ich, wir haben eine Abmachung. Ich werde meinen Teil einhalten, solange du dich an den deinen hältst. Borog, du hast uns gehört. Hol Nya hier heraus. Bringen sie für heute Abend zu Frankus und erkläre ihm alles. Dann kannst du wieder hierherkommen und unserem neuen Sklaven seine Pflichten erklären."

Borog verneigte sich und ging. Ebenso wie die göttlichen Brüder. Sobald sie fort waren, sank Da'Ryen in seinen Ketten zusammen. Er wusste nicht, wohin dieser neue, unerwartete Pfad ihn führen würde, aber er war dennoch dankbar, weil er spürte, dass er eine zweite Chance erhalten hatte.

„SCHAU MICH nicht so an. Ich habe nur gedacht, dass es interessant sein könnte."

„Ich schaue dich überhaupt nicht an. Das würde ich niemals wagen." Spott klang in jeder Silbe, die aus Renaldos Mund kam. „Du hörst nie auf, mich zu überraschen, Bruder. Und ich kenne dich jetzt schon eine ganze Weile. Ich nehme an, es ist sinnlos, dich zu fragen warum?"

Der Kriegswolf seufzte. Über ihre Verbindung als Brüder und Götter, die mit jedem Tag seit die Mütter Ana-Darasa verlassen hatten, stärker wurde, konnte er spüren, dass Renaldo die Antwort bereits kannte, dass er dasselbe aus den gleichen Gründen getan hätte. Ihn dazu zu zwingen, es laut auszusprechen, war nur die verdrehte Art des Todesengels, sich für seine Bemerkung über Casto zu rächen.

„Lass es, Renaldo. Ich bin nicht in der Stimmung. Außerdem weiß ich, dass du es ebenso wie ich spüren kannst. Die Reise von diesem hier ist noch nicht beendet. Und noch vor einem Jahr hätten weder du noch ich ihm irgendetwas gewährt, weil wir es nicht gewusst hätten. Manchmal sind diese neuen Kräfte verstörend."

Renaldo nahm die Hand seines Bruders, wurde mit einem Mal ernst. Sie beide spürten es, den beständigen Druck reiner Macht, die in sie strömte, sie füllte, bis sie dachten, dass ihre Körper bersten würden. Die Welt, die ihnen früher wie ein riesiges Spielfeld vorgekommen war, schrumpfte während sie zusahen, verlor ihre Bedeutung angesichts der neuen Verantwortung und Möglichkeiten. Sie war immer noch ihre Heimat, etwas, das sie stets beschützen würden, aber es war schwer sich zu konzentrieren, wenn ihr ganzes Wesen von allem überwältigt wurde. Wenn sich die Mütter so die ganze Zeit über fühlten, war Renaldo geneigt, ihnen eine Menge Groll, der sich die Jahrhunderte über angestaut hatte, zu vergeben. Wenn man von all diesen Eindrücken überflutet wurde, Dinge sah, die nicht wirklich da waren, die erst noch kommen würden oder geschehen könnten, wenn die Verhältnisse anders wären – war es schwer, in der Realität verankert zu bleiben. Ohne ihre Herzen wäre es unmöglich. Hier hatte Canubis einen Vorteil. Seine Beziehung zu Noemi war stabil und er konnte sich vollkommen auf sie verlassen. Casto andererseits war wie Treibsand. In einem Moment war er ein Fels in der Brandung, dank seines erstaunlichen emphatischen Talents, im nächsten Moment nutzte er dieselbe Fähigkeit, um seinen Gefährten mit allem, was er hatte, zu bekämpfen. Ständig aus der Balance gebracht zu werden, begann Spuren beim Todesengel zu hinterlassen. So sehr er Castos unvorhersehbare, sture Natur auch liebte, gab es doch Zeiten, in denen er sich zwingen musste, den König nicht mit Gewalt zu unterwerfen. Das Wissen, dass wenn er dies tat er alles zerstören würde, was sie gemeinsam aufgebaut hatten, besserte die Laune des Kriegers nicht.

„Schau nicht so verzweifelt drein. Alles wird gut." Canubis tätschelte den Rücken seines Bruders in dem Versuch, ihn aufzuheitern. Ein dankbares Lächeln war sein Lohn.

„Ich weiß. Oder besser, ich hoffe. Lass uns noch etwas trinken, da niemand in meinen Gemächern auf mich wartet."

„Du klingst wie ein alter Mann, Bruder."

„Immer noch jünger als du."

Zankend wie zwei alte Frauen kehrten die göttlichen Brüder in die Wärme der Gemächer zurück.

3.
RAUBTIERE

DER NÄCHSTE Morgen erstrahlte in herrlicher Glorie. Ein paar letzte Fetzen Herbstnebel lösten sich im strahlenden Licht der aufgehenden Sonne auf, ließen den Tau am Boden glitzern wie die Sterne an einem klaren Nachthimmel. Es war, je nach Sichtweise, entweder der beste oder der schlimmste Tag für eine Hinrichtung. Nicht nur die Verurteilten fürchteten sich vor dem, was kommen würde. In seinen Gemächern saß Sic betrübt am Tisch und starrte Löcher in die Wände. Als Emeris war es seine Pflicht zugegen zu sein, wenn die Götter jene bestraften, die es gewagt hatten, sich gegen sie zu stellen. Als ehemaliger Sklave und Verurteilter fielen Sic hunderte Dinge ein, die er lieber tun würde. Wie nackt durch das Tal zu laufen oder die Gruben ganz alleine zu reinigen. Unglücklicherweise hatte er in dieser Sache keine Wahl. Er konnte nur versuchen, das Beste daraus zu machen.

ZWEI STARKE Arme legten sich um seine Schultern, zogen ihn in eine enge Umarmung. Sic schmiegte sich, sofort entspannt, enger an die warme, breite Brust hinter ihm. Noran drückte einen zärtlichen Kuss auf das Haar seines Geliebten.

„Mach dir keine solchen Sorgen, mein Schatz. Ich werde bei dir sein. Du bist nicht allein."

„Ich weiß. Es bringt dennoch schlimme Erinnerungen zurück. Erinnerungen, von denen ich gehofft hatte, dass wir sie ein für alle Mal hinter uns lassen könnten."

„Vielleicht ist es gar keine so schlimme Sache, wie du fürchtest. Es könnte uns auch stärker machen. Unsere Verbindung vertiefen. Du hast es selbst gesagt – wir waren bereits ganz unten. Von jetzt an kann es nur besser werden."

Sic küsste seinen früheren Besitzer tief. Obwohl er immer mehr in dem mürrischen Meisterschmied gesehen hatte als alle anderen, hätte er es niemals gewagt, sich vorzustellen, wie fürsorglich Noran sein konnte. Er gab ihm das Gefühl, umsorgt und geliebt zu sein und das verlieh ihm die Stärke, sich den Ereignissen des Tages zu stellen.

„Ich frage mich, wie Ihr immer die richtigen Worte findet, um mich aufzuheitern."

Noran hob Sic in die Höhe, ein laszives Glitzern in den Augen. „Ich habe mehr zu bieten als nur einfache Worte. Möchtest du das später herausfinden?"

Kichernd wie ein Kind warf Sic seine Arme um den Hals des Meisterschmieds. „Ja. Ja, will ich!"

DARAN STAND vor einem Spiegel und versuchte zu entscheiden, was er tragen sollte. Wenn man bedachte, wie schmutzig es werden würde, die Schwestern zu töten, war es am besten, etwas Einfaches und Altes zu wählen. Nur dass seine herrischen Liebhaber es nicht erlauben wollten.

„An einem Tag wie diesem musst du deine beste Kleidung tragen."

Sie hatten beide sehr endgültig geklungen. Darans Einwand, wie dumm es war, solch teure Kleidung zu ruinieren, war auf taube Ohren gestoßen.

„Vergiss die Kleidung. Wir können dir jederzeit neue, bessere kaufen. Hier geht es um das Erscheinungsbild, um deinen Status im Rudel. Du bist der erste Echend'dim von Canubis und du beanspruchest diese Position für dich, indem du Rache an den Schwestern übst. Du kannst auf keinen Fall etwas anderes als deine beste Kleidung tragen."

Überrascht von ihrer Entschlossenheit hatte Daran nachgegeben und seine beste lederne Hose, ein Hemd, gewoben aus dem feinsten Leinen und gefärbt in dem dunklen Grün, das die Farbe der Wüstenbrüder war, kniehohe Stiefel mit einem Futter aus weißem Kaninchenfell und einem Wams aus Seide mit einem komplizierten Strickmuster an den Nähten, angezogen. Wie immer hingen seine Haare in einem langen, dicken Zopf auf seinem Rücken.

Jetzt traten Kalad und Aegid vor, hielten ihm einen Dolch entgegen, den sie nur für ihn ausgewählt hatten. Die Klinge war ungefähr eine Spanne und eine Hand lang, leicht gebogen und schimmerte im Morgenlicht wie eine Schale Quellwasser. Er war auch rasiermesserscharf. Der Griff war aus schwarzem, in Feuer gehärtetem Holz gefertigt. Goldene Einlegearbeiten folgten der Maserung des Holzes, ließen es aussehen, als wäre es lebendig. An der Basis war ein Smaragd von der Größe einer Walnuss eingelassen wie ein sehr teures Ei. Die Waffe war perfekt ausbalanciert, ein wunderschönes Instrument des Todes.

„Du weißt bereits, wo du zuschlagen musst, darum werden wir dir keinen Vortrag darüber halten, wie du diesen Abschaum töten sollst. Diese Kleinigkeit ist ein Ausdruck unserer Liebe. Führe ihn gut, das ist alles, was wir wollen."

Kalad grinste breit. Er war an diesem Morgen außergewöhnlich guter Laune. Wenn man bedachte, was sie die ganze Nacht getan hatten und dass er heute seine Rache bekommen würde, war das nicht wirklich eine Überraschung.

Daran schaute in die eifrigen Gesichter seiner Liebhaber, unfähig die Gefühle auszusprechen, die in ihm brodelten. Jetzt, da seine Entscheidung feststand, konnte er sich gegen die Zweifel nicht wehren. Der erste Echend'dim biss die Zähne zusammen. Es gab kein Zurück mehr. Er hatte seinen Weg bereits gewählt.

ZUM ZEHNTEN Mal an diesem Morgen griff Da'Ryen nach dem eisernen Ring um seinen Hals, versuchte das Halsband in eine bequemere Position zu bringen.

Die Erfahrung des vorangegangenen Tages sagte ihm, dass dieser Versuch nutzlos war, da ein Verräter im Rudel keine Bequemlichkeit kannte. Borog, der Kapitän der Wache über die Verliese, hatte das Symbol für sein neues, dienendes Leben um seinen Hals geschlossen, gleich nachdem er Nya aus dem Verlies gebracht hatte. Etwas wie Mitleid hatte in den Augen des Mannes gestanden, was Da'Ryen erstaunte. So brutal sie auch erscheinen mochten, schienen die Mitglieder des Rudels doch hin und wieder weiche Züge zu haben. Welche andere Erklärung gab es sonst dafür, dass er noch am Leben war?

Er verlagerte sein Gewicht. Wie jeder andere Bewohner des Tals musste er bei der Hinrichtung zugegen sein. Die Stelle, zu der er geführt worden war, befand sich am anderen Ende der kleinen Arena gegenüber dem Baldachin, wo die Sitze für die göttlichen Brüder und ihre Emeris aufgestellt worden waren. Langsam füllten sich die Ränge mit Menschen jeden Alters, die sich sorglos unterhielten, als ob es sich hier nicht um eine Bestrafung, sondern einen angenehmen Zeitvertreib handelte. Wenn da nicht diese angespannte Atmosphäre alles überschattet hätte, hätte Da'Ryen nicht geglaubt, dass er sich unter einer Gruppe Raubtiere befand. Es war irritierend, wie widersprüchlich die Mitglieder des Rudels waren und es erklärte auch eine Menge über die Geschichten, die er gehört hatte. Keine von ihnen kam der Wahrheit auch nur nahe.

Die plötzliche Stille alarmierte Da'Ryen. Die göttlichen Brüder betraten, begleitet von den Emeris, die Arena. Da er den Kriegswolf und den Todesengel bereits kennengelernt hatte, schweifte Da'Ryens Blick nur kurz über sie. Stattdessen hielt er bei dem atemberaubenden Blondschopf inne, der neben Lord Renaldo einherging. Natürlich gab es Geschichten über den wilden, eigensinnigen und vor allem wunderschönen Gefährten des furchteinflößenden Kriegsherrn. Erst vor zwei Jahren war König Castolus offiziell als Herz des Todesengels anerkannt worden und die Geschichten über ihn hatten bereits die Qualität von Legenden. Offensichtlich wurden ihm die Gerüchte nicht gerecht.

Die göttlichen Brüder waren die Definition des Wortes *einschüchternd* und selbst die Emeris schienen ihnen gegenüber vorsichtig zu sein. Es war nichts Offensichtliches, nur kleine Gesten, die dennoch zeigten, wie sehr die Kriegsherren selbst von ihren eigenen Leuten gefürchtet wurden – außer von dem Blondschopf mit den faszinierenden himmelblauen Augen. Wenn überhaupt schien er genervt darüber hier zu sein und als der Todesengel versuchte, seine Hand auf den unteren Rücken von Castolus zu legen, scheuchte der König ihn fort, als wäre er ein störendes Insekt. Zu Da'Ryens absoluter Überraschung ließ der Todesengel es geschehen, ohne den jungen Mann zur Rechenschaft zu ziehen. Stattdessen trat er einen Schritt zurück, um seinen Gefährten mehr Raum zu geben.

Jene, die diese kleine Szene beobachtet hatten, reagierten äußerst unterschiedlich. Der Kriegswolf schien zwischen Erheiterung und Wut hin- und hergerissen zu sein, sein Herz, die berühmte Lady Noemi Amerasu, verdrehte einfach die Augen, während der gewöhnlich aussehende junge Krieger, der von einem Giganten von Mann beschützt wurde, eindeutig Angst hatte. Unberührt von

189

der Anzahl unterschiedlicher Reaktionen, die er gerade hervorgerufen hatte, setzte sich die faszinierendste Person, die Da'Ryen je gesehen hatte, mit der eingefrorenen, undurchdringlichen Maske eines wahren Königs auf seinen Stuhl.

Die anderen Mitglieder dieser exklusiven Gruppe folgten seinem Beispiel und erst jetzt erkannte Da'Ryen, dass zwei von ihnen fehlten. Bevor er darüber nachdenken konnte, nickte der Kriegswolf leicht und die Verurteilten wurden hereingebracht. Soweit es Da'Ryen betraf, handelte es sich um einen eher traurigen Zug. Zwischen ihm und Ma'Duk, sowie den anderen Kriegern aus dem Heißen Herzen, hatte nie eine tiefe Beziehung bestanden, nicht zu erwähnen die anderen Räuber, die sich ihrer gesetzlosen Gruppe angeschlossen hatten. Dennoch tat es weh, zu sehen, wie diese Männer, mit denen er die letzten sechs Jahre geteilt hatte, wie Ochsen auf dem Weg zum Schlachter in die Arena trotteten. Hinter seinen früheren Kameraden folgten Elgir und zwei Männer, die Da'Ryen nicht erkannte. Der trotzige Blick in ihren Augen konnte die Furcht, die sie ausstrahlten wie Feuer die Hitze, nicht verbergen. Das Ende des Zuges bildeten zwei ausgezehrt aussehende Frauen, deren schnelle, ruckartige Blicke und ungeschickte Bewegungen nur den Wahnsinn betonten, der sie umgab.

Pfähle waren in der Mitte der Arena in den Boden gerammt worden. Sie standen in zwei Reihen, mit zusätzlichen fünf, die sich ein paar Schritte zur Rechten befanden, näher am Baldachin, wo die Götter saßen. Die Räuber wurden in den Reihen angekettet, während Elgir, die beiden fremden Männer und die Frauen an die verbleibenden fünf Stangen gefesselt wurden. Die Stille in der Arena war ohrenbetäubend. Nicht einmal ein Flüstern war zu hören. Gerade als Da'Ryen sich zu fragen begann, wie lange diese unwirkliche Situation anhalten würde, betraten die Wölfe die Arena. Schlanke, kraftvolle Körper, bedeckt von seidig grauem Fell, betraten den Kreis wie tödliche Schatten, sich des Eindrucks, den sie machten, vollkommen bewusst. Diese mächtigen Raubtiere hatten beinahe ebenso viele Geschichten inspiriert wie ihre Herren, die meisten davon voller Blut und Gedärme.

Hinter dem Rudel folgten zwei Wüstenkrieger mit einem dritten Mann zwischen sich. Da'Ryen erschrak, als er den Mann erkannte, den er und Ma'Duk getötet hatten. Ohne den Schmutz der Schlacht sah er sogar noch anziehender aus. Und zu sehen, wie die beiden Krieger ihn flankierten, bestätigte seinen hohen Rang. Mit einem Mal war Da'Ryen froh, dass er den jungen Mann hatte gehen lassen. Er konnte ganz sicher darauf verzichten, sich dem Zorn der Wüstenmänner zu stellen.

Der Kleinere der beiden trat nach vorne, seine zahllosen Zöpfe wackelten bei jeder seiner Bewegungen. Seine lebhaften braunen Augen klebten an Elgir und den beiden Männern neben ihm. Es war kein freundlicher Blick. Er verneigte sich lässig in Richtung der göttlichen Brüder, eindeutig auf seine Opfer fixiert.

„Lord Aegid und ich danken Euch, dass Ihr die Bestrafung dieser drei Männer uns überlasst."

Der Kriegswolf nickte kurz, der Ausdruck in seinen bernsteinfarbenen Augen war unmöglich zu lesen. Lord Kalad wandte sich an die Verurteilten, sprach sie direkt an.

„Ihr habt eure Hände an unseren wertvollsten Schatz gelegt. Ihr habt es gewagt, zu besudeln, was nur uns gehört. Es gibt keine Strafe, die euch hinreichend für das Sakrileg, das ihr begangen habt, zur Rechenschaft zieht. Dennoch werden mein Wüstenbruder und ich euch so viel wie möglich leiden lassen. Wir werden euch den schlimmsten Albtraum vorstellen, den man sich vorstellen kann."

Als er fertig war, trat der andere Wüstenkrieger, ein Hüne von einem Mann, neben ihn. Obwohl er noch kein einziges Wort gesprochen hatte, wirkte er einschüchternder als sein Waffenbruder. Schaudernd erkannte Da'Ryen einige der Tattoos auf Lord Aegids Haut. Er hatte sie schon einmal auf den Schriftrollen gesehen, die sein Stamm besaß. Es gab eine Legende über einen Mann, der mit Haaren und Augen des Mondes in den Stamm geboren worden war, auserwählt ein Bote für die Geisterwelt zu sein. Da'Ryen hatte diesen Geschichten niemals geglaubt, hatte gedacht, sie wären zu übertrieben, um wahr zu sein. Doch jetzt befand der Beweis sich direkt vor ihm, zerschmetterte das gesamte Glaubenssystem seines Stammes. Nachdem sie ihre Gebete mit stumpfen Werkzeugen, gefertigt aus Knochen, in die Haut des Boten geritzt hatten, hatten sie ihn in die Wüste gejagt, damit er dort stürbe. Alles Gute, das dem Stamm seitdem widerfahren war, wurde auf dieses Opfer zurückgeführt, das erste und einzige Menschenopfer, das sein Stamm je gebracht hatte. Anscheinend hatten die Geister diese Gebete niemals bekommen, da ihr Träger immer noch unter den Lebenden weilte. Erst bei diesem Gedanken wurde Da'Ryen klar, wie alt Lord Aegid sein musste. Die Implikationen dieser Erkenntnis ließen ihn schaudern.

Jetzt hatten die Wüstenkrieger sich vor die drei Pfähle, an die Elgir und seine Begleiter gefesselt waren, gestellt. Sie trugen keine Waffen oder Folterinstrumente bei sich, was erstaunlich war, da sie diesen Männern gerade unaussprechliche Pein versprochen hatten. Zwei Herzschläge lang geschah gar nichts. Dann strich eine sanfte Brise an Da'Ryen vorbei und in ihr fühlte er etwas schrecklich Vertrautes, etwas, das hier nicht hätte sein dürfen. Ein Albtraum, geboren im Heißen Herzen und normalerweise darin eingeschlossen. Langsam baute die Sandhose sich auf, die kleinen, rasiermesserscharfen Körner schwärmten um die Wüstenkrieger wie wütende Hornissen. Da er das Schicksal von Elgir kannte, wollte Da'Ryen den Blick abwenden, um sich selbst das Blutbad zu ersparen, das gleich geschehen würde, aber irgendwie konnte er nicht. Ein perverser Teil von ihm wollte es sehen, wollte die Macht, die gleich losgelassen werden würde, beobachten.

AEGID UND Kalad standen im Zentrum der Sandhose, zwangen sich ruhig zu bleiben, während die scharfen Körner ihnen vorsangen, wie leicht Elgir, Druran und Drik vom Angesicht Ana-Darasas getilgt werden konnten. Daran hatte ihnen noch nicht erzählt, was er unter den Händen dieser schmutzigen Bastarde erlitten hatte, aber was sie bis jetzt gesehen und sich zusammengereimt hatten, ließ sie vor Zorn kochen. Nur die Aussicht, die Verletzungen, die ihr geliebter Dieb gezwungen gewesen war zu ertragen, zurückzahlen zu können, half ihnen, ihre Gefühle im Zaum zu halten. Langsam gestatteten sie es dem Sand, an den drei Männern vorbeizustreichen, ihre Kleidung aufzureißen und bei jeder Drehung, die die Sandhose machte, über ihre Haut zu reiben. Es würde für die Verurteilten keinen schnellen, gnädigen Tod geben. Aegid und Kalad waren entschlossen, es so lange wie möglich hinauszuzögern.

Erstarrt vor Furcht lauschte Da'Ryen dem Kreischen und den Schreien, dem Wimmern und Betteln. Was ihn am meisten schockierte, war wie lange die blutigen Klumpen zerrissener Haut und aufgerissener Muskeln noch in der Lage waren, Geräusche zu produzieren. Es ließ ihn auch erkennen, wie sehr die Wüstenkrieger ihren Gefährten lieben mussten – und wie gnadenlos sie tatsächlich waren. Vielleicht lag es daran, dass sie schon am längsten bei den göttlichen Brüdern waren, und darum von allen Emeris sie die am wenigsten Menschlichen waren. Als die Schreie endlich aufhörten und kein Lebensfunke mehr zurückgeblieben sein konnte, verdichtete die Sandhose sich, verbarg die Überreste der Körper vor den Zuschauern. Ein letztes Mal wirbelten die Körner in ihrem tödlichen Tanz herum. Dann war alles fort, als ob es nie existiert hätte. Die Pfähle waren leer. Nicht einmal ein Knochensplitter blieb von den Verurteilten und die einst funkelnden Ketten sahen abgenutzt und kaputt aus. Zufrieden traten die Wüstenkrieger zurück, nahmen ihre Position neben dem Mann mit dem Zopf wieder ein.

Hocherhobenen Hauptes trat der Echend'dim nach vorne. Seine Verneigung gegenüber den göttlichen Brüdern war tiefer und ernster als jene, die Lord Kalad gezeigt hatte. Ein leises Beben in seiner Stimme zeigte, wie unerfahren er war.

„Mein Lord Canubis, mein Lord Renaldo, ich danke Euch, dass Ihr es mir gestattet, meine Folterer persönlich zu bestrafen. Es ist eine große Ehre, ein solches Vertrauen zu genießen."

Der Kriegswolf nickte ernst, bestärkte sein Rudelmitglied mit dieser einfachen Geste.

„Es ist uns eine Ehre, dass du entschieden hast, uns als unser erster Echend'dim zu dienen, Lord Daran. Wie können wir dir verweigern, was dir von Rechts wegen zusteht?"

Der junge Mann war also wirklich etwas Besonderes, genau wie Da'Ryen es vermutet hatte, als er gesehen hatte, wie seine Wunden verheilten. Kein Wunder, dass die Wüstenkrieger so aufgebracht waren. Er war von Anfang an dagegen gewesen, die Karawane zu überfallen. Es schien, als ob seine Intuition richtig gewesen wäre. Sie hatten sprichwörtlich Steine in ein Nest bereits wütender Hornissen geworfen.

Daran ging auf die Schwestern zu, seine rechte Hand ruhte auf dem Griff des Dolches, der in seinem Ledergürtel steckte. Wie seine Kleidung war die Waffe exquisit gefertigt, unterstrich seinen Status. Unfähig, seine Augen von diesem seltsam anziehenden jungen Mann abzuwenden, sah Da'Ryen zu, wie er den Dolch zog.

ADRENALIN RASTE wie ein Wirbelsturm durch Daran, als er sich den Schwestern näherte. Sie trugen noch immer ihre seidenen Gewänder, die mit seinem Blut besudelt waren. Mittlerweile stanken sie, der Übelkeit erregende Geruch der Fäulnis. Als ob der Gestank irgendwie seine Sinne beeinträchtigte, wurde Daran langsamer, und Zweifel prasselten wieder auf ihn ein. Von ihrem gemeinsamen Wahnsinn sensibel gemacht, hoben die Schwestern gleichzeitig die Köpfe, warfen dem Echend'dim fiebrige Blicke zu.

„Hast du Zweifel, kleine Schönheit? Oder bist du einfach nicht in der Lage, zu töten?"

Der Spott in ihren Stimmen ließ Daran die Zähne zusammenbeißen. Mit einer anmutigen Bewegung schob er den Dolch zurück in die Scheide, ignorierte das Atemholen der Zuschauer und die hitzigen Blicke seiner Liebhaber. Es gab immer noch eine Sache zu erledigen und er würde niemandem gestatten, ihn zu hetzen. Er würde nicht töten, wenn er sich nicht vollkommen sicher war. Ein Leben zu beenden, wenn dessen Besitzer nicht in der Lage war, sich zu wehren, war viel schwieriger, als in der Schlacht zu töten. Dort konnte man es noch als Selbstverteidigung auslegen. Der Gegner hatte eine faire Chance, etwas, das man den Schwestern genommen hatte.

Langsam und ruhig nahm Daran Arborjas Kinn in seine Hand, starrte direkt in die Leere, wo andere Menschen eine Seele hatten. Genau in diesem Moment traf ihn die Erkenntnis mit voller Wucht. Ein Leben zu nehmen, war eine Entscheidung, genau wie alles andere im Leben. Sie sollte nicht sorglos getroffen werden. Es war seine Freiheit und seine Pflicht und zudem noch sein Recht, nicht nur als Mitglied des Rudels, sondern auch als Diener der Kriegsgötter, als der Erste ihrer Ewigen Wache. Die Dinge, die er für seine Götter tat, mussten nicht gerechtfertigt werden. Sie waren richtig, weil sie im Namen von Canubis und Renaldo geschahen. Seine Anführer waren die gefährlichsten Raubtiere auf Ana-Darasa und indem er sie gewählt hatte, war er auch eines geworden.

Daran fühlte sich, als ob ihm ein Gewicht von den Schultern genommen worden wäre. Er war endlich frei, seine wahre Natur anzunehmen. Eins mit sich selbst zog er den Dolch erneut.

DA'RYEN SPÜRTE, wie sich die Haare in seinem Nacken aufstellten, als der Krieger die Waffe mit einem Lächeln auf den Lippen wieder zog. Als er sich zuerst den Schwestern näherte, hatte Daran den Eindruck gemacht, als ob er Zweifel hätte, als ob er nicht wirklich hier sein wollte. Dann hatte sich mit einem Mal etwas Tiefgreifendes verändert und es war nicht nur der junge Mann. Da'Ryen konnte die Veränderung im Lauf der Welt selbst spüren, als ob diese eine Person gerade ihrer aller Zukunft eine andere Richtung gegeben hatte. Oberflächlich betrachtet hatte sich ein zögerlicher Diener in einen entschlossenen Krieger verwandelt, aber auf einer tieferen Ebene war etwas noch viel Wichtigeres geschehen und so zufrieden, wie der Kriegswolf aussah, war er sich dessen voll bewusst.

Ohne zu zögern, riss der erste Echend'dim das Herz der älteren Frau heraus, hielt das immer noch zuckende Organ hoch in die Luft, während Blut an seinen Händen hinabtropfte, das sein Gesicht und seine teure Kleidung verschmierte. Wie in einem Nachgedanken warf Daran das Herz dem Alphawolf zu, der es mit einem zufriedenen Knurren vor dem Hintergrund des Heulens der jüngeren Schwester verschlang. Sie war vollkommen in den Irrsinn abgeglitten, Schaum tropfte von ihrem Mund, ihre Augen verdrehten sich, bis nur noch das Weiße zu sehen war. Innerhalb weniger Sekunden folgte sie ihrer Schwester in den Tod. Auch ihr Herz nährte den Wolf.

Langsam und nachdrücklich reinigte Daran den Dolch an den Kleidern der Leichen, bevor er ihn wieder in die Scheide steckte. Als er sich umdrehte, um abermals seinen Göttern zu begegnen, sah er wie die personifizierte Rache aus, das Blut seiner Feinde klebte an ihm wie eine zweite Haut. Unter dem Baldachin waren die göttlichen Brüder von ihren Stühlen aufgestanden, ehrten den ehemaligen Dieb mit einer Verneigung.

Der Erste der Ewigen Wache hatte seine Position angenommen.

NACH ALL der Gewalt und den gezeigten Gefühlen war die Hinrichtung der Räuber beinahe enttäuschend – wie ein Nachgedanke zu etwas, das bereits abgeschlossen war. Verglichen zum Schicksal von Elgir, den Zuhältern und den Schwestern, starben sie gnädig und schnell. Ihnen wurden die Kehlen aufgeschlitzt und ihre Körper den Wölfen überlassen. Sobald die Raubtiere mit ihrem Mahl begannen, löste die Menge sich auf. Ein Aufseher kam, um Da'Ryen zu holen und ihm seine neuen Pflichten in den Gruben zu zeigen.

4.
NACHSPIEL

ZURÜCK IN seinen Gemächern fiel Sic schwer auf einen Stuhl. Die offene Zurschaustellung von Gewalt hatte ihn so sehr erschöpft, dass er gar nichts mehr fühlen konnte. Ihm war vage bewusst, dass Noran zwei Becher mit Wein füllte, aber er konnte sich nicht dazu überwinden, sich umzudrehen. Der Meisterschmied setzte sich neben seinen Geliebten und bot ihm den Wein an. Sic nahm ihn mit einem traurigen Lächeln an, war sich dabei der Spannung zwischen ihnen voll bewusst. Bevor die Stille noch unangenehmer werden konnte, begann Sic zu sprechen.

„Es war sogar noch schlimmer, als ich gedacht hatte. Obwohl ich zugeben muss, dass ich froh bin, dass Kalad und Aegid damals ihre Kräfte noch nicht hatten. Sie machen mir Angst."

„Sagt der Mann, der uns alle mit einem einzigen Gedanken töten kann."

„Bitte, erwähnt das nicht. Ich will wirklich vergessen, wozu ich fähig bin."

Noran zog Sic in eine feste Umarmung. Seine nächsten Worte würden ihn in unbekanntes, gefährliches Gebiet führen und er bereitete sich bereits auf eine Zurückweisung vor.

„Vielleicht ist das das Problem, mein Schatz. Du hast so viel Angst vor dir selbst, dass sie alles andere besudelt."

Sic erstarrte in den Armen seines Geliebten, aber sehr zu Norans Freude zog er sich nicht zurück.

„Ihr habt recht. Natürlich habt Ihr recht. Und ich weiß es. Dennoch kann ich mich nicht dagegen wehren. Und zu sehen, was aus uns wird – ich habe nicht nur Angst vor meiner eigenen Macht. Schon bevor ich in den Rang eines Emeris aufgestiegen bin, fand ich, dass Lord Renaldo und Lord Canubis schrecklich waren. Jetzt, da sie all die Fähigkeiten zurückbekommen, die sie verloren hatten, bin ich starr vor Furcht."

„Du musst ihnen vertrauen. Sie sind unsere Götter, die Anführer, die wir erwählt und denen zu folgen wir geschworen haben. Jetzt gibt es kein Zurück mehr."

Sic wimmerte. „Ich weiß. Und ich würde sie niemals verraten. Ich wünschte nur, ich wäre weniger verwirrt."

Noran umarmte den jungen Mann noch fester. Es gab beinahe nichts, was er tun konnte, um Sic zu helfen, außer für ihn da zu sein und zu verhindern, dass ihre schwierige Vergangenheit ihn noch mehr niederdrückte.

ALS DARAN endlich in die Gemächer zurückkehrte, warteten Aegid und Kalad bereits auf ihn. Sie waren in ihrer „Raubtierstimmung", wie er sie insgeheim nannte.

Ihre Augen leuchteten in einem Hunger, den er gleichzeitig liebte und fürchtete. Darans Entführer zu töten, hatte die Wüstenkrieger erregt und machte sie ruhelos. Kalad streckte Daran seine Hand entgegen. „Komm her, Daran." Seine Stimme war seltsam sanft und in starkem Kontrast zu seiner aufgewühlten Körpersprache.

Daran gehorchte auf der Stelle, bereits gefangen von der intensiven Stimmung. Aegids Finger strichen leicht über Darans Wangen.

„Du bist voller Blut."

Seine Stimme klang verträumt. Daran nahm Aegids Hand in seine. Er fühlte eine seltsame Erregung durch seinen Körper rasen, ein Gefühl, das er so noch nie gehabt hatte.

„Ich werde mich sofort waschen."

„Nein! Es gefällt uns!"

Daran erschauderte bei diesen nachdrücklichen lustvollen Worten. Kalad stand hinter ihm, schnüffelte an seiner blutbedeckten Kleidung und Haut.

„Du riechst nach dem Blut unserer Feinde. Das ist so erotisch, dass ich mich kaum zurückhalten kann."

Für einen winzigen Augenblick erstarrte Daran. Dieser eine Satz zeigte, was Kalad und Aegid wirklich waren. Er zeigte ihre wahre, tödliche Natur. Noch vor zwei Tagen hätte er sich voller Furcht vor ihnen zurückgezogen, doch jetzt richtete er sich auf und begegnete ihrem hungrigen, fordernden Blick. Das war es, was sie waren, und am Ende war dies auch das, was *er* war. Seine Liebhaber hatten ihn erst zweimal mit ihrer Raubtiernatur konfrontiert und jedes Mal war Daran ihr hilfloses Opfer gewesen, nur deshalb in der Lage, mit der Intensität ihres Angriffs zurechtzukommen, weil er die Wahrheit ignoriert hatte. Jetzt akzeptierte er sie und nahm sie an, wusste, dass er sie liebte, ganz egal, wer sie waren, was sie taten oder was sie noch werden würden.

Aus den Tiefen seiner Seele hob sein eigenes Raubtier den Kopf und erwachte aus seinem Schlummer. Es grüßte die anderen beiden mit demselben wilden Blick, forderte sie heraus, den ersten Schritt zu tun. Aegids Grinsen drohte, sein Gesicht in zwei Hälften zu spalten.

„Du bist wunderschön, kleiner Dieb. Wunderschön und unwiderstehlich."

Er wollte Daran an sich ziehen, aber der Echend'dim stoppte ihn.

„Nicht heute."

Ein Knurren entkam den Lippen beider Männer, ihre Lust offen und unverblümt. Daran richtete sich auf. Er fühlte sich trunken von neu gefundener Stärke und wollte seine Macht einem Test unterziehen.

„Zieht euch aus."

Für einen Moment dachte er, dass die beiden ihn für seine Unverschämtheit bestrafen würden, doch als er ihrem Blick standhielt, ungerührt, gehorchten sie schließlich. Es war seltsam zuzusehen, wie sie sich auszogen, während er immer noch vollständig bekleidet war. Normalerweise war es andersherum. Als Aegid und Kalad nackt waren, deutete Daran mit seinem Kinn auf das Bett. Wieder gehorchten sie und musterten ihn hungrig.

Daran ließ sich Zeit, sich an ihren perfekt geformten Körpern zu erfreuen, das Schimmern auf Kalads dunkler Haut zu genießen und die verwobenen endlosen Tattoos an Aegid zu bewundern. Während er noch damit beschäftigt war, zog er seine eigene Kleidung aus, ohne es zu bemerken. Darans Erektion stand stolz vor ihm. Seine Liebhaber auf dem Bett lächelten, ihre eigenen Penisse nahmen die Herausforderung an.

Daran kniete sich zwischen sie, stieß jeden Mann mit einer Hand nach unten. Während er Kalad noch zurückhielt, begann er Aegid zu küssen, leckte an seinen Mundwinkeln, strich mit seinen Zähnen an dem stählernen Kiefer entlang und knabberte an der weichen Haut an seinem Hals. Aegid stöhnte unter diesen spielerischen Liebkosungen. Seine Hände streckten sich aus, um sich um Darans Hüften zu legen, aber der Echend'dim unterbrach die Bewegung.

„Nein. Heute macht Ihr, was ich sage."

Ein frustriertes Grunzen war die Antwort. Aegid ließ seine Hände wieder auf das Bett fallen, warf Daran fiebrige Blicke zu. Lächelnd beugte Daran sich nach vorne, um ihn auf den Mund zu küssen. Dafür musste er Kalad loslassen, der sich sofort aufsetzte. Anstatt ihm zu befehlen, sich wieder hinzulegen, dirigierte Daran Kalad zu seinem Rücken.

„Ihr könnt mich stimulieren, während ich mich um Aegid kümmere. Ihr wisst, was ich mag."

Kalads Augen weiteten sich schockiert, denn so hatte Daran noch nie mit ihm gesprochen. Dann erschien ein Lächeln auf seinen Lippen und seine Erektion wurde sogar noch härter.

„Wie du wünschst, Daran. Es ist mir eine Freude."

Daran spürte, wie sein eigener Schwanz ebenfalls härter wurde. Er begann zu verstehen, warum Kalad und Aegid es so genossen, ihn zu unterwerfen. Es fühlte sich unglaublich gut an, jemanden unter seiner Fuchtel zu haben. Er begann erneut, Aegid zu küssen, während Kalad sich in seinem Rücken beschäftigte. Daran spürte, wie Kalads starke Hände seine Pobacken teilten und zwei vom Öl glitschige Finger in ihn stieß, um ihn zu dehnen. In dem Versuch, Daran zu necken und ein wenig Kontrolle zurückzuerobern, begann Kalad Darans bereits zuckenden Anus zu lecken. Er wandte seinen Kopf nach hinten und warf Kalad einen giftigen Blick zu.

„Wenn Ihr nicht auf der Stelle langsamer macht, wird Aegid der einzige sein, der heute etwas Liebe bekommt."

Unter Daran begann Aegid zu lachen, während Kalad sich hastig zurückzog. „Lasst Euch Zeit. Sucht nach meinem guten Punkt, aber nur mit den Fingern. Sobald Ihr ihn findet, sorgt dafür, dass ich mich gut fühle."

Kalad nickte und konzentrierte sich wieder auf Darans Rückseite. Er brauchte nicht lange, um den Punkt zu finden, von dem Daran gesprochen hatte. Kalad rieb ihn, bis Daran mit einem zufriedenen Stöhnen kam, seine Lippen immer noch auf Aegids gepresst. Daran unterbrach den Kontakt nur für einen kurzen Moment, gab Kalad weitere Anweisungen.

197

„Fickt mich. Tut es langsam, mit langen, tiefen Stößen."

Schwer keuchend gehorchte Kalad. Während er Daran so nahm, wie dieser es mochte, griff der Echend'dim nach Aegids Erektion und pumpte sie im Rhythmus von Kalads Stößen. Alle drei verloren sich in dem Spiel, Gefangene einer Lust, die neu und aufregend war, wenn auch ein wenig zurückhaltend, weil sie einen tiefgreifenden Wandel in ihrer Beziehung markierte. Sie waren nicht länger Sklave und Herren. Mit einem Mal waren sie gleichgestellt, Waffenbrüder. Über die tieferen Implikationen dieser Veränderung nachzudenken, war im Moment zu viel, um es zu ertragen und so besiegelten sie ihre immer noch wachsende Liebe mit wildem Sex.

Kalad kam als nächstes, dicht gefolgt von Aegid und Daran. Die Luft war jetzt schwer von ihren Gerüchen, erregte sie beinahe auf der Stelle wieder. Daran drehte sich um, verlagerte leicht das Gewicht, um es Aegids immer noch hartem Schwanz zu gestatten, in ihn zu gleiten. Er hatte Kalad das Gesicht zugewandt, der vor ihm kniete, darauf wartete, geküsst und liebkost zu werden wie sein Wüstenbruder. Daran lächelte. Ihm gefiel dieses Spiel sehr gut. Die Oberhand zu haben, war in der Tat erstrebenswert. Mit ausgestrecktem Arm gab er Kalad die Erlaubnis näherzukommen. Ihre Lippen trafen sich und Aegid begann sich unter ihm zu bewegen. Da er so groß war, musste Daran sich an Kalad festhalten, um das Gleichgewicht zu halten. Es dauerte nicht lange, bis sie wieder die höchsten Höhen erreichten, in einer Ekstase ertranken, die nur sie in den anderen erwecken konnten.

Für einen Großteil der Nacht verwöhnten Kalad und Aegid Daran, gehorchten seinen Befehlen, obwohl er von ihren Spielen geschwächt und technisch gesehen nicht länger in einer Position war, um Befehle zu erteilen. Als er schließlich während eines besonders athletischen Aktes das Bewusstsein verlor, trugen Kalad und Aegid den schlaffen Daran ins Bad. Sie wuschen das Blut der Schwestern, das immer noch an seiner Haut klebte, ab, ebenso wie ihre eigenen Flüssigkeiten, die seinen Körper wie eine sehr spezielle Markierung bedeckten. Daran wachte nicht einmal auf und so brachten sie ihn zum Bett zurück und machten es sich mit ihrem wunderbaren Geliebten zwischen sich bequem. Kalad sah nachdenklich aus, während seine Fingerspitzen träge Kreise auf Darans Brust malten.

„Er ist zu einem guten Mann herangewachsen."

„Das ist er in der Tat. Besser als wir, würde ich sagen."

In Aegids Stimme war ein gewisser Unterton, der Kalads Misstrauen erweckte.

„Du denkst, wir sind nicht gut genug für ihn?"

„Wir lieben ihn mehr als alles andere auf der Welt. Ich bezweifle, dass es je jemanden geben wird, der mehr für ihn empfindet, als wir es tun, darum sind wir gut genug. Dennoch ist das, was er zuvor gesagt hat, dass wir Bestien sind, nicht falsch. Unser Handeln als fragwürdig zu bezeichnen, ist eine Verharmlosung. Und wenn wir nicht wären, hätte er dieses Leben nie kennengelernt."

Kalad runzelte die Stirn. In Aegids Worten lag gerade genug Wahrheit, damit er sich unwohl fühlte.

„Wenn wir nicht gewesen wären, wäre er jetzt tot."

Die beiden Krieger starrten sich über Darans schlafender Gestalt an. Einsicht war nie ihre Stärke gewesen. Erst seit sie Daran getroffen hatten, hatten sie begonnen, ihr Handeln mehr zu reflektieren. Die Liebe konnte einem manchmal wirklich auf die Nerven gehen.

„Wir wären ihm nie begegnet."

Aegid verstummte. Der Gedanke allein reichte aus, um sie beide unglücklich zu machen. Kalad schob sein Kinn mit entschlossenem Gesichtsausdruck vor. Es sah ihnen nicht ähnlich über Dinge zu grübeln, die nicht geändert werden konnten.

„Er gehört uns. Er ist unsere Belohnung dafür, dass wir treue Diener von Canubis und Renaldo sind. Daran wurde geboren, um sein Leben eingehüllt in unsere Liebe zu verbringen. Nichts wird das ändern."

Aegid grinste breit. Ihm gefiel, was er hörte.

„Wir werden es also tun?"

„Natürlich. Wir planen das schon seit Monaten! Auf gar keinen Fall werden wir jetzt kneifen!"

Beruhigt schlangen die beiden Krieger ihre Arme um Daran, zufrieden in dem Wissen, dass er immer ihnen gehören würde.

NEUE WEGE

1.
SIRA

WEIT DRAUßEN in der endlosen Weite von Ana-Raina, dem großen Meer, hatte sich ein Strudel geformt, in dem das Wasser schwarz geworden war und an einigen Stellen zu kochen schien. An anderen war es so hart wie das Eis auf einem Gletscher, unter dem es brodelte wie Lava aus einem Vulkan. Ein eingehender Blick zeigte, es war nicht das Wasser, das schwarz geworden war, sondern der Hintergrund, der selbst das winzigste bisschen Farbe einsaugte. Was in den Tiefen des Meeres wuchs, war wie ein Krebsgeschwür, eine unheilige, abscheuliche Verbindung zwischen Ana-Darasa und der Domäne des Chaos. Ungezähmte Kräfte donnerten gegen den Damm, den die Mütter erschaffen hatten, um dem Leben einen sicheren Ort zu geben.

Die Gute Mutter lächelte kalt. Sie hatte diesen Ort sehr sorgfältig ausgewählt. Obwohl sie immer noch nicht in der Lage war auf Ana-Darasa eine feste Form anzunehmen wegen der Barrieren, die Ana-Isara überall auf der Welt platziert hatte, konnte sie doch spüren, wie ihre Kräfte wuchsen. Jetzt da die Mütter fort waren, war es nur noch eine Frage der Zeit, bis sie in der Lage sein würde durchzubrechen. Der magische Strom war stark an dieser Stelle und obwohl er bereits gezähmt war, konnte sie genügend Macht abzapfen, um den Damm zu schwächen und dem Chaos eine Chance zu geben. Bald würden die Grenzen unter diesem ständigen Angriff zusammenbrechen und dann würde sie dies nutzen, um die Söhne ihrer Feinde zu zerstören.

SIRA KONZENTRIERTE sich auf ein Astloch in der Decke über dem Bett, auf das sie gezwungen worden war. Das Grunzen des Mannes, der gerade auf brutalste Weise in ihren Körper eindrang, war ohrenbetäubend. Sie versuchte sich einzureden, dass dies nichts war, dass dieser Geschäftspartner ihres Besitzers nichts weiter als ein Ärgernis darstellte, dass er verschwinden würde, wenn sie es sich nur fest genug wünschte. Sie konnte spüren, wie er sich anspannte, seine Bewegungen wurden schneller und dann ergoss er sich endlich in sie. Sira hasste diesen Mann, genau so, wie sie alle Männer hasste. Es war eine Emotion, die das Leben sie auf grausamste Weise gelehrt hatte.

Die Stimme ihres Besitzers durchbrach die Schutzwände, die sie um sich herum errichtet hatte. „Was meinst du? Gar nicht so schlecht, oder?"

Der Geschäftspartner lachte. „Sie ist in Ordnung. Ein wenig unbeteiligt. Und obwohl sie so ein nettes Gesicht hat, weiß sie nicht, wie sie es benutzen soll. Du solltest sie ein wenig mehr trainieren."

„Mach dir keine Sorgen. Sie wird schon bald dazulernen."

201

Die Stimme ihres Besitzers klang jetzt drohend und Sira schauderte, weil sie nur zu genau wusste, was sie in dieser Nacht erwarten würde. Ihr Herr war nicht für seine Geduld bekannt. Sie würde diese Lehrstunde ertragen, wie sie all jene zuvor ertragen hatte und weiterhin auf ihre Gelegenheit warten, entweder diesen verabscheuenswürdigen Mann oder sich selbst zu töten. Sie war mittlerweile so verzweifelt, dass es ihr egal war, was zuerst geschah.

Der Geschäftspartner war bereits wieder voll bekleidet und warf ihr einen letzten, kalkulierenden Blick zu. Sie war noch jung. Ihre Brüste hatten noch nicht ihre volle Größe erreicht und zeigten nach oben. Ihre Glieder erinnerten eher an ein ungelenkes Fohlen und nicht an eine erwachsene Frau, aber es gab bereits Hinweise auf die sinnlichen Kurven, die sie bald bekommen würde. Ihre Haare waren kurz. Sie waren geschoren worden, als sie an ihren jetzigen Besitzer verkauft worden war. Ihre Haut hatte einen leichten Bronzeton und war weich, mit langen, dünnen Narben an einigen Stellen, der Beweis dafür, dass sie schon bestraft worden war.

In dieser Nacht machte sie erneut enge Bekanntschaft mit der kleinen Peitsche und obwohl sie sich geschworen hatte, ihrem Peiniger nicht nachzugeben, bettelte sie am Ende um Gnade. Gnade, die sie erst erhielt, nachdem sie gezeigt hatte, was für eine gehorsame, unterwürfige Sklavin sie war. Jetzt lag sie in dem Schuppen, den ihr Besitzer als Zimmer bezeichnete, weinte und versuchte, den brennenden Schmerz der Striemen auf ihrem Rücken zu ignorieren. Unglücklicherweise schien es, als ob ihr Leiden noch nicht vorbei wäre. Die Tür zu dem Schuppen öffnete sich und einer der Männer, die für ihren Besitzer arbeiteten, zerrte sie nach draußen.

„Steh auf, dämliche Schlampe. Wir haben Kunden, die die Ware inspizieren möchten."

Sira wurde eine weiße Tunika angezogen, bevor man sie in den Ausstellungsraum brachte. Die anderen Sklaven waren bereits versammelt, standen in einer Reihe, gaben nicht das geringste Geräusch von sich, die Augen zu Boden gerichtet. Das erste, was man im Besitz dieses Mannes lernte, war, nichts anderes als absoluten Gehorsam zu zeigen. Widerstand wurde gnadenlos ausgemerzt.

Nachdem Sira ihren Platz eingenommen hatte, öffnete sich eine andere Tür und ihr Besitzer trat mit zwei Kunden ein. Der ältere der beiden war wie ein Bär, er füllte die Tür mit seiner mächtigen Gestalt vollkommen aus. Seine dunkle Haut, die Tätowierung auf seiner Wange und seine dunkle Ausstrahlung ließen Sira schaudern. Sie wollte sich nicht vorstellen, was es bedeutete, der Gnade eines so brutalen Mannes ausgeliefert zu sein. Sein Begleiter war beinahe zwei Köpfe kleiner und viel sympathischer. Seine grünblauen Augen leuchteten freundlich in seinem offenen Gesicht und seine Haare waren sogar noch kürzer als Siras. Der junge Mann hielt sich nahe bei dem Großen, Massiven, der einen Arm um seine Schulter geschlungen hatte.

„Entspann dich, Sic. Wir waren uns einig, dass es wichtig für dich ist, zu lernen, wie du deine eigenen Sklaven auswählen kannst. Ein Lord muss in der Lage sein, das zu tun, ebenso wie ihnen Respekt beizubringen. Die Ware hier ist berühmt für das gute Training und den Gehorsam."

Siras Besitzer verneigte sich tief, um dem Kunden für sein Lob zu danken. „Was braucht der junge Herr denn?"

Aus dem Augenwinkel sah Sira, wie Sic seinen Begleiter fragend anschaute, bevor er sich an den Sklavenhändler wandte.

„Ich suche nach einem Sklaven, der sich mit Haushaltsdingen auskennt und mit einer Nadel umgehen kann."

„Männlich oder weiblich?"

„Das spielt keine Rolle. Mir ist auch das Alter egal. Ich brauche nur jemanden, der etwas kann."

Der Besitzer bedeutete zwei Männern und Sira vorzutreten.

„Diese beiden sind schon etwas älter, wie Ihr sehen könnt, aber sehr fähig, was alle Haushaltsdinge betrifft. Die Frau ist noch jung, aber geschickt mit ihren Händen und kann Euch auch die Nächte versüßen. Ihr Training ist noch nicht abgeschlossen, aber ich bin mir sicher, dass ein entschlossener junger Herr wie Ihr in der Lage sein sollte, sie schnell einzureiten."

Flammendes Rot trat ins Gesicht des jungen Mannes und er wandte den Blick ab.

„Danke, aber das wird nicht nötig sein."

Wieder schaute er zu seinem Begleiter, der ihm aufmunternd zunickte. Sic trat nach vorne, um die drei Sklaven zu mustern. Sira war die letzte. Mit einem entschuldigenden Lächeln begann er ihren Körper abzutasten. Seine Hände waren muskulös und voller Schwielen. Anders als die Stammkunden schien er zu wissen was harte Arbeit bedeutete. Er runzelte die Brauen, als Sira zusammenzuckte, wenn er die frischen Striemen auf ihrem Rücken berührte. Abrupt wandte er sich von ihr ab. Seine Stimme war rau, als er seine Entscheidung verkündete.

„Ich würde gerne die Frau nehmen, Meister."

Es war eine Feststellung, die wie eine Frage klang. Ein sanftes Lächeln erschien auf dem Gesicht des Furcht einflößenden Mannes und machte ihn weniger abschreckend.

„Es ist deine Entscheidung, Sic. Ich finde, du hast sie gut ausgesucht."

Wieder errötete der junge Mann. Dieses Mal nicht weil er sich schämte, sondern weil er sich über das Lob freute. Sira fragte sich, welche Art Beziehung diese beiden hatten. Da sie der Besitz des Jüngeren sein würde, war das eine berechtigte Sorge. Der Begleiter wandte sich an ihren früheren Besitzer.

„Ihr habt seine Entscheidung gehört. Wie viel?"

Sira bekam die Verhandlungen kaum mit. Sie war zu sehr mit der Tatsache beschäftigt, dass sie schon wieder den Besitzer gewechselt hatte. Die drei Männer wurden sich schnell einig und dann führte ihr neuer Besitzer sie auf die Straße hinaus. Sein Begleiter schaute auf die untergehende Sonne und legte seine Hand in Sics Nacken.

„Es ist zu spät, jetzt noch nach Hause aufzubrechen. Wir nehmen uns ein Zimmer und reiten morgen."

„Wie Ihr wünscht, Meister."

In einem der Gasthäuser mieteten sie ein Zimmer mit zwei Kammern und ließen sich dort das Abendessen servieren. Sira war angespannt. Bis jetzt hatte keiner der beiden ihr mehr als einen flüchtigen Blick geschenkt, aber sie wusste, dass sich das ändern würde, sobald sie ihren Hunger gestillt hatten. Unsicher stand sie ein paar Schritte von dem Tisch entfernt. Sic winkte sie näher.

„Bitte, setz dich. Du musst hungrig sein und es ist genug da. Mein Name ist übrigens Sic und das ist mein Meister, Lord Noran."

Der Respekt in Sics Stimme sagte Sira deutlicher als Worte, wer in dieser Beziehung das Sagen hatte. So unterwürfig wie möglich verneigte sie sich vor diesem Mann, der von jetzt an das letzte Wort darüber haben würde, wie sie behandelt wurde.

„Mein Name ist Sira, Herr."

„Schön, Sira. Setz dich und iss. Danach kannst du schlafen gehen. Morgen werden wir so früh wie möglich losreiten. Ich will nach Hause."

Sira nickte, immer noch unsicher. Das klang nicht so, als ob die beiden Männer ihren Neuerwerb gleich in dieser Nacht ausprobieren wollten. Nachdem sie schweigend gegessen hatte, beeilte sie sich, ins Bett zu kommen und den Männern keine Möglichkeit zu geben, ihre Meinung zu ändern. Obwohl nichts von ihr verlangt wurde, konnte sie keine Ruhe finden. Ihr Bett stand an derselben Wand wie das ihres neuen Herren und so konnte sie jedes Wort hören, das sie sagten.

„Du hast sie wegen der Striemen ausgewählt, nicht wahr, mein Liebling?" Norans Stimme war tief und sanft.

„Ja, das habe ich. Seid Ihr unzufrieden, Meister?" Sic klang besorgt. Es war offensichtlich, wie wichtig Norans Meinung für ihn war.

„Natürlich nicht. Ich habe dir schon gesagt, dass ich deine Entscheidung respektieren werde. Außerdem geht es darum hierbei nicht. Der wichtige Punkt war, dass du frei und selbst gewählt hast. Das ist der erste Schritt, ein verantwortungsbewusster Besitzer zu werden. Und mit der Zeit wird es einfacher werden."

„War es so offensichtlich?"

„Wie unangenehm es dir war? Für mich, ja, aber ich kenne dich ziemlich gut."

„Meister!"

Es schien, als ob Noran seine Worte mit einer Geste unterstrichen hätte, denn Sic klang indigniert.

„Was, bist du nicht interessiert?"

Eine atemlose Stille folgte diesen Worten und Sira musste kein Seher sein, um zu wissen, dass sie sich küssten. Als Sic antwortete, klang er erregt.

„Wie könnt Ihr das überhaupt fragen, Meister? Ihr wisst nur zu gut, dass ein Blick von Euch ausreicht, um mich brennen zu lassen."

Ein tiefes, sinnliches Lachen war die Antwort. Dann senkte sich wieder Stille herab.

„Ich weiß, mein Schatz. Bitte vergib mir, dass ich dich geneckt habe."

„Schon geschehen. Und jetzt nehmt mich bitte, bevor ich den Verstand verliere."

Es war der letzte zusammenhängende Satz, den Sic hervorbrachte. Sira zog sich ihre Decke über den Kopf und versuchte, das lustvolle Stöhnen und die gestammelten Bitten nach mehr zu ignorieren. Sie hätte sich niemals vorstellen können, dass diese beiden ein Bett teilten. Natürlich war sie sich darüber klar, dass Männer Sex miteinander haben konnten, aber ihre Erfahrungen in dieser Beziehung waren begrenzt. Für sie war Intimität etwas, das sie zutiefst verabscheute, da sie immer mit Gewalt verbunden war. Sie fand es beinahe abstoßend, dass Sic und Noran ihre Liebesspiele so offensichtlich genossen. Dennoch war sie erleichtert. Wenn ihre Herren miteinander Sex hatten, würden sie sie in Ruhe lassen.

„WARUM HABE ich das Gefühl, dass ihr beide etwas im Schilde führt?"

Daran warf Aegid und Kalad einen misstrauischen Blick zu. Es war noch keine Woche seit der Hinrichtung und ihrer stürmischen ersten Nacht als Gleichgestellte vergangen. Seitdem hatten sie die meiste Zeit im Bett verbracht, in dem Versuch herauszufinden, wie sie ihre Beziehung umformen mussten, damit sie ihren neuen Bedürfnissen entsprach. Daran war glücklich, dass sie ein Gleichgewicht gefunden hatten, dass es ihm gestattete, seine neugefundene Dominanz auszuleben, wenn er das wollte und das gleichzeitig die spielerische Verbindung erhielt, die sie zuvor gehabt hatten, als Kalad und Aegid ihn nach Strich und Faden verwöhnten. Beide Varianten hatten ihren Charme und alles zu bekommen, gefiel dem Raubtier, das Daran in sich entdeckt hatte.

Er hatte gehofft, in dieser Nacht weiter zu experimentieren, aber seine Liebhaber schienen andere Pläne zu haben. Der Raum war von zahllosen Kerzen erhellt, die flackernde Schatten auf die Wände warfen und die Szenen auf den Wandteppichen real aussehen ließen. Auf dem Tisch befand sich ein Festmahl und Daran brauchte nicht lange, um festzustellen, dass es sich um all seine liebsten Dinge handelte.

Der schwere, süße Wein mit der dunkelroten Farbe, den er am Abend gerne trank. Frisch gebackenes Brot, noch warm, dem Geruch nach zu urteilen, begleitet von einem weichen Bergkäse, der mit Kräutern gewürzt war. Ein kleiner Topf mit Hühnerbrühe und sauren Knödeln und ein paar großzügige Stücke Lammbraten. Daran hob eine Braue.

„Was? Kein Rotbeerenkuchen? Ihr enttäuscht mich."

Kalad grinste anzüglich, griff nach einem Teller auf einem kleineren Tisch und zeigte ihn Daran.

„Ta-da Rotbeerenkuchen, gemacht nach Gweris' Geheimrezept. Wir haben an alles gedacht!"

„Was uns zu meiner ersten Frage zurückbringt: Was habt Ihr vor?"

Aegid legte seine Hände auf Darans Schultern und führte ihn zum Tisch.

„Lass uns einfach sagen, dass wir in der Tat etwas vorhaben und dass du dafür entspannt und guter Stimmung sein musst. Es ist nichts Schlimmes, sei also nicht auf der Hut."

Daran ließ sich vor dem deliziösen Mahl auf den Stuhl drücken.

„Ich hasse es, das zu sagen, Aegid, aber es hat bereits mehrere Gelegenheiten gegeben, bei denen Eure und meine Interpretation von ‚schlimm‘ so weit auseinanderging, dass es beinahe Gegensätze waren. Entschuldige also, wenn ich ein wenig … vorsichtig bin."

Kalad warf Daran einen Kuss über den Tisch zu.

„Wir entschuldigen. Dennoch wäre es nett, wenn du uns ein wenig vertrauen würdest. Wir sind uns ziemlich sicher, dass du es mögen wirst."

Mit einem Seufzen akzeptierte Daran seine Niederlage. Was auch immer sie planten, es würde ohnehin passieren, wenn er sich ihre entschlossene Körpersprache anschaute. Er konnte genauso gut zuerst das Essen genießen und sich der Zukunft mit einem vollen Magen stellen.

Das Abendessen erinnerte Daran an die Zeit gleich nachdem er ins Tal gekommen war. Kalad und Aegid fütterten ihm die besten Stücke eines jeden Gangs, boten ihm den Wein so oft an, dass ihm schon bald schwindlig wurde. Sie verwöhnten ihn, als ob sie wieder um ihn werben würden, und als Aegid ihm den ersten Bissen des Kuchens anbot, wurde Daran endlich klar, was sie vorhatten – um ihn zu werben. Er schüttelte den vom Wein hervorgerufenen Schwindel ab und starrte sie finster an.

„Was für eine Unaussprechlichkeit wollt Ihr im Bett ausprobieren?"

Wie vom Donner gerührt starrten Aegid und Kalad Daran an, unsicher, ob sie über seine Annahme lachen oder beleidigt sein sollten, weil er die Stimmung unterbrochen hatte. Sie entschieden, es von der lustigen Seite zu nehmen und brachen in schallendes Gelächter aus.

„Was hältst du von uns?" Kalad schaffte es, verletzt zu klingen.

„Es spielt keine Rolle, was ich von Euch denke. Ich bin lange genug mit Euch zusammen, um zu wissen, dass mein Verdacht wohl begründet ist."

„Das stimmt. Obwohl ich betonen möchte, dass wir unter deinem Einfluss ziemlich harmlos geworden sind. Was die Unaussprechlichkeit im Bett betrifft – haben wir ein paar Ideen, die wir schon bald mit dir diskutieren möchten, aber das ist nicht der Grund für unsere harte Arbeit heute Nacht."

Aegid gestikulierte vage in Richtung des Tisches.

„Nein, wir wollen etwas vollkommen anderes von dir, etwas, über das wir schon seit einer Weile nachdenken. Wirst du uns zuhören?"

Da er spüren konnte, wie ernst seine sonst so sorglosen Liebhaber geworden waren, nickte Daran. Ihm fiel nichts ein, was wichtig genug war, um sie so aufzuregen, und deshalb übermannte ihn seine Neugierde.

„Natürlich werde ich zuhören. Das tue ich immer, für den Fall, dass Ihr das noch nicht bemerkt habt."

Kalad stand von seinem Stuhl auf und trat neben Aegid, seine lebhaften braunen Augen waren wie die eines jagenden Falken auf Daran gerichtet. Er nahm Darans linke Hand in seine, während Aegid dasselbe mit seiner rechten Hand tat. Kalad begann zu sprechen.

„Ich denke, du weißt bereits, wie sehr wir dich lieben. Worte sind zu schwach, um die Gefühle zu beschreiben, die du in uns weckst. Von dem Moment an, als wir dich trafen, war unsere Beziehung etwas Besonderes. Du akzeptierst uns als die Einheit, die wir sind und nicht einmal hast du versucht, mich und Aegid auseinanderzubringen. Wie du das machst, wie du es schaffst, uns beide gleich zu lieben, wissen wir nicht und werden wir wahrscheinlich nie verstehen. Was wir verstehen, ist, dass du ein Geschenk der Mütter bist und wir haben vor, dich für immer zu behalten."

„Was Kalad sagen möchte, ist, dass wir zutiefst geehrt wären, wenn du entscheiden solltest, dich offiziell an uns zu binden."

Daran starrte seine Liebhaber mit offenem Mund an. Er brauchte eine Weile, um seine Fassung wiederzugewinnen.

„Wir sprechen hier über eine Ehe, oder nicht? Ich will nur nichts falsch verstehen."

Kalad küsste ehrerbietig Darans Hand.

„Das tun wir. Und wir wären mehr als glücklich, wenn du unseren Antrag annehmen würdest."

Daran spürte, wie ihm Tränen die Wangen hinabliefen. Er hatte Schwierigkeiten, klar zu sprechen, damit seine Liebhaber ihn verstehen konnten.

„Warum fragt Ihr überhaupt? Natürlich nehme ich an. Ihr beide seid mein ein und alles. Der Mittelpunkt meines Seins. Also ja. Ja. Ich will für immer Euch gehören."

Für eine Ewigkeit, die sich zwischen zwei Herzschlägen verbarg, starrten die drei Männer einander an, genossen eine Liebe, die aufgehört hatte Fragen zu stellen und Zweifel zu hegen und jetzt erwachsen und unverwundbar war. Es war ein flüchtiger Moment und doch zementierte er eine Beziehung, die dazu bestimmt war, den Jahrhunderten standzuhalten.

Kalad brach den Zauber mit einem Grinsen und einem tiefen Kuss auf Darans Mund.

„Ich nehme an, das bedeutet, dass wir jetzt offiziell verlobt sind." Aegids Stimme war laut vor Stolz. Daran zog ihn enger an sich und küsste ihn ebenfalls.

„Das könnte zutreffen."

Er verzog das Gesicht.

„Das ist ziemlich viel. Verlobt. Beinahe so viel wie ,verheiratet'."

„Dazu kommen wir schon bald. Was hältst du von einer Zeremonie im Winter?"

Kalad sah begierig aus. Er wollte keine Zeit verlieren. Daran konnte kaum ein Kichern unterdrücken.

„Winter klingt gut. Alles klingt gut. Solange Ihr beide da seid, ist es mir egal, wann und wo die Zeremonie abgehalten wird."

„Das ist gut zu wissen. Wir haben bereits Vorbereitungen getroffen, aber es gibt ein paar Dinge, die wir gerne zuerst mit dir besprechen würden."

Auch Aegid klang aufgeregt. Daran stand aus seinem Stuhl auf, seine Zunge befeuchtete seine Lippen in einer beinahe unbewussten Bewegung.

„Ihr habt mir gerade auf die süßeste Art und Weise einen Antrag gemacht und jetzt wollt Ihr über die Hochzeit diskutieren? Ich war mir sicher, dass Ihr mich ins Bett bringen würdet. Ihr wisst schon – um zu feiern."

Ein Knurren erklang aus den Kehlen von Aegid und Kalad. Reiner Hunger leuchtete in ihren Gesichtern auf, ließ sie wie ein paar ausgehungerte Wölfe wirken. Kalad packte Darans Handgelenke, während Aegid ihn von hinten umarmte. Seine Stimme klang guttural und erinnerte Daran an eine Bestie.

„Du willst feiern? Dann lass uns feiern, bis du dich nicht mehr an deinen Namen erinnern kannst."

Mit einem zufriedenen Seufzen gab Daran sich der Lust seiner zukünftigen Ehemänner hin.

„Sira! Hey, Sira! Wärest du so freundlich mir zuzuhören?"

Der beißende Sarkasmus in Gweris' Stimme riss Sira aus ihren Gedanken. Da es keine gute Idee war Gweris wütend zu machen, beeilte Sira sich, sich zu entschuldigen.

„Bitte vergib mir, Gweris. Ich war abgelenkt."

„Das ist mir aufgefallen."

Gweris musterte sorgenvoll ihren neuesten Schützling. Sira war die erste Sklavin, die Lord Sic selbst gekauft hatte und es war wichtig für Sics weitere Entwicklung als Lord des Tals, dass alles glattging. Er war sich immer noch furchtbar unsicher, wie er mit seinen Sklaven umgehen sollte, und dass er jetzt mit Lord Noran zusammenwohnte, hatte die Situation nur noch verschlimmert. Obwohl die Sklaven ängstlich darauf bedacht waren, ihre Aufgaben zu erfüllen, seit Sic und Noran zusammenlebten, hatten sie immer noch keinen Respekt vor ihrem Herrn. Ihr plötzlicher Gehorsam entstammte der Furcht vor Lord Noran, dessen Strenge beinahe ebenso legendär war wie die von Lord Renaldo.

Gweris hatte die Aufgabe übernommen, Sic zu helfen, nachdem Lord Casto sie darum gebeten hatte und es war ihr gelungen, die Sklaven angemessen zu disziplinieren, aber wahrer Respekt sah anders aus. Das Hauptproblem war nicht Sics eigene Vergangenheit als Sklave, sondern sein mangelndes Durchsetzungsvermögen. Er war die Freundlichkeit in Person und hatte nie gelernt, seinen Willen durchzusetzen. Gweris hatte gehofft, dass Lord Noran ihn positiv beeinflussen würde, aber anstatt sich ein Beispiel an seinem Geliebten zu nehmen, überließ Sic alle Angelegenheiten die Sklaven betreffend Noran. Nachdem sie sich das eine Weile angesehen hatte, hatte Gweris entschieden, einzugreifen. Zum Glück teilte Lord Noran ihre Sorge und so hatten sie beschlossen, dass Sic lernen musste, wie sich ein wahrer Emeris benahm. Das Ergebnis ihrer Bemühungen war diese junge Frau, die sich selten der Mühe unterzog, ihren Unmut, eine Sklavin zu sein, zu verbergen. Im Gegenteil schien sie mit jedem Tag widerspenstiger zu werden. Die ganze Situation war unerfreulich und Gweris bedauerte bereits den Weg, den sie und Noran eingeschlagen hatten.

„Würdest du bitte aufpassen? Lord Sic mag ein nachsichtiger Herr sein, aber das bedeutet nicht, dass du seine Geduld bis an die Grenze strapazieren solltest. Wenn du zu weit gehst, wirst du dich vor Lord Noran verantworten müssen und ich hoffe doch, dass selbst eine so dumme Kreatur wie du mittlerweile begriffen hat, wie unglaublich dämlich das wäre."

Sira wurde bleich vor Wut. Sie hasste es, dass Gweris sie herumkommandierte, immer versuchte, eine perfekte Sklavin aus ihr zu machen im Namen des wunderbaren Lord Sic, der der gleichgültigste Herr war, den sie je gehabt hatte.

„Ich muss dir nicht zuhören!"

Gweris seufzte. Siras ständiger Trotz begann ihr auf die Nerven zu gehen, darum bekam ihre Stimme einen stählernen Unterton.

„Doch, das musst du! Und ich würde dir raten, gut zuzuhören. Ich bin verantwortlich für dich und habe es satt, deinem Jammern und deinen Beleidigungen zu lauschen."

„Versuchst du, mir Angst zu machen? Du bist selbst nur eine Sklavin! Du kannst mir nicht drohen!"

„Das kann sie."

Beide Frauen wirbelten bei diesen Worten herum. Gweris machte sofort einen Knicks, aber Sira konnte nur dastehen und mit offenem Mund starren. Der Mann, der vor ihr stand, war einfach nur wunderschön. Seine weizenblonden Haare waren zu einem Pferdeschwanz gebunden, seine faszinierenden blauen Augen durchbohrten sie und seine noblen Gesichtszüge zeigten erste Anzeichen von Wut.

„Offensichtlich kennt diese Sklavin nicht einmal die einfachsten Regeln der Höflichkeit, Gweris."

Gweris rammte ihren Ellbogen in Siras Rippen.

„Bitte vergebt mir, Lord Casto. Sie ist neu und unerfahren. Ich hatte noch nicht die Gelegenheit, ihr alle Herren des Tals zu zeigen."

„Schon gut, Gweris. Ich weiß, dass du dein Bestes tust. Das ist die Sklavin, die Sic gekauft hat?"

„Unglücklicherweise ja."

Zu hören, wie diese beiden über sie redeten, als wäre sie nichts weiter als ein Welpe, der erst noch erzogen werden musste, ließ Sira vor Wut kochen.

„Hört auf zu reden, als ob ich nicht hier wäre! Und nur zu eurer Information hätte ich es vorgezogen, nicht von eurem wertvollen Lord Sic gekauft zu werden. Ich bin niemandes Eigentum."

Keuchend starrte Sira Gweris und Casto an. Der Mann erwiderte ihren Blick, seine Augen bohrten sich in ihr tiefstes Inneres, durchsuchten ihren Verstand wie ein Händler seine Waren und warf dann das meiste mit einer gewissen Abscheu weg. Sira fühlte sich vollkommen nackt und von seinem Starren gedemütigt, vor allem da sie nicht in der Lage war, irgendetwas in ihm zu lesen. Nur eines was sicher: Diesen Mann zu verärgern war sogar noch dümmer, als sich Lord Noran zu widersetzen. Casto strahlte etwas aus, das sie nicht benennen konnte,

Gefahr gepaart mit Unnachgiebigkeit und gewürzt mit einem Hauch Trauer, der ihr Schauder den Rücken hinablaufen ließ. Sira wollte sich gerade vor diesem einschüchternden Mann verneigen, als er auf einmal zu lachen begann. Es war ein spöttisches Gelächter, das sie wieder in Verteidigungsstellung gehen ließ.

„Sie klingt ein wenig wie ich damals, findest du nicht, Gweris?"

Auch die Sklavin begann zu lachen.

„Das tut sie, mein Lord." Dann wurde Gweris ernst. „Aber sie ist nicht wie Sie und wenn das so weitergeht, wird es Lord Sic belasten."

Die Erheiterung verschwand aus Castos Gesicht. Wieder musterte er Sira von oben bis unten.

„Gweris hat recht. Ich erwarte, dass du dir von jetzt an mehr Mühe gibst. Es ist wichtig für Sic."

Für einen Moment wusste Sira nicht, was sie sagen sollte. Sie spürte, wie die Wut in ihr wie Wasser in einem Kessel hochkochte und dann ließ sie sie ausbrechen.

„Es wäre mir sogar egal, wenn er sich zu Tode grämen würde."

Sira brauchte nur einen Herzschlag, um zu erkennen, dass sie zu weit gegangen war. Lord Castos Augen verdunkelten sich wie der Himmel vor einem Sturm und seine Stimme wurde stählern. Während ein Teil von Sira vor Furcht erstarrte, jubelte ein anderer ihr zu, ihrer Vernichtung entgegenzugehen, was hatte sie schließlich noch zu verlieren?

„Das reicht. Du kommst mit mir."

Casto griff nach Siras Arm und sie fühlte, wie all ihre Vernunft in Wut und Verzweiflung ertrank. Niemals wieder würde sie es jemandem gestatten, sie herumzuschubsen oder ihr Befehle zu geben. Ihre Hand schoss nach oben und hinterließ drei blutige Striemen auf Lord Castos makelloser Haut.

Der Tat folgte eine atemlose, erstaunte Stille, die schließlich von einem wütenden Brüllen durchbrochen wurde. Sira wurde mit brutaler Gewalt gepackt und von Casto weggerissen. Sie landete schwer auf ihrem Rücken, ihr Arm schmerzte, als ob sie sich verbrannt hätte.

„Wie kannst du es wagen?"

Sira starrte in das Gesicht eines Mannes, der sogar noch königlicher wirkte als Casto. Sie war erst seit drei Tagen im Tal, aber sie wusste bereits, wem sie gegenüberstand. In Wahrheit war der Todesengel sogar noch einschüchternder als in all den Geschichten, die sie über ihn gehört hatte. Und seine Wut war auf sie gerichtet. Sein Blick gestattete ihr nicht einmal zu blinzeln und seine Stimme klang flach, als ob er sich mit aller Macht zurückhalten würde.

„Gweris, geh und hol Sic. Jetzt!"

„Ja, mein Lord."

Gweris verneigte sich und beeilte sich, dem Befehl des Todesengels zu gehorchen. Er streckte die Hand nach Casto aus, der in seine Arme trat. Renaldo versuchte, die Wunde zu untersuchen, aber Casto schüttelte ihn ab.

„Es ist nur ein Kratzer, Barbar. Nichts Ernstes."

210

„Das mag der Fall sein, aber ich werde es nicht akzeptieren – nicht einmal, wenn es um Sic geht. Vor allem nicht, wenn es um Sic geht. Er muss lernen, mit dieser Art Situation fertig zu werden."

Vor Furcht erstarrt wartete Sira darauf, dass ihr Besitzer erschien. Sie musste kein Seher sein, um zu wissen, dass sie sich in ernsten Schwierigkeiten befand. Was sie getan hatte, war ein schweres Vergehen, das ihren Tod rechtfertigte und so wie Lord Renaldo sie musterte, stand es um ihre Zukunft schlecht.

Endlich kam Gweris mit Sic zurück. Der junge Emeris schaute mit sorgenvollem Blick von Renaldo zu Casto und zurück zu Sira.

„Mein Lord. Casto. Was ist passiert?"

Renaldo starrte ihn kalt an.

„Deine Sklavin hat unangemessenes Verhalten gezeigt. Sie hat es gewagt, ihre Hand gegen mein Herz zu erheben. Ich erwarte von dir eine angemessene Reaktion. Ein Vergehen wie dieses muss schwer bestraft werden."

Sic wurde blass.

„Ich entschuldige mich für Siras Verhalten, mein Lord. Casto, es tut mir wirklich leid. Bitte lass mich wissen, wie ich dich für diesen Vorfall entschädigen kann."

Castos strenger Gesichtsausdruck wurde deutlich weicher und gab Sira ein wenig Hoffnung.

„Es ist in Ordnung, Sic. Sie ist neu, darum bin ich willens, es zu vergeben."

Mit einem dankbaren Lächeln verneigte Sic sich vor Casto. Dann wandte er sich an Renaldo, dessen Gesicht keine Anzeichen von Vergebung zeigte. Sira wurde das Herz schwer.

„Ich werde dich nicht so leicht davonkommen lassen. Ich verlange, dass du diese Sklavin ihrem Vergehen angemessen bestrafen wirst."

„Mein Lord, bitte. Sira ist erst vor ein paar Tagen ins Tal gekommen. Sie muss die Konsequenzen für ihre Taten erst lernen sowie die Regeln, die unser Leben bestimmen."

„Unwissenheit schützt nicht vor Strafe. Zudem habe ich den Eindruck gewonnen, dass sie sich nicht anders verhalten hätte, wenn sie gewusst hätte, wer Casto ist. Kümmere dich darum, Sic. Das ist deine Verantwortung."

Renaldo packte Castos Hand und führte ihn davon.

Für einen Moment herrschte absolutes Schweigen, während Sic ins Leere starrte. Dann erschien ein entschlossener Zug um seinen Mund und er streckte Sira seine Hand hin.

„Komm."

Sein Tonfall war unnachgiebig, mit einem Hauch Resignation. Unsicher erhob Sira sich und folgte ihrem Besitzer zurück zu seinen Gemächern. Niemand musste ihr erklären, dass die Nachsicht, die Sic ihr bisher gezeigt hatte, ein Ende finden würde. Jetzt, da sie sich beruhigt hatte, erkannte sie, wie unglaublich dumm sie gewesen war. Es war eine Sache, sich dagegen zu wehren, ein Sklave zu sein und eine ganz andere, einen Mann wie Lord Renaldo herauszufordern, der Gerüchten zufolge ein Halbgott war und dazu noch der mächtigste und gefürchtetste Kriegsherr auf dem Kontinent. Sie hatte sich ihr eigenes Grab geschaufelt und senkte den Kopf in Erwartung ihrer Bestrafung. Zu ihrer Überraschung schlug Sic sie nicht, sondern begann monoton zu sprechen.

„Casto ist mein bester Freund. Zu einer Zeit, als ich den Tod für das, was ich getan habe, verdient hatte und mich selbst bis ins Mark gehasst habe, hat er mir die Hand gereicht und mir die Gnade seiner Vergebung zuteilwerden lassen. Alles, was ich bin, schulde ich ihm und du hast diese unglaublich wertvolle Person gerade verletzt und beleidigt."

Sic hielt inne, sein Blick auf etwas gerichtet, das nur er sehen konnte. Sira schauderte, weil sie den Mann, der vor ihr stand, kaum wiedererkannte. Normalerweise strahlte Sic Unschuld und Freundlichkeit aus, so sehr, dass er beinahe wie ein Schwächling wirkte. Sira hatte ihn insgeheim als harmlosen Welpen abgetan, der nicht in der Lage war, Schaden anzurichten. Jetzt erschien er bedrohlich und distanziert, nicht länger der Sic, der sie gekauft hatte, sondern jemand anderes, jemand, mit dem sie sich nicht anlegen sollte. Es war, als ob er eine Maske abgenommen hätte, eine dünne Schicht, die etwas noch viel Furcht einflößenderes als der Todesengel es war, verdeckte. Dass Sic selbst sich ebenfalls vor dieser anderen Kreatur zu fürchten schien, half ihr überhaupt nicht.

„Ich habe dich gewählt, weil ich Mitleid mit dir hatte. Du erinnerst mich an mich selbst und ich hatte das Gefühl, dass ich etwas von dem Glück, das mir widerfahren ist, zurückzahlen könnte, indem ich dich mitnehme. Offensichtlich willst du nicht gerettet werden."

Als Sira ihren Mund öffnete, um zu antworten, hob Sic seine Hand.

„Mir ist sehr wohl bewusst, wie wenig erstrebenswert es ist, sein Leben als Sklave zu verbringen. Aber selbst der Wunsch nach Freiheit sollte von Anstand begleitet sein. Wenn du mich nicht als deinen Herrn akzeptieren kannst, schön. Ich will nicht einmal deine Dankbarkeit, dass ich dich vor deinem Besitzer gerettet habe, da mir sehr wohl klar ist, dass dies meine eigene Entscheidung war. Was ich von dir verlange, ist Respekt. Nicht als dein Herr, sondern als menschliches Wesen, das dir einen Gefallen getan hat. Ich glaube auch nicht, dass die Arbeit, die du zu verrichten hast, so schwer ist, dass man sich darüber beschweren müsste. Du hast meine ausgestreckte Hand bewusst zurückgewiesen und doch bin ich immer noch willens, dir eine Wahl zu lassen. Du hast bis morgen Zeit, zu entscheiden, ob du mir dienen möchtest. Solltest du denken, dass du dazu in der Lage bist, werde ich dich bestrafen und dann werden wir die ganze Angelegenheit vergessen. Solltest du das Gefühl haben, dass du mir den Respekt, den ich von dir als dein Herr erwarte, nicht geben kannst, dann werde ich nicht darauf bestehen, dass du hierbleibst und dich deinem früheren Herrn zurückgeben. Es ist deine Entscheidung."

Mit diesem Ultimatum ließ Sic seine Sklavin alleine.

IN DER Zwischenzeit starrte Casto Renaldo wütend an, der so tat, als wäre er sich der schlechten Laune seines Geliebten nicht bewusst.

„Ist es nicht ein schöner Tag? Zu warm für die Jahreszeit, aber eindeutig nett."
Ein leises Knurren entkam Castos Kehle.

„Hört damit auf, Barbar. Ihr wisst verdammt gut, dass ich nicht in der Stimmung für Geplänkel bin."

Renaldo seufzte. Er kannte Casto lange genug, um allein aus seinem Tonfall zu wissen, dass dies hier hässlich werden würde. Nicht willens nachzugeben, stellte Renaldo sich dem Sturm.

„Es ist mir bewusst, Casto. Und wir haben das bereits besprochen. Sic muss lernen, seinen neuen Rang anzunehmen, ansonsten ist er nutzlos für uns. Selbst Daran ist mehr Lord als Sic und er hatte weniger Zeit, sich daran zu gewöhnen."

„Daran ist ein vollkommen anderer Fall und das wisst Ihr! Ich rede darüber, dass Ihr all unsere Bemühungen ruiniert habt, nur weil Ihr das Gefühl hattet, euren Standpunkt klarmachen zu müssen."

„Ha, was für Bemühungen? Sprichst du von der heroischen Tat, einen Sklaven mithilfe von Noran zu kaufen? Oder beziehst du dich auf Sics absolute Unfähigkeit, die Ordnung unter seinen Dienern aufrechtzuerhalten? Ganz egal, wie ich es auch betrachte, er hat überhaupt keine Fortschritte gemacht. Ich bin bis jetzt sehr geduldig gewesen, aber diese Frau hat dich verletzt und das ist eindeutig seine Verantwortung!"

„Es war nur ein Kratzer, nicht annähernd so schlimm wie das, was ihr mir angetan habt und es ist praktisch sofort verheilt, denkt also ja nicht daran, das hier als Entschuldigung für Euer irrationales Benehmen zu benutzen. Sic ist auf dem richtigen Weg, aber er braucht Zeit, keinen drängenden Gott, der ihn antreibt, wann immer er Lust dazu hat."

„Du hast gerade das Schlüsselwort erwähnt, Casto. Ich bin sein Gott. Natürlich muss er tun, was immer ich will, wann immer ich es will. Genau wie du. Genau wie alle."

Renaldo und Casto standen so nahe beieinander, dass ihre Nasen sich beinahe berührten. Sehr zu Renaldos Missfallen und insgeheimer Erregung, gab Casto kein bisschen nach. Weder senkte er seinen Blick noch passte er seinen Tonfall an. Furchtlos im Angesicht absoluter Macht sagte Casto dennoch seine Meinung.

„Niemals! Ich mag Euch als meinen Liebhaber akzeptieren, aber ich werde niemals Euer Diener sein. Und hört auf, Sic so anzutreiben oder ich ziehe in Betracht, Euch wieder zu verlassen. Nur um *meinen* Standpunkt klarzumachen."

Abrupt drehte Casto sich um und stürmte in Richtung der Ställe. Renaldo musste den Drang unterdrücken, ihm nachzulaufen und ihn zu verprügeln. Das würde ohnehin nichts bringen.

2.
ENTSCHEIDUNGEN

SIRA ZITTERTE am ganzen Körper. Als Sic ihr so unnachgiebig sein Ultimatum gestellt hatte, war ihr zum ersten Mal klargeworden, dass auch er ein Lord des Tals war und sich entsprechend verhalten konnte. Dass seine Worte auch ins Schwarze getroffen hatten, machte es nicht besser. Schaudernd entschied Sira sich, etwas frische Luft zu bekommen, um ihre Gedanken zu ordnen. Im tiefsten Inneren wusste sie, dass sie keine Wahl hatte, weil sie auf gar keinen Fall in ihr altes Leben zurückkehren wollte.

Ziellos wanderte sie herum, bis sie einen Mann erblickte, der in der Nähe der Ställe ein Pferd putzte. Das Tier hatte die Augen geschlossen und genoss ganz offensichtlich die Streicheleinheiten. Als sie den Mann eingehender betrachtete, sah Sira, wie attraktiv er war. Seine langen schwarzen Haare hingen in einem dicken Zopf über seiner Schulter und sein gut gebauter Oberkörper glänzte in der Sonne wie polierte Bronze. Er trug zwei goldene Armspangen mit Smaragden und ein weiterer Smaragd ruhte in der Grube, die seine Schlüsselbeine bildeten, direkt unter seinem Kinn. Er wurde von einer goldenen Kette gehalten, die nahe genug an seiner Kehle anlag, um den Eindruck eines Halsbandes zu vermitteln. Der Mann sprach in einem tiefen Singsang mit dem Pferd, den Sira nicht verstehen konnte, aber sie konnte spüren, wie sie sich entspannte, während sie die friedliche Szene musterte. Plötzlich drehte der Mann sich um und schaute sie an. Er musste ihren Blick in seinem Rücken gespürt haben, lächelte sie aber dennoch höflich, mit nur einem Hauch Spott, an. Wenn er ihr Verhalten unhöflich fand, verbarg er es gut.

„Brauchst du etwas?"

Sira näherte sich ihm langsam. Ihre aufgewühlten Gefühle ließen sie eine Frage hervorbringen, bevor ihr Verstand die Möglichkeit hatte, die Worte zu überprüfen.

„Bist du ein Sklave?"

Überrascht ließ der Mann die Bürste fallen, die er in der Hand gehabt hatte. Nachdem er sie wieder aufgehoben hatte, lächelte er Sira an, dieses Mal in offener Herausforderung. Es bestand kein Zweifel daran, dass er Spaß hatte.

„Man könnte mich so bezeichnen."

Entschlossen auf den Punkt zu kommen, ohne sich von seinem Verhalten ärgern zu lassen, sprach Sira weiter.

„Gefällt es dir?"

Jetzt grinste der Mann.

„Natürlich mag ich es. Es ist das Beste, was mir je zugestoßen ist. Sieh mich nur an. Als meine Besitzer mich gefunden haben, war ich ein glückloser Dieb auf dem Weg zum Galgen. Jetzt bin ich ein hervorragend gekleideter, gut gefütterter und zutiefst geliebter Mann. Ich werde niemals in der Lage sein, ihre Großzügigkeit zurückzuzahlen."

Siras Augen weiteten sich. Sie hatte Schwierigkeiten, seinen Worten Glauben zu schenken. Alle Sklaven, denen sie begegnet war, waren unglücklich gewesen.

„Sind alle Sklaven im Tal wie du?"

„Ganz sicher nicht. Die meisten sehnen sich nach der Freiheit, aber ich gehöre nicht dazu. Ich führe ein gutes Leben und habe keinen Grund, mich zu beschweren. Fragst du mich wegen deines Herrn? Wem dienst du?"

„Ich gehöre Lord Sic."

Der junge Mann starrte sie ungläubig an.

„Und du bist unzufrieden? Ich wage zu behaupten, dass du das große Los gezogen hast. Es gibt keinen Herren im Tal, der sanftmütiger und freundlicher ist als Sic."

„Das mag der Fall sein." Sira zögerte. „Wie lange bist du schon hier? Kennst du Lord Sic gut?"

„Ich bin schon seit ein paar Jahren im Tal. Sic war bereits hier, als ich gekommen bin. Lord Noran hat ihn einem brutalen Säufer abgekauft, als er noch ein Junge war und ihn zu seinem persönlichen Sklaven gemacht. Er hat eine Menge durchgemacht, bevor er in den Rang eines Emeris aufgestiegen ist."

„Lord Sic war ein Sklave?" Sira konnte ihre Überraschung nicht verbergen.

„Das hast du nicht gewusst? Ich hätte gedacht, das wäre das Erste, das die anderen Sklaven dir erzählen."

„Nein, haben sie nicht. Aber es erklärt eine Menge."

„Was hast du getan?" Die Stimme des jungen Mannes klang so lässig und entspannt, dass Sira nicht einmal darüber nachdachte, ihm nicht zu antworten.

„Ich habe Lord Sic vor dem Todesengel und einem Mann namens Lord Casto gedemütigt. Er war sehr wütend."

Der junge Mann pfiff.

„Das klingt ziemlich schlimm. Sei dankbar, dass Noran nichts davon weiß, sonst würde deine Haut bereits in Fetzen von dir herabhängen."

Als sie diese Worte hörte, begann Sira ein schlechtes Gefühl zu bekommen. Da sie nicht zu ihrem alten Herrn zurückgehen wollte, würde sie die Strafe ertragen müssen, die Sic ihr auferlegte. Dass der furchteinflößende Lord Noran dazu ein Wort zu sagen haben würde, machte ihr große Angst.

„Wenn Lord Sic jemanden bestraft, wie schlimm wird das?"

Der junge Mann zuckte mit den Schultern.

„Ich weiß es nicht. Du wärest die Erste. Wie ich schon sagte, ist er ein sanftmütiger Mann, der großzügig vergibt. Vor einer Weile habe ich ihm bezüglich einen Fehler gemacht, aber er hat davon abgesehen, mich zu bestrafen, obwohl ich es verdient habe."

„Du hast zu erwähnen vergessen, dass wir dich dafür haben bluten lassen."

Die beiden Männer, die sich ihnen näherten, schienen höchst belustigt zu sein. Vor allem der kleinere sah aus, als ob er jeden Moment in Gelächter ausbrechen würde. Er streckte seinen Arm aus und der Sklave trat nach vorne, um einen Kuss auf den Mund zu bekommen. Auch der andere Krieger trat mit einem spöttischen Funkeln in den Augen näher. Nachdem auch er den Sklaven geküsst hatte, hob er seinen Zeigefinger in die Höhe, als ob er den jungen Mann schelten wollte.

„Wenn du Zeit hast, mit Sklavenmädchen zu flirten, kommst du besser schleunigst zurück in unsere Gemächer."

Lachend nahm der Sklave die Hand des Lords und küsste sie. Er war von den strengen Worten nicht beeindruckt.

„Immer wenn ich dorthin gehe, nehmt Ihr mich, bis ich vollkommen erschöpft bin. So sehr mir unsere Spielchen auch gefallen, habe ich doch auch Verpflichtungen neben Euch, sodass es ausreicht, wenn ich am Abend zurückkehre."

„Komm schon, wir werden uns benehmen! Außerdem müssen wir eine Hochzeit planen und das können wir ohne dich nicht tun."

Der kleinere Krieger schlang seine Arme um die Hüften des Sklaven, streichelte ihn zwischen den Beinen. Siras Gegenwart schien ihn überhaupt nicht zu stören. Er war zu sehr damit beschäftigt, seinen Sklaven zu berühren. Der junge Mann trat mit einem Leuchten in den Augen zurück, das den Widerstand, den er vorgab, Lügen strafte.

„Ich verstehe. Lasst mich Rajan zurückbringen und dann gehöre ich den Rest des Tages Euch."

„Ein verführerisches Angebot." Der größere Krieger trat zurück, zerrte den kleineren mit sich. „Komm schon, Kalad. Je eher du Daran loslässt, desto eher können wir ihn genießen."

Kalad ließ Daran los. Reiner Hunger stand in seinem Gesicht. Während er nach dem Halfter des Pferdes griff, wandte Daran sich noch einmal an Sira.

„Wenn ich du wäre, würde ich mich bei Lord Sic entschuldigen und die Strafe akzeptieren. So wie ich ihn kenne, ist die Bestrafung, die er verhängen wird, wahrscheinlich ohnehin zu nachsichtig, wenn man bedenkt, was du getan hast. Jetzt entschuldige mich bitte. Wie du sehen kannst, habe ich meine eigenen Probleme."

Kalad schnaubte. „Tu nicht so unschuldig! Ich frage mich, was diese Sklavin von dir halten würde, wenn sie dein schamloses Verhalten im Bett sehen könnte."

Hitze rötete Darans Wangen und machte ihn noch attraktiver.

„Und wer hat mich so schamlos gemacht? Ich wurde nicht so geboren. Es gab da zwei gewisse Wüstenkrieger, die mich in jemanden verwandelt haben, der es sogar mit der erfahrensten Kurtisane aufnehmen kann."

Die beiden Krieger nahmen Daran in den Arm, ihre Gesichter mit einem Mal ernst.

„Du weißt, dass du unser wertvollster Schatz bist, nicht wahr? Wir werden niemandem gestatten, so über dich zu sprechen, nicht einmal dir selbst."

Daran tätschelte beruhigend die Arme der Krieger.

„Ich weiß. Es klang schlimmer, als beabsichtigt. Lasst uns gehen, bevor einer von uns zu weinen beginnt."

Grinsend schlangen die Krieger ihre Arme um Darans Hüften und führten ihn fort, während Rajan wie ein verlorener Welpe hinter ihnen hertrottete.

„WAS HAST du jetzt angestellt?"

Gweris' trockene Stimme riss Sira aus ihrer Trance. Schuldbewusst wandte sie sich der älteren Frau zu, deren Augen eine Sanftheit zeigten, die Sira nicht erwartet hatte.

„Ich habe nichts getan. Zumindest glaube ich das nicht. Ich wollte nur mit diesem Sklaven sprechen, aber als seine Herren auftauchten, wurde er abgelenkt."

Ein Grinsen huschte über Gweris' Lippen.

„Das ist normal – sie können von Daran nicht genug bekommen. Und er ist übrigens kein Sklave. Er ist Lord Daran, der erste Echend'dim und bald wird er auch der Ehemann der Lords Aegid und Kalad sein."

Siras Augen weiteten sich vor Schock. Sie hatte also wieder einen Fehler gemacht.

„Ich habe ihn gefragt, ob er ein Sklave ist und er hat ja gesagt! Warum hat er mich belogen?"

Gweris seufzte. Wie sollte sie jemandem eine Beziehung erklären, die so kompliziert war wie die von Daran zu den Wüstenkriegern, wenn diejenige die bloße Idee der Sklaverei aus Reflex ablehnte?

„Er hat dich nicht belogen. Nicht wirklich. Als er ins Tal kam, war er in der Tat ihr Sklave. Sie waren seiner in Kwarl habhaft geworden. Wie sich herausstellte, war er nicht der Einzige, der damals versklavt wurde. Diese drei stehen sich so nahe, dass es keine Rolle spielt, ob die Ketten, die sie binden, sichtbar sind oder nicht."

Obwohl Sira Daran attraktiv gefunden hatte, fühlte sie sich plötzlich von ihm abgestoßen.

„Wie kann man sich in jemanden verlieben, der einen versklavt hat?"

Gweris tätschelte Siras Schulter.

„Du wärest überrascht. Jetzt sag mir, warum du hier draußen und unverletzt bist, wo Lord Renaldo doch klargemacht hat, dass er dein Blut will?"

Sira ließ den Kopf hängen.

„Ich habe Zeit bis morgen. Ich muss entscheiden, ob ich Lord Sic dienen oder zurück zu meinem früheren Besitzer gehen möchte. Was ich nicht tun werde. Niemals. Darum werde ich wohl ertragen müssen, was immer kommt."

„Lord Sic ist ein guter Mann. Er wird dir nicht mehr wehtun, als unbedingt nötig. Er hat keine Freude an Grausamkeit."

„Ich weiß. Dennoch gefällt es mir nicht. Wenn du mich jetzt bitte alleine lassen könntest? Ich muss über eine Menge Dinge nachdenken."

Mit einem weiteren tiefen Seufzen gab Gweris nach. Sie konnte Siras Gefühle nachvollziehen, obwohl sie nicht in der Lage war, sie vollkommen zu verstehen. Gweris war die Art Mensch, der immer das Beste aus jeder Situation machte. Siras Fokus darauf wie schlecht es ihr ging, nervte die ältere Sklavin, vor allem weil ein Besitzer wie Sic es für jeden Sklaven leicht machte, ein gutes Leben zu haben. Offensichtlich konnte manchen Leuten nicht geholfen werden.

Sic STARRTE die zusammengekauerte Gestalt von Sira mit einer gewissen Verachtung und einem Gefühl der Endgültigkeit an. Er hatte eine lange, unangenehme Nacht damit verbracht von Noran zu lernen, wie man eine Peitsche benutzte, um angemessenen Schmerz hervorzurufen, ohne zu viel Schaden anzurichten. Da er Noemi nicht bitten konnte, Sira nach der Bestrafung zu heilen – Renaldo hatte sich in dieser Beziehung sehr klar ausgedrückt – würde er versuchen, das Schlimmste von ihr abzuhalten. Natürlich verstand Noran das überhaupt nicht. Er hatte sogar angeboten die Bestrafung selbst durchzuführen, aber Sic hatte abgelehnt. Dies war sein Problem. Er hatte Sira gewählt und seine Pflichten als ihr Besitzer vernachlässigt. So sehr er sich auch wünschte, der Situation den Rücken zu kehren und alles Noran zu überlassen, wusste er doch, dass er sich dem stellen musste. Im Hinterkopf spielte Sic bereits mit einer Idee, die sein Sklavenhaltungsproblem lösen würde, doch bevor er sie ausführen konnte, musste er erst die Bestrafung überstehen.

„Du hast also eine Entscheidung getroffen?"

„Ja, Herr. Ich wünsche, Euch weiterhin zu dienen und entschuldige mich für mein Verhalten."

Sic seufzte. Sira klang überraschend aufrichtig, aber da sie keine wirkliche Wahl hatte, war dies nicht wirklich eine brennende Erkenntnis.

„Ich nehme deine Entschuldigung an. Ich muss dich jedoch bestrafen. Steh auf, zieh dich aus und stütz dich mit den Händen an der Wand ab."

Sira tat, wie ihr befohlen wurde. Als sie sich umdrehte, erhaschte sie einen Blick auf Sics Gesicht. Ihr Herr war zutiefst unglücklich und zum ersten Mal in ihrem Leben verstand Sira, was es bedeutete, jemandem wehzutun. Sic hasste ganz offensichtlich, was er würde tun müssen. Sira schauderte. Sie hatte ihn dazu gebracht, hatte ihn gezwungen, etwas zu tun, das wider seiner Natur war. Tränen standen ihr in den Augen.

„Es tut mir so leid."

Ein schwaches Lächeln erschien auf Sics Lippen.

„Mir auch. Lass es uns hinter uns bringen."

3.
HOCHZEITSPLÄNE

„CASTO, SIC, ich brauche eure Hilfe."

Daran saß mit den beiden anderen Männern an der südlichen Wand der Ställe und genoss mit ihnen die relative Wärme der Mittagssonne. Der erste Schnee bedeckte das Tal zwei Ellen hoch und die kalte Luft tat in den Lungen weh. Der Winter hatte den Norden erfolgreich zurückerobert.

„Sprichst du von der Hochzeit?"

Casto verlagerte sein Gewicht ein wenig, um in der Mitte der Sonnenstrahlen zu bleiben. Wie immer, wenn die kalte Jahreszeit begann, hatte er grauenvolle Laune. Inzwischen hatte Daran gelernt Castos Stimmungen zu ignorieren und einfach so zu tun, als wäre alles in Ordnung.

„Worüber sonst sollte ich sprechen? Sie ist in vier Wochen und Aegid und Kalad machen mich wahnsinnig."

„Gewöhne dich daran. Ich wollte Renaldo in den letzten Wochen, bevor wir geheiratet haben, erwürgen. Manchmal frage ich mich, ob das nicht besser gewesen wäre."

Der nachdenkliche Tonfall ließ Daran schaudern. Er wusste nie, wann Casto es ernst meinte und wann er nur einen Scherz machte. Sic kam zu seiner Rettung.

„Schon gut, Daran. Du kannst es immer auf die Nerven schieben. Sie sind schlicht und ergreifend hocherfreut, dass sie eure Beziehung offiziell machen können. Was dich betrifft, Casto, hör auf, Daran noch nervöser zu machen. Dir hat deine Hochzeit gefallen, das weiß ich."

„Die Hochzeit, ja. Wir reden über die Zeit davor. Und die habe ich gehasst. Es war schlicht grauenvoll."

Sic schlug Casto spielerisch auf den Oberarm, bevor er sich wieder auf Daran konzentrierte.

„Was brauchst du von uns? Dein Hochzeitsschmuck ist beinahe fertig, was kann ich also sonst noch für dich tun?"

„Es geht um ein Geschenk für Aegid und Kalad. Ich habe kein Geld, aber ich will nicht mit leeren Händen vor ihnen stehen."

„Oh nein!" Sic stöhnte und schlug die Hände über dem Kopf zusammen.

„Ich werde nicht noch einmal ein Brandeisen herstellen. Es war schlimm genug, es für Casto zu tun. Was ist nur mit euch los, dass ihr immer zu drastischen Maßnahmen greifen müsst?"

Casto lachte nicht wirklich amüsiert.

„Es liegt in unserer Natur. Ansonsten wären wir nicht in der Lage, unsere Liebhaber zu ertragen."

„Wer hat gesagt, dass ich ein Brandeisen möchte? Ich bin nicht vollkommen verrückt."

„Hey, das hat wehgetan! Ich bin auch nicht verrückt. Nur sehr fest in meinen Überzeugungen."

„Hört auf ihr zwei! Was dich betrifft, Casto, denke ich, wir können uns darauf einigen, dass deine Sturheit dem Wahnsinn so nahe ist, dass man die beiden nicht voneinander unterscheiden kann. Daran, wenn du kein Eisen willst, wie kann ich dir helfen?"

Daran druckste ein wenig herum, eindeutig unsicher wegen seines Anliegens. „Ich will kein Brandmal, ich will eine Tätowierung. Ich habe bereits eine vage Idee das Muster betreffend, aber ich brauche deine Hilfe, damit es gut aussieht. Bitte?"

Sic tätschelte Daran aufmunternd. „Kein Problem, ich helfe dir gerne. Eine Tätowierung ist eindeutig besser als ein Brandeisen. Wird Frankus es machen?"

Daran nickte und strahlte Erleichterung aus. „Ja, ich habe bereits mit ihm gesprochen. Ich war mir nicht sicher, ob es überhaupt funktionieren würde, wegen der ganzen Sache mit dem Echend'dim, aber anscheinend sind Tätowierungen möglich. Frankus hat eines für Wolfstan gemacht, als er Hulda geheiratet hat. Er hat gesagt, dass er mir auch beim Entwurf helfen kann, aber nachdem wir es intensiver diskutiert hatten, sind wir übereingekommen, dass es besser wäre, wenn du es machst. Unsere Verbindung ist tiefer."

Stille folgte diesen Worten. Weder Sic noch Daran waren erpicht darauf, über die Konsequenzen der Ereignisse in Kwarl zu sprechen. Es war zu verstörend gewesen. Die eine Sache, die sie nicht verleugnen konnten, war die Verbindung, die sie jetzt teilten. Sie war nicht bewusst, aber auf einer unbewussten Stufe waren sie in der Lage, einander zu spüren. Es war dasselbe mit Lukan, der es ebenfalls zu ignorieren versuchte. Schon bald würden sie darüber sprechen müssen, da es sich um etwas Wichtiges handelte, aber keiner von ihnen war bereit, sich diesen Tiefen zu stellen. Da er spürte, dass die Situation unangenehm wurde, mischte Casto sich ein.

„Wenn du das Design und den Tätowierer schon hast, wofür brauchst du dann mich?"

„Du wirst meine Ablenkung sein. Die Tätowierung zu machen, wird drei bis vier Tage dauern. Weil es eine Überraschung sein soll, werde ich es direkt vor der Hochzeit anfertigen lassen."

Castos Brauen zogen sich zusammen. Es war nicht klar, ob er erheitert oder genervt war.

„Du brauchst mich, um sie hinters Licht zu führen, nicht wahr?"

„Ich verneige mich vor Eurer Weisheit, eure Majestät."

Casto warf Daran einen bösen Blick zu, der ihn davor warnte, den Witz noch weiter zu treiben. Obwohl er unwillig erschien, dachte er bereits über das Problem nach. Casto hatte noch nie zuvor Freunde gehabt. Die Erfahrung war neu und aufregend für ihn, obwohl er das niemals offen zugeben würde. Daran zu helfen, einfach weil er ihn mochte und nicht aus einem verdrehten, verborgenen Motiv heraus, machte Casto glücklich.

„Ich werde mir etwas einfallen lassen. Es wird ihnen jedoch nicht gefallen."

Daran seufzte. „Ich weiß. Aber das Ergebnis ist den Ärger wert. Hoffe ich zumindest."

„Dann lass uns an die Arbeit gehen und etwas Wunderbares erschaffen!" Sie klang enthusiastisch und zerrte Daran hinter sich her, als wäre er ein kleines Kind. Casto winkte ihnen zum Abschied, froh darüber, dass er jetzt die ganze Bank für sich hatte.

„WORÜBER MÖCHTEST du mit mir sprechen, Bruder?"

Renaldo nahm einen Schluck von dem Wein, den Canubis ihm angeboten hatte und lehnte sich auf seinem Stuhl zurück. Canubis stand immer noch, anscheinend unschlüssig, ob er sich ebenfalls Wein einschenken sollte. Am Ende setzte er sich ohne den Wein, aber mit einem sehr nachdenklichen Gesichtsausdruck.

„Denkst du immer noch über unseren nächsten Feldzug nach?" Renaldo klang ungläubig. Er war nicht an einen zögerlichen Canubis gewöhnt.

„Ja, tue ich. Ich bin mir immer noch nicht sicher, ob wir den Auftrag annehmen sollen."

„Welchen Grund hast du, zu zögern? Elgir hat uns erzählt, dass er seine Tricks von einer Rebellengruppe im Dunklen Wald gelernt hat. Königin Xe'lien möchte, dass wir eine rebellische Splittergruppe in derselben Gegend zur Strecke bringen. Die Chancen, dass es sich um ein und dieselbe handelt, sind ziemlich hoch, was bedeutet, dass wir dafür bezahlt werden, unsere persönliche Rache zu üben. Und selbst wenn sie es nicht sind, können wir uns frei im Wald bewegen, um unser Ziel zu finden. Ich verstehe wirklich nicht, wo das Problem liegt."

„Ich gebe zu, dass alles sehr schön zusammenpasst und unseren Bedürfnissen perfekt entspricht. Mit Ausnahme einer Sache – es wird ein Guerillakrieg. Du weißt, dass sich die endlos hinziehen können. Es könnte sein, dass wir für die nächsten fünf oder sechs Jahre im Osten feststecken, je nachdem, wie der Vertrag aussieht. Da Xe'lien keine Närrin ist, wird sie dafür sorgen, dass wir uns nicht zurückziehen können, bevor wir ganze Arbeit geleistet haben."

Renaldo machte ein grunzendes Geräusch. Canubis' Sorgen waren begründet. Der Dunkle Wald erstreckte sich scheinbar endlos zwischen den nordöstlichen Ebenen und den fruchtbaren Ländern des Ostens. Der Umman hatte seine Quelle irgendwo im nördlichen Teil, wo der Wald die Flanken der Wolfsberge bedeckte. In zahllosen kleinen Strömen, einige von ihnen im Untergrund, floss das Wasser durch den Wald, bis es das südwestliche Ende erreichte, wo es sich zu einem riesigen Fluss vereinte, der die Quelle des Lebens auf dem ganzen Kontinent war.

Es handelte sich um ein riesiges Gebiet, in dem man sich leicht verstecken konnte. Selbst wenn die Rebellen keine militärische Ausbildung hatten – was unwahrscheinlich war – würden sie dem Rudel dennoch für eine ganze Weile widerstehen können. Die Frage war, ob sie es sich leisten konnten, so lange im Osten festzusitzen.

Renaldo leerte seinen Becher. „Es ist ein Wagnis, aber ich glaube nicht, dass wir eine Wahl haben. Die Magie, die Elgir benutzt hat, um sich zu tarnen, war stark. Er hatte keinerlei Talent, darum muss, wer auch immer ihm die Macht gegeben hat, gewusst haben, was er tat und warum. Mir gefällt der Gedanke nicht, dass jemand so Gefährliches sich in unserem Rücken aufhält."

„Mir ebenfalls nicht. Dennoch habe ich kein gutes Gefühl. Ich kann spüren, wie die Macht der Guten Mutter wächst. Im Dunklen Wald verteilt zu sein, um einen Guerillakrieg zu beenden, ist keine ideale taktische Position."

„Ich stimme zu. Aber obwohl die Gute Mutter mächtiger wird, ist sie immer noch nicht in der Lage, zuzuschlagen. Bis jetzt musste sie auf Intrigen zurückgreifen, um gegen uns zu kämpfen und wir haben alle Emeris und unsere Herzen. Sie zieht zweifellos ihre Truppen zusammen, aber wie wir, wird sie Zeit brauchen. Und der Dunkle Wald ist eine ihrer Hochburgen. Wenn wir die zerstören, sind wir im Vorteil."

„Ich hätte nie gedacht, dass ich das einmal sagen würde, aber von einem taktischen Standpunkt aus hast du recht, kleiner Bruder. Wir müssen gehen."

„Ich werde einfach so tun, als ob ich den herablassenden Teil deiner Worte nicht gehört habe und dir zustimmen, großer Bruder. Du wirst sehen, es wird lustig werden."

Canubis verzog das Gesicht.

„Es wird ermüdend, in den Wäldern herumzulaufen, Schatten nachzujagen, sich auf den nächsten Hinterhalt gefasst zu machen, während wir die Rebellen einen nach dem anderen fangen. Ich hasse Guerillakrieg! Wo wir gerade dabei sind", Canubis griff nach dem Wein, „wie geht es deinem Gefährten?"

Jetzt war es an Renaldo, das Gesicht zu verziehen. Casto war im Moment ein wunder Punkt.

„Es hat zu schneien begonnen, darum sind seine Launen schlimmer geworden. Er mag es nicht, wenn ihm kalt ist."

„Du findest schon wieder Entschuldigungen für ihn. Streitet ihr immer noch?"

„Du meinst den Großen von letzter Woche? Den haben wir hinter uns gelassen, mehr oder weniger. Wir hatten gestern Nacht intensiven Spaß, darum denke ich, dass er mir vergeben hat."

Canubis grunzte. Ihm gefiel nicht, wie Casto mit Renaldo spielte.

„Du solltest ihm Manieren beibringen, Bruder. Er gerät außer Kontrolle."

Renaldo lehnte sich zurück. Es war ein schwieriges Thema, schlimmer gemacht von der Tatsache, dass Canubis recht hatte. Wenn Casto nicht lernte, sich ihrem Willen zu fügen, konnte er sich schnell zu einem Fluch für das Rudel entwickeln.

„Wie soll ich das anstellen? Ich habe nicht deine Autorität und selbst wenn ich sie hätte, habe ich ihm versprochen, meine göttlichen Kräfte nicht zu nutzen, um ihn zu unterwerfen. Wenn ich das jemals tue, wird er mir wahrscheinlich niemals vergeben. Du hast gesehen, wozu er fähig ist. Ich will, dass er aus ganzem Herzen auf unserer Seite ist."

„Das will ich auch. Du weißt, dass ich ihn mag. Aber im Moment ist er zu gefährlich. Du musst einen Weg finden, Bruder, denn sonst hat er das Potenzial, in unseren Gesichtern zu explodieren. So wie ich ihn kenne, wird er sich dazu auch noch den unpassendsten Moment aussuchen."

Die göttlichen Brüder teilten ein grimmiges Lächeln. Jemanden wie Casto in ihren Rängen zu haben, machte die Dinge eindeutig interessant. Um die Stimmung aufzuhellen, sprach Renaldo ein anderes, ebenso wichtiges, aber viel weniger spannungsgeladenes Thema an.

„Was wirst du Aegid, Kalad und Daran zur Hochzeit schenken?"

„Zuerst dachte ich, ich schenke ihnen etwas für das Schlafgemach, aber da ich Aegids und Kalads Präferenzen kenne, wäre das Daran gegenüber nicht fair. Er hat bereits alle Hände voll zu tun, ohne dass ich seine Bürde noch schwerer mache."

Das spöttische Lächeln, das um Canubis' Lippen spielte, strafte die Fürsorge, die er vorgab zu haben, Lügen.

„Du willst nur, dass dein erster Echend'dim ordentlich gehen kann, das ist alles."

„Da hast du mich erwischt. Zu meiner Verteidigung muss ich aber sagen, dass ich auch seine Position im Rudel stärken will. Darum habe ich entschieden, ihn reich zu machen."

Renaldo grinste.

„Wir sind eindeutig Brüder. Ich habe mir dasselbe gedacht. Der kleine Dieb wird also bald ein reicher Söldner sein."

Canubis nickte. Ihm gefiel, wie sein eigener Verstand und der seines Bruders sich mehr und mehr aufeinander abstimmten. Es war ein gutes Zeichen.

„Reich und mächtig in der Tat. Wo wir gerade dabei sind, wie geht es Sic?"

Renaldo verzog das Gesicht. Der Luksari war ein weiteres Thema, das er lieber meiden wollte.

„Nicht gut. Ich beginne zu bezweifeln, dass er je in der Lage sein wird, ein wahrer Lord des Tals zu werden. Er ist zu zögerlich und viel zu weich."

„Aber er hat die Frau bestraft. Die, die Casto verletzt hat."

„Ja, aber nur, weil ich ihn unter Druck gesetzt habe. Danach hat er sie freigelassen. Jetzt arbeitet sie gegen Geld für ihn! Kannst du dir das vorstellen? Noran hat mir erzählt, dass Sic darüber nachdenkt, dasselbe mit seinen anderen Sklaven zu machen."

Canubis seufzte. Das war in der Tat unerhört – und doch passte es zu dem Luksari.

„Er kann das machen. Es ist sein Recht als ihr Besitzer. Und vielleicht ist es so am besten. Wenn er wirklich nicht in der Lage ist ein Herr zu werden, ist es wahrscheinlich besser für ihn, einen anderen Weg zu wählen."

„Seit wann bist du so nachsichtig, Bruder?"

Canubis musterte Renaldo durch halb geschlossene Augen.

„Du weißt warum. Wir können es uns nicht leisten, Sic zu verlieren, so einfach ist das. Und wir wissen praktisch gar nichts über seine wahre Natur, außer dass er in der Lage ist, selbst die Mütter einzuschüchtern. Wenn ihn zu behalten bedeutet, ein paar kleinere Zugeständnisse zu machen, werde ich das gerne tun. Bis jetzt haben wir nur zwei Echend'dim. Sobald die Gute Mutter ihre volle Macht erreicht hat, werden wir deutlich mehr brauchen."

„Ich weiß, Bruder. Ich weiß. Ich teile deine Sorgen. Wir lassen ihn also im Moment in Ruhe."

Renaldo nahm einen weiteren Schluck von dem exzellenten Wein. Die Dinge entwickelten sich schnell und er war sich nicht sicher, ob er die Geschwindigkeit, mit der sie sich auf das Ende zubewegten, herbeisehnen oder fürchten sollte. Um sich von diesen düsteren Gedanken abzulenken, kehrte er zu dem angenehmsten Thema, das sie im Moment hatten, zurück.

„Daran plant etwas Interessantes für die Hochzeit, hat Casto mir erzählt. Ich denke, wir können uns auf eine weitere packende Zeremonie freuen."

Das Grinsen, das die göttlichen Brüder jetzt teilten, war voll ungezügelte Freude. Zu sehen, wie ihre ältesten Begleiter endlich die Belohnung für ihre Treue für sich beanspruchten, machte die Kriegsgötter glücklich.

„SAG MIR noch einmal, wessen dämliche Idee das gewesen ist?"

Daran sprach die Worte zwischen schmerzhaftem Atemholen, während Frankus ihn gelassen mit einer Nadel aus blauem Stahl und einer grünen Tinte, die er extra für diese Gelegenheit gemischt hatte, tätowierte. Casto lächelte ihn nur voll boshafter Freude an, während Sic ein nasses Handtuch benutzte, um den Schweiß von Darans Gesicht zu wischen.

„Alles ist gut, Daran. Das hier ist eine der schlimmsten Stellen und ich bin beinahe fertig."

Frankus klang ein wenig abwesend. Er konzentrierte sich auf das Muster, das er in Darans Haut stechen musste.

Der Echend'dim stöhnte. „Das hast du schon einmal gesagt. Zweimal sogar, wenn ich mich richtig erinnere. Verdammt, das tut wirklich weh!"

„Natürlich tut es das. Aber betrachte es einmal so. Es ist der Beweis deiner unsterblichen Liebe für Kalad und Aegid. Wenn du keinen Schmerz spüren würdest, wäre es bedeutungslos, habe ich nicht recht?"

Ein Hauch Sadismus klang in Frankus' Stimme durch, der Beweis, dass er es zumindest ein klein wenig genoss, Daran zu foltern. Jetzt schaute er gebieterisch zu Casto.

„Ich brauche mehr Tinte, eure Majestät."

Casto verdrehte die Augen und warf Frankus einen warnenden Blick zu, gehorchte ihm aber dennoch. Sie befanden sich jetzt seit zwei Tagen in dieser kleinen Höhle tief im südlichen Teil des Waldes. Obwohl sie alle vier es bevorzugt hätten das Tal zu verlassen, um ein Gasthaus zu suchen, wo sie die nächsten drei Tage bleiben konnten, hatten sie sich am Ende mit diesem kalten, feuchten Ort innerhalb des Tals abgefunden. Renaldo, Kalad und Aegid zu überzeugen, sie gehen zu lassen, hatte sich als unmöglich herausgestellt. Castos ursprüngliches Argument – dass Daran die Tage vor der Hochzeit mit seinen Freunden verbringen wollte, um einen klaren Kopf für die Zeremonie zu bekommen – war von den Kriegern mit erstaunlichem Verständnis aufgenommen worden. Es war der „nicht in Reichweite sein" Teil, der beinahe zur Katastrophe geführt hätte. Sic war es schließlich gelungen, einen Kompromiss auszuhandeln, da Casto sich geweigert hatte, noch länger mit Renaldo zu sprechen – oder mit Aegid und Kalad. Da die Wüstenbrüder unglaublich neugierig waren, konnten sie nicht in einem der Häuser der Söldner bleiben oder in einem der Schuppen, die überall im Tal herumstanden. Zuerst hatten sie Witze darüber gemacht, dass dies ein großes Abenteuer in der Wildnis war, aber jetzt war Casto überzeugt, dass er für den Rest des Lebens nicht mehr warm werden würde. Der Winter hielt das Tal fest im Griff mit all den Nachteilen, die er immer brachte. Es gab auf der Welt schlicht nicht genug Feuerholz, um die Höhle warm zu bekommen.

Er holte eine weitere Flasche Tinte aus den Satteltaschen von Frankus, froh, dass sie schon am nächsten Tag zu der Bequemlichkeit und Wärme aus Ziegeln erbauter Räume zurückkehren würden. Bis dahin hatte Daran immer noch Schmerzen zu ertragen. Sogar Casto musste zugeben, dass das Motiv, das Sic geschaffen hatte, atemberaubend war. Das einzige Problem war die Größe. Es handelte sich um einen Baum mit drei Wurzeln, deren Spitzen an den höchsten Punkten von Darans Hüftknochen und direkt über seinem Penis begannen, sich dann ungefähr zwei Finger unterhalb seines Nabels trafen, wo sie sich zu einem Stamm verwoben, der sich an der Spitze des Brustbeins zu einer Baumkrone ausbreitete und bis zu einer halben Hand unter dem Schlüsselbein reichte. So schön die Tätowierung auch war, sie sich stechen zu lassen war pure Agonie. Zuzuhören, wie Daran schmerzvoll einatmete und vor sich hin fluchte, wann immer Frankus eine besonders empfindliche Hautstelle traf, machte Casto dankbar für den wahrscheinlich brutaleren, aber doch viel schneller vorbeigehenden Schmerz des Brandeisens.

Das Einzige, was er wirklich genoss, waren ihre Abende zusammen. Mit Männern, die er mittlerweile als Freunde bezeichnete, um ein Feuer zu sitzen, war eine neue Erfahrung für Casto, ebenso wie die Gespräche, die sie führten. Auf diese nicht sexuelle Art mit jemand anderem außer dem Barbaren intim zu sein, machte Casto nervös und unsicher und gleichzeitig aufgeregt. Er war immer noch vorsichtig mit dem, was er den anderen von sich erzählte. Dennoch sonnte er sich in ihrem Vertrauen. Der Teil von ihm, der immer noch wie ein ummanischer Politiker dachte, staunte darüber, wie sorglos Sic, Daran und Frankus Informationen preisgaben, die jederzeit gegen sie verwendet werden konnten, bis ihm mit einem Mal klar wurde, dass dies ein weiterer subtiler Weg war, ihre Beziehung zu stärken. Weil sie alle ein Geheimnis über die anderen kannten, saßen sie im selben Boot.

Da dies die letzte Nacht vor der Hochzeit war, war das Thema natürlich Darans Beziehung zu den Wüstenbrüdern.

„Du hast sie ziemlich gut gezähmt." Frankus tätschelte Daran auf die Schulter. Er war zufrieden mit dem Ergebnis seiner harten Arbeit. Die Tätowierung sah absolut fabelhaft aus und die dunkelgrüne Tinte bildete einen perfekten Kontrast zu Darans heller Hautfarbe.

Der Echend'dim grinste ihn an. Jetzt, da der Schmerz des Tätowierens vorbei war, konnte Daran sich endlich entspannen. „Ich würde nicht sagen, dass ich sie gezähmt habe." Ein Schauder lief durch seinen Körper. „Sie sind wirklich wild."

Frankus lachte. „Oh, ich habe nicht über ihre sexuellen – na ja, lasst es uns Vorlieben nennen, da mir keine bessere Bezeichnung einfällt, gesprochen. Ich meine ihre plötzliche Treue. Das ist sogar noch erstaunlicher als Lord Renaldos Veränderungen, nachdem er Casto getroffen hat."

Darans Gesicht zeigte seine Neugierde. „Wie waren sie damals? Sie erzählen mir nicht viel über die Zeit, bevor wir uns begegnet sind."

„Ja, erzähl uns etwas! Ich würde liebend gerne wissen, was für eine Art Männer sie waren." Casto klang beinahe so eifrig, wie er aussah. Nur Sic, der die Wüstenbrüder seit beinahe zehn Jahren kannte, hielt sich zurück.

Frankus trank einen Schluck von seinem heißen Tee und starrte nachdenklich in die Flammen.

„Du willst es doch nur wissen, weil du es gegen sie verwenden wirst." Der Vorwurf war in einem leichten Ton vorgebracht. Dennoch sah Casto ein winziges bisschen zerknirscht aus.

„Und wenn es so wäre?"

Frankus grinste. Er mochte es, Casto zu ärgern. „Dann hast du meine volle Unterstützung. Sie verdienen es."

„Aufhören, ihr redet hier über meine zukünftigen Ehemänner!" Daran war bei weitem nicht so indigniert, wie er zu klingen versuchte und es zeigte sich auf seinem Gesicht, darum ignorierte Frankus den Tadel.

„Es ist schwer, die beste Geschichte aus solch einer gut gefüllten Schatztruhe zu wählen. Natürlich gibt es da all diese wunderbaren Gerüchte über ihre Affäre mit Lady Hulda, aber das war, bevor sie Lord Wolfstan kennengelernt hat und *das* war lange bevor ich geboren wurde. Wie ihr vielleicht wisst, haben sie ihre Partner häufig gewechselt aus Gründen, die nur sie kennen."

Daran schloss seine Augen. Er wusste genau, warum Kalad und Aegid das getan hatten und sein Herz zog sich immer noch vor Mitleid zusammen, wenn er darüber nachdachte. Da er den Abend nicht mit traurigen Gedanken verderben wollte, konzentrierte Daran sich wieder auf Frankus.

„So viele Partner bieten eine Menge Geschichten, aber die beste, wie ich finde, geschah zwei oder drei Jahre bevor Casto ins Tal kam. Es hatte einen kleineren Feldzug gegen Ta'li'en gegeben, einer Stadt an der westlichen Grenze der Ebenen."

Casto runzelte die Brauen. „Ist das nicht die Stadt der Huren? Sie ist berühmt für ihre Kurtisanen."

„Das ist sie in der Tat. Du bist sehr gut informiert, eure Hoheit." Frankus schaute Casto nachdrücklich an, was diesen nicht im geringsten beeindruckte.

„Wissen ist der Schlüssel zur Macht. Immer." Der kurze Satz ließ Sic und Daran schaudern, zeigte er doch wieder einmal, wie vollkommen anders Casto im Vergleich zu ihnen aufgewachsen war.

Frankus beendete die leicht unangenehme Stille, indem er seine Geschichte weitererzählte.

„Ta'li'ens wichtigste Ware sind die Huren, die von den fünf Haupthäusern trainiert werden. Sobald ihre Ausbildung beendet ist, werden sie an die größten Bordelle überall auf dem Kontinent verkauft sowie an private Haushalte. Eine Hure, die in Ta'li'en ausgebildet wurde, ist ein exklusiver und teurer Gegenstand, perfekt in allem, was das Bett betrifft. Als Lord Canubis mit seiner Armee erschien, öffneten die Stadtältesten die Tore für ihn, da sie wussten, dass sie keine Chance hatten. Da der Vertrag vorsah, eine bestimmte Art von Hure für einen sehr gierigen und reichen Kunden zu beschaffen, nahm der Kriegswolf ihr Angebot an. Er sagte den Ältesten, was er wollte und sie gaben ihm die verlangten Frauen, ohne zu zögern. Der Vertrag wurde erfüllt, aber es war alles ein wenig enttäuschend. Als die Anführer der Stadt das Rudel also für eine Nacht voller Spaß einluden, sagten sie nicht nein.

„Im Laufe dieses Festes lernten Kalad und Aegid die Puppe kennen."

Frankus hielt für einen Moment inne, nahm einen weiteren Schluck von seinem Tee und genoss die Anspannung seiner Zuhörer.

„Die Puppe war wirklich etwas besonderes. Sie oder er war ein Hermaphrodit, sowohl männlich als auch weiblich. Natürlich waren die Wüstenbrüder fasziniert, genau wie alle anderen im Rudel. Die Puppe hat sie für die Nacht erwählt und irgendwie haben sie es geschafft, ihn zu überzeugen, mit ihnen zu kommen. Er würde sie nicht bis ins Tal begleiten, aber er stimmte zu, bei Aegid und Kalad zu bleiben, bis sie den Umman erreichten. Von dort würde er zurück nach Ta'li'en reisen, um die mehr als großzügige Menge Geld zu holen, die sie dort für ihn zurückgelassen hatten."

„Bis jetzt klingt das nicht sonderlich empörend. Nur Aegid und Kalad, die einfach sie selbst sind." Casto war bis zu diesem Punkt nicht von der Geschichte beeindruckt, mit Ausnahme des Hermaphroditen, der seine Neugier geweckt hatte.

Frankus warf ihm einen strafenden Blick zu. „Das liegt daran, dass du mich meine Geschichte nicht zu Ende erzählen lässt. Der gute Teil kommt jetzt. Ich muss wohl nicht erwähnen, dass sie die arme Kreatur jede Nacht in Grund und Boden fickten, sodass sie während des Tages in einem Wagen reisen musste. In der fünften Nacht verschwand die Puppe, nahm alles Wertvolle mit, das er in die Hände bekommen konnte und das war ziemlich viel. Die Wölfe hielten ihn nicht auf, weil er ja ein freier Mann war und als sie erkannten, dass er Aegid und Kalad bestohlen hatte, hatte sie ihre Spuren bereits verdeckt, indem sie eine Flasche Nerula-Parfüm zerschlagen hatte. Außer sich vor Wut ritten Aegid und Kalad zurück nach Ta'li'en, um entweder die Puppe zu erwischen oder wenigstens ihr Geld zurückzuholen, aber keines von beiden war da. Der Puppe war es gelungen, sie vollkommen hinters Licht zu führen. Selbst sein Wundsein war gespielt gewesen. Den ganzen Winter hielten sie sich von Huren und Bordellen fern und konzentrierten sich nur auf Sklaven. Es war beinahe herzzerbrechend, zu sehen, wie sie so tapfer darum kämpften, ihren Mut wiederzufinden."

Frankus versuchte vergeblich, ein Kichern zu unterdrücken. „Dann haben sie dich getroffen, Daran und ich muss zugeben, dass ich es höchst amüsant finde, wie monogam sie geworden sind."

„Du bist ein böser Mann, Frankus!" Casto hielt sich die Seiten. Sobald er sich die Gesichter der Wüstenbrüder vorstellte, als sie herausfanden, dass sie hereingelegt worden waren, konnte er das Lachen in sich aufsteigen fühlen.

Daran warf seinem Trainer einen bösen Blick zu, bevor er sich an Frankus wandte. „Und sie haben die Puppe nie gefunden?"

„Nein, haben sie nicht. Aber sie haben im darauffolgenden Frühjahr einen Brief erhalten, der sich bei ihnen dafür bedankte, dass sie einer ‚armen, zweigesichtigen Kreatur' geholfen hatten, die Freiheit zu erlangen. Seltsamerweise schien ihnen das geholfen zu haben, damit abzuschließen, denn danach sind sie zu ihren alten Gewohnheiten zurückgekehrt."

„Kalad und Aegid sind gute Männer, Daran. Ich glaube nicht, dass Frankus sie herabwürdigen wollte." Sic sprach in beruhigendem Tonfall. Wegen ihrer Verbindung konnte er Darans Unwohlsein intensiver spüren als die anderen beiden Männer.

Der Echend'dim lächelte ihn dankbar an. „Danke, Sic. Es ist sehr nett von dir, das zu sagen. Ich bin mir ihrer Fehler bewusst. Und um ehrlich zu sein liebe ich sie deswegen, nicht trotz."

„Blah! Du weißt schon, wie Übelkeit erregend das klingt, nicht wahr, Daran? Manchmal habe ich den Eindruck, dass sie dir eine Gehirnwäsche verpasst haben. Oder, präzise ausgedrückt, dich um den Verstand gefickt haben."

Daran reagierte auf Castos Rede mit einem süßlichen Lächeln. Er wusste, wie er es dem König heimzahlen konnte. „Nur weil meine Beziehung zu Aegid und Kalad, verglichen zu dem komplizierten Durcheinander, das du mit Lord Renaldo hast, gesund ist, heißt nicht, dass ich eine Gehirnwäsche erhalten habe. Ich hasse es, dir das sagen zu müssen, Casto, aber der seltsame, das bist du."

Casto legte seine Hand auf die Brust und tat entsetzt. „Eine Beleidigung! Wie kannst du es wagen! Sic, Frankus, habt ihr das gehört?"

Die beiden Männer grinsten breit. Es war Sic, der antwortete.

„Das haben wir. Und er hat so recht, dass wir dem nichts hinzufügen können."

„Ihr also auch? Ich denke, ich reite besser sofort nach Hause. Offensichtlich gibt es für mich hier keinen Platz."

„Tu was dir gefällt, eure Hoheit. Wenn du jetzt gehst, bleibt mehr Honigkuchen für uns übrig."

Frankus begann, ein Päckchen mit vier großzügigen Stücken der köstlichen Süßigkeit auszupacken. Der reiche Geruch erfüllte die Luft und ließ den Männern das Wasser im Mund zusammenlaufen. Casto, der bereits auf den Füßen gewesen war, setzte sich wieder.

„Wenn ich noch einmal darüber nachdenke, bin ich wohl nicht so tief beleidigt, wie ich es sein sollte. Um dieses wundervollen Kuchens willen, bin ich bereit, euch allen zu vergeben."

„Du bist so großzügig, dass ich beinahe weinen muss." Daran verneigte sich leicht in Castos Richtung. Frankus verteilte die Kuchenstücke und als sie alle eines hatten, redete Daran seine Freunde in einem ernsteren Ton an.

„Danke. Danke für das, was ihr für mich getan habt und danke, dass ihr so seid, wie ihr seid. Ich hatte nie zuvor echte Freunde, aber wenn die Einsamkeit, die ich ertragen musste, der Preis dafür ist, euch kennengelernt zu haben, werde ich sie gerne noch einmal durchleben."

„Verdammt, Daran. Du hättest mich beinahe zum Weinen gebracht!" Casto starrte den Echend'dim wütend an, in dem Versuch, zu verbergen, wie tief seine Worte ihn bewegt hatten. Er, Sic und Daran hatten alle die Trostlosigkeit einer einsamen, verschwendeten Kindheit, verbracht in ständiger Trauer, erfahren. Es war ein Band, das sie auf einer tiefen, halbbewussten Ebene verband. Um die Peinlichkeit zu überwinden, nahm Casto einen Bissen von dem Kuchen. Die anderen folgten seinem Beispiel, wobei jeder von ihnen ähnlichen Gedanken nachhing und zum selben Ergebnis kam – dass sie in der Tat Glück gehabt hatten, solch großartige Freunde zu finden.

4.
SCHWÜRE FÜR DIE EWIGKEIT

AM FOLGENDEN Morgen ritten sie so schnell wie möglich zurück ins Herz des Tals. Frankus nahm Daran mit, um ihn auf die Hochzeit vorzubereiten. Sic und Casto kehrten in ihre eigenen Gemächer zurück, um sich ein wenig auszuruhen, bevor die Zeremonie begann.

Renaldo begrüßte seinen Gefährten mit einem tiefen Kuss, als er die Räume betrat. „Willkommen zurück, mein Eigen. Ist alles in Ordnung?"

Casto schmiegte sich enger an Renaldo, froh über die Hitze, die sein Gefährte ausstrahlte.

„Alles ist gut. Mir ist nur furchtbar kalt. Zu dieser Jahreszeit in einer Höhle zu schlafen, ist eine schlechte Idee."

Renaldo lachte, während er Casto näher an sich zog. „Ich verstehe das nicht. Du hast schließlich Zugang zu meinem Feuer und dennoch bist du nicht in der Lage, der Kälte zu widerstehen."

„Ich weiß. Es ist seltsam. Um ehrlich zu sein, bin ich zu müde, um im Moment über dieses Mysterium nachzudenken. Bitte helft mir, mich auszuziehen und bringt mich dann ins heiße Wasser. Vielleicht bekomme ich dann wieder Gefühl in meinen Zehen."

„Dein Wunsch ist mein Befehl." Ein anzügliches Lächeln erschien auf Renaldos Lippen. „Wenn du ein guter Junge bist, werde ich mehr aufwärmen als nur deine Zehen."

Casto zuckte zusammen. „Klingt verführerisch. Unglücklicherweise wird das warten müssen bis nach der Zeremonie. Wenn wir jetzt anfangen, werden wir auf gar keinen Fall bis zur Hochzeit fertig sein und Ihr seid ein wichtiger Teil davon."

Renaldo knabberte an Castos Nacken. „Schön. Nach der Zeremonie. Dann wirst du nicht in der Lage sein, mir zu entkommen."

„Ich werde Euch beim Wort nehmen, Barbar."

ALS SIC die große Halle betrat, war sie bereits zum Bersten mit Menschen gefüllt. Zusammen mit Noran näherte er sich der Tafel, an der die anderen Emeris bereits warteten. Sogar Cornelia war da, sie stand neben ihrem Bruder. Sie grüßte Sic mit einem traurigen Lächeln auf den Lippen und sein Herz zog sich zusammen, als er sich vorstellte, wie schwer das hier für sie sein musste. Dann öffneten sich die großen Türen ein weiteres Mal und Canubis, Renaldo, Kalad und Aegid traten ein. Alle vier sahen atemberaubend aus in ihren schwarzen, blauen und grünen Tuniken mit den Zeremonienschwertern um ihre Hüften. Zwischen diesen beiden Brüderpaaren, die sich seit mehr als achthundert Jahren kannten, gab es eine spezielle Verbindung und an diesem besonderen Tag zeigte sie sich deutlich. Die Männer strahlten Überlegenheit aus, eine gewisse tödliche Arroganz und eine Nähe, geboren aus Jahrhunderten des Vertrauens. Sie näherten sich der Tafel, drehten sich davor um, und richteten ihre Blicke auf die Tür, in der Daran erschienen war.

Sic musste zugeben, dass der ehemalige Dieb nie zuvor anziehender ausgesehen hatte. Seine langen schwarzen Haare flossen frei seine Schultern hinab und seine ausdrucksstarken braunen Augen wurden von schwarzem Lidschatten betont und waren voller Liebe für die beiden Männer, die er gleich heiraten würde. Wie Kalad und Aegid trug auch Daran eine dunkelgrüne Tunika und ein Zeremonienschwert mit einem Smaragd am Griff. Er hatte auch einen Umhang um die Schultern geschlungen, der auf der Innenseite dunkelblau und auf der Außenseite schwarz gefärbt war, mit der Rune der Mütter auf der Rückseite. Er war ein Geschenk von Canubis und Renaldo für ihren ersten Echend'dim. Lukan, der zur linken der vier Männer stand, trug denselben. Hinter Daran hatte Casto seinen Platz eingenommen. Da Aegid und Kalad ihn an seinem Hochzeitstag zu Renaldo begleitet hatten, hatte er gerne angenommen, als sie ihn gebeten hatten, dasselbe für Daran zu tun. Casto flüsterte etwas in Darans Ohr, bevor er sich beeilte, seinen Platz neben Noemi einzunehmen. Alle Augen waren jetzt auf den Echend'dim gerichtet, der sein Kinn trotzig vorreckte und auf seine wartenden Liebhaber zuging. Kalad und Aegid nahmen Daran zwischen sich, bevor sie sich Canubis und Renaldo zuwandten. Als er sie so dastehen sah, konnte Sic nicht anders, als neidisch zu sein. Obwohl die Wüstenbrüder im Bett unersättlich waren, hatten sie es dennoch geschafft, eine gesunde, reife Beziehung mit Daran aufzubauen. Eine Beziehung, die auf Vertrauen und Liebe beruhte und keine Spiele um Dominanz brauchte, weil die drei Männer sich gegenseitig respektierten. Sie stand in starkem Kontrast zu der unberechenbaren, wilden und gewalttätigen Verbindung, die Renaldo und Casto teilten, und sie ließ Sics Beziehung zu Noran wie einen schlechten Witz aussehen. Sic wusste, dass er geduldig sein musste, dass die Liebe zwischen ihm und Noran sehr viel Zeit und Fürsorge benötigte, um zu der verlässlichen Säule des Vertrauens zu werden, die er haben wollte. Dennoch fühlte er einen Stich Eifersucht, wenn er daran dachte, dass Daran anscheinend ohne Mühe bekommen hatte, was für ihn immer noch außer Reichweite war. Solch unangemessene Gefühle am Tag der Hochzeit seines Freundes zu haben, fügte noch eine große Menge Schuld zu den sich widersprechenden Emotionen in seinem Herzen hinzu.

In diesem Moment spürte Sic, wie Norans Hand sich um seine schloss. Der aufmunternde Druck half ihm, sich wieder zu konzentrieren. Entschlossen, diesen Tag durch nichts zu ruinieren, konzentrierte er sich auf seine Freude über die Verbindung, die Daran und die Wüstenbrüder gleich eingehen würden.

Renaldo schlang einen grünen Seidenstoff um die Hände der drei Männer, während Canubis zu sprechen begann.

„Hier zu stehen, so kurz nachdem mein Bruder sein Herz gefunden hat, um unsere ältesten Emeris und ihren Erwählten miteinander zu verbinden, ist eine Ehre und eine Freude, die Worte kaum ausdrücken können. Ich erinnere mich immer noch an den Tag, als Aegid und Kalad Daran als Sklaven ins Tal brachten, weil er versucht hatte, sie zu bestehlen. Am Anfang haben wir alle gedacht, dass er nur den Winter über bleiben würde, als Ersatz für ein weiteres Kohlebecken."

Gelächter erklang in der Halle. Das Bedürfnis der Wüstenbrüder nach Wärme während des Winters war legendär.

„Ich muss zugeben, dass ich überrascht war, als sie dich den ganzen folgenden Sommer behielten, Daran, aber es wurde schnell offensichtlich, dass du für sie mehr als nur eine bedeutungslose Affäre warst und niemand außer Aegid und Kalad ist glücklicher als ich und Renaldo, dass du dich auch als unser erster Echend'dim herausgestellt hast. Um es kurz zu machen, dieser Tag ist so perfekt, wie er nur werden kann und es ist mir eine Ehre, euch drei zu vermählen. Würdet ihr jetzt bitte eure Eide sprechen?"

Daran sprach als erster. Seine Stimme bebte ein wenig und die Freude, die er ausstrahlte, ließ ihn von innen glühen.

„Ne, Daran, ana Echend'dim te elendio remaro net elendio muoro, renosor aremao net tarenar nelen memosos Aegid net Kalad."

Ich, Daran, Echend'dim des Kriegswolfs und des Todesengels, schwöre, meine Gefährten, Aegid und Kalad, zu lieben und zu respektieren.

Die Wüstenbrüder schauten ihren Geliebten mit so viel Liebe an, dass einige der Söldner ihre Blicke abwenden mussten. Sie sprachen gleichzeitig, zeigten so, wie sehr sie miteinander verbunden waren.

„Ra, ana brestere eltame, ana rieto La'id net ana mearo La'id, Emeris te elendio remaro net elendio muoro, renosor aremao net tarenar raes memoso, Daran."

Wir, die Brüder der Hitze, der unbeugsame Mann und der Geistmann, Emeris des Kriegswolfs und des Todesengels, schwören, unseren Gefährten, Daran, zu lieben und zu respektieren.

Renaldo und Canubis legten ihre Hände auf das seidene Tuch. Auch sie sprachen gleichzeitig, ihre Stimmen dröhnten durch die Halle wie Kriegstrommeln.

„Ra, elendio remaro net elendio muoro, karenar ana lerindo. Alte ana rodono anoso te'li."

Wir, der Kriegswolf und der Todesengel, segnen diese Verbindung. Möge sie für alle Zeiten gedeihen.

Die Söldner begannen zu applaudieren, als Canubis den Stoff löste und die Neuvermählten sich umdrehten. Kalad gestattete seinen Waffenbrüdern für ein paar Momente zu jubeln. Dann hob er seine Hand, ein breites Grinsen im Gesicht. „Zeit für die Geschenke."

Sic trat mit einer offenen Schachtel in den Händen vor. Darin befanden sich drei identische Armbänder, ungefähr eine Hand breit, das Gold so dünn gehämmert, dass es sich wie eine zweite Haut anfühlte. Darin eingeätzt waren die Namen der drei

Männer und ein kompliziertes Muster stilisierter Runen, die die Geschichte ihrer Liebe erzählten. Es war ein weiteres Meisterstück von Sic, das ihm zwei schlaflose Nächte und schreckliche Kopfschmerzen beschert hatte, als er die Runen gezeichnet hatte. Sie an den Handgelenken der drei Krieger zu sehen, entschädigte ihn für den Aufwand, da sie mehr als nur atemberaubend aussahen. Sie waren der perfekte Schmuck für die drei Männer, die ihre Vereinigung offen zeigen wollten. Sic zog sich mit der leeren Schachtel zurück, um Platz zu machen für die Sklaven, die die Truhen mit den Geschenken trugen, die Aegid und Kalad für ihren geliebten Gefährten ausgewählt hatten. Es war ein Regen an Reichtümern ähnlich dem, den Casto erhalten hatte, mit Ausnahme von Sklaven. Daran hatte keine gewollt, mit dem Argument, dass es keinen Unterschied machte, wem sie gehörten. Nachdem die letzte Truhe hereingebracht worden war, dankte Daran seinen Ehemännern mit einer tiefen Verneigung und einem noch tieferen Kuss. Bevor die Dinge aus dem Ruder laufen konnten, erklärte Renaldo das Fest für eröffnet.

UM MITTERNACHT verließen Kalad, Aegid und Daran ihre betrunkenen, fröhlichen Waffenbrüder und kehrten für die drei Tage der Absonderung in ihre Gemächer zurück. Die Wüstenbrüder waren ein wenig verstimmt, da Daran es abgelehnt hatte mit ihnen vor allen Söldnern Sex zu haben. Er lächelte, wenn er sich ihre Gesichter vorstellte, sobald sie den Grund dafür herausfanden. Aegid schloss die Tür und für einen Moment breitete sich eine uncharakteristische Stille aus. Es war Daran, der sie beendete.

„Wir sind jetzt also verheiratet. Fühlt sich unwirklich an."

Kalad lächelte. „Das tut es. Als ob alles sich verändert hätte, während es immer noch dasselbe ist."

Aegid trat vor, zog sowohl seinen Wüstenbruder als auch Daran in eine enge Umarmung. „Ich habe mich noch nie in meinem Leben so zufrieden gefühlt. Wir sind zu Hause."

Er beugte sich hinunter, um Daran zu küssen, während Kalad begann, an dem Gürtel um die Hüften des Echend'dim zu ziehen. Mit einiger Schwierigkeit gelang es Daran, sich aus ihrem Griff zu befreien und ein paar Schritte zurückzutreten. Als er den Hunger in ihren Augen sah, schenkte er ihnen ein verführerisches Lächeln. Langsam öffnete er den Gürtel und ließ das Schwert zu Boden fallen. Dann griff er nach den Gewandnadeln an seiner Tunika. Der Stoff fiel mit einem sanften Flüstern, entblößte Darans nackten, tätowierten Oberkörper. Aegid und Kalad starrten ihn mit großen Augen an.

„Das ist mein Geschenk für euch, meine Gefährten. Ich hoffe, es gefällt euch."

„Ob es uns gefällt? Wir lieben es!" Kalad klang atemlos, seine Erregung zeigte sich bereits offen.

„Das hast du also die letzten drei Tage getan. Du hast es wirklich geschafft, uns zu überraschen." Aegids Stimme war so tief und guttural, dass Daran Schwierigkeiten hatte, ihn zu verstehen. Ohne Vorwarnung sprangen die beiden Männer Daran an und zerrten ihn ins Bett. Wie sie ihre eigene Kleidung so schnell loswurden, war ein Mysterium, das Daran in diesem Moment nicht wirklich lösen wollte. Er war zu sehr damit beschäftigt zu stöhnen, während sie zuerst die Tätowierung und dann seinen gesamten Körper ableckten. Sie brauchten nicht lange, um ihn zu einem ersten Orgasmus zu führen. Die beinahe vier Tage Abstinenz sowie die Anspannung der Hochzeit machten Daran zu einer leichten Beute. Aegid, der ihm einen geblasen hatte, als er kam, drehte Daran auf den Bauch und spreizte seine Beine. Daran spürte, wie Aegids Finger in sein Loch eindrangen und es dehnten und dann das warme Gefühl, als der Hüne den Samen aus seinem Mund auf Darans Körper tropfen ließ. Er stöhnte, kaum in der Lage, das wunderbare Gefühl zu erwarten, sobald Aegid ihn penetrierte.

Kalad griff nach Darans Kopf und küsste ihn tief, bevor er ihn nach oben zog. Daran erkannte, dass Kalad sich an einige Kissen gelehnt hatte, sein Penis heiß und begierig an Darans Oberschenkeln. Aegid half seinem Wüstenbruder, Daran direkt über seinem Schwanz zu positionieren. Während Kalad in den Echend'dim hineinglitt, biss Aegid ihm spielerisch in den Nacken. Dann war Kalad ganz in ihm, aber anstatt anzufangen zuzustoßen, schlang er seine Arme um Darans Brustkorb und zog ihn an sich.

„Vertraust du uns, kleiner Dieb?"

Daran schauderte. Er fühlte wilde Erregung in sich wachsen, eine Hitze, die sich wie eine Feuersbrunst ausbreitete. Da er wusste, was sie versuchen wollten, gab er seine Zustimmung, ohne noch einmal darüber nachzudenken – nicht, dass Denken in seinem momentanen Zustand eine Option gewesen wäre.

„Ja, tue ich."

Er konnte spüren, wie beide Männer sich anspannten. Aegid griff nach einer Flasche Öl und verteilte den Inhalt großzügig um Darans gedehntes Loch. Dann begann er, den festen Ring zu massieren, glitt zuerst mit einem Finger, dann mit zweien hinein, gewöhnte Daran langsam an den zusätzlichen Druck. Als Daran nur noch in der Lage war zu stöhnen und lustvoll zu wimmern, ging Aegid zwischen den Beinen des jungen Mannes in Position und drückte seine massive Erektion langsam gegen das feste, zuckende Loch. Für einen Moment schien es, als wäre es zu viel, aber dann drang er mit einem leisen, feuchten Geräusch ein, das beinahe alle drei Männer verrückt machte. Sie hielten inne, genossen dieses neue, zutiefst intime Gefühl.

Kalads Stimme war heiser. „Geht es dir gut, kleiner Dieb?"

Daran stöhnte, unfähig einen sinnvollen Satz hervorzubringen. Um seine Zustimmung auszudrücken, leckte er über Kalads Lippen, während er gleichzeitig seine Hüften bewegte, jedoch vorsichtig. Ihm gefiel das Gefühl, so vollkommen gefüllt zu sein, seine beiden Liebhaber gleichzeitig zu besitzen. Über Darans Schulter trafen sich die Blicke von Kalad und Aegid. Sie waren immer auf eine Weise verbunden gewesen, die die meisten Menschen niemals verstehen würden. Jetzt erkannten sie mit einem Mal, dass die Sache, nach der sie gesucht hatten, das Ziel, das sie zu erreichen versucht hatten seit dem Tag, an dem sie sich das erste Mal getroffen hatten, endlich erreicht war. Es war Daran, für immer und ewig Daran. Er war der Teil ihrer Verbindung, den sie stets vermisst hatten, das fehlende Stück. Sie lächelten beide und begannen zuzustoßen.

Es WAR bereits Mittag am nächsten Tag, als Daran endlich erwachte. Obwohl er ein Echend'dim war, fühlte er sich dennoch wund und erschöpft von der vorangegangenen Nacht. Seine Ehemänner hatten ihn viermal in der neuen Position genommen und jedes Mal hatten sie sich gieriger benommen, ihre Lust so unersättlich, dass Daran darin ertrunken war. Stöhnend setzte er sich auf. Aegid und Kalad hatten ihn und das Bett offensichtlich gereinigt, aber er konnte sich nicht daran erinnern. Daran hatte gerade seine Beine über die Kante des Bettes geschwungen, um aufzustehen, als Kalads Stimme ihn aufhielt.

„Wo willst du hin, kleiner Dieb?"

Daran schaute auf. Seine Gefährten standen in der Tür zum Gemach, vollkommen nackt, der Hunger offensichtlich auf ihren Gesichtern und eindeutig bereit für eine weitere Runde. Daran schüttelte den Kopf.

„Vergesst es. Ich muss ins Bad und dann muss ich etwas essen. Ihr habt mich ziemlich heftig genommen."

Ein Hauch Zerknirschung erschien in den Augen der Wüstenbrüder, jedoch nicht für lange. Die Erinnerung daran, was sie getan hatten, erhöhte nur ihre Erregung. Darans Schultern sanken herab. Er kannte diesen Blick. Er bedeutete, dass er so bald kein Frühstück bekommen würde. Irgendwie gelang es ihm, sie lange genug abzuwehren, dass er ins Bad gehen konnte, aber dann konnte er ihnen nicht länger entkommen.

5.
ZERSTÖRTES VERTRAUEN

„IN ZWEI Tagen werden wir zum ersten Mal als die alleinigen Herren von Ana-Darasa das Frühlingsfest abhalten. Ich hasse es, es zuzugeben, aber ich bin ziemlich aufgeregt."

Canubis klang so unglaublich selbstzufrieden und überheblich, dass Renaldo ein Grinsen nicht unterdrücken konnte. Auch er war aufgeregt. Dieses Frühlingsfest war in der Tat etwas Besonderes. Das Einzige, was seine gute Stimmung drückte, war der Vertrag, den sie mit Königin Xe'lien abgeschlossen hatten. Weder Renaldo noch Canubis waren sich ganz sicher, ob ein Guerillakrieg an diesem Punkt eine gute Idee war, aber unter den gegebenen Umständen hatten sie keine Wahl. Da der Handel abgeschlossen war, machte es keinen Sinn, die Weisheit ihrer Entscheidung weiterhin anzuzweifeln. Renaldo erhob sich aus seinem Stuhl.

„Ich muss jetzt gehen, Bruder. Ich muss Castos Geschenk holen."

Canubis machte eine wegwerfende Geste.

„Du tust es also wieder? Belohnst ihn für seine Sturheit und seinen Ungehorsam?"

Renaldo zuckte mit den Schultern. So nahe Canubis und er sich sonst auch standen, würden sie in Bezug auf Casto niemals zu einer Einigung kommen.

„Ich bin offen für Vorschläge, die nicht beinhalten, dass ich ihn zum Gehorsam prügle. Was niemals funktionieren würde, wie wir beide wissen."

Canubis lehnte sich in seinem Stuhl zurück, der Ausdruck in seinen Augen leicht spöttisch. „Irgendwie bin ich froh, dass dies dein Problem ist und ich nur derjenige bin, der es dir sagt. Es würde mir gar nicht gefallen, wenn ich mich mit einem Herzen, so schwierig wie es Castos ist, herumschlagen müsste."

„Ich liebe dich auch, Bruder. Sehr."

Renaldo ging, um das Geschenk für seinen Gefährten zu holen, während der Kriegswolf in seinen Gemächern blieb, über die Natur der Liebe nachdachte und die Notwendigkeit, dass Casto genau so war, wie er war.

„DU BIST wirklich ein Idiot."

Casto starrte Daran wütend an, der mit Silberstaub bedeckt war, das Armband von der Hochzeit und der goldene Gürtel, den Sic ihm gegeben hatte, seine einzige Kleidung.

„Du bist ein Echend'dim, Ehemann zweier der mächtigsten Mitglieder des Rudels und du benimmst dich immer noch wie ein Sklave. Ich verstehe dich einfach nicht!"

Daran lächelte ängstlich. Er hatte gewusst, dass Casto es nicht gut finden würde, wenn er als Favorit am Frühlingsfest teilnahm und hatte sich deshalb auf einige harsche Worte vorbereitet, aber die reine Wut, die ihm von seinem Freund entgegenschlug, war viel schlimmer, als er angenommen hatte. Aus verschiedenen Gründen hatte er über die Weisheit, wieder als Favorit zu gehen, nachgedacht. Am Anfang war es ein Witz zwischen ihm und seinen Ehemännern gewesen, nichts, das sie ernsthaft in Betracht zogen. Je länger Daran jedoch darüber nachgedacht hatte, umso unsicherer war er geworden. Als er seine Gedanken mit Aegid und Kalad diskutiert hatte, waren sie zunächst dagegen gewesen, aus politischen Gründen, die jenen ähnelten, die Casto gerade ausgesprochen hatte. Gleichzeitig hatte Daran gespürt, wie sehr sie sich danach sehnten, dass er noch einmal die Rolle des Sklaven annahm. Alle drei genossen sie ihre neue, reifere und ausgeglichene Beziehung, aber es gab Zeiten, in denen sie die geradlinige Verbindung, die sie zu Beginn geteilt hatten, vermissten. Am Ende hatten sie sich entschieden, das Ganze als äußerst erotisches Rollenspiel zu sehen, etwas, das Daran Casto niemals sagen würde. Es war schlimm genug gewesen, das anzügliche Grinsen auf Canubis' Gesicht zu sehen, als er um Erlaubnis gebeten hatte, als Favorit zu gehen. Casto zu erklären, warum er es höchst erregend fand, sich seinen Ehemännern auf so spektakuläre Weise zu unterwerfen, war etwas, das Daran auf gar keinen Fall tun wollte. Tatsächlich würde er sich eher die Zunge abbeißen, als dieses intime Thema mit Casto zu diskutieren.

Noemi trat neben sie, ihre goldene Haut glitzerte im Licht der Fackeln.

„Lass Daran in Frieden, Casto. Es ist nicht seine Schuld, dass du das Frühlingsfest hasst. Er tut es aus Liebe für seine Gefährten und sogar Canubis respektiert seine Entscheidung. Es ist nicht an dir, ihn zu kritisieren."

Daran zuckte zusammen. Er war sich nicht sicher, ob Noemi wirklich glaubte, dass er aus Liebe handelte und nicht aus rein sexuellen Gründen oder ob sie einfach nur ihren Schwager ärgern wollte. Der Eindruck, den ihre Worte hinterließen, war jedoch deutlich sichtbar.

Von der Schelte noch wütender gemacht, starrte Casto Noemi an. „Ich bin kein Kind, Noemi, also lass es gut sein."

„Aber du benimmst dich wie eines und wenn du nicht aufhörst, werde ich es auch nicht tun."

Gerade als Casto eine giftige Antwort geben wollte, erschienen Kalad, Aegid, Canubis und Renaldo. Die Wüstenbrüder küssten ihren Gefährten liebevoll und mit einem vielsagenden Glitzern in ihren Augen, bevor sie ihm die Kette anlegten und mit sich nahmen. Renaldo näherte sich Casto, ein strahlendes Lächeln auf den Lippen, das die Stimmung des Königs nicht hob.

„Mein Eigen. Du bist mehr als nur schön."

„Lasst es, Barbar. Ich will es nur hinter mich bringen."

Renaldo und Canubis teilten einen langen Blick hinter Castos Rücken, aber keiner von ihnen gab einen Kommentar ab. Stattdessen führten sie ihre Herzen schweigend zur großen Halle, voller nervöser Erwartung dessen, was kommen würde.

Nachdem Canubis und Renaldo den traditionellen Segen gesprochen hatten, opferten die Söldner ihr Blut. Als die ersten Tropfen auf den Boden trafen, fiel den göttlichen Brüdern die Veränderung auf. Es begann langsam wie die ersten, zögerlichen Regentropfen nach einer besonders langen Dürre und verwandelte sich schnell in einen Sturm, als die versammelten Krieger begannen, sich ihrer Lust hinzugeben. Die beiden Götter fühlten sich, als wären sie vom Blitz getroffen worden. All die reine Energie zahlloser Paarungen, die früher zu Ana-Isara und Ana-Aruna geflossen war, traf sie mit voller Wucht, füllte sie bis zu dem Punkt, an dem sie das Gefühl bekamen, dass ihre Körper sich einfach auflösen würden. Alles, wovon sie gedacht hatten, würde sie zu dem machen, was sie waren, ertrank in der reinen Macht ihres natürlichen Rechts. Zum ersten Mal verstanden Canubis und Renaldo wirklich, was es bedeutete, ein Gott zu sein. Die Wirklichkeit wurde unter ihrem Blick weich, verwandelte sich in etwas, das sie nach ihrem Willen formen konnten. Sie waren die einzigen wirklichen Dinge in einer Welt, die aus Schatten bestand. Sie und ihre Herzen. Noemi und Casto erschienen wie Leuchtfeuer in dem Nebel, zogen ihre Götter an, verankerten sie in der realen Welt. Das Licht, das Casto ausstrahlte, war das schönste, was Renaldo je gesehen hatte. Und es gehörte ihm.

Voller Hunger wandte der Todesengel sich zu seinem Herzen. Sein Blick war auf Casto allein gerichtet und er war nicht länger in der Lage, klar zu denken. Die Bestie war erwacht, gierig und entschlossen heute Nacht alles zu haben, denn wenn sie es nicht tat, würde Renaldo in der Energie ertrinken, die ihm zufloss. Casto zu besitzen, war nicht länger nur eine Laune. Es war zu einer Notwendigkeit geworden.

Aufgrund seiner perfekt trainierten Instinkte spürte Casto auf der Stelle, dass etwas nicht stimmte. Der Barbar starrte ihn mit einem seltsamen Blick in den Augen an, einem, den Casto noch nie an ihm gesehen hatte. Er war so intensiv, dass er Schauder seinen Rücken hinablaufen fühlte. Furcht durchbrach den Schleier, den das Nerulaöl gewoben hatte und machte ihn vorsichtig. Casto wollte gerade ein paar Schritte zurücktreten, bereit vor Renaldo zu fliehen, der aussah, als ob er selbst eine starke Droge genommen hätte, aber der Gott war schneller. Mit stählernem Griff packte er Castos Oberarme und zog ihn an sich, um ihm einen Kuss aufzuzwingen.

Casto, der zu diesem Zeitpunkt die Wirkung des Nerulaöls vollkommen abgeschüttelt hatte, biss mit aller Kraft auf Renaldos Zunge. Sie beide spürten wie der kupfrige Geschmack ihre Münder überschwemmte wie ein Fluch. Der Todesengel zuckte zusammen. Sein Griff um Casto verstärkte sich. Die Bestie war jetzt vollkommen erwacht und außer sich vor Wut. Wie konnte dieser Wurm es wagen, ihm zu trotzen? Wie konnte er so weit gehen und Blut von ihm nehmen? Er war *elendio muoro*, der Gott des Todes. Sein Wille war Gesetz und sein Herz hatte die Pflicht, zu gehorchen. Ohne nachzudenken drang Renaldo in Castos Geist ein, sagte ihm genau das, zwang ihn, sich zu unterwerfen. Casto kämpfte mit aller Macht gegen Renaldo, sein eiserner Wille half ihm sogar, sich dem Todesengel für ein paar Herzschläge zu widersetzen.

Renaldo brüllte, als er mit diesem Widerstand konfrontiert wurde. Die Energie, die von all ihren Gefolgsleuten in ihn floss, brannte auf der Suche nach einem Ventil durch seinen Körper, ein Ventil, das nur sein Herz ihm geben konnte. Das war Castos hauptsächliche und wichtigste Aufgabe, der Grund für seine Existenz – seinen Gott vor der Leere zu schützen, die hinter der Macht wartete, bereit jene zu verschlingen, die nicht stark genug waren, sie zu ertragen. Casto musste sowohl die Macht als auch die Bürde teilen. Wenn er das nicht tat, würden sie beide vergehen.

So schnell und leicht wie ein Schwert, das durch Fleisch schnitt, überwältigte und unterwarf Renaldos Wille Casto in dem Versuch, sie beide zu retten. Es ließ den König hilflos und unfähig, seinen Gott länger zu bekämpfen, zurück. Renaldo barst beinahe vor Lust und Sehnsucht, als er seine Beute über den Tisch beugte, die festen Pobacken und das Loch, das sich zwischen ihnen verbarg, entblößte. Er drang mit all seiner Kraft ein, genoss das Gefühl der Enge beinahe so sehr wie das Wissen, dass er Casto vollkommen unter Kontrolle hatte. Und es fühlte sich so gut an die Macht zu kanalisieren, sie durch seinen Körper und in sein Herz fließen zu lassen, wo sie gereinigt wurde, bevor sie ihm zurückgegeben wurde.

Unter dem rasenden Todesengel grub Casto seine Finger in den Tisch, bis Holzsplitter durch seine Haut drangen. Er konzentrierte sich auf diesen Schmerz, um die Vergewaltigung seines Geistes zu ertragen. Er hatte immer gewusst, dass Renaldo nicht nur körperlich, sondern auch mental stärker war als er, was einer der Gründe war, warum es ihn so schockiert hatte, als der Todesengel zum ersten Mal seinen Geist benutzt hatte, um seine Wünsche klarzumachen. Opfer von Renaldos Stärke zu sein, war sein schlimmster Albtraum. Er spürte auch den Strom der Macht, den Renaldo mit jedem Stoß in ihn zwang. Es fühlte sich an, als würde er vollgestopft werden bis er zerbrach, als hätte er zu viel gegessen und würde jeden Moment anfangen, sich zu übergeben. Als Casto dachte, dass er es nicht länger ertragen konnte, begann die Energie zurück zum Todesengel zu fließen. Im Rhythmus ihrer gewalttätigen Paarung tauschten sie auch Macht aus. Sowohl als Ventil als auch als Hure und Besitz benutzt zu werden, ließ Casto vor Wut kochen. Dennoch erkannte er, dass er nichts dagegen tun konnte, dass er annehmen musste, was sein Gott von ihm verlangte, einfach weil Renaldo im Moment nicht bei Sinnen war. Die Ungerechtigkeit dessen, was ihm angetan wurde, füllte Casto mit hilfloser Wut und Demütigung. Besiegt von dem Mann, den er liebte, schrie sein Verstand voller Verzweiflung.

Renaldo spürte, dass sein Herz endlich aufgegeben hatte. Voller Triumph nahm er die ganze Nacht, was nur ihm gehörte.

Es war bereits Nachmittag, als Casto aufwachte. Er konnte Renaldos Gegenwart neben dem Bett spüren und bevor er sich zurückhalten konnte, raste eine Hitzewelle in Richtung des Gottes. Anstatt ihn zu tadeln, begann Renaldo mit leiser Stimme zu sprechen.

„Casto. Es tut mir so leid. Glaub mir, ich wollte nie, dass die Dinge sich so entwickeln. Bitte, hör mir einfach nur zu, lass mich erklären."

„Ich rede nicht mit Euch, Barbar, eine ganze Weile nicht."

Renaldo seufzte. Er wusste, dass er einen großen Fehler begangen hatte. Dennoch wollte er, dass Casto zumindest den Grund dafür verstand. „Es war einfach zu viel, all diese Macht, die mich füllte. Ich konnte nicht mehr klar denken – alles war verschwommen. Und als du dich mir widersetzt hast, obwohl ich dich so sehr gebraucht habe, bin ich durchgedreht."

„Es ist also meine Schuld?" Die Worte waren beißend. An Castos Standpunkt und seiner momentanen Laune konnte kein Zweifel bestehen.

„Natürlich nicht. Ich bitte dich nur, es zu verstehen."

Nachdrücklich wandte Casto Renaldo den Rücken zu und ignorierte seinen bittenden Gefährten.

Seufzend zog Renaldo eine kleine Schachtel aus einer Tasche und legte sie auf den Nachttisch. „Das ist für dich, Casto. Ich werde dich jetzt alleine lassen."

Nachdem die Tür sich geschlossen hatte, nahm Casto die Schachtel. Für einen Moment zog er in Betracht, sie nicht zu öffnen, weil es sich zu sehr wie die Bezahlung eines Freiers nach einer heißen Nacht anfühlte. Dennoch ließ ihn eine perverse Neugierde in die Schachtel schauen. Ein Siegelring mit der Rune für „Reiter" lag auf einem seidenen Kissen. Etwas war an der Innenseite in das Gold eingeätzt.

Für mein Eigen. R.

Die Gravur war zu viel. Mit einem Wutschrei warf Casto den schrecklichen Schmuck gegen die Wand und da er schon dabei war, tat er dasselbe mit allem, was er in die Finger bekommen konnte. Seine hilflose Wut auf solch destruktive Art abzureagieren, half ihm, sich zu beruhigen. Als er die Zerstörung betrachtete, die er verursacht hatte, fühlte er sogar eine gewisse Befriedigung. Einige der Gegenstände, die jetzt zerbrochen und auf dem Boden verteilt lagen, hatte der Barbar gemocht.

Als Casto aus dem Fenster schaute, bemerkte er, dass es bereits dunkel wurde. Wie im Fieber beeilte er sich, seine wärmste Kleidung und die dicksten Stiefel, die er besaß, anzuziehen. Dann füllte er zwei Lederbeutel mit Gold und Juwelen. In der Küche schnappte er sich einen Sack voller Vorräte und in der Waffenkammer nahm er sich ein Schwert, vier Dolche und zwei Messer.

Lys erwartete ihn vor den Ställen. Da die Sonne bereits untergegangen war, beeilte Casto sich, seinen Bruder zu satteln. Der Hengst wieherte leise, ein tröstendes Geräusch, das Casto bestärken sollte. Der König tätschelte Lys Hals.

„Danke, mein Freund. Lass uns von hier verschwinden. Dieses Mal für immer."

Anmutig sprang er in den Sattel und Lys begann zu laufen. Sein Körper wurde eins mit den Schatten, sodass die wenigen Leute, die sich noch draußen befanden, sie nicht sahen. Die Wölfe erkannten, dass sie das Tal verließen, aber da Casto nicht länger ein Sklave war, hatten sie keinen Grund ihn aufzuhalten. Sobald Lys und Casto das Tal hinter sich gelassen hatten, rief der Hengst einen Sturm, um ihre Spuren zu verdecken, so wie er es getan hatte, als sie zum ersten Mal aus dem Tal geflohen waren. Wenn man bedachte, was Renaldo seinem Reiter angetan hatte, war Lys sich sicher, dass sie niemals zurückkehren würden, ganz egal wie sehr Casto den Barbaren liebte. Der Herr der Stürme war zufrieden. Er mochte den Todesengel aus verschiedenen Gründen nicht. Dass er Casto beinahe umgebracht hatte, war nur einer davon. Am Ende des Tages war er immer noch eine Kreatur des Chaos, während die göttlichen Brüder die Ordnung repräsentierten. Wegen Casto hatte er sie bis jetzt ertragen. Castos Glück war für Lys das wichtigste und solange er es bei Renaldo fand, hatte Lys das akzeptiert. Die Dinge hatten sich jedoch geändert. Letzte Nacht hatte der Barbar seinen Schwur gebrochen. Er hatte Casto so tief verletzt, dass Lys vor Wut schauderte, wenn er nur daran dachte. Seine Entschlossenheit, seinen Reiter unter allen Umständen zu beschützen, wuchs mit jeder League, die sie zwischen sich und das Tal brachten. Er würde Renaldo ganz sicher nicht gestatten, Casto wieder in seinen Träumen zu verfolgen.

SPRACHLOS STAND Renaldo inmitten des Chaos, das einst seine Gemächer gewesen waren. Er hatte es an diesem Morgen gewagt zurückzukehren, um zu sehen, ob Casto immer noch hier war oder ob er zu Lys gegangen war, was er sonst immer nach einem Streit tat. Casto war fort und der Raum war zerstört. In seiner Wut hatte der junge Mann nicht nur jeden zerbrechlichen Gegenstand, den er in die Finger bekommen konnte, zerstört, sondern hatte auch die Stühle gegen die Wand geworfen und den Tisch zerbrochen. Federn flogen auf, wann immer Renaldo sich bewegte, weil Casto auch die Kissen aufgeschlitzt hatte. Die Zerstörung bereitete dem Todesengel Sorgen. Noch nie zuvor hatte sein Herz so harsch reagiert. Es hatte immer ein letztes bisschen Kontrolle gegeben, das Casto davon abhielt, etwas zu tun, das er nicht rückgängig machen konnte. Dass er solch ein Durcheinander veranstaltet hatte, zeigte nur, wie sehr Renaldo ihn verletzt hatte.

Der Todesengel wollte gerade ein paar Sklaven zum Aufzuräumen rufen, als Canubis die Gemächer betrat. Er sah so sorgenvoll aus, dass Renaldo alarmiert war.

„Was?"

Canubis legte eine Hand auf die Schulter seines kleinen Bruders. „Er ist fort. Ich habe gerade mit den Wölfen gesprochen. Casto und Lys haben letzte Nacht das Tal verlassen."

Renaldo wusste nicht, was er sagen sollte. Das Blut rauschte in seinen Ohren. Hin- und hergerissen zwischen Wut und Sorge konnte er nur dem zuhören, was Canubis zu sagen hatte.

„Ich habe dir gesagt, dass er in unseren Gesichtern explodieren würde! Du musst ihn sofort zurückholen und dieses Mal will ich, dass er ernsthaft bestraft wird. Obwohl wir seine Götter sind, obwohl er Zeuge unserer Stärke wurde, wagt er es dennoch, uns zu trotzen. Er muss gebrochen werden, Renaldo. Anders ist es zu gefährlich."

Langsam schüttelte Renaldo den Kopf. „Unserer Stärke zu sehen, war, was ihn hat fliehen lassen. Natürlich werde ich ihn zurückrufen, aber Bruder, ihn zu brechen sollte die letzte Lösung sein."

Canubis lehnte seine Stirn an Renaldos.

„Ich weiß, kleiner Bruder, ich weiß. Es schmerzt mich zu sehen, wie sehr er dich verletzt und ich will, dass er dafür bezahlt, weil er dich so unglücklich macht." Renaldo brachte ein schwaches Lächeln zustande.

„Danke, Bruder. Ich weiß deine Fürsorge zu schätzen."

IN DIESER Nacht versuchte Renaldo, eine Verbindung zu Casto aufzubauen, um ihn zurückzurufen. Anders als beim ersten Mal, als er weggelaufen war, suchte Casto dieses Mal nicht nach seinem Gefährten, weshalb Renaldo ernsthafte Schwierigkeiten hatte, den König zu finden. Ein- oder zweimal dachte er, er hätte Casto entdeckt, nur um zu erkennen, dass er nichts als Schatten gesehen hatte. Der Todesengel bewegte sich im Kreis, jagte Phantomen nach, die so wenig Substanz hatten wie ein Traum und genauso schwer zu fangen waren. Drei Nächte kämpfte er vergeblich darum, Casto zu finden, in der vierten Nacht gestattete der König es ihm endlich näherzukommen und als Renaldo dachte, er hätte Casto endlich erwischt, übernahm dieser die Kontrolle über den Traum.

Und so fand Renaldo sich im Thronsaal des Palastes von Ummana wieder, während er alles versuchte, um die Kontrolle über die Ereignisse wiederzuerlangen. Er konnte immer noch nicht glauben, dass Casto es geschafft hatte, ihn hierherzuzerren, an diesen Ort, den Renaldo gehofft hatte, nie wieder zu sehen. Casto saß mit einer goldenen Krone auf dem Kopf auf dem Thron. Der Thron selbst war von Schatten umgeben, die tanzten und sich wanden, als wären sie lebendig. Zwischen ihnen enthüllte Castos Vergangenheit sich in einer Reihe flackernder Bilder. Der Tag, an dem er geboren worden war, Szenen aus seiner frühesten Kindheit, die beinahe glücklich erschienen, wenn man die Tatsache ignorierte, dass das freundliche Kindermädchen eine Spionin gewesen war, die Königin Isiris bei lebendigem Leibe häuten ließ, sobald sie von ihrem Verrat erfuhr. Oder dass der Diener, der Casto ein Schlaflied sang, von einem Assassinen der Donai-Familie vergiftet worden war, weil sie einen ihrer eigenen Sklaven in der Nähe von Casto platzieren wollten. Dann sah Renaldo den Tag, an dem Königin Isiris starb und was danach kam, ließ ihn würgen. Casto hatte ihm alles erzählt, was ihm angetan worden war, aber jetzt, in dem Traum, konnte Renaldo es auch fühlen. Die Erkenntnis, was sein Herz ertragen hatte, ohne zu zerbrechen, zwang ihn auf die Knie.

Castos Stimme schnitt durch die Bilder wie ein Messer.

„Das ist es, was sie mir angetan haben. Ich wurde ständig gegen meinen Willen gezwungen und konnte es nur mit zusammengebissenen Zähnen ertragen, konnte niemandem zeigen, wie tief ich verletzt war. Dann seid Ihr gekommen und habt mein Vertrauen erzwungen. Ihr habt mich gezwungen, mich auf Euch zu verlassen, nur um mich noch schlimmer zu verraten, als sie es getan haben. Wie könnt Ihr es wagen, mir in meine Träume zu folgen und zu versuchen, mich zurückzubekommen? Wie könnt Ihr es wagen?"

Renaldo schluckte schwer. Alles, was Casto gesagt hatte, stimmte. Er hatte ihn verraten, hatte ihm angetan, was er geschworen hatte niemals geschehen zu lassen. Es gab keine Entschuldigung dafür, kein Schönreden. Er hatte seine Eide gegenüber Casto gebrochen, hatte sein geliebtes Herz auf mehr als einer Ebene verletzt. Er konnte nur betteln.

„Casto, bitte."

Der König erhob sich von seinem Thron und begann sich zu entfernen.

„Auf Wiedersehen, *Lord Renaldo*."

Als ihm klar wurde, dass sein Herz ihn verlassen würde, dass er die eine Sache verlieren würde, die ihm am wichtigsten war, geriet der Todesengel in Panik und griff mit seiner Macht nach Casto, zwang ihn, sich umzudrehen und ihn wieder anzusehen. Was er dann erblickte, ließ Renaldo zurückweichen. Die klaren, blauen Augen waren kalt geworden, die sinnlichen Lippen zu einer dünnen Linie zusammengepresst und die edlen Gesichtszüge hatten sich verhärtet. Es war, als ob Casto sich in eine Statue verwandelt hätte. Als er wieder sprach, war seine Stimme wie Eiszapfen.

„Ihr habt Euer Wort gebrochen, Barbar. Es gibt also keinen Grund für mich, das meine zu halten."

Während die tiefere Bedeutung hinter diesen Worten langsam einsank, erschien Lys mit einem Mal neben Casto. Der Hengst schien größer als normal zu sein, seine Gegenwart war erstickend wie die Luft vor einem Sommergewitter. Renaldo erkannte, dass Lys der Grund war, warum er nicht in der Lage gewesen war, Casto zu erreichen und dass der Herr der Stürme ihm den jungen Mann wieder wegnehmen würde. Die Schatten, die sich um den Thron herumwanden, begannen zu wachsen, umarmten das Pferd und den Mann. Wie eine Wand verhärteten sie sich um Casto, entzogen ihn Renaldos Blick. Angetrieben von Furcht und reiner Verzweiflung brüllte Renaldo. Sein Feuer explodierte und traf die Schattenwand mit voller Wucht. Er konnte spüren, wie seine Macht die Dunkelheit verbrannte und aufriss. Als die Feuersbrunst in sich zusammenfiel, waren die Schatten verschwunden, zerschmettert vom Willen des Todesengels.

Auch Casto war fort. Für einen Herzschlag dachte Renaldo, dass er ein herablassendes Kichern hören konnte.

Dann war er allein.

XENIA MELZER wurde in einem kleinen Dorf im Süden von Bayern geboren und wuchs auch dort auf. Als echter Chocoholic sucht sie immer nach der perfekten Schokolade. Bis jetzt hat sie ungefähr ein Dutzend bemerkenswerte gefunden. Obwohl sie praktisch in den Bergen lebt, hat sie nie verstanden, warum so viele Menschen Wintersport erstrebenswert finden. Dabei geht es weder um Schokolade noch um Pferde und zudem ist es kalt, was für einen Sinn macht so ein Sport also? Sie mag kein Bier und war noch nie auf dem Oktoberfest, das ja auch nicht für seine hervorragende Schokolade bekannt ist.

Obwohl sie meistens über verschiedenste Geschichten nachdenkt, hat Xenia es mit überraschend guten Noten durch Gymnasium und Uni geschafft. Gleich nach dem Abitur hat sie ihre wahre Liebe getroffen und festgestellt, dass auch die Realität ziemlich gute Liebesgeschichten schreiben kann.

Nachdem sie ihr erstes Kind bekommen hatte, begann sie die Geschichten in ihrem Kopf aufzuschreiben, auch um den Stress des Jungmutterdaseins zu bekämpfen. Wie sich herausstellte, hat sich das Mittel gegen den Stress in eine Quelle desselben verwandelt, allerdings eine positive.

Wenn sie nicht gerade schreibt, übersetzt Xenia die Manuskripte anderer Autoren ins Deutsche, geht reiten und laufen, verbringt Zeit mit ihren Kindern und geht mit ihrem Ehemann tanzen.

Von Xenia Melzer

Daran – Aus der Asche

Veröffentlicht von DSP Publications
www.dsppublications.com

www.ingramcontent.com/pod-product-compliance
Lightning Source LLC
Chambersburg PA
CBHW031212260626
47169CB00007B/2032